《侠鉴小说轩》

南明春秋

史上最后一个汉王朝的惨烈挣扎

『江南春』：寒刃卷，朔风旋。腥膻金殿窜，南国舞狼烟。弓刀霜剑城池血，奇骨峥嵘漫长天。

在被倾覆的灾变时节，堂堂大明的落难皇族王侯，带着各自的人马，惶惶南逃，星罗棋布于南中国的旷野山河，与清军的铁骑，弓刀抵死相抗。赤血、寒刃，犹疑、战抖，铁蹄、挚情，肝胆、血腥，上演了一幕又一幕红黄蓝白黑的堂皇活剧！王侯将相、兵士草民，骨髓中的斑斓与光泽，或遗臭天下，或万古流芳。

华夏出版社
HUAXIA PUBLISHING HOUSE

刘民 著

目 录

一、帝都冤魂 …………………………………………… 1
二、南朝序曲 …………………………………………… 5
三、再整河山 …………………………………………… 11
四、大顺永昌 …………………………………………… 17
五、志吞华夏 …………………………………………… 23
六、山海风云 …………………………………………… 26
七、巴蜀浩劫 …………………………………………… 31
八、联虏平寇 …………………………………………… 35
九、南渡奇案 …………………………………………… 41
十、"扬州十日" ………………………………………… 47
十一、"嘉定三屠" ……………………………………… 50
十二、贤王监国 ………………………………………… 55
十三、二龙争位 ………………………………………… 58
十四、唐鲁俱湮 ………………………………………… 63

十五、螳螂捕蝉	69
十六、大顺助明	73
十七、少年英雄	79
十八、彩云之南	84
十九、穷猿奔林	89
二十、复国曙光	93
二十一、吴楚异梦	101
二十二、成功事业	105
二十三、楚弓楚得	110
二十四、三王南下	115
二十五、封秦纠葛	120
二十六、两蹶名王	126
二十七、李广数奇	130
二十八、舟山之殇	134
二十九、金厦出击	139
三十、兄弟阋墙	143
三十一、巨奸制汉	146
三十二、宝山空回	151
三十三、废诸半途	156
三十四、操刀不割	163
三十五、问鼎轻重	165
三十六、板荡诚臣	169
三十七、祸起萧墙	174
三十八、南天一柱	180
三十九、水尽鹅飞	185
四十、滇南之祸	188
四十一、末路血战	193
四十二、羊山之痒	196

四十三、金陵鏖兵 …………………………… 199
四十四、龙游浅底 …………………………… 205
四十五、竭蹶救亡 …………………………… 209
四十六、咒水之难 …………………………… 213
四十七、滇云绝唱 …………………………… 219
四十八、将星陨落 …………………………… 223
四十九、台湾由来 …………………………… 226
五十、光复宝岛 ……………………………… 230
五十一、海上余音 …………………………… 237

一、帝都冤魂

　　吊死鬼朱由检的一缕冤魂从煤山蹿起，久久飘荡在京师烟尘弥漫的上空。

　　晏驾了，他才有机会俯瞰自己苦难辉煌了十七载的帝都：街衢纵横，城垣似链，鳞次栉比的屋舍铺天盖地环绕在嵯峨壮丽的紫禁城周围，宛如巨大的蜂巢。然而覆巢之下，他这只蜂王便唯有玉石俱焚了。

　　此时的大街小巷，人声鼎沸，大群贼兵由正阳门列队入城的脚步声、死节忠臣宅院里传出的号啕声、贼军拷打王公勋臣的惨叫声、大批投降官员捣蒜般的叩首声、百姓头缠"顺民"布条箪食壶浆跪迎新君的称颂声，汇成一阵紧似一阵的海啸，摇撼着这座千年帝都。他正失魂落魄间，忽然看见缤纷仪仗簇拥着的华盖下，走出独眼鹰鼻、凶神恶煞般的李自成。这贼魔王驻马于承天门下，弯弓搭箭，一箭射中"奉天承运"牌匾。太子朱慈烺急忙率众臣伏地欢呼："大顺永昌皇帝万岁，万万岁！"新皇陶醉地伫立一会儿，然后在太监们引导下，进入禁城，开始主人般穿梭于各宫室。一忽矫健地蹿上金銮殿，大剌剌坐在龙椅上对降人训话；一忽又从独眼里挤出一行浊泪，柔声安抚诚惶诚恐的太子。被自己亲手砍倒、在血泊中抽搐的小公主，竟由魔王嘱咐内侍抬入后宫医治。更眼睁睁地看到自己的龙体被移出宫禁，停在东华门外示众，却无一个孤臣烈士敢去理会曝尸街市的天子！

　　触景生情，往事历历，怎能不叫大明第十六任皇帝崇祯泪飞如雨、五内俱焚。

　　"诸臣误我！文臣个个可杀！"

　　他叫骂着，哀号着，不忍继续流连，漫无目的向西飘去。那黑白无常鬼只得战战兢兢地远远尾随在后。

　　"诸臣误我！武将皆该死啊！"

　　"朱由检！哪里去？"

　　九霄外忽然传来炸雷也似一声断喝。崇祯循声仰望，惊得目瞪口呆，浑身瘫软，匍匐于途。但见云雾之中，大明十五世先皇衣带飘飘、纷至沓来。方才大喝者，手执宝剑，头戴金冠，身着龙纹战袍；面如傅粉、三绺龙须，目光如

炬，不怒自威——此乃大明开国皇帝、太祖朱元璋。身后鱼贯而列者：建文帝朱允炆、永乐帝朱棣、洪熙帝朱高炽、宣德帝朱瞻基、天顺帝朱祁镇、景泰帝朱祁钰、成化帝朱见深、弘治帝朱佑樘、正德帝朱厚照、嘉靖帝朱厚熜、隆庆帝朱载垕、万历帝朱翊钧、泰昌帝朱常洛、天启帝朱由校。十五尊大帝泰山压顶般降下，崇祯帝不由得诚惶诚恐，又满腔冤屈，果真是五味杂陈。

那太祖高皇帝仗剑趋前，厉声斥道："朱由检，你失却江山，罪该万死！不思忏悔，却兀自骂骂咧咧、哭哭啼啼，是何道理！"崇祯闻言一抖，战栗着不敢抬头。洪武大帝又一声叱咤，朱由检才嗫嗫道："不肖子孙朱由检敬告高祖并列宗，不孝儿臣自掌大统，戒慎恐惧、筚路蓝缕，十六年来夙兴夜寐、辛勤操持，只求大明中兴，不负《皇明祖训》。无奈天灾接踵，人祸频仍。内忧外患，此起彼伏。在朝诸臣各怀鬼胎，全不顾江山社稷，但求自保，从贼如流。儿臣有杀贼之心，无回天之力。不能救国，只得殉国。痛哉，痛哉！伏乞列祖垂怜，佑我大明浴火重生、再造河山。"

"孽种啊孽种！"太祖顿剑长叹，"万端皆由你独断专行，你却诿过于群臣！朕且随便例数你几宗罪过，也叫你死个明白。先说你登基之初，以惩治阉党之名立威，而后行革新之策，无可厚非。但惩戒无度、株连十族，不知适时收手，最后弄成人人自危，以邻为壑，因度日如年而心生反侧，你生生把个自家根基动摇。文臣动辄得咎，胆战心惊，倒指望他一意奉公报国？这便是你的'文臣皆可杀'！朕知你心下不服，正念叨：'我立志做中兴之主，才效太祖以铁血治吏。'你错在何处？朕在乱世起兵，砥节砺行，建功立业。开国初确曾大开杀戒，计有蓝玉案、胡惟庸案等大小十余案，每案诛杀数万人数千人不等，真乃血流成河。为何下此杀手？是因为当年乱世纠集的亡命之徒，摇身而为新朝有功元勋。哪个有产业、有田地之人轻易铤而走险？这些人才是天下安稳之根本。那些无赖狂徒不剪除，天下如何得治？故打天下所倚者，实为治天下之害。不得已而除之，乃为后世长治久安。国家承平时兴科举，重文臣，则法须以宽缓。其士大夫多由耕读取功名，维护社稷之心、感恩戴德之意最切，甘心为我所用，断无颠覆之忧。你不思此，却以严刑峻法绳之，暴言重典禁之，刻薄寡恩，但惩不奖，众臣无所适从，人心能不思变？休道流贼、胡虏，就算刍狗反上京师，也应得个改朝换代！贼势汹涌，奈何四海之内无一人勤王！文武之道，都在收拾人心。能攻心则反侧自消，不审势则宽严皆误。你德薄而位尊，智少而谋大；忠奸不分，致天下离心。有何面目大言不惭，声声'文臣误我'！"

后面的武宗皇帝朱厚照，出了名的混世魔王，忍俊不禁，竟咯咯笑出声来，

道:"咱在位十六年,专一玩耍;但知善待大臣,那些阁老废寝忘食,竭诚办事,保得国泰民安。"

"这厮住口!"太祖喝道,"你虽不堪,此话倒些许有理。国家但凡不大折腾,自有成法可循;臣工推之,百姓依之,却独断专行、刚愎自用,朝令夕改,令上下无所适从。"

"再说戡乱攘夷。我朝定鼎之后,效秦汉圣代,广设驿递。十里置铺,六十里设驿。其沟通天下、号令四海之功效显著。百年之后弊窦丛生,靡费慵惰,实需改制增效,却非驿递无用。有大臣看出弊端,上言整顿,原意在于割肉疗疮,以裁减不当经费来抵消额外加派的薪饷。到了你手,却变成割肉喂虎,把款挪移军用。区区六十万两银子,于旧疮无补,反而又添新创。致数万驿卒流离失所,逼成流贼。那李自成一银川驿的马夫罢了,奋臂一呼,九州分裂。此乃内乱初起。

"尔登基第二年时,建州夷破遵化边墙入寇。袁崇焕多年固守辽东,屡挫敌锋,毙其可汗努尔哈赤。若非畏于崇焕,鞑虏怎会舍近求远,千里辗转,绕边墙孤军深入?你临危失措,竟轻信宦官之词,中了皇太极反间计,自毁长城,临阵斩帅,吓走关宁铁骑。山西总兵张鸿功、沿边五镇总兵杨嘉谟自告奋勇入卫京师,竟三日不付口粮,士卒被迫劫食。你不自究处置失宜,反而处死张鸿功,致万余精兵哗变。边兵奉调勤王反被逼上梁山!流贼蜂起,是天灾乎,是人祸乎?分明是你自寻死路!自古所谓官逼民反,真反的哪有敬业小民?就算逼到绝路,但有几亩薄田,就宁肯守家饿死,也绝少铤而走险。颠覆我朝的流贼,貌似浩大,生力军无非那些兵变士卒、驿夫、流氓恶徒,后面跟着混饭的饥民而已。

"流贼荼毒我帝乡凤阳,凤阳贫民几百里相邀,向贼献花名册,上云某家富厚、某处无兵,使贼如入无人之境,大肆焚掠,震动祖陵。何以至此?开国之初,朕亲令免凤阳、临淮二县徭、赋,世世不再征取。尔等不肖子孙置若罔闻,各种工程、差役反而多如牛毛。有大臣奏请汰减重赋苛政,说善政施仁,宜先始于帝乡。你唯恐各地效尤,用空话搪塞,含糊其词批个'阅知'。等到我祖坟被掘、陵寺被烧时,你哭告太庙,下罪己诏,有什么益处?朕岂能谅你!

"再说你自嘲不能守社稷,可殉社稷。貌似刚烈。天下不能守,殉其何用!况朕开国即以金陵为都,是那朱棣篡位,迁都北京。他也不敢造次废我南都,仍留有五府六部。北京既不保,天下兵马不肯尽忠勤王,就应当早早移跸南京。借此洗心革面,刷新弊政。假以时日,人心复归,或有机缘北伐,收复中原。

你明知此计为万全之策，又是唯一出路，却坐困愁城，苦等着群臣来劝你迁都。你秉性多疑，好出尔反尔、诿过于人、嫁祸于人，谁还敢净言献策！这才酿致万劫不复的局面。危难时节，你破罐破摔，自裁丧命，连带着太子、亲王、大臣都陷于贼手。你死不足惜，其罪滔天！"

那太祖讲到最后，激愤难遏，几欲挥剑劈将去，唬得诸帝齐齐跪叩哀告。太祖朱元璋自幼丧父，少年颠沛，其实最爱惜子孙，恨是恨铁不成钢。其杀功臣不眨眼，对子孙向来悉心呵护，奖励繁衍，尽力培育。对这第十三世孙的亡国灭种大罪，太祖也就止于怒叱而已。此刻俯视着匍匐脚下、面如死灰的崇祯，其又动起恻隐之心，不忍道："朕知你自登基以来，矢志革新除弊。可是创业之君或者中兴之主，须有天赋异禀，又得逢红运当头；能明辨是非、去伪存真；善于恩威并用，方能四海归心。朕自起兵到得天下，数十年都亲理庶务，人情善恶真伪无不涉历。其中奸顽刁诈之徒，情犯深重、灼然无疑的，特令法外加刑，意在使人知所警惧，不敢轻易犯法。然而如此特权处置，顿挫奸顽，全在一人有盖天蔽地的威望，非守成之君能用之法。嗣君统理天下，只应遵守成律与大诰，绝不许乱用重刑酷吏。我治乱世，刑不得不重；你治平世，刑自当轻；更不应朝令夕改，法为人用。朕在位三十年，百官日子难过，百姓日子好过。你在位十七年，士农工商日子都难过！你以中人之才，何德何能，敢刚愎自用，要做那倒转乾坤、中兴再造的伟业？若能谦逊守成，信赖良臣，皇明何至猝葬于你手！"

神宗朱翊钧此时也忍不住大放悲声，道："当年受那东林党死拦，未能以福王继统，让短命鬼常洛上位，传到由检，才招致如此横祸。东林误我，东林人人可杀！"

讲到此时，那十五尊儿孙皇帝俱已泣不成声，泪飞倾盆，引得太祖高皇帝也干号起来，掷了宝剑，向着神宗吼道："你还知道后悔？如今江南半壁还是我大明所有，为何不速去托梦于福王，命他继统，收拾残局！快去，快去！"然后太祖撇下众子孙，含混叫骂着，独自西去了。

其音不绝："子孙误我，子孙误我呀，子孙皆可杀也！"

二、南朝序曲

　　漕运重镇淮安地处淮河与大运河交点，临河傍湖，自古称苏北第一城，乃江南财富地，驻有漕运、江南河道二总督府。京师沦陷，数路勤王军南逃，会聚于此。计有总兵高杰、黄得功、刘良佐、刘泽清四人，各率精兵一、二万人不等。

　　城外码头上，货轮、客船、战舰云集，绵延数十里。到了清晨，苏醒的河面渐渐云气缭绕、烟火蒸腾，一片喧嚣。

　　远离码头，孤单地泊在洪泽湖入口处的一艘破旧大船，此刻却出奇地安静。昨夜主人卧舱里鬼哭狼嚎，整整闹腾一夜。船上眷属、仆役百十号人，围在舱外，心惊肉跳，不知所措。那主人一忽大叫"诸臣误我，文臣皆可杀！"一忽大叫"东林误我，东林人人可杀！"一忽又大叫"子孙误我，子孙皆可杀！"一片喊打喊杀，其间似有低诉、或有辩语，无数灵声怪调杂沓传出。天破晓时，突然安静下来。生逢乱世，朝不保夕，意外频生，大家对种种奇闻异象早已见怪不怪。一看没了声息，不用管事太监吩咐，众人呼啦散去，各奔下处睡觉去了。

　　福王朱由崧做了一夜的梦，醒来呆坐榻上，犹自诧异莫名。

　　这小福王是崇祯帝朱由检的堂兄，是位苦命王子，又算个幸运之神。三年前农民军攻陷他家封地洛阳。神宗爱子、当年差点当上皇帝的老福王朱常洵带着他慌忙逃出王宫，躲进迎恩寺。叛徒们引着农民军搜捕，老福王被捉，他护着母亲伏于草垛之中眼睁睁看着父王被拳打脚踢地押走，侥幸避过一劫。老福王刚出庙门遇上同时被逮的南京兵部尚书吕维祺，忍不住大叫道："吕先生救我！"满脸血污的吕尚书叹道："我命亦在顷刻。王须切记，王贵为当今圣上亲叔，左右有一死，千万不要屈服于贼人，自讨侮辱！"

　　只见闯将李自成端坐福王殿上，冲着被推到脚下的福王冷笑道："你为亲王，富甲天下，当此荒年，不肯发分毫赈济百姓，又使官兵冻饿守城。如今兵溃将亡，财富还在吗？你算个狗屁亲王，分明奴才一个呀！"老福王惊骇，叩头乞命。自成喝道："他人可恕，你不能饶！打四十大板，枭首示众！"不用动

刑,老福王闻言,已先吓得昏厥于地。自成再转脸望定吕维祺,嘲笑道:"吕尚书今日请兵,明日请饷,想杀我们,现今如何?"维祺道:"尔等流寇祸国殃民,荼毒无辜。我有心杀贼,无力回天,死亦何憾!"自成道:"有骨气,赏你个痛快,怎个死法,自己选吧。"那吕尚书竟当庭要了宝剑,一挥而亡。

农民军退后,崇祯帝哀怜其叔,钦选重臣发丧,并命世子由崧继福王位,仍驻洛阳封地,赐银万两赡养。谁料好景不长,才一载光景,农民军再陷洛阳。那小福王倒机警异常,居然又带着一家百口逃出魔爪,从此颠沛流离,四下乞食。为避兵锋,全家一迁再迁,直到漂泊到淮安地界,寄养在总兵高杰翼下。

说到高杰,真应了这两句古话:安危相易,祸福相生。福王一府毁于李自成,却又得于李自成。怎么说?李自成两陷洛阳,搞得福王国破家亡,最终却得善报于高杰。高杰与李自成,那就大有干系了。此人和自成同邑,相率造反。待势力坐大,自成称孤道寡,高杰也水涨船高,升为大将。论性情,李、高自幼搭伴,偷鸡摸狗;后又一处闯荡江湖,自是相投。论貌相,二人则大异其趣:自成面目狰狞,言辞却和缓,有不怒自威的人主风范,善驾驭、服人心,行事机敏狡黠,却无女人缘;高杰则凛然一躯、相貌伟岸,举止干练,仿佛吕布再世,颇有大丈夫气概。真本事不及自成,女子偶见,倒鲜有不怦然心动者。所以变故就由女人而起。

自成从官宦家携得一妾邢氏,不仅闭月羞花,且聪慧干练。自成信赖,将士折服,肩负收发全军资饷重任。某日高杰亲赴邢夫人帐内领饷,英雄邂逅美人,那天赋引力不可遏制;一见彼此钟情相思,再见便如胶似漆了。如果一晌贪欢就一拍两散,倒也神不知鬼不觉,但这不是二人性格。为永保鱼水之情长久,唯有私奔一途。俩人枕畔娓娓商量,郎有心奴有意。高杰义无反顾,拉起自己麾下弟兄,携了邢夫人,夜半拔营而去,降了官军。投降要有投名状。好高杰!施展平生本事,以参将衔任先锋,大败张献忠主力,再败自成悍将李过,论功升任总兵。

三十年河东,三十年河西。李自成忽然声势大起,潮水似东来。高杰自知与自成有反目之仇、夺妻之恨,又以孤旅难挽狂澜,急忙率部南窜。适逢黄河封冰,侥幸过河,一路狂奔至淮安。途中偶遇小福王,便留护了他在自己军中。这一逃一护,竟意外铸就大业,当了一回定策勋臣。小福王也否极泰来,坐上金銮宝殿。

那日小福王正独坐舱中纳闷,忽报高总兵登船求见。他一骨碌站起,急让入舱房,也不问高杰此来何意,便迫不及待地、一口气把太祖昨夜携列祖列宗及当今圣上托梦之事，绘声绘色说给他听，直听得高杰面无人色，魂飞魄散。高杰之惊，倒非全惊在此梦的详确，还另有别情：他此番拜谒福王，是领受凤阳总督马士英嘱托，预做个劝进的铺垫。马士英与南京守备太监卢九德、靖南伯庐州总兵黄得功正走在由凤阳到淮安的路上。这天意和人愿离奇契合，怎不令他惊喜到战栗？福王一讲完，他随即就把他、黄得功及山东总兵刘泽清、河南总兵刘良佐，即时下驻扎于江淮一带的四将，打算共谋福王继统并已得马士英、卢九德认可的情形做了报告。这回轮到小福王目瞪口呆。准君臣二人四目相对，一时都有些手足无措。

马、卢、黄等说到就到了。

马士英与明朝多数文官武将一样，仪表堂堂，年过半百，任一品大吏亦已有年。其二十八岁进士及第，授户部主事，历任严州、河南、大同知府。崇祯三年（1630），迁山西阳和道副使；五年（1632），擢升右佥都御使、宣大巡抚。有文名、有政绩，亦有战功，且与阉党、东林人物都有交情；向以知人任事为偏重，不以帮派门户设畛域。时任凤阳总督，是江南仅次于南京兵部尚书的大吏了。

士英率诸将参拜了落难中的福王。大家坐定，先依高杰建议听福王详述一遍列祖托梦情节。一群孤臣孽子，难免涕泣感伤了一回。喘息甫定，士英整理衣装，再拜，开始禀告："殿下，先帝变故之后，我等待罪南都，本分应死；转念天下国家之重，一旦新主得人，还可为。而今龙脉所系，有殿下、潞王、周王、恒王，皆避难居于淮安。现南都参赞机务兵部尚书史可法及东林诸子主张立潞王常淓，守备太监卢九德与臣等则笃定殿下当立。理由有三：一者诸亲藩中福藩居长，依轮序福王为首选；二者潞王序为侄辈，岂可舍孙立侄？三者唯有殿下宽厚仁慈，堪承国本，故得列祖垂青，昨夜托梦而独接圣嘱。"听到此处，福王忍不住打断道："孤闻史可法乃正人君子，国难当头，自当以社稷为重，他为何主张舍近立远？"

"殿下难不成忘记万历、天启年间旧事？神宗与殿下祖母郑皇太后本欲立殿下父王为太子，因东林党人力阻而未遂帝、后旨意。如今若殿下登基，旧案重翻，结果如何？所以阻挠殿下继统者，史阁部并非第一人。首倡所谓弃嫡立贤之说者，为东林党魁钱谦益，襄赞者为南都兵部侍郎吕大器、户部尚书高弘图、右都御使张慎言、詹事府詹事姜曰广等。那首席大臣史可法反而在犹豫不决之间，其身为东林人士要心向东林，却又自知应按轮序迎立神宗子孙。前日史阁部约臣专为此事在浦口相谈，所以臣深知其陷首鼠两端之间不能自拔。只要臣等护持殿下一抵南都，可法自会顺水推舟，局势自然明朗，国家就有望扭转危局！"

"马先生胸有成竹？"

"殿下，如今南直隶可恃之兵只有四镇，堪称劲旅的是高总兵三万铁骑，次之是不久前随臣平定永城的黄总兵二万精卒，再次为刘良佐、刘泽清各万人马。四镇都衷心拥戴殿下，愿随臣共襄定策大业。都中史可法本意亦在殿下，其他那些文臣，平日只擅放言高论，并无实招，局面一变，自然归心。故臣胸有成竹！"

"既如此，如何行之？"

"第一步，臣以书达史尚书，开明宗义，视其回书而定进京步骤；第二步，随殿下赴凤阳皇陵设誓，守备太监卢九德已在陵前专候；第三步，率四镇兵马护送殿下进京登基。"

福王闻言，忍不住垂泪道："难得先生和各位，危难关头心向正朔，胸怀报国之心。此举若成功，孤得继大统，定遵列祖教诲，汲取先帝教训，论功行赏，永绝猜忌。国家恢复大业，全赖诸君操持，贫贱不移，富贵共享！"众人喜悦，齐齐伏地跪叩，山呼千岁，然后簇拥着福王下船登轿，赶赴中都凤阳。

中都乃龙兴之地，昔日建有辉煌宫阙，配设守陵太监和一品以下数千职缺。而今经烽火荼毒，殿寺尽毁；葱郁群山依旧，帝乡气象无存。士英迁任凤阳总督后，只及将皇陵重修，满山仍是一片断壁残垣，颓败萧索，凄凉不忍四顾。福王率众臣陵前祭祀之际，那太祖、成祖、神宗等是否在云端俯瞰，玻璃心是否碎了倾天而落？感应此情此景者，唯有福王自己。

仪式结束，盛筵已备。大帐内美酒成缸，珍馐满席。福王性嗜酒、好美食，离乱之世，鲜见如此排场，遽然嗅到浓郁肉香已然陶醉，不耐烦等到开宴下箸，膏粱不及两小口，酒不足一大爵，竟酩酊醉了。大太监卢九德只得嘱咐小太监先抬他别帐小憩。福王先醉，众人无心开怀；九德与士英一商量，际遇无常，此时耽搁延时，一旦被南京留守文臣抢占先机，使潞王捷足先登，拥戴正朔的倒成了乱臣贼子。事态非同小可，二人决定马上动身，令太监将沉醉中的福王抬上车轿，队伍随即开拔。

旌旗猎猎、角声呜咽，战马奔驰、征尘滚滚，三军踏歌而行，队伍浩浩荡荡，迤逦不见首尾。南国水乡，承平三百年，绝少见此壮景，又有神宗嫡孙、真命龙种福王车驾居中，引得大江两岸百姓蜂屯蚁聚，观者如堵，欢声动地。大队抵达浦口之时，史可法率群臣已在码头恭候多时了。

原来南京留守诸臣齐聚兵部，读到马士英表文中"闻南中有臣尚持异议，臣谨勒兵五万，驻扎江干，以备非常"等语，那钱谦益、吕大器等即刻瞠目结舌，缄口不言，拥有决策之权的史尚书知大势已定，无须力排众议，也无须再费工夫继续争辩什么"立亲""立贤"了。暗怨自己棋败一着，满腹悔恨，只得惶惶然、急匆匆准备车仗船舶，赶往浦口迎驾。

福王乍醒，尚醉眼迷离，任由卢九德等扶持下轿，端坐交椅上，接受史可法等参拜。福王与史可法初次相见，四目对视，不免各自心惊。福王惊在那史可法仪表非凡有如天人：剑眉杏眼，面如朗月，美髯垂胸；身躯凛凛，高出旁人一头；风骨儒雅，神采奕奕。立显得自家猥琐，贵为龙种，形貌气场不及一文臣。其实，在封建时代，不仅唯才是举，又尚以貌取人。科举及第，大家才智相近，殿试便只在相面观气质了。但凡文臣，多为龙章凤姿之容；例数武将，莫非彪悍威武之躯。譬如这即将当朝的两位最重文臣——史可法与马士英，便都是俊美男子。只是马士英多历战阵，在风霜刀剑中磨洗，略显粗粝；可法以学养过人，更显气华逼人。这便是后世鄙夷的书卷气，那时节相反，视书卷气为仙风道骨；所以福王一瞻，顿生敬意。史可法惊在：福王天庭饱满、鼻直口阔，慈眉善目、气质和蔼，毫无贵胄纨绔派头；角巾半污旧，手摇白竹扇，颇有垄亩风，应是仁君之相。举国上下此前受够了崇祯的刚愎自用、冷酷多疑，盼仁慈之君如大旱之望云霓。可法暗思，自己之前态度犹疑，踟蹰在当年立废纠葛，不能超脱于东林门户之外；为社稷着想，若当年老福王立，江山何至于残破若此！亡羊补牢，兴许为时不晚。老福王已薨，幸有小福王驾到，国家有望了。他又为自己当断不断，把定策之功拱手让人懊悔莫及。

正胡思乱想、有口难言之时，福王已起身，走近可法，扶起并执手笑道："久仰史先生贤名，本藩相见恨晚。"可法无地自容、愧汗湿衣，嗫嚅不知所以。福王又牵起士英的手，可法、士英慌忙俯躯弯腰，以双手捧住福王玉掌。福王携手二臣，面对众人道："孤避乱江淮，惊闻凶讣，既哀社稷之墟，亦激父母之仇，痛不欲生，志图必报。然度德量力，徘徊未发。今得列祖托梦、诸臣来迎，谓神器不可久虚，倡议不可无主。孤敬尊祖制、勉循舆情，愿登基复国。孤虽德薄智弱，幸得天助，文有史爱卿、马爱卿等忠臣百位，武有高爱卿、黄爱卿等战将千员。愿我君臣上下一心，同仇是助，唯思告慰列祖列宗在天之灵，图报天下臣民忠君复明之盼！"

众臣感奋流涕，山呼万岁。被点名的四位自然愈加心潮澎湃，恍如再生。

继而可法、士英等护驾登舟，直抵南都城外燕子矶。择五月初一吉日，福王登岸，先拜谒孝陵，后从朝阳门进城，暂驻内守备府，受文武百官朝见。十五日，正式即皇帝位，改明年为弘光元年。

弘光帝依廷臣会推，命原南都兵部尚书史可法为东阁大学士兼礼部尚书，入阁办事；马士英加东阁大学士、兵部尚书、右副都御史衔，仍任凤阳总督；原礼部尚书王铎任东阁大学士入阁办事；张慎言为礼部尚书；刘宗周为都察院左都御史；封高杰为兴平伯，刘良佐为广昌伯，刘泽清为东平伯，靖南伯黄得功加封侯爵。

此时，吴三桂方引满人入关，大顺军败走。清摄政王多尔衮以中国之大，自视区区数万人一个小部落，当年大金尚无力吞灭南宋，如今占据京畿，已为过望，哪敢有一统天下的志向？所以听闻南京立了新君，不久就发布文告，说道："明朝嫡胤无遗，势难孤立，用移我大清，宅此北土。……其有不忘明室，辅立贤藩，勠力同心，共保江左者，理亦宜然，予不汝禁。"

江南初定，是为南明序曲。

三、再整河山

新上弘光帝登基前屡经劫难，四海漂泊，乞食八方，尝尽人间疾苦，阅遍世态炎凉。初登大位，骤然天地颠倒，恍惚梦游仙境。在龙床上与久违的温香软玉终夜缱绻，在御席中对着美酒佳肴永昼开怀，倏忽十日有余。

这一天红日高起，弘光帝春宵酒醒，移步禁中，举目四望：乍一看时，但见宫阙嵯峨、云蒸霞蔚，不失圣朝气象；仔细观时，老旧宫室，历经三百年风蚀虫蠹，早已梁柱斑驳，门户歪斜，四下坍塌废圮，凄凉不忍反复打量；再环顾两侧身后簇拥的旧宫娥，个个面目憔悴、体态臃肿。难以想象这十数日竟饥不择食，缠绵于此等残花败柳丛中，当作温柔富贵乡欢度了一场！一时龙颜大苦，心事沉重，浴罢膳后，即传召史可法、马士英入见。

史、马被直接引到御膳房，赐宴。那史阁部凝视酒具片刻，瞟了马总督两眼，士英会意，伏地向皇帝启奏道："陛下务必珍惜龙体。早膳饮酒，于身、于事无益而有害。"弘光道："好，依卿言不饮。"面却露出难色。可法不忍，只得徐徐说道："若只饮一杯倒无大害。"弘光笑道："听卿言，朕与爱卿各饮一杯为限。"须臾，内侍以大金爵呈至。喝到一半，便不举杯；内侍会意，急忙斟满；饮至半爵，又斟。名虽一杯，实有数爵量了。可法、士英只得故作不见，低眉下箸，跟着吃个醉饱。

宴罢议事。可法奏道："皇上龙飞应运，实为马总督及总兵官高杰、黄得功、刘良佐、刘泽清能早决大计，拥立圣驾，功在社稷，现已分赐三四等爵，剖符延世，正当为国效力、再立新功之时。如今流贼势大，鞑虏猖獗，我朝新创，百废待兴，应审时度势，效太祖当年高筑墙、广积粮之计，缓北伐，积聚资财，广招兵马，固守江南，借虏平寇，待机而动。

"从来守江南者，必在江北，即六朝之弱，犹争雄于徐、泗、颍、寿之间，其不宜划江而守为明理。但此时贼锋正锐，我兵气靡，各分则力单，顾远则遗近；不得不择可守之地，立定根基，然后一鼓锐而前，再图进取。臣以为，当酌地利，急设四藩。哪四藩？其一高杰，镇守徐州、泗州；其二刘良佐，镇守凤阳、寿州；其三刘泽清，镇守淮安、扬州；其四黄得功，镇守滁州、和州。

四藩各自属地，兵马钱粮暂听其自行征取。如恢复一城、夺取一邑，即属其分界之内。应设督臣监管、驻扎地方，相机固守。臣愿任督师，驻扬州，调停四镇。马阁部忠君勤政，可进京入阁，接臣任首辅之责。"

士英听到此处，面露喜色。出将入相是其毕生梦寐以求的向往，可法如此善度人心、能知进退，也真属难能可贵。可法话犹未尽，弘光帝此刻微醺，轻轻鼓掌道："爱卿高见，深合朕意。我朝往后外有老史、内有老马在，朕高枕无忧了！朕恸北都先帝之灵而存哀悼之心，却笃行太祖圣训，摈弃先帝刻薄寡恩、多疑嗜杀之弊，天下事尽付与二卿和四镇，凡军国大事，今后都听二卿调度。朕颠沛多年，一朝蒙诸臣扶助御极，祈祷不负祖宗，除此更有何求！且寡人有病，寡人贪杯，寡人好色，此亦人之常情，须请爱卿体谅。今史先生所奏，皆准。朕也有求史先生、马先生二事，望酌定。"可法、士英闻言惶恐，伏地叩首，齐声道："陛下，微臣谨从谕旨。"

"朕登基以来，每见旧殿残破，四壁萧索，全无天朝气度，心甚凄楚；殿宇亟待修缮、重建，此一事。另一事，朕离乱之际，与妃失散，现孑然一身。世有不娶的和尚，未闻鳏寡的皇帝。况宫内仅存白头宫女、耄耋内监，生气竟不如市井民居。寡人要筹备大婚，宫里需充填淑女、置办一应什物。如二事可行，朕意卢九德事同一体，可听司礼监主办二事。"

"臣等遵旨。"未待可法应声，士英又抢先道，"臣立即督行。此非寻常事体，乃国之大事。"

"难得爱卿体谅朕躬，我君臣同心，何事不谐，何坚不摧！史爱卿赴督师任上，朕将亲送京郊，十里外饯行。马爱卿入阁办事，朕亦赐宴款迎。天已近午，二位先生慢走。"

史、马九叩仁君，拜别出宫。二人并轿而行，沿御道驱驰不远，回首遥望，那宫殿果然浊水绕城、墙颓壁残，垂柳枯萎、群鸦乱飞，倍感新君所求，百无一过。士英道："年内赋税半纳军费，二分政务，三分充内，史阁部以为如何？"可法道："马先生已为首辅，政不可出自多门；可法今后只参谋军机，国事悉听内阁调度，皇上恩准即可。"

于是大兴土木，修兴宁宫、建慈禧殿。九德率内官遍查京中民户，凡有女孩人家，不问年纪多少，先封其门。老丑者释放，略有颜色、二十以下的，不问愿意与否，用黄纸贴额，挟持上车。很多百姓不懂皇恩浩荡、雨露滋润的幸福，听说奉旨选婚，急忙疯狂嫁女。有一富家子弟一夜迎娶二十五女，被邻人举报，朝廷命有司治罪；二十五妻未及圆房，都被牵入宫中。搜括一个多月，弘光帝命选绝色闺女列队日下，为避免重蹈汉帝大意失昭君覆辙，亲自细加检视。看了一天，眼花缭乱，颇不如意，只留十人侍寝。弘光帝魁伟硕大，又经年无缘女色，忽然尽兴，一发而不可收，一晚竟使四童女毙命；只得趁夜裹骸厚殓。挑灯大战至天明，意犹未尽。九德只得又派内监四出，往苏杭等地选拔美女。历经三月，收罗少女过万，包括教坊名妓百人。宫内霎时粉黛如云，莺歌燕舞，一扫阴森气，再回天上人间。

乐极生悲，新天子只纵情做了几日神仙，面对那羞推娇就的仪态和横陈玉体、汹涌波涛，却望波兴叹、无能为力了。

御医以蟾蜍炼制春药，千只蟾蜍不过熬成一丸，勉强维持得一场欢愉。九德只好又派内官四出，奉旨捕蟾。百姓按户摊派，每户三十只。有百姓因愚昧而生怨，咒皇帝曰"蛤蟆天子"，遭邻里告发，以忤逆罪枭首示众。

中国的政制，历来擅长行浩大之事。闲置二百多年的故宫，仅用月余工夫，便焕然一新，重放光彩。那种妖娆富丽，仙气氤氲，彰显着大国气象。弘光朝君臣果然各负其责、各显神通。天子使内苑起死回生、修旧如新；士英率阁僚刷新吏治、举贤任能，各路神仙络绎来归；可法督师扬州，整军修武，四藩马肥兵壮，江南官兵人数由十万增至五十万。

先说马阁部士英。

中国历代党争最厉害的，莫过于万历以后百年，生生把个大明江山断送掉了。何谓党争？在明朝，就是名满天下的东林——复社党徒自命为正人君子，到处延揽追随者；在野则结社讲学，发言高论，孤立异己，排斥外人；在朝则互相提携，霸占科场，犯颜敢谏，为追名逐利不择手段。那些无党派人士为图自保，也被迫拉帮结伙，抱团取暖，以应对东林的排挤。于是朝野狼烟四起，攻讦之烈盖过边患、匪祸。万历时，东林在野虽盛，在朝常受皇帝和张居正等铁腕政客压制，朝政尚处于平稳生态。万历后，东林以拥戴之功获泰昌帝宠信，立将异己肃清。泰昌命短，幼帝天启起初仍信赖东林。东林党徒布列朝堂，以梃击、红丸、移宫三案清洗非东林诸臣，导致朝纲废弛、上下糜烂，三边败报频传。天启帝稍谙世事，乃借重大太监魏忠贤整肃东林。朝廷一时间风向大变，群臣共赴时艰，内有重修皇宫三大殿盛事，外有宁锦大捷扭转乾坤之役。

好景不长，天启也是个短命皇帝，偶然机缘使朱由检上位。崇祯按捺不住满腔除弊革新的抱负，登基伊始，不思平稳过渡、笼络人心，给群臣重新站队机会；而是不分青红皂白，全面为东林平反，以"钦定阉党逆案"肇始，捕风捉影、大肆牵连，数年间搞得风声鹤唳、人人自危，无人有心过问政事。诸臣尸位素餐、不思进取，反过来叫崇祯寝食不安，愈加生疑，便愈加吹毛求疵。方寸一乱，难免真伪莫辨，赏过罚功成为常态。因不信臣下，竟首创天子亲审大臣恶例。庙堂之上，群臣面前，天子声色俱厉，酷刑逼供，涉事大臣血溅大殿、鬼哭狼嚎，群臣战栗、心灰意冷。终于演至甲申之祸。

新朝开局，首辅士英倒颇有一番从善如流、唯才是举、重塑国政、做个救时济世之相的抱负。在北京的内阁和五府六部重臣被农民军一网打尽，多数"附逆"，网罗人才自当以江南为主。江南人文荟萃，是东林、复社根据地。虽然东林人士曾与老福王为敌，将其从太子位上拉下来，又抵制小福王继统，那新君和首辅不计前嫌，把当世出名的东林"正人"如姜曰广、王铎、张慎言、刘宗周、钱谦益、陈子龙、夏允彝等都安插于要津。为体现精诚团结、共度时艰，同时起用东林对头阮大铖。阮大铖才能不输东林、复社任何高手，却因前朝时无数恩怨情仇，被东林视为寇仇，扣上阉党大将的帽子，恨不能将其置之死地而后快。当年大铖对士英有知遇之恩，士英当朝，自要排除万难，投桃报李。况新皇要认真清除先帝弊政，用人无畛域，早闻大铖才名，痴迷他的戏剧，管他入围"钦定逆案"还是什么计典、赃私等形形色色要案，士英举荐，正合上意，当即下诏，召因逆案削职为民的阮大铖戴冠来京陛见。不经朝臣会议，钦点为兵部添设右侍郎。

于是乎，朝堂之上群英毕至，又水火不容，终日唇枪舌剑、交相攻讦，言路畅通、激情四射，闹得士英进退失据。

诸臣下朝则放浪秦淮，纵酒狂欢。南都上乘歌儿舞女本已征入宫苑，然而有需求就有供给，沉寂不多时，金陵便仙袂飘飘、香车络绎，重现繁华。秦淮两岸妓家河舫开宴迎宾，樽酒不空；歌姬的翡翠鸳鸯与书生的乌巾紫裘交错生辉。文采风流，极盛一时。冒襄与董小宛、陈圆圆，柳如是与陈子龙、钱谦益，侯方域和李香君，等等，莺莺燕燕、恩恩怨怨的故事，成了上至公卿大人下至市井小民百嚼不厌的谈资。青楼传奇女，引无数英雄竞折腰。至于当年东林君子与所谓阉党乱臣们在朝廷你死我活、互揭短长，争辩些什么，为何事而争，早被北国大兵的利刃钢枪扫荡殆尽。有趣的是，那些才子佳人的风流韵事却未随雨打风吹去，反而历久弥新，千古遗香，至今还被后人津津乐道。

再说督师大学士史阁部可法。

可法以东林巨子、新朝第一文臣的名望地位督师江北，不可谓不威武显赫。一班人马沿途被地方官绅、将佐上接下迎，一日数宴，走走停停，二百里旱路足足行了十日。距扬州城二十里，东平伯刘泽清率参将以上数十人在路口设大帐摆盛筵迎候。

可法此行如此缓慢，有其心思算计。东林党人以结社抱团、讲学科考、清议直谏见长，与武将军界素少交集。这在平时无关痛痒，战时则非同小可，故可法有心多与大小武官结识亲近。乱世武人跋扈自雄，内心还是羡慕斯文，也乐得拜在泰斗级文臣门下。因此各取所需，各得其所；一路狂欢，灯下樽前，豪言壮语，肝胆相照，搞得督师大学士信心满满、壮怀激烈。

东平伯刘泽清是山东曹县人，天生山东大汉的憨实面目，心思却甚缜密。那些乱世枭雄，能刀尖上跳舞，没些超乎常人的本领是玩不转的。农民军迫近京师，崇祯帝命他率部火速由山东入卫。他谎称坠马受伤，奉诏而迟行。京师陷落，农民军入山东，他又南逃到淮安。南都诸臣商议立君人选，他开初迎合东林之意，即拥立潞王。待听说高杰、黄得功、刘良佐与马士英已策立福王，深知四路兵马自家最弱，急忙投入拥福行列。正因此举，他在四镇当中，属弃暗投明、急流勇退，倒与督师大学士契合，所以心照不宣，彼此情分上贴近许多。

那史可法何等人物，不仅学富五车，仕途由推官、守道、兵备道、巡抚而登庙堂之高，久经磨炼，德能勤绩，权谋兼备。以泽清一介武夫的心思，他无须揣摩便了然在胸。

酒过三巡，史阁部趁着酒兴，先以师尊的身份指点些做人的根本，道："在此国家危难当头，东平伯肯做中流砥柱，可法深为敬佩。何谓中流砥柱？天下滔滔之际，不随波逐流，不从叛附逆，以忠孝事君，以节义护国，视生死于度外！人生韶华短，江河日月长。人在做，天在看。如擅于多变保身，必终于无耻；如定于忠孝节义，必归于神圣。无耻与神圣之间，在一念之差！"泽清闻言感奋，一对环眼，流下两行清泪，喷着酒气应道："末将若甘于无耻求荣，顺贼进山东时就投降附逆了。如今侥存性命，竟能参与定策，匡扶社稷，拥旄万里，何其雄壮！余生但知有大明江山，但知忠君报国，无复他想了！"

"好，好，知荣耻方能全智勇。国家兴亡，寄于四镇。"可法啧啧称赞着，忽以督师身份询问道："高杰屡次上书，言进取开、归，直捣关、洛，其志甚锐。你以为如何？"泽清道："哪有不食之卒、不饲之马可以杀贼的？高杰但知发兵，不为计饷。若有饷银可应，末将愿率健儿，为诸镇前驱。"

"你以为需多少钱粮方可进取？"

"进取之计，募五十万精兵、储四百万饷银、备十万匹良马，整顿器械、操持二三年，乃可渡河。"

可法听泽清一席话，未置可否，对其真意却已了然。可法为官极勤勉，治文书夜以继日，对四镇兵额和应发、已领饷数心知肚明。甲申五年江北四镇初立，核足每镇兵额三万，年供银六十万两，四镇合计二百四十万两。五月至夏，四个月间已发一年半饷银；况且四镇所辖江北驻地屯粮、商税都拨给四镇，每镇军饷、补给超北兵数倍。可法曾视察东平伯淮安治府，壮丽辉煌，日费千金，足显这刘泽清睁眼说瞎话，无非欲顿兵江北，偏安享乐。既已探得刘泽清真意，以东平伯定策元勋之位、拥兵数万之力，深知自家虽名高位重，终是乱世文臣，唯有折冲樽俎，小心驾驭，此后便内里冰霜、言语火热起来。

酒半酣，话尽兴。可法建议起行，途中车上小憩。临登车，可法执泽清手道："贵爵所论，高瞻远瞩，我已尽知。事缓则圆，但仍须乘时。望秣马厉兵，待时而动。"

扬州督府开张，士英从南都拨发二千川兵任护卫。可法一虑内藏士英心腹，二忧泽清生疑，仅从中挑选二百老弱残卒驻府，其他划给泽清属下守城副将。

在扬州两日，一日邀谈当地官绅名流，集思广益，共商恢复大计。二日走街串巷，访贫问苦，安抚众生。三日即赴靖南侯黄得功滁州治所、广昌伯刘良佐凤阳治所。大将黄得功力主尽快渡河，出山东北伐。但其军驻扎南直隶，在于防备鼓噪清君侧的大军阀左良玉溯江袭扰，不可轻动。刘良佐则与刘泽清同调，不堪托付大任。所以可法第五日便风尘仆仆，来到兴平伯高杰的驻地徐州，这才是督师大学士的真正目的地。在徐州，他一住就是半月。

四、大顺永昌

　　西元1644年，夏历甲申年，是华夏史上最波诡云谲、生灵涂炭、惊心动魄又风花雪月的一年。紫禁城内，四十余日间，三易其主：朱由检三月十九日自缢；李自成四月二十九日登基，当日便焚殿出亡；清兵旋即入城。江南福王继统。若算上另一悍匪张献忠的大西国，一时有四国并立，交相攻伐，恰似群龙戏海，怒涛翻滚。所以对百姓而言，是生灵涂炭、血流成河的浩劫之年；对清朝顺治而言，是天赐良机、高歌猛进的幸运之年；于江南弘光新朝而言，是温柔富贵、风花雪月的浪漫之年；于大顺永昌而言，是狂飙突进后一泻千里、冰火两重天的梦碎之年。

　　且说李自成提十万貔貅进京，一夕间成王败寇，俨然新君天降。帝都万人空巷，一片欢腾。明朝那些文官武将早已受够了崇祯朝罚及无罪、赏及无功、动辄得咎、朝不保夕的政治生态，祈盼改朝换代，如大旱之望云霓，是故愿意追随崇祯帝西去的，没有几人。倒是多有成群结伴，争相往投新朝的。少詹事项煜对众友道："大丈夫名节既然不保，就当立盖世功名，如管仲、魏徵有何不可？"给事中史敏应道："圣君已降，天下将重新一统了！"言罢，与项煜、考功司郎中刘廷谏等数人匆匆赶往吏政府报名。此时天色已昏，大门关闭，史敏一时情急，敲门大呼道："我兵科史敏啊，劳驾破例禀报牛丞相！"丞相牛金星感其诚意，真破例叫开门相见。他打量众人，见刘廷谏年过六旬最长，笑道："先生老了，须发都白了。"廷谏忙申辩道："太师用我则须发自然变黑，我才六十，没老啊。"众人都笑，金星道："好好，宝刀不老，刘公可仍任原职。"此一幕幕场景若是被为社稷而死的崇祯目睹了，必至气噎喉堵，大骂"文臣可杀"！

　　当时众望所归，民气可用，大顺新朝本应改弦易辙，弃掳掠，代薄赋，刷新吏治，开创新局。可惜那李闯王光棍出身，苦大仇深，深恨贵胄官绅，称帝后计不出此，反而打杀搜刮更甚。入京后，不仅抄收皇帝内帑和宗室、国戚、勋臣、太监财产，而且将未被选用的官员，悉数发往各营追赃助饷，严刑拷打。转瞬间，白银雪球也似滚来，人心海潮一般退去。靖难之时，崇祯舍不得拨付内帑，令勋戚、太监和百官助饷，百官勋戚百般推诿，所得不过二十万两。待体面扫地，身陷囹圄，不过十日，浮财不计，仅白银就挖出逾七千万两！

那史敏、项煜等少数新朝录用之流，侥幸免刑，但兔死狐悲，惴惴如惊弓之鸟。庶吉士周钟是牛丞相乡试中举时同年好友，又和史敏相善。史敏等寻到周钟，请他指点迷津。周钟正意气风发，一心施展平生本领的时候，宽慰大家道："新朝气势方张，雄师百万，鞑虏区区数万人马，谅不敢似蔑视前明般小觑大顺；江南人孱弱，也不难平。诸位既已履新，何虑之有？"刘廷谏道："一味杀人越货，乱施酷刑，视栋梁如废材，岂是新朝之政？依然流贼而已。"史敏道："我老眼昏花，不识时务，竟以李闯为救星，寄望能兴更替、除积弊；今见残杀太甚，万难成事！"周钟道："太祖初起时亦然。不杀不足以立威，待承平之日必定转以宽缓。"项煜打断他道："天下未定之时，太祖最礼贤下士，是故四海归一。屠戮功臣、谪戍百官，系在大治之际，其意在除暴安良，豪强苦而小民乐。整肃数年即改弦更张，废严刑峻法，以宽仁训后世，并非滥杀。"诸人你言我语，各诉见闻，感伤流涕。

周钟一时语塞，良久方道："我以为顺兴明亡，无非亡国兴国；亡朱家之国，代以李家之国。惜明朝气数已尽，才有崇祯的德薄志大、自毁家国。若鞑虏窃据神器，是亡天下；天下兴亡，匹夫有责。如诸公所论，明不该亡，顺不当兴；但明已亡，顺已立。难不成我等要做奔突之虎，去率兽食人？"一席话说得众人瞠目结舌。于是人人饮恨，又不知所从，怅然四散。

李自成开国创制，端坐在金銮宝殿，香烟袅袅、颂歌绕梁，正是志得意满、气吞万里之际，哪顾得那些落魄贰臣向隅而泣、悲天悯人、无病呻吟的苦楚？这日忙中偷闲，左拥新宠，右抱旧欢，乘了步辇，漫游宫苑，辰时起驾，至戌时日落，才把个东西二宫百十处殿堂都逛遍了。

晚膳设于长春宫。一路上圣躬亲为，从各院遴选了十二佳丽，命侍宴。说好了雨露均沾，人人有份，但每夜仅幸一人，以酒量排侍寝秩序。于是乎蛾眉争锋，娇娃拼酒，御膳房成了斗酒场。宴罢酒气熏天、杯盘狼藉，更兼花容变色、玉体横陈。永昌皇帝全程观战，见众美争宠如挣命，龙颜大悦。酒场上点兵，筵席间下诏：十一人齐封五品贵嫔，各配宫室侍儿，由太监或搀扶或掬捧着，赴任去讫；唯一未呕、犹俏立华灯之下搔首弄姿的美人，封二品贵妃，命沐浴侍寝。

李自成起于草莽，身经百战，纵横四海二十载，遍尝酸甜苦辣，历尽世间冷暖，从低贱到至尊，岂能不谙张弛有度的道理？温柔乡是英雄冢，酒色只做圣贤衣。一夜颠鸾倒凤之后，晨起神清气爽，膳后出了恭，腹中满满的就都是军国大事了。

历代早朝多在五更天，时间过早，以明代最甚。亡国之君崇祯怀着雄心壮志，立誓中兴，比太祖还勤政百倍，日批奏章至凌晨丑时，小憩一会儿，寅卯之交就开始早朝，堪称夙夜奉公的典范。这可苦了百官，大臣须午夜起床，披星戴月，穿街过巷，早早抵午门守候。钟声响起时宫门开启，百官过金水桥整队入殿。有事出班启奏，无事等待散朝。折腾完了，皇帝回后宫就寝，臣工打着哈欠赴各衙办事。终日人困马乏，效率大打折扣。自成初摄大柄时依样画葫芦，两日便察出弊端，立改早朝为壬辰交癸巳时（即今早九点），诸臣皆喜。

时辰变了，规矩依旧。新皇驾临奉天殿，百官山呼万岁，行一跪三叩礼。礼毕，四品以上官员依序奏事。昨夜酒酣梦深，今晨个个精神，颇有一番新朝气象。朝散后，百官退去，留大将刘宗敏，宰相牛金星，军师宋献策及前朝降臣、首席大学士魏藻德至乾清宫议事。

君臣五人步入后殿，自成先落座，宗敏等三人随后坐定。藻德不惯新礼，局促侍立于侧。自成笑道："魏先生不必拘谨，既已为大顺重臣，入顺随顺。朕不比崇祯，架子哄哄，疑神疑鬼；今日正有事求教，站着不便，平身，赐座。"藻德受宠若惊，诚惶诚恐，跪地谢恩后，才迟疑着侧身半坐了。扎髯魁伟的刘宗敏忍不住睨视着他道："要坐便坐，何必做妇人状！"金星一笑，起身走过来。藻德慌忙跟随站起，金星抚其背叫坐正。

自成道："大顺未来治国理政，早朝时众说纷纭。魏先生三朝元老，见多识广，当有高见？"藻德闻言，又要起身，被大顺永昌帝伸手阻止。

"启禀皇上，蒙隆恩眷顾，微臣有如再造重生，而今但知有大顺，不知有前明。昼思夜想的，都是如何以衰朽残年，为新朝效微薄之力。皇上垂问，臣敢竭鄙诚，献愚见一二：其一，新朝受命于天，入主中原；席卷江北，不过数月间事；囊括江南，也定如摧枯拉朽，不在话下。然得江山易，守天下难。夺社稷仰赖武功，治国家靠涵养民心。"

"明亡亡在失去民心，"自成打断他道，"朕上应天意、下得民心，故而所向披靡，如何便不能治天下！"

"民心得之易，失之也忽。小民至愚，朝予之，则称颂；夕取之，便生恨。良知、道德存于缙绅，国之干城寄在缙绅。前明历三百年骤亡，非失于黔首之心，实失于士人之心。烈皇帝自视圣明，刻薄多疑；倚重酷吏，虐杀良臣；朝令夕改，诿过于人，致使国无宁日，士人因绝望而离心怠政。圣朝以德治国，未闻以刑桎国的。今明亡顺兴,圣上一代英主,开创绝世伟业,定鼎前后,爱民如子。然而明君理政,还需贤臣辅佐,治国应以士人为柱石。现新朝众望所归,群贤争投,宜以轻徭薄赋、刷新吏治、奖功罚过为建政之始,不宜再行追赃助饷等非常之举。"自成不喜道:"朕最恨贪官污吏,自起兵即以杀富济贫为己任,许诺百姓三年免赋,所以从者如云,领有天下。如何一旦登基,便食前言?先生口口声声说治国要以士人为柱石,朕却以为无官不贪,听说那崇祯自缢时也深恨文臣误国,怎么讲?"

"此乃先君卸责之语。正因其事事诿过于臣下,人人自危,不敢进言尽责,任其独断专行,积重难返,终至葬送社稷。皇上入京时,满城奉迎,未遇一将一卒挡驾。天下岂无可用之兵?前两番鞑子倾巢出动,破边墙而来,围城月余,各路勤王兵马蜂拥而至;但先君疑神疑鬼,屡中后金离间之计,诛杀忠良,奖懒罚勤,虽侥幸退敌,却已尽失人心,终于酿至今日之祸。此后城危时便无人勤王,城破后无人救驾,一则是因今上威武,二则前朝气数已尽。"

"依先生所论,明亡于皇帝,非亡于群臣。朕虽不屑崇祯事事诿过于人,但听说明亡也亡于党争,这不又是文臣之过?"

"党争祸国,阉人乱政,皆止于明君贤相,断不至于亡国。国亡,归根到底亡于亡国之君。"

自成鼓掌大笑道:"先生不愧为首辅,辩才卓绝。可惜崇祯皇帝刚愎自用,闭目塞听若此。朕再问你,大顺三年免赋早已昭告天下,如自食其言,岂不失信于民?若不追赃,如何养军,如何施政,如何下江南?"

"据臣所知,王师入京,数日追赃,所抄原内帑、宗室、国戚、勋臣、太监百年积聚之财,已获银数千万两,足够新朝三年之用。臣以为,但凡旧臣、缙绅、商民都不可亦不必再行拷索,如再酷刑追赃下去,是竭泽而渔,令天下士人寒心,新朝将何以为继?"

"准奏!准,准,准!"永昌皇帝连珠炮似道了几个"准"字,虽是首肯,已流露不耐烦之意。文臣人人该杀,是崇祯皇帝临终的抱怨,亦为永昌皇帝最初的誓言。忽然让他改弦更张,究非情愿。若人人懂得随方就圆、与时俱进,渐渐不都修成了圣人?抱残守缺、愚而自用才合乎常人本性。不过,永昌皇帝李自成到底还算个非常之人,感情一时抵牾,道理却透彻明白,随即便抛出一道理想和实践折中的谕旨:"牛丞相,从速拟旨:今后但凡归附旧臣,不再追索财产,被押官绅无论完赃与否,一律释放!"

刘宗敏气愤,忍不住道:"那些卿相、缙绅所有财物,非盗上则剥下,都是赃款，不追何以平民愤？"藻德低语辩道："普通士人皆耕读出身，十载寒窗，一朝录用，多珍惜名节，以勤政爱民为己任，取一时俸禄，博一世功名，与皇亲贵戚生来锦衣玉食、不劳而获天壤之别。天下财富取之于民，用之于政，何来盗上？剥下亦因人而异，不可一概而论。天子清明则廉吏多，天子昏聩则贪官众。"宗敏幼年丧父，随母乞讨为生，苦大仇深，最恨达官贵人，闻言愤愤然，呼啦立起，右手按剑，左手指定藻德，方欲发作。自成虽面上带笑，却厉声阻止道："汝侯！不可造次。朕既已有旨，二卿不可再执着于口舌之争。追赃之议，到此为止。魏学士尚未讲完，请说其二。"

那魏藻德身为前朝首辅，学富五车，宦海沉浮，磨炼得老谋深算、冰雪聪明，眼见得新皇帝动了心机，将停止追赃拷掠仅限于录用之臣，而录用者不及旧臣二成，何以收拾人心？如此尚为大将诟病，能否落实亦属未定之天。心已寒了半截，深悔滞留观望，没提早出城南渡。如今坐困愁城，头脑中竟忽闪出降清后一人之下、一言九鼎的洪承畴来。其原本欲献的第二策，以他两朝当事大臣之察，知清朝才是中国心腹大患，要力陈厉害，敦促那永昌皇帝避蹈崇祯覆辙，火速征调西北主力，集四十万劲旅，乘披靡之势，一举出关，扑灭敌酋。然后聚人才、开言路、固根本，大势所趋，江南财富之地，可免遭兵燹，不战而定。而今心灰意懒，只想着虚与委蛇，应付了事，信口言道"江南富庶，中原供给全赖江南，而南人性懦弱，过江不难"云云，片言未及于辽东。而自成等与满洲无仇无怨，从未接触，全不知其天下一半得之于崇祯的苛政，一半得之于明与清三十年的消耗，更不知只因不知其二，就死期将至了。

降臣魏藻德向新皇进谏，诚谏其一，虚应其二，便画虎不成反类犬，唤起又一出改天换地的血雨腥风来。

甲申年的帝都北京城里，从先帝、今上的庙堂，到旧臣、新贵的深宅，在同时上演着不同的故事；但结局却惊人地相同——急急忙忙奔向死亡。

京城陷落前被崇祯临时抱佛脚、从大狱中提出来委任为京营提督的吴襄，城破被俘。吴襄字两环，辽东宁远人，原本继承祖业，以贩马为生，是辽东有名富户，响当当个人物。努尔哈赤起兵，关外汉人被杀得狼奔豕突、血流成河。吴襄效法史上忠烈好汉的行径，毁家纾难，招募义勇，以保家卫国，为镇武将军李成梁赏识，擢升辽东团练总兵。所部历经血战，淬炼成一支劲旅，号关宁铁骑。后在大凌河战役兵败，被崇祯投入监牢，却以其子三桂代为宁远总兵。大顺军迫近京师，崇祯无将可用，只得释出吴襄，令其率京营守城。吴襄虽勇，但京营不堪一击，他眨眼又成了新朝的阶下囚，被拷打多日，九死一生。家人将京宅内全部值钱物件变卖，凑足四万银两赎人，仍不得脱。忽然皇帝开恩，大顺新政施行：在押官绅，无论完赃与否，尽行释放。吴襄虽被折磨得遍体鳞伤，毕竟筋骨强健，抬回家中将养三日，便复原了。死里逃生，自然合家欢庆。但庆幸之余，仍复愁肠百转。国亡家破，自己身陷敌手；关外爱子，孤军倒悬，前途未卜，能不惆怅！这日正独坐堂上发呆，时而长吁短叹，自言自语，忽报山海关总兵官唐通求见。吴襄喜出望外，急忙起身亲迎。

唐通也是辽东旧将，此时已经降顺，受封伯爵。此番来见，是告知前辈吴大将军，他奉了新皇敕命，将往山海关招降三桂。三桂若降，将得银四万两犒军，封官赐爵，与唐通换防后领军晋京，朝见永昌皇帝，然后另有重用，云云；并请托吴老将军草拟家书一封，规劝三桂，勿使迟疑，从速受封，整军陛见。

吴襄听了唐通言语，满面欢愉，欣然作书付与唐通。唐通见吴襄通情达理识时务，也很欢喜，便应了前辈之邀，就席于吴府，与吴襄及三桂弟等开怀畅饮，共话未来。席间，吴襄借口出恭，急招家臣吴良到内室，耳语数句。语罢，吴襄仍回厅上饮酒。吴良匆匆收拾了行囊，牵快马从后门出府，飞身上马，绝尘而去。

大顺永昌皇帝的灭顶之灾，竟由此次夜宴肇始。

五、志吞华夏

话说关外辽阳之东，有一女真部落叫建州卫。此族当年也曾辉煌一时，扫荡中原，灭辽建金；蹂躏江南，几乎亡宋。这一族的领袖、开国太祖皇帝就是赫赫有名的大英雄完颜阿骨打（汉名完颜旻）。俗语道：草怕严霜霜怕日，强人自有强人磨。大金国又为蒙古所灭，女真族从此流离颠沛，几近灭绝。谁知天不灭金，二百年后，逃遁在深山老林、靠渔猎过活的数百野人小部落里，又横空出了个英雄——爱新觉罗·布库里雍顺。这位豪杰智勇双全，知道蒙昧时代，不借神仙怪说不足以压服群侪，托言自己是天女佛库伦所生，搞了几年造神运动，令族人信服，被拥戴为本部酋长；然后东征西讨，逐渐将零星女真部落聚拢。

江山代有人才出，又过了几许岁月，传到大明万历年间，又出了位更大的英雄——爱新觉罗·努尔哈赤。他继承祖先霸王基因，倾力为本部谋发展，巧取豪夺，复把四周几个小部落兼并干净，将族名号为满洲，俨然大国崛起。其国大到何等程度：拥有纯满洲兵三万，蒙古、汉兵六万，编成满、蒙、汉军各八旗；辖下国土广袤，人口却只百万，其中多数还是从中原掳掠来的汉人奴隶。这点家底和拥兵百万、人民二万万的大明朝相比，乍听起来可怜可笑；殊不知这满洲自由野人部落编入八旗，几十年专一以杀戮征伐为生计，锻造成了凶悍无敌的虎狼之师。与当初蒙古铁蹄踏遍世界无羁绊相似，好比传说中的天神下凡，执了上帝之鞭，可以恣意挞伐堕落的众生。世界各族经千百年农耕温饱日子，已不自觉变得弱不禁风了。那些放下镰锄、入营操练几通花拳绣腿的兵丁，面对游牧、渔猎、三岁能骑马射箭的胡儿，如同驱赶羊群去抵挡豺狼，没个老虎领军，是断然敌不过狼群的。若命运多舛，赶上狼群由老虎统帅，而羊群由纸老虎扬鞭，那战场就是屠宰场了。明代到了崇祯朝，那些个真老虎，如徐达、蓝玉、戚继光、李成梁、袁崇焕等，老死的老死，屈死的屈死，真就演变成纸老虎驱赶的绵羊部队对阵真老虎率领的饿狼军团了。

满洲国主在著名的萨尔浒战役以三万人击溃明朝十万大军后，便也筑造宫殿、建立年号，恢复大金祖业，做起皇帝来了。太祖高皇帝努尔哈赤有子十六人，十六人里要数皇太极、多尔衮、多铎最为骁勇。太祖尤钟皇太极，立为太子，传位于他。皇太极后妃博尔济吉特氏是科尔沁贝勒塞桑的女儿，美艳聪慧。明朝重臣洪承畴被俘初曾宁死不屈，最后还是被吉特妃亲自出面劝降，从此，他死心塌地，成了清朝征服汉人仰赖的柱石。吉特氏生子福临，就是后金——现在的大清国皇帝，年号顺治。福临尚年幼，由和硕睿忠亲王多尔衮摄政。

新皇还是个幼童，一应仪式都不过任人摆弄而已，更谈不上运筹军国大事，满洲的全权都在摄政王多尔衮一人手里。多尔衮向来办事认真干练，如今总揽万机，昼间忙不完，焚膏继晷，彻夜通宵地干。太后吉特氏原与他私情暧昧，怜他往来辛苦，就势赐他在大内延庆宫安歇。多尔衮受此殊恩，感激涕零，越发地鞠躬尽瘁。

这日摄政王正秉烛披览奏章，长史官进报，一等大臣洪承畴禀见。多尔衮叫请，承畴入室，跪地请安。多尔衮搁笔望向承畴，见老洪剃着精光的头，几根花白头发编成一条鼠尾；戴着红珊瑚顶子，天青缎外套补着头品绣鹤，挂着沉香朝珠，脚下尖头缎靴，两手垂着马蹄袖；举止雍容，不愧为新朝佐命。多尔衮忍不住笑道："洪先生请坐！看你这身打扮可比红袍纱帽精神多了。你们明朝别的不讲，就那服饰拖沓得不得了，平时都碍事，战场上如何会强呢？"承畴应道："回主子话，奴才也觉剃发易服后精神飒爽，劲儿也足了。待我们入主中原，第一要务，就是要汉人移风易俗，这天下才能有救。"多尔衮道："你明朝之人，安土重迁，老惦着故国。白山黑水有何不好，总嚷着入主中原？况且瘦死骆驼比马大，明朝疆域如此广大，满洲小国，纵然有心，也是老虎吃天无从下口。"承畴道："奴才正为此事叩见王爷。"

"此事，何事？"

"近来中原喜报频传，王爷竟能安心静坐，不思进取之计？"

摄政王诧异道："中原有何喜报？只闻流贼气焰日张，张献忠占了四川，李自成打破山西，崇祯皇帝危在旦夕，明朝江山眼看不保。要改朝换代了，与我无涉，这何喜之有？"承畴道："明朝的祸事，不正是我国的喜事？"

"不然不然。自太祖以报七大恨起兵，我与明朝争斗了多少年了。明朝固已朽坏，毕竟兵多将广。我与明在关外拉锯，互有胜负；两入中原，虽斩获颇丰，却也不能立足。如今这李自成能席卷中原，自然手段强于明朝，若他骗取民心、篡得天下，挥百万大军趁势出关，我清国疆小兵寡，必大祸降临，更何谈入主中原！"

"王爷有所不知，奴才在明朝为臣数十载，历经三代，深知明朝之亡，非亡于流贼，亦非亡于我国，实为君不君、臣不臣，君猜臣忌，自毁长城。流贼折腾十多年，几近消绝，为何今日突然就摧枯拉朽、所向披靡？非战之功，乃明朝气数已尽，人心思变。我与明交手之际，明朝尚能倾举国之力相搏，故而互有得失，且我得之多，失之少。而今流贼以乌合之众，如入无人之境，是天下已无思尽忠之臣，已无愿勤王之兵。我国急需整顿兵马，趁乱入关；剿贼安民，招降纳叛；举贤敬德，君临天下。机不可失，时不再来！"摄政王听了这番剖析，觉得入情入理，转忧为喜，道："老洪你言之有理，范文程虽无你这般见多识广，倒也英雄所见略同。咱明天就下校场治兵，相机行事，愿早日一统中原，老洪你也可以和家小团聚了。"

　　说曹操曹操就到，这时候阁臣范文程求见，三人于是畅谈达旦，最后引得吉特太后也驾临听取奏报。御赐早膳间，接到探报，知新顺王李自成大军北犯，代州、宁武、大同、居庸相继沦陷，现在帝都告急。各路勤王军一惧皇帝猜疑，二怕闯军势大，闻警都在数十里外驻足观望，不肯抵近京畿出战。路途最近且家小父兄困在京城的关宁总兵吴三桂，率五万铁骑走到通州，也便扎营，踌躇不知进退。不移时，二道探报又到，称大明群臣引兵民开了城门迎闯王，燕都已陷，崇祯帝、皇太子生死不明。洪承畴毕竟世受皇恩，闻此不觉天良发现，心里酸楚，一时潸然泪下。多尔衮见了，心生恻隐，向文程赞道："明朝的官兵要都像老洪这样，也不定亡国了。"文程道："王爷明训。有人自南朝抄得降臣《劝进表》来，竟恬不知耻称颂闯贼：陛下比尧舜而多武功，迈汤武而无惭德。独夫授首，四海归一。伏念臣等衰残无力，愿为放牧之牛；摩顶知恩，甘效识途之马。这帮人不像文程，都是受过明朝恩典的，比起洪亨老真是天差地远了。"承畴听了二人的唱和，顿时满脸通红，也不应声，只顾低头拭泪。

　　满洲人行事，向来雷厉风行。大政既定，立马落实。

　　翌日，摄政王率诸王、大臣沙场点兵。

　　三日内，满州男丁七十岁以下、十岁以上，无不从军。四月初九日，大发满州、蒙古兵三分之二及孔有德、尚可喜、耿仲明等三王汉军，声炮起行。

　　关东大道上旌旗猎猎、箫鼓喧喧，刀光耀日、万马奔驰。正是：八面威风冲天去，十万貔貅动地来。

六、山海风云

唐通昼夜兼程赶到山海关，三桂接了，问明来意，便沉吟不语。唐通倒是不辱使命，极力颂扬新皇如何圣明，尊父如何期盼，并降后如何富贵，满怀激情地讲了一个多时辰。那三桂若无投降之心，怎能忍耐他这许久？迟疑徘徊，也不过是装出个节烈的姿态。看看接风的酒宴已经安排妥当，便止住唐通道："唐兄不要说了，我吴某是个血性汉子，视富贵功名如过眼烟云，一时难以割舍的，是大明社稷；三百年基业毁于我等之手，思之羞愧无地。无奈江山易色，我以塞外区区数万孤旅也无力回天了。况且新朝有重振中国的气象，家父又待罪京中，亲笔至嘱，罢了，罢了，降了！"说毕就命升堂击鼓，召集众将，把降顺的大意申说一番。诸将都是吴氏私属、关东子弟，但知有吴，不知有什么朱、李、爱新觉罗，自然听从。

当晚备牺牲告天，歃血结盟。三桂与唐通痛饮一回，相期投顺后彼此照应，荣华共享。次日把一应关防事务向唐通交卸清楚，先简选精锐一万起行，后队四万随后开拔，赴京去朝见新皇。

行至滦州地界，照例扎营。吴家在滦州的庄园，有良田千顷。为避京师风险，三桂想着狡兔三窟，拟将宁远家财共一百大车存放于此。这一停，就停出大事来了！从此华夏失天下，燕京陷后无中华。

原来吴襄暗遣的亲信家人吴良，正候在庄里。

三桂进庄后，指派诸将，把三军驻扎事宜安排停当，刚刚入后堂落座，吩咐倒茶；门帘掀处，走进一个仆人。不消细瞧，随便一瞥，三桂便吃了一惊，道："吴良？你怎么也在庄里？"吴良跪地请安，站起后环顾左右侍卫，欲言又止。三桂会意，让众人回避，叫吴良凑到近前，问道："你怎么会在这儿，家里头都安好？"吴良却已经抱住三桂大腿，泣不成声了，哽咽着哭诉道："家中财产都被查抄了去，太老爷受刑多日，死里逃生。"三桂早已听闻顺兵入京后不改习性，大肆掳掠，知老父有惊无险，便不过分惊讶，心里踏实不少，反而安慰吴良道："你看你，这么不懂事，只要人在，何必如此悲戚？我一到，财产自然奉还。就算不还，现已实收犒军饷银四万两，也抵得损失。"又问道："太夫人无恙吗?"

"怎会无恙?太老爷先被禁在大牢,被贼将刘宗敏亲自拷问,太夫人受了惊吓,二老如今双双卧病在床。"

"也是挂念着我,待我一到,他们欢喜,病就好了。"

"但愿应验老爷金口,如此最好。老爷方才不问我为何在此吗?"

"是啊,你向来在太老爷身边,又说二老有恙,为何独自跑到庄上?"

吴良从怀中取出吴襄亲笔书信呈给三桂。

三桂读罢,脸色由红转白,由白变青,头向后一仰,闭目无语。吴良等了半天,见没动静,忍不住拉拉主人袖口。三桂摆手叫他靠边,道:"你留在军中,不必回京送死了。"

"不回京?恐怕太老爷惦念。"

"惦不惦念都这样了!"

忖度了很久,三桂霍地起身,直奔大帐,传令召集诸将。三桂道:"适才收到老帅密函,殷嘱我等切勿降顺。那李闯残暴多变、贼性不消,绝非改朝换代之主,溃败在转头之间。前朝既已不在,鞑子虽与我世代仇杀,从金到清,也算个真命天子。"众将齐声道:"主帅不必多言,何去何从,我等追随始终,万死不辞!"

事不宜迟,三桂见辽东子弟兵忠心耿耿,便不多言,立命重新杀牲告天,歃血宣誓;然后大排酒肉,犒赏三军。饭后传下暗号,全军一齐发动,连夜赶回山海关。

关兵全力在于防虏,对关内毫无戒备。三桂军只一鼓,便袭破关城。唐通负伤逃遁。三桂统驭关宁铁骑重占根据地,一面急派副将杨坤、游击郭云龙前往清国求救;一面为保老父等全家性命,用掩耳盗铃之计,命俘获的唐通副将带着一封《绝父书》去追赶唐通。副将赶上唐通,唐通中了三桂奸计,又丢了关隘,正愁无法复命,只得赍着《绝父书》呈予永昌皇帝。

自成识字不多,示意失魂落魄的唐通将信函递与秉笔太监。

太监低声读道:"不孝儿三桂禀复父亲大人膝下:儿以父荫,熟闻义训,得以待罪戎行。日夜励志,愿舍命担当以报圣恩。辽东四处报警,宁远巨镇沦陷,此城为国门户,儿正力图恢复之际,不料京师告急。以为李贼一时猖獗,不久即当扑灭,深恐往返道路,坐失良机。不意我国无人,望风披靡。我父督理御营,势非弱小,巍巍百雉何至二三日内便已失坠?使儿裹甲赴援,事已后期,可悲可恨。惊闻先帝晏驾,臣民负辱,不胜气愤。犹想我父素称忠义,大势虽去,仍当奋戈一击,誓不苟生,当刎颈阙下以殉国难。使儿缟素复仇,不济则以死继之,岂非忠孝媲美吗?何必隐忍偷生,甘心背义?父既不能为忠臣,儿又安能为孝子呢?儿与父诀,请自今日。父不图贼,虽置父于鼎俎之旁以逼,三桂不能兼顾了。"

太监顿了顿,又读:"大明崇祯十七年四月十日,不孝儿三桂百拜。"

自成从破西安至收燕京,所遇都是降官降将,突遭一小小边帅抢白,诧异莫名,龙颜大怒,深恨明朝臣工反复无常,竟迁怒于殿内无辜降臣,立命把魏藻德、陈演等数十人押赴东华门斩首祭旗。一面点起大兵十万,只留老弱一万守城,御驾亲征。又叫把明太子和吴襄押解,同赴前敌。

大顺军行至三河县,遇到三桂派来使者,谎称三桂三思之后,仍愿投诚,乞请缓师。自成转怒为喜,当即派降官密云巡抚王刚尧以兵部尚书衔随使者先往山海关谈判。为示诚意,三军扎营待命。过了五天没动静,自成疑惑,又令起行。疾行三日抵关西,才知王刚尧遭三桂羁押,三桂与总兵高第军早已沿石河布阵。

自成大怒,命宗敏率部主攻,另遣一军抄至关外,攻东罗城、西罗城、北翼城。鏖战一昼夜,北翼城守军不支投降。关防危如累卵。三桂迭次派遣偏将突围,向屯扎关外十里的清军求援。那摄政王口头上应承,却迟迟未动,翌日晨方进至距关城二里的欢喜岭威远台观战。

寅卯之交,东方放白,关城下突然万众呼吼,凿墙斫壁之声震耳欲聋,顺军又开始大举攻城。三桂惊惧,急令开东关门,亲自提枪跨马,率数百亲兵向欢喜岭清营奔去。

满洲军前锋是孔、耿、尚三个汉王,接到三桂。孔有德道:"摄政王车驾在山头,你把兵器除了,侍卫留下,我陪你去见。"三桂拱手应诺,待气喘吁吁上得山来,只见绣旗招展、甲杖森严,士卒列队待发,个个凶神恶煞一般。三桂随着有德,诚惶诚恐走到大帐前,见摄政王早与一群红顶黄褂的亲王驻马而候,就在马前叩拜,道:"亡国之将吴三桂跪见王爷尊驾。"多尔衮含笑道:"这就是平西伯吗?想不到咱们在此相会。"三桂羞愧无地,伏地哭诉衷肠。多尔衮道:"明清昔为敌国,今为一家。当年各为其主,新仇一致,旧恨勾销!你们愿为故主复仇,大义可嘉。弃暗投明,尤为难得。"这时左右便有汉臣遵摄政王吩咐过来扶他,边请就地剃发。三桂闻言,两眼一闭,事已至此,爱咋咋的吧。

须臾,已剃了雪白的头顶,梳起精光的鼠尾辫,宛如满人穿着汉服。摄政王下马,亲执三桂手道:"如今咱们是一家了!等击败闯贼,就封你为王爵,那时咱二人就差不多算并肩王了。"三桂哭道："谢王爷恩典，三桂何时都知晓皇亲异姓之差，主子奴才之别。王爷对奴才有再造之恩，奴才愿从此牵马坠镫，肝脑涂地，万死不辞。"多尔衮打断他道："客套就免了，咱们既已一家，如今军情紧急，快回正题。你且入帐，扼要说说闯贼底细、征战情形。"

三桂遵命入帐，简要报告了激烈战况。刚刚说完，摄政王知机遇稍纵即逝、间不容发，令其火速回关接应。满洲大军即刻开拔，从南水关、北水关、关中门三路进关。守关将士见鞑子浩荡入城，先还不适，随即反应过来，旧敌今成救兵，瞬间欢声雷动，士气大振。

部署才毕，瞭望军士飞报大顺军在排阵了。摄政王率众将登关一望，见大顺军从北山山麓至海滨列成一字长蛇阵。摄政王即令清军出城，沿海边鳞次布列，三桂军列于清军右侧。时值大风扬尘，当面不见，大军得以从容布阵。少顷，风止。三桂军呼啸而出。只见大顺军阵后高岗上，令旗挥动，各军四面包抄，早把三桂军围了三五重。三桂要送清朝投名状，抖擞精神，率部大呼冲荡，山鸣谷应，震得关城颤动。摄政王看得须发奋张，一声令下，号角齐鸣，八旗兵如惊涛骇浪般涌出，万马奔腾，飞矢如蝗。大顺军虽拼死抵抗，无奈强弱异形，瞬间就被以逸待劳的满洲军击败，阵容大乱，大将刘宗敏中箭坠马。那永昌皇帝金盔金甲，张着黄盖，跨着骏马，正在小岗阜上执令旗指挥呢，见败局已定，急令撤退。

满汉各军整队追袭，直杀到四十里开外。

大顺军退至永平府范家店时，自成痛恨三桂叛变欺诈、勾引清兵，令将吴襄处斩。二十六日回到帝京，恨意难消，又将吴氏灭门。

与此同时，三桂率本部宰乌牛白马祭告天地，亲捧血盆向众将士道："大清助我等讨贼报仇，就是恩人新主，我已归顺大清，你们愿随者上前歃血，不愿者发给路费回籍。"官兵齐声答应，无辞归者。歃血盟誓毕，全军剃发降清。摄政王随即承祖制封三桂为平西王。好三桂，由明、经顺、到清，两月不到，爵位连拔三等，朱轮华毂，开国称孤了！

自成败回北京后，最初想要坚守待援，接连两日备战，责令火速拆除城外羊马墙及护城河旁房屋。然而阖城官民眼见大顺军狼狈败回，一时讹言四起，降兵蠢蠢欲动。自成盘点残兵，已不足五万，百万劲旅散在西北、中原，不能朝发夕至，一旦围城，自己成了瓮中之鳖，城内官民不仅不会同仇敌忾，说不定落井下石、呼应鞑虏，难保不成崇祯第二。于是又断然下令，二十九日在京举行正式即位典礼。

典礼毕，就纵火焚毁宫殿及各门城楼，旋即率部西撤。

清军先锋、平西王吴三桂行至京畿，已能遥望京师城墙，命距城三里下寨布阵。忽见城中火起，九门洞开，大顺兵卒背着金宝，拴着妇女，窜出平则门向西狂奔。三桂方要挥军追赶，多尔衮车驾到了，传令三军迅速入城灭火。三桂道："闯贼与我势不两立，臣愿督帅本部兵马追剿。"多尔衮道："穷寇莫追。本王在一片石观战，知闯贼不弱，若激他拼命，狗急跳墙，结果还真难预料。"三桂道："闯贼害我故君，灭我一族，君父大仇，岂能轻饶？"言罢痛哭。多尔衮道："这是忠孝节义，我不阻你，可再加派满、蒙大兵一万助阵；但此去须察看光景，小败极易复敌士气，每战期在必胜，挫其锐气。不可擅攻西安，流贼无常性，专心等待他自溃。"三桂闻言敬服，连声应诺，回营点选兵将，整队出发不提。

五月初五日，摄政王由朝阳门入京。当时京内官绅商民尚不知三桂已降清，以为吴军借清兵杀败顺军，夺回太子；所以一边合力灭火，一边备齐皇帝卤簿、法驾出城迎候。不料想昂然而来的，是大清摄政王多尔衮！诸臣大吃一惊。惊愕之后，又心存侥幸，管他何方神圣，总胜于强盗移国，也就将错就错，把满王迎入劫后唯一未损的武英殿。

不久，吉特太后便携着顺治皇帝，移跸修缮中的残破紫禁城。大清由盛京迁都北京。一时恩诏纷下，大张榜示。摄政王依洪承畴、范文程之谏——"允官民人等为崇祯帝服丧三日，着礼部、太常寺备帝礼具葬。令在京内阁、六部、都察院等衙门官员，都以原位同满官一体办事。凡文武官员军民人等，无论原降流贼，或为东林、阉党，若愿归服本朝，仍准录用。凡被贼掠夺田产一律归还本主，前朝勋戚赐田、己业，一概照旧。停征辽饷、剿饷、练饷，免山东章丘、济阳二县京班匠役，并令各省俱除匠籍为民"。

果然真正的新朝、新政、新气象，绅民雀跃，满城欢腾，早把那鞑虏三次破边墙入寇、掳掠烧杀奸淫的行径忘到九霄云外。欢腾三日，恩诏又下：严令京师官民男子吊孝三日后即剃发易服；汉民人口限三日内搬出内城，满洲八旗兵负责督察清理，遇拖延未迁者就地正法。三日后，数万辆大车载着满洲、蒙古八旗兵丁的家眷、奴仆、家私浩浩荡荡开来，井然有序入居。

先皇驾崩，僭帝消遁，新主登场，紫禁城里重新荡起钟声鼓乐，弥漫起祥瑞之气，大清三百年辉煌帝业由此开篇。百姓四十天里连遭三劫，终于得庆余生；从此帝都人民在天子脚下安居乐业，饮食男女照旧，茶余饭后兴致勃勃谈古论今的习惯也是照旧了。

七、巴蜀浩劫

永昌帝李自成自弃京"西狩",清朝摄政王先命平西王吴三桂尾追,继以豫亲王多铎、智顺王孔有德、怀顺王耿仲明徐徐跟进。一战怀庆,二战陕州,决战潼关,占领西安。自成屡战屡败,溃军弥漫千里;所过之处,把老幼都杀了,青壮男女被驱赶着南下。由襄阳向汉川入南明境,渡长江,大败老对手明军,方欲整军东取南京,却功败垂成,被清军追至阳新富池口,缴其战船万只,又突进老营,俘获文武之首汝侯刘宗敏、军师宋献策及自成叔父赵侯、襄南侯。自成率败军数万逃入湖北通山县境。扎营后,自成带着义子张鼐并亲兵二十出营察看道路,偶遇九宫山团练程九伯领百十人巡山。程九伯哪里想到这是横行天下的大顺皇帝,猛然一见,看对方神情、打扮非官非匪,人数又不多,来不及细想,先下手为强,呼哨一声,蜂拥而上,乱枪齐下。真是虎落平阳被犬欺,可怜一代枭雄,杀人如麻,百战之身,竟意外命丧无名鼠辈之手。

和其兴也勃其亡也忽的大顺皇帝相比,同代魔王、大西皇帝张献忠也是一位令人唏嘘的天罡地煞。

当大顺军凯歌东进之时,大西军正狂飙西下。当大顺被大清在陕西尽情屠戮之际,张献忠则吞灭四川,在蜀王府称帝。

这献忠为人,与其名字的含义正好相反,奸猾伪诈,残暴嗜杀,并无一毫忠义之气。自古以来,恶人无论成败,结局都是一样的——遭万世唾骂;但生前则大不同,那些乱世枭雄,好人寥寥,却欺世盗名、称王称霸,被人畏惧、追随、拥戴;张献忠就是这么个主儿。他麾下有四员虎将,非同小可,收为养子,倚为柱石,始得以纵横四海。这四员虎将是:监军节制文武平东将军张可望、安西将军张定国、挂先锋印抚南将军张文秀、定北将军张能奇,皆武功盖世,智谋超群。

献忠素与自成不和,眼见大顺横扫中原,占据湘赣的献忠无力与明将左良玉决战,便避而入川,欲效三国故事,与中原、江南鼎立。

大军由荆州、宜都逆流而上,水陆并进。越下牢,渡三峡,如蹈无人之境,明总兵曾英退守涪陵望州关。献忠乘巨舰,悬"澄清川岳"黄旗,在扬子江、嘉陵江汇合处登岸。攻重庆城前，派员招降。四川巡抚陈士奇问使者道："贵军入川，意图何在？"使者道："暂取巴蜀为根，而后兴师平定天下。归诚则草木不动，抗拒即老幼不留。"士奇道："如今鞑虏已深入九州腹地，天下将亡，奈何我们汉人还自相残杀？若贵军借道，愿助饷让路；若要夺城，我守土有责，虽力不逮，唯有死战！"

重庆三面临江，易守难攻，但守城川兵只有数千，被几十万大军昼夜围攻，坚持二日，大西军以火药炸开通远门，一举破城。瑞王朱常浩、巡抚陈士奇及以下知府、知县皆被杀。献忠命令屠尽百姓，却叫把降卒砍去右手，然后释放。一群群无手之人四下逃窜，所过地方，军民震骇，纷纷瓦解投降。

献忠留刘廷举率万名老弱残兵镇守重庆空城，自统大军水陆并进，直指成都。

成都是蜀王封地，王府庄田占都江堰灌区十一州县十分之七，富可敌国。末代蜀王朱至澍闻京师沦陷，皇帝晏驾，觉得天府地险，异想天开要就监国之位，而后黄袍加身。抚按御史刘之勃等认为至澍世系过远而坚拒，至澍便深恨官员。大顺、大西军分别由陕西、湖广进川时，地方官感到形势严峻，请求蜀王出钱募兵。至澍正怀恨在心，皱眉道："孤本无积蓄，只有承远殿一座，如可变现，请先生卖了充饷。"等到农民军屠重庆，瑞王被杀，至澍惊惧，欲带宫眷、财产逃亡云南。刘之勃等担心引起恐慌，不允许他起行。至澍无奈，出银十万，叫募人守城，应募者每人给白银五十两。然而为时已晚，应募者都是游手无赖之徒，刚授兵器登城，就各揣银两缒墙而去。

八月初五日，献忠军抵达城下，初九日破城而入。至澍携妃子投井死，总兵刘佳胤自刎，之勃被擒。献忠亲自劝降，遭之勃詈骂。献忠大怒，亲持利刃剜其心、割碎食之。愤气难消，又将先前为收买人心、已封为太平公的蜀王世子枭首示众。

献忠占领成都后，初称大西国王，尊用大顺永昌年号。不久，闻自成溃败，献忠即称帝，以成都为西京，蜀王府邸为宫殿，设官置吏。厉行法治：凡王府支系，不分顺逆、不分军民，是朱姓的，一律诛杀。四城门不许擅自出入，凡城内出去的，先到兵马司处投递手本，如至期不回，家口和左右邻、户首、担保人，不管老少，尽数斩杀。出入手本倘或有汗水浸磨，也要拘留斩首。又派侦缉兵丁，化装为平民在街巷逡巡，发现有诽谤、讥讽新朝的，立时绑走惩办。一日夜间，有男子在被窝里絮絮叨叨闲聊，妻妾烦道："夜深了，你还张家长李家短说个没完！"被伏在窗下兵丁听到，踹门入室，将其精光光拖走。献忠得报后大笑道："这是说我家长，自成家短，良民嘛，赏银百两释放！"大西与大顺一样，所过之处，必严拘绅衿富室大贾追饷，都以千万计量，事刚完，又杀之如初。献忠深知官绅叵测难制，这些人多由生员出身，于是大开"特科"，命各府县将生员一律起送西京，到齐后送大慈寺考场。大门一关，全川五千生员，被屠戮一空。

一个因偶然机遇身居九重、凌驾于万人之上的普通人，整日里被称颂、被神化，会比智者更快地坠入幻境，迷途难返。愈珍视自己的所谓极致安全，愈陷于极度的恐惧当中。张献忠就是这样，入川称帝以后，一边陶醉于一言九鼎、生杀予夺的绝对权力，一边疑虑于蜀人遍布在各个角落传谣、捣鬼；杀来杀去，越杀越怕，然后越要赶尽杀绝。蜀人性本刚烈，献忠初入川时，挟兵威酷杀震慑，且明已亡，人民以为改朝换代当口，势所必然，一时隐忍。不料残杀日甚，川民走投无路之际，南京弘光朝廷继统，官绅有旗帜可张，于是各地纷纷起事抗争，渐渐就星火燎原了。

先是曾英击败刘廷举部，恢复重庆。献忠派大将刘文秀领精兵五万反攻，久攻不克。山城失守，令献忠深感挫折，而全川士民闻讯而动。与此同时，明将王祥、杨展、马应试、朱化龙各据一州或数县之地敛兵自守，窥伺机会。成都城内外，农人、商贾群起围杀官吏。献忠忧惧愤恨，竟发出"除城尽剿"令。西京也在血洗之列，根据谕旨，除大西官兵家属、奴仆，城内居民一律杀绝。

精心策划之后，各军突然出动，分队把守城门，挨家挨户将百姓驱赶到街上，然后集体押往南门就刑。

无数被拘百姓拥挤在南门外沙坝桥边，妇女小儿哭声震天。忽见大西皇帝驾临，都跪伏地下，齐声悲戚求命道："皇上万岁！皇上是我们的主人，我们是皇上的子民，我们未犯国法，何故杀无辜良民？何必畏惧百姓？我们手无寸铁，又不是兵，又不是敌，不过守法小民。求皇上饶命，赦免我们草民。"献忠闻言怒骂道："天有万物与人，人无一物与天。尔等贱民愧天惭地，反复无常，忘恩负义；鬼神明明，自思自量。今日人命在我，我命在天。四方有路，在劫难逃！"随即纵马跃入人群，任马踢跳，大吼道："该死的刁民，给我杀、杀、杀、杀！杀！杀！杀！"连喊七"杀"。军士发吼跟进，刀光闪处，骨肉横飞，霎时河滩上流血若波涛，惨叫声达霄汉。

锦绣蓉城顿成鬼域，旷野更是一片荒凉死寂。整个天府之国一夜间回到洪荒世纪，自春至夏，群虎陆续从山中出来，多达数千只，劫后余生的百姓又遭虎患，被食者过半。县衙、学宫的断壁残垣都成了虎窟，广大平原，千里无人踪。

献忠把四川屠为无人区后，无法立足，于是下令纵火焚毁各城，另寻出路。行前先杀川籍士卒，再杀老弱残兵，为绝官兵牵挂，又屠士兵家属。最后收缴私藏金银入库暂存，不料后来运银船队行至彭山江口时遭明将杨展袭击，船只被焚，官兵私财连同百万公帑，甚至献忠册封后宫的金册、抄夺于王府的珍宝饰品等共一万余箱都沉没到江底，这就是有名的江口沉银。

做完这些事后，三十万大军轻装启程，向北出川。行至西充，突遭降将刘进忠引清军袭击。

这刘进忠是陕西汉中人，任驳骑营都督。他的营中有很多川籍士兵，接到屠杀川兵密令后，进忠再也无法忍受献忠的残暴行径，便率部狂奔数百里，降了刚到汉中的肃亲王豪格。进忠把四川实情详细报告豪格，力劝其发兵，表示愿做先锋。豪格与多尔衮不和，入关后懈怠应付，走走停停，与弘光对峙而不作为。此番听了进忠之言，激起义愤，这才打起精神，抖了羽毛、舒了筋骨，忽然发威。

一日清晨，进忠率领小股轻骑潜至献忠大营附近。谁知献忠竟重蹈自成的覆辙，碰巧也带着数十亲兵出巡。只听一声弓弦响，献忠眉心中箭，被进忠射杀。一代阎罗，遭了天谴，倒应验了自己的谶言："人命在我，我命在天。"

进忠引八旗兵趁势掩杀。大西军大败，皇后、丞相、四养子南逃。

八、联虏平寇

　　江南弘光朝建立的时候，正值吴三桂降清，接引满洲击溃李自成，占领北京和畿辅地方。弘光君臣不知就里，以为是三桂借兵驱散闯军，收复神京，南京上下兴高采烈，当即下诏封关门总兵平西伯吴三桂为蓟国公，给诰券、禄米，发银五万两、漕米十万石，差官赍送。不久，北京南逃官员陆续来朝，才如梦方醒。弘光帝只得召见可法、士英进殿商议对策。

　　可法奏道："陛见之前，臣与同官士英先以筹及此事，既然辽镇吴三桂解虏破贼，能杀灭贼众十余万，此时畿辅之间已为鞑虏所有。但鞑子能够杀贼，也是替我报仇。我朝可以给他个名义，宽宥其多年的罪过，因势利导，先借其力，歼灭丑类，以报国仇。伏乞圣上敕令兵部，汇集廷臣，选定文武干练之人，主动前往拜见虏主，或者先通其摄政王，许以土地、银两，换取鞑子与我同心灭寇。不可迟疑不决，万一胡马南下河上，而流贼又将东进，到时助我、图我真假难辨。现今虏骄贼悍，而我朝无人，北伐将愈加无望了！"

　　弘光帝道："左督御史刘宗周也上疏建议借虏平寇，但吏科章正寰担忧，我若不速思北伐而偏安江南，入秋后鞑虏必然控弦南指，万一饮马淮河、长江，请神容易送神难，到时如何应付？"

　　士英道："所以我应尽速派使节北上，摸清胡人意向。若鞑虏有助我之心，我当迎之；若有图我之志，我当预先拒之。"可法附和道："我朝所仰赖诸镇，如左良玉、高杰、刘泽清等，都是流贼手下败将，我朝征讨二十年不能奏功，鞑子出手，一战而败之，再战灭贼酋，可知强中自有强中手。我新朝始创，应加紧筹饷练兵，不必授胡人口实，不宜仓促进取与胡人接壤的鲁豫。应先礼后兵，如果事不可为，再言北伐。"

　　弘光帝道："那就依二卿所奏吧。现以通好为上策。昔时晋、宋在江南时，河、淮以北都是胡虏，所以不得不偏安。今日局势，有如晋、宋。我朝是应保此江南财富之地，韬光养晦，待十年生聚，兵强马壮、文武同心之时，再分道北伐，廓清九州不迟！"

　　君臣达成一致后，可法、士英便紧锣密鼓筹措联虏事务。可法先派遣两名心腹将领北上联络在京降清的明朝旧臣,打通关节。二将不辱使命,很快带回清摄政王给史阁部书信一封。信中一改清军入关之初诏告所称"挽救中国,通和讲好"的说辞,开始自诩正统,甚至以联合农民军扫荡南方相胁迫。以南朝"国无成主,人怀二心,假立愚弱"为借口,恫吓要借用闯军为前导,南下灭国了!可法读了多尔衮书信,眼看清朝已从初入关时"得寸则寸,得尺则尺"的打劫心态,转为意欲吞并华夏,不由得冷汗浃背,急思自强之道。然而,越是饱学之士,往往越拘泥于自己深思熟虑、主观设定的方案,很难随方就圆。多尔衮已明确规劝他识时务知天命,按照平西王先例,引导弘光归藩,率诸王、大臣投诚清朝;他却依旧幻想通过输币纳贡达到偏安江左的目的。他命进士、才子黄日芳起草回信。

日芳的答书初稿态度严峻,他审阅时唯恐触怒满人,说道:"把道理讲明,不必口角啊。"亲笔删润后定稿。概述如下:

> 大明督师、兵部尚书兼东阁大学士史可法顿首谨启大清摄政王殿下:
> 南都听闻大清抚定燕京,可法立即遣使问讯吴大将军,未敢直接惊动殿下。今悾偬之际,忽接珠玉之章,真是喜从天降。捧读再三,殷殷致意。恐因左右不察,说南都臣民偷安江左,忘却君父之仇,所以向殿下详陈如下:
> 我大行皇帝敬天法祖,勤政爱民,是尧舜之主。只因庸臣误国,以至有三月十九日之事。可法待罪南京,救援不及,勤王师才过淮河,凶闻已至。那时南方臣民哀痛,如丧考妣,无不扼腕切齿,愿尽起东南之甲,立灭凶顽。而国不可一日无君,二三老臣以宗社为重,共迎今上登基,以系中外人心。今上是神宗之孙、大行皇帝之兄。名正言顺,天与人归。五月朔日,驾临南都,百姓夹道欢呼,声闻数里。告庙之日,紫云如盖,祝文升霄,万目景仰,欣传盛事。大江涌出栋梁数万,助修宫殿,真是天意昭昭!太子登基数日,即令可法誓师江北,克日西征。忽闻我大将吴三桂借兵贵国,大破逆贼。殿下入都,为我先帝发丧成礼,扫清宫阙,抚慰黎庶,且免剃发之令。这等义举,震古烁今,凡为大明臣子,无不顶礼加额,岂能不知感恩图报?昔日契丹和宋,以岁输金绢为盟;回纥助唐,原不求其土地。而今贵国长念世交,以义兴师,必获万代景仰。如果趁我蒙难,弃明崇贼,就是以义始而以利终,徒叫贼人窃笑。今上天纵英明,时刻以复仇为念。请求殿下坚定同仇之谊,成全初始之心,南北合师进讨,问罪秦

中，共枭逆闯之首，以泄普天之愤。从此两国世代友好，传之无穷，岂不美哉！本朝使臣即将上路，不日抵京。

请殿下明鉴。

弘光君臣一厢情愿，笃定了要联虏平寇，捧着摄政王的劝降书还闭眼权当儿戏。战战兢兢回了求和信后，就只把派遣使团视为当务之急了。

前都督同知总兵官陈洪范听到消息，马上自告奋勇，奏请作访北使臣。弘光帝命其来京陛见。过了几日，应天安庆等处巡抚左懋第因母亲在北京逝世，上奏愿意与洪范同行。龙颜大悦，命他为首席使臣并兼理河北事务。士英又推荐兵部职方郎中马绍愉加入使团。

天子与廷臣召三人共同酌议谈判条件。士英道："如果北廷确有和谈诚意，两国可以两淮为界。"高弘图闻言反驳道："山东百二河山绝不能弃，迫不得已，应当以黄河为界。"众臣争执半天，莫衷一是。可法转移话题道："关于两国关系，虏主尚幼，与皇上可以叔侄相称。"议到晌午，弘光帝挥手止住众臣，道："左爱卿等到北京后，可依据北廷实力与我对比，便宜行事。最坏可舍弃两淮。"圣意就是说，不仅山东可以放弃，长江以北皆可相让。

懋第左思右想，感到朝廷赋予他的任务太不明确，奏道："臣衔有经理河北、联络关东的职责，是封疆重任；同时又洽议金银岁币，这两相十分抵触。臣以此衔见虏酋，是先取地而后经理，还是先出使而后取地？如皇上用臣经理河北，又急于联络北廷，可先命绍愉、洪范赴燕京。给臣数千骑一支劲旅，带山东巡抚收拾山东，严阵以待，则可以壮北行使团声势。如果单就谒先帝陵寝、赏赉吴三桂等、宣达酬谢北虏之义，绍愉一人足以担当。"士英道："你不去燕京顺便为母发丧？"懋第道："最初以此意奏请，是因只有出使一说。现在母已仙逝，不能挽回；山东地方，亟待收拾，是可以挽回之地啊。"

天子和史、马二阁臣此刻一心在于联虏，哪里听得进他的意见。可法厉声道："经理河北，是后话；通和，是急招。请左公马上动身，不许滞留片刻！"懋第闻言不敢再争，只得违心应诺。迷茫中在内心告诫自己：既然立功无望，但求保持气节，不屈于鞑虏，就此把个人身家性命置之度外吧！应对后，天子基本满意，下诏升左懋第为兵部右侍郎，经理河北、联络关东军务；升马绍愉为太仆寺少卿；进陈洪范为太子太傅。

行前，天子又面谕三使臣，付给礼部尚书顾锡畴所撰《祭告先帝文》《大明皇帝致北国可汗御书》《颁臣民圣谕》及赐给"蓟国公"吴三桂等人的诰券，

八、联虏平寇

并白银十万两、黄金一千两、绸缎一万匹。当年在松山降清的总兵祖大寿之子、锦衣卫指挥祖泽傅也奉命随团北行。

使团正式上路后，朝廷为表诚意，又下令运送漕米十万石接济吴三桂。漕运总督沈廷扬在崇祯年间曾多次办理从海上运送南方漕米到天津和辽东松山，经验丰富。接旨后十分高兴，急忙上疏道："臣历年海运，有巨船百艘，都高大完好，中等可容纳二百人，大者能容五百人。所招水手，都熟知水道，敏捷善斗。现今海运已停，如果改编为水师，加以训练，沿途就可以上下学习战斗。这二万之众，足成一军。臣愿统率此师，到渤海湾后，泊于要津。三桂归心我朝则付其粮秣，不然可转用于我水师。进可助大军北伐，退可入黄河为卫！"朝廷哪有这个异想天开的构想，对奏疏只略加慰勉，只命他率船队运粮交付三桂，然后返航。

弘光朝廷应陈洪范自荐，任为北使重臣，本意是考虑他久历戎行，与左懋第可以互补；他又同吴三桂等人有交情，便于联络；却万万没有料到，洪范主动请行包藏祸心，早就在暗中降了清朝。先已降清的明朝参将唐虞时和洪范是儿女亲家，其子、洪范婿唐起龙正在可法麾下做参将。虞时向摄政王进言道："张献忠、左良玉等首尾两端，不能相信，原任镇臣陈洪范和臣子起龙可以归诚，乞请分别用为招抚江南总兵、副将。二人在南军交往广泛，令其赍谕招降，必定远近响应，早奏统一之功。"多尔衮闻言大喜，立即以摄政王名义密招"故明总兵陈洪范、参将唐起龙"。

于是，这翁婿二人成了内奸，潜伏下来，伺机而动。使团行不几日，起龙就找个借口告假回家。

当使团到达清河口时，起龙带着清廷密函来见洪范。爷俩商议妥后，派亲信差官赵钺进京驰报。起龙就随团继续北上。其行间机密、南朝底细便源源不断地传到北京。清廷胸有成竹，愈加不把弘光朝廷看在眼里。

九月初五日，使团进入山东济宁州。这里已归顺清朝，随即把明朝派遣的护送兵马发回，又几天抵达临清。原明朝锦衣卫都督骆养性时任清朝天津总督，要派兵来迎接；却被清山东巡抚方大猷劝阻，说奉了摄政王令旨，左懋第、陈洪范、马绍愉经过地方，有司不必敬他，着自备缠费，只许百人晋京朝见，其余都留置静海。祖泽傅所带人员，允许全部入京。懋第等已感觉异常，然事已至此，也只得硬着头皮前行。到张家湾后，清廷差礼部官又奇库来迎。再行数日，使团捧着天子御书从正阳门入城。清方安置于鸿胪寺居住，严加防范，不准一人出行。

第二天，又奇库再次奉命到鸿胪寺，问道："南来诸公到我国有何贵干？"懋第答道："我朝天子向贵国借兵破贼，同时因贵国为我先帝发丧，令我们赍御书致谢。"又奇库道："既然有书，可先交给我。"懋第道："御书须面递给贵国可汗，不宜交与礼部。"又奇库面露难色道："凡是进贡文书，都送到礼部转启。"懋第辩道："我们所带文书是天朝国书，怎是进贡文书可比？"双方争执不下，又奇库只得离去。

次日，清内院大学士刚林等来到鸿胪寺，劈口便道："你们从南方来，若是朝见我国天子，则可以礼相待，若因突然擅立假皇帝，便前来滋事，就要问罪了！"懋第回答道："南都诸臣所立今上是神宗嫡孙，合轮序、应天命，何故诬蔑为假皇帝！"刚林闻言，嘿嘿冷笑了几声，道："不必啰唆，我们已发大兵下江南了。"懋第回敬道："江南远大于直隶，兵马很多，不要小看了。"刚林也不再争辩，一揖而退。

既然国书不能面呈清帝，懋第只得和洪范商量，叫唐起龙、祖泽傅带了朝廷赐送吴三桂的书信，使团拜会降清大学士冯铨、谢陛的名帖，分别去会此三人。三人为避嫌疑，哪里敢见，只派家人到门外收了信、帖，当即具疏奏闻摄政王。

使团进入北京，是热脸频频贴上冷屁股。这日正愁苦中，清内院官忽然带领户部官兵来收钱帛，计有白银十万两、黄金一千两、蟒缎两千六百匹，弘光朝另赐吴三桂的白银一万两、缎两千匹也一并收去。

过十天后，刚林来到鸿胪寺，向懋第等人传达摄政王谕令道："你们明早即行，我朝将派兵押送到济宁。你们可告知江南伪朝，我要发兵南来，等待收降。"懋第见清方蛮横，毫无和谈之意，知道没必要再费口舌，只得和气请求：行前能否赴昌平祭告先帝陵寝。刚林断然道："我朝已经替你们哭过了，祭过了，葬过了！你们还哭什么，祭什么，葬什么！先帝活时，贼来不发兵；先帝死后，拥兵不讨贼。先帝不受你们江南不忠之臣的祭！"随即取出檄文一道，当场宣读，历数南京诸臣罪状有三："不救先帝为罪一；擅立皇帝为罪二；各镇拥兵虐民为罪三。且夕发兵讨伐问罪。"懋第等僵立庭上，死了一般，刚林离去多时，才如噩梦方醒。个个撑椅跌坐，枯守到天黑，才去整理行囊。

天刚放亮，一清军副将带三百兵进院，押送使团南返。走有一个时辰，懋第才发现唐起龙没有随团，问洪范，洪范只做糊涂。行至沧州南十里处时，只见清朝学士詹霸带着五十骑兵守在路口。不由分说，一声令下，单将懋第、绍愉二人拘回北京。

原来洪范离京前令起龙偷出住地往刚林处,建议在途中扣留左、马,以便自己能暂时隐藏清朝意图,尽力招徕南中诸将。摄政王得报,面谕起龙认真筹划,成功之日,以世爵加封。再立马派詹霸带队飞驰出城,对左、马施行扣押。同时致书征南大将军豫亲王多铎道:"伪弘光帝所遣左懋第、马绍愉、陈洪范本已迫令南还,因洪范密启扣留懋第、绍愉,他自回江南率兵归顺,且言及在江南的高杰、金声桓、黄得功、刘泽清各拥重兵,都可以说之来降。随即追留左、马,独令洪范南还。王察其情形,随时奏报。"

洪范胸怀使命,一路不顾疲倦,思忖立功办法。过河后,首先要经过高杰防区。他特意选在傍晚进入高营,高杰留他饮酒。酒酣耳热之际,洪范大谈清朝气象,军威如何壮盛,汉将如何归从。洪范说听到降清重臣透露,刘良佐、刘泽清已暗中通清降附,将接引满洲大兵南下。高杰闻言,醉眼瞪视他道:"鞑子要南下吗?我看可用北京与我交换!"洪范机警,见话不投机,方持杯在手,马上做中风状,掉杯于地,舌头发硬,含混道:"旧病犯了。"高杰叫人扶去休息。洪范东倒西歪上车,来到下榻处,天不亮便带人避走。

返回南京后,洪范为麻痹弘光君臣,在殿上诈称道:"清国可汗敬仰我神宗皇帝,知今上是神宗嫡孙,意似可以谈和。"又在天子单独召见时密奏道:"在北京听汉降臣暗告,黄得功、刘良佐都与鞑子有联络。"意在挑起朝廷对二将的猜疑,以便自己趁机行事,拉拢黄、刘变节。

弘光却不像崇祯般轻信,他见懋第、绍愉被扣留,洪范单独释回,岂有不疑?认为陈可能是清廷间谍。但查无实据,不便追究,自然也不敢任用。与可法、士英商议,干脆令其回籍了事。

弘光帝派出北使团,一味通好,不以武力作后盾,可谓赔了夫人又折兵。和谈不成,使臣受辱,弘光帝君臣仍然不改初衷,继续以闯军为仇敌,视清朝为癣疥。

可怜左懋第、马绍愉被拘禁在北京后,摄政王为收买人心,多次派汉臣劝降,二人皆坚贞不屈。拖到弘光朝覆灭,二忠臣才被处死。

九、南渡奇案

　　福王登基，改元弘光之后，农民军与清军在黄河南北酣斗厮杀经年，北方生灵涂炭，南方却是另一番太平图景。真是冰火两重天，南北两世界。

　　江南初定，百废俱兴。金陵新殿嵯峨壮丽，秦淮画舫千里，商贾乐业，士农安居。弘光帝以先帝崇祯为殷鉴，韬光养晦，宽厚大度，兼听广益，用贤与能。阁中有老马指点江山，军中有老史运筹帷幄。照理该一帆风顺，可坐享太平富贵；偏偏无风起浪，陆续闹出一桩桩奇案，案案都包藏祸心，大假乱真，刀刀杀人不见血。所有的怪事奇谈，向朝野散播的不同信息，最后归结为一个指向：当今天子是假货！搅得满朝狐疑，劳神费力，半年多好光景，多把人力、精力耗在如何拿捏、揭示、处置这些个疑案真相上，竟至越描越黑，真假迷离，一直纠缠到弘光朝寿终正寝。

　　这日弘光帝正在宫中与新幸美人饮酒取乐，忽报首辅马士英求见，弘光帝只得移步前殿。

　　士英奏道："西城兵马司报告，今晨西华门外有一和尚自称亲王，大言奉了先帝遗命，要在早朝时宣旨。臣觉此事蹊跷，为防猜疑，已立即将此人交由京师提督军务忻诚伯赵之龙看管。"帝道："列祖已托梦于朕，先帝仓促投缳殉国，太子、皇子都陷于贼手，怎会把遗旨托付不在京师的藩王？"

　　"臣所以才觉得其中有诈，之龙为人正直，不偏不倚，故将此人交他看管，以免被奸人所乘。"

　　"爱卿处置得当！这和尚此间还流露过什么言语？"

　　"据说和尚有些疯癫，只含混念及几个名字，有潞王、钱谦益等。"

　　帝蹙眉道："验明正身前，切不可宣其上朝混淆视听。爱卿想如何验证？"

　　"可钦命赵之龙主审，阮大铖、钱谦益并东林诸公，都可派员观审，但涉事本人不得露面，如此，方能明是非，正视听。"

　　弘光帝称善，并嘱其先与赵之龙二人共同一审后再行此议。士英领悟，立马出宫，直奔之龙府衙。

　　马、赵见面，稍作计议。当下布置一室，命人将和尚带来。那和尚昂然而入,虽僧衣破旧,倒还干净;身材高挑,面皮白嫩,气宇文静,委实像个富贵出身的人;却又目光迷离,神情恍惚。二人便请他对面坐了。打量和尚片刻,士英示意之龙发问。之龙道:"请问师父法号?"

"我法号大悲,是定王由标。"

"既是亲王,为何出家?"

"兵荒马乱,又身负圣命,不得不小心。"

"明白,明白。"之龙打断他,知其习熟之语,无须深问,察其破绽,在于突袭。"敢问定王府封于何地?"

"信阳。"

"信阳是豫王封地。"

"阳泉。"

"阳泉并无王府。"

"安阳。"

观其口不择言,阳这阳那的,士英疑虑尽消,调笑道:"可是洛阳?"

"洛阳?正是正是。贫僧,哦,本王靖难以来,死生契阔,饱受惊悚,头脑时好时坏,有些事记不详准。"

"既然封地都记不详准,如何倒记得圣谕?"

"只记得圣谕,别的都不记得了。"

"你可知当今天子名讳?"

"现为僭主福王,潞王才是真龙天子。"

之龙瞄了士英一眼,问道:"你初入南都,可识得朝中臣工几人?"

"我知道当朝佞臣阉党是马士英、阮大铖,忠臣有史可法、高弘图、赵之龙。"

"此言不差,"之龙不动声色道,"你由何人、何处得知这些?"

"钱尚书谦益,还有,还有,一时不记得了。"

之龙忽然正色喝道:"你究竟何人!受何人指使!定王是皇子封号,如何张冠李戴到你头上!"那和尚闻言竟未惶恐,仍是正襟危坐,两眼迷离,含糊道:"你听成定王了?我是戴王。"士英笑道:"定王也好,不定也罢,你是梦到先帝颁旨,还是亲入京师接旨?"

"我千里走单骑,入宫面圣。潞王当立,福王当废。"

"住口!"之龙断喝一声,"来人,将此妖僧拿下,锁在禁室,严加看管,待明日三堂会审!"

翌日会审，除九卿科道，士英依弘光钦定名单另传相关大臣十余人到场。审前之龙已派人查清，这大悲是徽州人，在苏州为僧，的确是个骗子。其冒名涉险，目的何在，倒如一团乱麻。会审开始后，此人忽醒忽癫。起初称先帝为防不测，于两年前派他南下，隐姓埋名；被揭其在苏州已做了三年和尚，又改口说是三年前南下。之龙下令用刑，东林高弘图立即干预，指身份未明，不可擅用重典。

　　一连审了月余十三堂，表面愈审愈乱，明眼人都察出端倪。这和尚身份不明，又似非等闲之辈，虽装疯卖傻，指东说西，却断断续续扯出一百多个名字，包括史可法、高弘图、姜曰广等，多为东林党人。一次在堂上直指钱谦益是潞王的信使，与他筹划多次拥潞计策，钱尚书坐于堂上，他却不识。弄得老钱连夜上疏驳斥这荒唐指控，皇帝一时未加安抚，害得名妓柳如是陪伴他打熬了无数个不眠长夜。

　　摸清底里的赵之龙随着马阁部面见圣上。之龙如实禀报：此案是部分东林党人为扶潞王篡位、诋毁今上而设的迷局，而钱谦益原随东林图谋立潞，后看清大势，急流勇退，故假推谦益主谋，计在离间。此案愈深查，涉及朝臣愈多，如何收场，候皇上定夺。

　　这种荒唐案子若出在崇祯朝，那朱由检必如获至宝，不查个翻江倒海、血流成河绝不能善罢甘休。由崧不是由检，听完之龙陈述，沉吟了一会，道："可恨这疯和尚受人利诱唆使，狼子野心，在毁我朝纲，乱我大计，离间我君臣。然而时局艰危，切不可此时自乱阵脚，内讧必引来外患，马爱卿以为如何？"士英道："皇上圣明。臣与之龙并阁臣断案，也认为应早结案，愈久，则愈中奸人诡计了。请立斩疯僧，不株连他人；昭告天下，简述原委，以儆效尤。"弘光帝准奏。

　　谁知一波未平，一波又起。大悲案意在另立新君，接下来冒出的童妃案，竟在证伪弘光，说福王是假的！

　　疯僧刚刚伏法，便有河南巡抚越其杰护送一妇人进京。这妇人自称童姓，与福王生有世子，后因战乱离散。要求进宫为后，天子若拒绝相见，就证明天子是假福王窃位。

　　弘光帝闻奏：说那童氏自述年龄三十六岁，十七岁入宫，为曹内监册封。时有东宫黄氏，西宫李氏。童氏于崇祯十四年（1641）生一子，小名金哥，啮臂为记，今在宁家庄。弘光先是啼笑皆非，继而气噎喉堵，怒道："朕前妃黄氏早夭，继妃李氏殉难，俱经追谥。且朕先为郡王，怎会有东西二宫？这妖妇实

九、南渡奇案

乃骗子，速着锦衣卫审讯！"

锦衣卫初审未用刑，命其如实叙述。童氏有板有眼说道："我原是布衣百姓，母亲时常进宫，将女红什物卖给宫女。我年少时偶然随母亲入宫，被老福王嗣子德昌王由崧所幸，后来生子金哥，皇帝派曹内监册封为妃。"云云。弘光看了太监呈上的供词，脸色陡变，掷供词于地，怒道："朕不认识她，究竟何故冒死撒此弥天大谎，速加严讯！"不料这妇人体弱，大刑一过，立马断气。

这一死，死无对证，非同小可。从衙门到坊间，从京师到外府，流言四起，说这童妃若是真的，弘光就是假的，假皇帝坐上金銮殿，这大明朝还是真的？

街头巷尾更盛传，拥戴福王登基的班首马士英原本不认识福王，只是看到福王印玺，便误以为真，结果弄假成真。实则小福王早在崇祯十六年（1643），就由德昌王而世袭福王位，现南京守备太监卢九德曾在福王宫中供职多年。马士英可能认错，九德岂能不认识世子？这桩无头案令那帮失势的东林士子兴奋莫名，昧着良心把个弘光帝传得似龙非龙，庙堂茅舍迷雾笼罩。在一般民众眼里，南京的明廷和北京的清廷，也看不分明哪个更像正朔了。

大家注意，连环案还没完！接踵而至的南都太子案，才是一记勾魂拳，直打得南朝梦碎，江山易主。

那一对儿祸乱京师的假王、假妃刚刚横死金陵，突然又有不怕死的"太子"驾临南都。

鸿胪寺少卿高梦箕的书童穆虎从北方南返，途中偶遇一少年，相互搭讪，彼此投缘，二人便结伴而行。晚上就寝时，穆虎发现少年内衣织有龙纹，惊问其身份，少年自称是皇太子。唬得穆虎一路小心伺候，以为立下了绝世功勋。抵达南京后，穆虎护着他直接来到主人府上。梦箕询问半日，难辨真伪。犹疑再三，决定先把他送到苏州老家隐蔽起来。

不料这少年突然自己跑回南都，招摇过市，故意显露贵倨模样。梦箕不得已密奏于皇帝，弘光听了，心下忐忑，又不便迁怒梦箕，只得派内官持御札宣召。

次日早朝，弘光帝令锦衣卫冯可宗守护少年上殿，面谕群臣道："此稚子自称是先帝东宫，若果真是先帝之子，也就是朕的儿子，应当抚养优恤，岂能流离失所？"随即叫公侯、九卿、翰林、科、道等官轮流近前审视。大学士王铎曾任东宫教习三年，自然最熟悉太子模样，远远就看出是奸人假冒，第一个出班奏道："此假人假事，乃是黎丘之鬼，哪里是太子！臣同旧礼部尚书在北京端敬殿中侍班三年，尚记得先帝东宫大目方颐，高声宽颐，器宇轩昂，哪里是此子形貌？"弘光道："卿可到他近前问话。"王铎遵旨走近，面对面道："你认识我不？"少年迷惑，小声道："不认识。"王铎又问道："你还记得讲书在哪个殿吗？"

"文华。"

"平日桌几上摆放什么？"

"先生，我忘记了。"

王铎回身向众同僚高声道："世上可有受业三年相距二尺而不认识师傅的太子？讲书处不在文华殿在端敬殿，而且我暗记太子有讲读数目十个算子，此子都懵懂不知。此事确凿可证，这人千真万确是假的！"弘光帝龙颜大怒，高声命令锦衣卫把奸人绑了。那少年见状，大哭跪地，哀告道："饶命饶命，小人不过被人玩弄，说似此可得锦衣玉食。小人姓王，名之明，高阳人，是已故驸马都尉王昺侄孙。"一时满殿哗然。弘光闭目思想一会儿，为求稳妥，又传旧东宫伴读太监丘执中出来辨认。弘光叫执中先不言语，径直走到少年眼前，假太子当然不认识，执中也当庭指出少年是假冒的。群臣激愤，于是弘光帝喝令拉出去斩决。

老谋深算的阮大铖出班谏阻道："启禀皇上，此顽童冒充太子，十恶不赦，其罪当诛；但不久前已有两起假王、假妃伏法，此假太子固然可恨，立杀之则不祥。此祸根应暂时押在死牢，等待天下大定时处置不晚，以杜绝谣言再起。"殿上另有曾任东宫讲官的刘正宗、李景廉闻言，争抢着上前奏道："我朝多有曾在北京朝廷为官的，见过太子的岂止二三人，此子胆大妄为，千刀万剐也不足以抵罪，若不伏诛，不是引天下亡命无耻之徒效尤吗！"

满朝文武，除了东林对头阮大铖，异口同声，都喊诛喊杀，结果这王之明瞬间身首异处。

于是乎大祸降临南都。京师民间流言四起，外地文武蜚语满天，盛传太子南渡后化名王之明，反过来说就是"明之王"。今上畏惧太子夺位，断然而生杀机！

百姓之口尚不足畏，可怕的是它吊起一只大虫的胃口，这大虫就是雄踞湖广、拥兵三十万的平贼将军、太子少保、宁南侯左良玉。弘光帝是马士英会同黄、高、二刘四镇拥立的，左虽势大，却未入得定策功臣的行列。左正怀恨在心之际，这三案交发。机不可失，时不再来，左良玉立马命幕僚草就假太子密谕一道。"太子"一死，便大起三军，豁然打出"奉先帝太子密谕讨贼"的旗帜，万船齐发，顺江东下，剑指南都。

九、南渡奇案

为表示背水一战的决绝之心，临行之时，左良玉下令屠城。可怜武昌降下血光之灾，一日化为空城。

南都震动。四镇第一猛将、靖南侯黄得功急赴太平府布阵迎敌。黄、左沿江鏖战之时，清朝已陆续扑灭大顺、大西，定国大将军、豫亲王多铎率领满汉得胜之师，渡过黄河，兵锋直指江淮。

弘光朝廷原本好戏开局，太平光景美不胜收；却无端祸起萧墙。而今一夜之间，悍将南叛，鞑虏北侵，狼烟四起，灭顶之灾有如儿戏般从天而降，大好河山忽地就危如累卵了。

十、"扬州十日"

黄得功浴血三日，以三万劲旅大破左军三十万。左良玉功败垂成，既忧且愤，竟呕血数升暴死。其子左梦庚带着败军十余万、总兵官十五员进退维谷，游弋于江中。此时清靖远大将军、和硕英亲王阿济格领着满洲八旗兵三千追击顺军溃兵至九江，正与左军相遇。梦庚吓破了胆，急忙洽媾，靠岸投降。阿济格大喜，当即许诺梦庚隶于汉军正黄旗，派员引其北上晋京觐见受封；英亲王便直接督率了左军诸将金声桓、郝效忠、徐勇等向东进发。

得功杀敌一千，自损八百，未及休整喘息，就遭到多铎亲王由商丘南下泗州，攻入太平府，方迎战中，阿济格亲王驱动左良玉降兵报仇来了！两下夹攻，得功苦战不支，退往芜湖。

真是"卫青不败由天幸，李广无功缘数奇"，这边得功以一旅独抗强敌，纵有三头六臂，不能不败；另一边勇将高杰竟在阴沟里翻了船。那高杰原本满怀气吞万里、收拾河山的豪情壮志，亲率麾下五万将士誓师北伐。尚未迎敌，便被已暗中降清的河南总兵许定国在睢州设鸿门宴害死。高部将士闻讯攻破睢州，疯狂屠城。泄愤之后，诸将没了主公，又互不服气，就打算各奔前程了。

所幸有聪明机智的邢夫人紧急出马压寨，稳住阵脚，官兵激愤骚动终未乱营。伤心备至的史阁部赶赴军中，立高杰儿子为兴平世子，外甥李本深为提督，擢升其部将李成栋为徐州总兵。邢氏忧心子幼，不能服众，知道可法无子，请求允许儿子拜他为义父。高杰贵为伯爵，却是造反出身，可法是何等高洁的名士？安抚乱军是权谋，认敌为子关乎名节；宁可一时失大军，不可青史失气节；故此可法推三阻四，实在无法躲闪了就取折中办法，命高杰儿子拜提督江北兵马粮饷太监高起潜为义父。可法自以为得计，邢氏却心中恼怒，引为奇耻大辱。可法一走，便说动诸将，携子率部投降了豫亲王多铎。无上清高的千古"完人"、督师阁部史可法因小失大，轻而易举地把江南最需倚重的一镇兵马拱手送给了强敌，有如自掘坟墓。

高杰死难，部众降清，相当于南天柱石崩塌，广昌伯刘良佐、东平伯刘泽清闻讯，都是知己知彼、擅于审时度势的宿将，能不识时务？二刘深谙投降趁早的道理，未经一战，便整军输诚，博了个人财两得。

扬州顿成孤城。

满洲大军三路南下，一路西进。最初还谨慎徐攻，步步为营，齐头并进，不许一路冒进。大出意外的是，未经一战，明军居然或逃窜或迎降，逃的少，降的多。一月不到，来降明朝总兵官三十八员、副将七十四员，马步兵合计三十八万八千三百名，较之豫亲王、英亲王本部兵马倒多了十倍。

四月十七日，多铎率满洲八旗七千、汉八旗一万，并降将李本深、刘良佐、张天禄、张天福部八万，共十万大军，进至距扬州二十里处扎营，次日兵临城下。

那史阁部在四月十一日赶赴天长，檄调诸军未果，一日夜冒雨拖泥，狼狈奔回扬州。扬州只有总兵刘肇基的忠贞营守城，兵马不过万人。剑拔弩张之际，忽报甘肃镇总兵李栖凤和监军高岐凤领兵五千入城。可法惊喜，以为兵马虽少，其志可嘉，急与淮扬总督卫胤文亲往迎接。不料，二凤本意不是帮助守城，而在劝导、胁迫可法、胤文献城，以向满人邀功。可法正色道："这里是我的死地，你们何必为保区区头颅忘记廉耻！全城军民想要苟且偷生的，各请自便！"二凤懊丧归队。徘徊一夜，翌日率所部并裹挟城内川军胡尚友、胡尚良兄弟千人列队出城。肇基闻讯挥军至城门处截杀。可法恐生内变，急忙制止，任其降清。

多铎耐心在城外等了七天，一为收降李栖凤后，知道城中守军单薄，意欲坐等开门以减轻伤亡；二来城墙高峻，攻城利器红衣大炮尚未运到。起初用箭射劝降书多次，后又连番派降将入城持豫亲王亲笔信招降，都遭到严词拒绝。最后一次刘良佐部将、总兵张天禄奉命进城劝降时，为绝其妄想，肇基不顾可法约束，上前手刃天禄，将其头悬于城头示众。

豫亲王多铎大怒，刘良佐大怒，张天福眼见兄弟惨死，更加大怒，满汉八旗和新附汉军全军激愤。

二十四日夜，豫王下令总攻。为报杀兄之仇，天福泣血请缨，做了攻城先锋，亲率勇士架起云梯，蜂拥登城。城上碎石、火瓶俱下，飞矢如雨，天福满身箭镞，战死城下，一双怒目，犹望定城头。战至午夜，汉旗牛录胡有升用红衣大炮轰塌城墙，城上鼎沸，势遂不支。混战到天亮，肇基战死街巷，胤文牺牲于乱军。可法自刎未成，被义子、副将史得威夺剑，护拥出小东门，又陷入重围，乱箭嗖嗖在耳边作响。

可法大呼道："我是史督师！"清将闻声令士卒停止放箭，引众围拢上来，

抓获可法。得威机灵，趁着清军乱哄哄只顾擒拿可法，越窗逃脱。

多铎自击灭闯军过河以来，沿途行进如同郊游，很少受到阻挠；今可法以卵击石，搞个扬州之役，虽有惊无险，却令人十分气恼。他也不上报朝廷，也不劝降，径自下令将可法斩于军前。

城内巷战平息后，多铎即刻下令封闭四门，以步兵三万城外设围，骑兵千乘昼夜巡防，不使一人漏网；然后才开始从容屠城。城区划南北西中四区，分派蒙、汉及降军剿杀；东区系商贾集聚的繁华市面，归满洲大兵独占。屠城前发布告示：壮年男子主动自首，可赦免死罪。南人二百年未经战乱，不知有诈，纷纷上街聚集。被分成每堆五六十人，串联捆绑后交付三五兵丁，然后以长矛猛刺，直杀得满街巷积尸如山。年轻女子则用长绳套脖，一队队牵至营中供官兵蹂躏。

扬州城血气荡天，日月无光。

那些一息尚存的市民，都吓破了胆，个个如待宰羔羊，几无奔逃之勇。满城劈刺呻吟之声，刀环响处，怆呼乱起。人群四下乱窜，如迎面遇一士兵，无论多寡，都匍匐垂首，引颈受刃。

巷中满是疯跑的孤儿，被马踏人踩，肝脑皆出。

屠戮五天，无论旗兵汉卒，全杀红了眼，男子和老弱杀光了，就四处搜寻，奸淫宰杀女子。

第六日五月初二，豫王才下令封刀。命和尚收集焚烧尸体，安官置吏，并向百姓赈济口粮。所剩百姓，都是先前被掳入营中做仆役、营妓的男女，几万人而已。后查焚尸簿记载的人数，前后约八十万。较之北方大顺、大西和大清的数十次屠城，动辄千里无人烟，因南方人孱弱，抵抗不烈，报复就轻，还属小巫见大巫。

屠扬之后，大清军前锋所到之处，广布豫亲王《谕南京等处文武官员人等》告示，写道："昨大兵至维扬，城内官员军民婴城固守。予痛惜民命，不忍加兵，先将祸福谆谆晓谕，延迟数日，官员终于抗命。然后攻城屠戮，妻子为俘。岂是予之本怀，盖不得已而行之。嗣后大兵到处，官员军民抗拒不降，维扬可鉴。"

扬州的血腥十日，真把南京军民吓破了胆。

十一、"嘉定三屠"

扬州屠城后，豫王挟着兵威，挥鞭南指，先锋梅勒章京李率泰带领明朝众降将从瓜州渡江，在金山大败防江水师郑鸿逵军，攻克镇江，直指南京。

吓破胆的南京军民，从官绅到庶民，终日惶惶，想的是如何避免重蹈维扬覆辙。弘光皇帝原本被疑云重重的三案搅得身份不明起来，此刻又成了招灾引祸的种子。眼见军无斗志、民心涣散，更可恨那些朝臣各怀鬼胎，南都坚厚的城池如何经得住内讧的冲击？今夕何夕？吊诡的是，南京活脱脱又成了北京的翻版。

然而，弘光不是崇祯的翻版，他可不想坐以待毙。

弘光断不明臣子的才能高下，却看得出忠奸善恶。整个京师，唯一让他信赖，只有阁部马士英了。初十日，弘光密传士英入宫，对士英道："朕很纠结，若留在京，那些东林奸党能弄出三案害朕，也能落井下石，将朕当作投降大礼献于鞑房。若离京，军民必无心御敌。而今高杰死，二刘降，只有得功可恃，京师已不能守，怎么办？"

"皇上明鉴。如今大势已去，唯有隐忍一时，谋定而后动。若天不灭明，终有倒转乾坤之日。当下最要紧的，是皇上安危。有天子在，就有民心在。臣以为权宜之计，皇上应尽速移跸。为保住士气、避免陷敌，可趁夜只带太后易服出城。臣可以留宫镇守，再视情势变化出城护驾。陛下出城后，须径直赴芜湖，入得功营。臣追到后即可商议昭告天下、御驾亲征事宜。万一万众感奋，还有机会挽狂澜于既倒！"

弘光颔首认可。

天亮以后，群臣集聚大殿，只见士英独立于阶下，丹墀之上，空无一人。士英再三说明圣上偶染小恙，晓谕他代为主事；哪有人肯信，一哄而散，只剩下守备太监韩赞周和几个"阉党"的人。士英心灰意冷，知道事不可为，急调护卫营贵州兵四百名入宫，保了邹皇后、宫眷、太监等百十人乘车出城，往东南追赶弘光帝一行。

这边钱谦益、王铎、赵之龙率群臣回到内阁商讨献城，到场所有文武大臣没有持异议的。

十四日午后，清军先锋、明降将总兵杨承祖率数百骑驰至洪武门外。忻城伯赵之龙、保国公朱国弼赍降表由城墙缒下，前往清营接洽。十五日，豫亲王亲临城外。赵之龙、朱国弼同魏国公徐九爵、大学士王铎、礼部尚书钱谦益等一百五十名官员大开城门，出迎于郊。八旗兵进城搜索警戒，将南京东、北两区汉民尽行驱赶出来，留给满洲兵驻扎。

六月十六日隆重举行入城式。千家万户点了香炉、贴了字符："大清顺民""大清皇帝万万岁"；那清太祖第十五子、世袭罔替、肥头大耳的和硕豫亲王多铎，身穿华丽礼服，率满汉大军浩荡入城。明臣心细体贴，已预先将皇宫改作王府，宫人提早换装，使多铎如同踏进北京旧院，回家一样，十分惬意；当晚，就在府内大宴明臣。南京城火树银花、莺歌燕舞，一派欢乐祥和景象。识时务、恤民命的弘光朝大臣们，没做无谓的折腾，算是保住六朝古都的金陵躲过一劫。

再说众叛亲离、失魂落魄的弘光帝，他之所以涉险出城，一为汲取先帝崇祯株守北京、身死国破的教训；二为整军亲征，所投之军是四镇之首的靖南侯黄得功。就人品而言，这靖南侯确实是继高杰之后唯一一个可以倚重的大将。

得功出身卫所军户，是辽东开原卫人，少年就勇武刚强。十二岁时，一日偷喝了母亲新酿好酒，遭母亲责骂，得功赌气道："三天后赔你。"当时明军正与女真人交战，得功跨马提刀杀入敌阵，须臾提了两个人头回营，领取赏银交还母亲。成年入伍后积功升至游击、副总兵，调到京营禁军。崇祯十一年（1638），率禁军随熊文灿征剿农民军，屡立战功。每战则身先士卒，手提铁鞭，勇猛奔突，所过之处，敌非死即残，万夫莫挡。战后铁鞭沾满血渍，血水灌进衣袖，士兵洗濯，血迹难褪。人送绰号"黄闯子"。那时明朝有三虎将：曹文诏、周遇吉、黄得功，而得功忠勇居首。所以现在仍能独当一面，以不满四万将士挫败左良玉三十万大军，遏住满洲八旗锋芒，至今犹雄踞芜湖铜陵。然而天下滔滔，各路英雄争相倒戈、降清恨晚，得功再勇，也孤掌难鸣，无力回天了。

士英儿子马銮带着勇卫营护驾，先奔太平府。太平府官不知底里，唯恐有诈，闭门不纳。只得继续疲于奔命，当日投到芜湖得功营中。

得功自击败左军、逼退满兵后，屯驻于此，操兵演武，枕戈待敌，对神京变故一无所知。皇帝突然驾到，令其大吃一惊。得功问明缘由，不禁唏嘘道："陛下死守京城，以片纸召臣，臣立即率兵进城一挡。凭此坚城，粮饷充足，不信鞑子能破。奈何轻弃社稷！陛下仓促到此，臣势孤力单，刚刚浴血退敌，芜湖无险可守，如何护驾？"弘光愀然道："若不果断离京，现已效先帝赴黄泉了。除去爱卿朕没有可以依仗之人，祖宗江山，于今只悬在卿这一线了。"得功闻言大哭，道："臣愿以死报国！"

多铎入城后闻弘光出逃，原不以为意，晚宴时经明降臣纷纷提醒，警觉起来，急忙命令刘良佐率部充当向导，派多罗贝勒尼堪，护军统领图赖，固山额真阿山，固山贝子吞齐、和托领所部旗兵并十余万新降军追击。二十万大军以迅雷不及掩耳之势将得功三万孤旅团团围困。这时，弘光已下诏于郑彩、方国安等未降各部勤王，可惜远水解不了近渴，猛将黄得功与皇帝一道，俨然刀俎间的鱼肉了。

得功与良佐曾同营对敌，私交深厚。良佐委派和得功熟稔的心腹将领入营招降，代传豫王口信，许诺若将弘光提献投诚，即晋封王爵。得功怒斩来使，引兵出战。却不知军心已变，激战中被部将田雄暗发一箭，正中咽喉。身负重伤，奄奄一息之际，得功仍力劝众将不要投降，嘱托拼死护驾突围。众将掩面哭泣，守护身旁，却不肯回答降与不降。

得功绝望，捡起才拔下来的箭镞，猛刺喉咙，杀身成仁。

得功一死，田雄、马德领头，众将便裹了主帅尸首上车，押住皇帝，竖起白旗。对阵的原也是友军，两军当即休战，等候主帅刘良佐陪满将受降献俘。

不久，对面阵中遣来使者通告，多罗贝勒尼堪到营，着明军主将带明帝入营。于是田雄背上弘光帝，马德抓住皇帝两脚出营。弘光恸哭，哀求二将放手。田雄道："我们功名在陛下身上，放不得呀。"弘光愤恨已极，一口咬住田雄脖子，田雄惨叫一声，仍不肯放下，忍痛飞奔，跑到清营时，血已染透衣甲。

良佐随后将弘光帝押解回南京，参拜定国大将军、豫亲王多铎。五月二十五日丙午，弘光坐无幔小轿入城。头蒙包头，身着蓝布衣，以油扇掩面；太后乘驴随后。百姓欢天喜地、过节般拥来，夹道唾骂伪君，不时有投瓦砾的。果然是世易时移，朝为真龙暮成蛇，落坡的凤凰不如鸡。弘光帝羞愤无地，恨不能死。入得宫来，一下轿便疾向石柱扑撞，士兵机警，一把抱住。那豫亲王毕竟贵胄，还知惺惺相惜，见弘光磕磕绊绊进殿，忙拾级而下，向他拜了一拜，胡乱说些成王败寇、死生有命、随遇而安的鬼话，算是抚慰。然后，命宫人扶明皇入室沐浴，浴罢仍穿龙袍，安顿原来寝宫食宿；叫好生养护照料，等待朝廷发落。

来年五月，摄政王经不起那些汉臣反复敦促鼓噪，以清帝谕旨恩赐"伪帝"自缢。可怜弘光折腾一载，处处反崇祯之道而行之，最后还是追随崇祯同路而去。

史可法在扬州螳臂当车，招致屠城；南都诸臣、军民颇识时务，宣告和平沦陷，古都文物风情得以保存。清军大举南下，那些拥着重兵的北方将领争相投诚，通晓春秋大义的文臣也纷纷俯首；生死关头，偏偏被强壮北人蔑视的屠弱南人竟敢出来反抗，着实令满王吃了一惊，吓了一跳。

弘光帝被逮后，奉命经略江南五省的洪承畴派出使者，四下招抚南直隶各州府县。他认为南京明廷既已瓦解，当朝文武多已剃发易服，收拾局面应当轻而易举了。

常州府属小县江阴的明朝知县不肯降清，解印去职，承畴委派方亨接任。此时常州府发来严令剃发文书，警告士民"留发不留头，留头不留发"。方亨叫书吏把府文抄写布告张贴。书吏写到此语，义愤填膺，掷笔于地道："就死了也罢！"出衙满街一嚷，搞得民情鼎沸。方亨恼怒惊恐，一边叫锁禁了书吏，一边派公人送密信去常州府，请派兵来杀人树威。那公人却把密信交给典吏陈明遇。明遇以为民心可用，当即带着衙役们将方亨逮捕下狱，在县衙前竖起"大明中兴"旗帜，又邀乡居的前任典吏阎应元加盟。

应元行伍出身，入城后帮助明遇立即把全城户口分丁壮老幼详查，选青壮男子为民兵，会合乡民十万，分班上城，每个城垛十名，由武举人王公略守东门，汪把总守南门，明遇守西门，应元自守北门。陈、阎兼负昼夜巡查四门之责。一边肃清内奸，一边将城内公私所藏物资分类征集，统一使用。全城人尽其才，物尽其用，同仇敌忾。

江阴抗清消息传开，常州知府宗灏派了兵丁三百赶来镇压，当日被义民全歼于秦望山下。豫亲王听说此事，觉得蕞尔小城竟敢造次，不迅速荡平不足以震慑四方，立命用牛刀杀鸡，派刘良佐率兵五万来攻。良佐大兵围城，自闰六月下旬攻城，屡次失利，一再派使者招降不应，于是亲临城下现身说法。应元在城头痛斥良佐人面兽心，吃着江南民脂民膏，作威作福，鞑房一到就倒戈反噬，猪狗不如，道："明朝有降将军，无降典吏！"良佐气得跳脚，奈何不得。

多铎见战事不顺，加派恭顺王孔有德协攻，仍不能克；又遣贝勒博洛、尼堪带满洲大兵携红衣大炮往攻。博洛来到江阴城下，遥望江阴小城不及南京一角，以为汉将偷懒，打了良佐一顿屁股。良佐惭恨不已，亲临阵前持刀督士卒强攻，不克。满兵只得参与轮攻，死伤累累。

血战到八月二十一日，满兵集中大炮轰击城东北角，城墙崩塌，汉兵蜂拥而上，江阴失守。明遇巷战而死；应元负伤投湖，被清军拖出，不屈就义。良佐屠城至二十三日午后，博洛才下令封刀，出榜安民，城内百姓仅剩老少五十三人。

江阴以六万乌合民众力抗七万百战强敌，守八十日危城，六万人同死，城破后无一人投降。刚刚在福州继统的隆武皇帝听闻此讯，泣道："我家子孙凡遇江阴县人，虽三尺童子也要怜而敬之。"

江阴才平，嘉定又起。

嘉定义民公推通政司左通政使侯峒曾为首，峒曾带二子侯玄演、侯玄洁，进士黄淳耀入城。士绅集议后，效法江阴，上城画地分守。

清吴淞总兵李成栋立即领兵来攻。七月初三日攻城，次日城破，峒曾等都战死。成栋下令屠城。兵丁挨家逐户，小街僻巷，无不穷搜。哪怕乱苇丛棘，也用枪刺搅，确定没人才住手。士兵每遇一人就大喊："蛮子献宝！"这人取尽腰缠奉送，能否留命，全在士兵一念之间。大多物尽则杀，侥幸逃脱，难保又撞上刀枪。嘉定城内横尸满路，都是遍体鳞伤，反复砍剁所致。有幸免于难的，藏匿于荆棘中，目睹杀人惨状：初砍一刀，被砍百姓哀呼："都爷饶命！"至第二刀，其声渐微，再砍，就寂然不动了。刀声霍然，遍于远近；求饶乞命之声，嘈杂如市。那些一时没死、饱受蹂躏的女子，悬梁、投井不下万人。屋舍里、庭院内，断肢碎脸、骨肉狼藉，弥望皆是。三天后，自西关到葛隆镇，浮尸满河，舟船行驶没有下篙的地方。

嘉定三日屠城，并无满兵参与，是汉人残杀汉人。屠夫李成栋接下来还搞了广州屠城，日后懊悔，天良发现，又拾起故帅高杰的遗志去复明抗清，英勇奋战，厮杀许久，终遭清朝灭门。早知如此，何必当初？

嘉定之后，又有昆山之屠、泾县之屠等等，积尸如山，流血漂橹。

经过这几番杀戮，人心畏葸，江南初定。

十二、贤王监国

大学士马士英与弘光帝在溧水失散，护着邹太后一路狂飙，经广德州，逃到杭州。太后驾到，潞王朱常淓等都来朝见。不久，阮大铖、朱大典、黄道周等一干未降重臣也陆续逃到杭州。

士英寄望弘光帝以得功一镇劲旅亲征，自己在杭州收拾残余，整军筹饷，及时声援，战局或有转机。等到总兵方国安领着一万败兵从太平逃来，才知靖南侯战殒、弘光帝被俘。皇帝、生力军没有指望了，悲痛之余，士英心下又生希冀。当初东林与所谓阉党明争暗斗、水火不容，原本围绕立亲、立贤，中间搞出三案奇闻，南京暗潮涌动、谣言乱传，将士打仗的心思都没有了，把个南都拱手相让。而今弘光北狩，贤王在此，莫非天意？

士英想到这里是既悲又喜，抑或明悲窃喜，就先去说动了太后。

六月初七日，聚齐群臣，文武数十人朝见邹太后，请命潞王监国。太后随即发布懿旨宣潞王进殿，说道："你亲为叔父，贤冠诸藩。往昔宣庙东征，襄王监国，祖宗章法都在，如今可以遵行。"其实潞王虽然贤良，却最是胆小怕事，现在敌势汹汹，满洲大军肆虐之际，一登大位，骤然成为标靶，岂是太平天子歌舞升平的勾当！他不假思索，一口回绝，气得下面鲁王怒斥道："我朱家命悬一线，但属先皇子孙，为了力挽狂澜、拯救社稷，就是肝脑涂地，又何足惜！你为什么推脱，是谦让，还是畏惧？"太后流泪劝道："满殿忠良在此，以你监国，是众望所归，不是本宫独断，你若不依，岂不伤了众臣拥戴之心？"士英率群臣跪下哭求，潞王勉强依从了。

六月初八日，潞王就任监国。诸臣朝拜后，随着潞王素服过谢慈禧宫。皇太后着淡黄衣白裙，左右侍女各穿葛衣，气氛凝重。太后含泪嘱托了一回，潞王率群臣发誓许国并祝太后万寿无疆。

仪式结束，潞王拜辞出宫，回身见一长髯清癯中年大臣，素服角带，与士英并立，便问道："这位是谁？"长髯大臣忙从袖中抽出名单交付呈奉太监。潞王一看，欣然道："你是黄道周？先生真一代忠良，今日有幸共任大事。"拉了士英手道："马先生每事多与黄先生商量。"士英未及应诺，后面阮大铖忽然抢话道："老黄不知时务，我从行在侍圣驾左右，凡事可以问我，每事问老黄，能问出什么。"道周反齿相讥道："你既侍候圣驾，今日圣驾在哪？"士英见状，忙分开二人，道："和气致祥，家不和则事不成。潞王殿下监国，诸位齐心护主，切勿再分门户，蜗牛角里争锋，坏我乾坤大计。"潞王默然，大家怏怏散去。

初九日晨，潞王召对士英、道周，命二人各自分工募义兵、设镇防，广招两浙名士豪俊来归。午后传陈洪范陛见。潞王知道弘光朝时陈洪范曾随左懋第去北京与清廷通好，懋第不肯屈膝称臣被扣，洪范暗降后南归，正是秦桧般的人物，也正是时下堪当大任的人才。潞王耳提面命，向洪范交了实底。

翌日，洪范便密受了印信，登船北上。经过嘉兴，进入清界便大张"奉使清朝"旗帜。守关军官也是明朝降将，不曾谋面但知其名，验了印信，便派人引领使团去南京见豫亲王多铎。

潞王比福王聪明机智，贤、亲之别大概就在于此。他一面叫士英等临阵磨枪，一面派洪范接洽媾和，两面下注，赌个保险。洪范不辱使命，见到豫王，把潞王乞求割让江南四郡换取清朝止步，并奉清朝为上国、明朝以藩国之礼纳贡于清的建议呈报了。豫王听后道："崇祯帝已死，弘光朝已灭，大明国在哪？我天朝赦罪除功，原明朝勋爵依旧例恩养，江南四郡现在我手，何谈割让？你原本有功于圣朝，可速随大军南下招降纳叛，再立新功。"洪范知道大局不可逆转，只得见风使舵，把杭州当下内情向豫王详细叙述。豫王大喜，决定亲自率兵收取南直隶十四州，同时令贝勒博洛、固山额真摆因兔阿山领满兵八千、蒙古兵八千，大驱十万降军，昼不停歇，夜不解甲，直驱杭州驻马。

洪范赍了清军统帅博洛的劝降书，入城直见潞监国。朱常涝听着陈洪范绘声绘色描画大清铁甲雄师如何如何的威武阵仗，唬得魂飞魄散，马上吩咐奉表降清。

此时总兵方国安已与清军战于涌金门下，厮杀至晚，胜负未分。潞王担心清军因攻城受阻，恼怒屠城，急忙谕令禁军担酒食从城上缒下犒劳清兵。国安见状愤恨填膺，一边望城大骂，一边督率部队疾撤，保着在军中的马士英东渡钱塘江而去。

国安主力军一走，守城官兵便奉旨开了城门。阮大铖、黄道周等慌不择路，由富阳乘舟遁往婺州。

主张抗清的人士都落荒而逃，潞王没有阻力，立即安排纳降。以监国玉玺召寓居萧山的周王、寓居会稽的惠王、寓居钱塘的崇王相见，只有寓居临海的鲁王以道远为由，称病不来。诸王到杭州后，受了贝勒博洛赠送的人参、貂皮贽礼，各个安心，称颂潞监国的抉择。湖州、绍兴、宁波、严州等各州官员，都奉潞监国旨纳土降清。

摄政王多尔衮听得潞王投降，江浙不战而复的捷报，认为南方已定，怜惜满洲兵起自塞北，难忍江南暑热，下令多铎、博洛班师回朝。命弘光帝，潞监国，惠、周、崇等藩及投诚显官勋爵魏国公徐久爵、王铎、钱谦益、赵之龙等随军晋京。南京改为江宁府，任命多罗贝勒勒克德浑为平南大将军镇守此地，任命内院大学士洪承畴"招抚江南各省地方总督军务兼理粮饷"。

赴京途中，邹太后投淮河自尽。

明朝帝、王九月初四日到京。将弘光帝缢死后，大清朝廷颁布恩养规定：明宗室岁给养赡银，亲王五百两、郡王四百两、镇国将军三百两，中尉以下各划地三十亩。潞王朱常淓上疏谢恩，其疏称："念原藩卫辉府横遭流贼之祸，避难杭州，深虑庇护无所。有幸王师南下救民于水火，立即率众投诚，派员远迎入境。今得圣朝赐给日费、房屋，恩深似海，臣结草衔环、举家焚顶，不能报圣恩于万一。"

潞王并诸藩在京恩养半载有余，次年五月，全部以谋逆罪处斩。

十三、二龙争位

潞监国挂羊头卖狗肉，明御敌暗洽降，逐渐露出马脚之际，唐王朱聿键和鲁王朱以海为避免落入樊笼，不约而同地逃出杭州。唐王拟归广西，鲁王回到自己的封地台州。

这两个王都是远藩，虽满腔恢复大志，却不敢有上位的妄念，所以惶惶然、愤愤然又茫茫然，不知所措。

唐王是太祖第二十二子朱桱八代孙，谱系与崇祯帝很远，且命运多舛，自幼饱经患难。其祖父厌恶长子，为立爱子，竟把长子和长孙聿键囚在内宫宅十六年。聿键暗下恒心，篝佛灯日夜苦读，到了二十八岁尚未向朝廷报生。然而吉人自有天相，崇祯二年（1629）奇祸降临唐王府，对聿键却是福祸双至。唐王爱子眼见父王将薨，监禁中的世子还活得自在，就和亲信密谋，买通厨役，投毒弑兄。碰巧那天聿键没有胃口，一家人用膳，唯独他没上桌，眼见父母姊妹惨死于堂上。他破窗冲出王府，赴府衙击鼓鸣冤报案。知府将他藏匿于衙内，精明断案，持公上报。这时经此变故，沉疴中的老唐王也没了，聿键顺理成章袭了王爵。四年后六月初一日奉诏觐见天子，七月初一日回到封地即杀叔替父报仇。八月听说鞑子入寇京畿，一时出于激愤，违背祖制，带领侍卫并募兵千人，由南阳赴京勤王。战后被废为庶人，囚禁于凤阳高墙；昔日家囚，又做了宗室重犯。崇祯十二年（1639）有朱大典上疏请求宽宥，十四年（1641）有韩赞周请宥，十六年（1643）路振飞上疏，请宥言辞更加哀切。十七年（1644），崇祯大限将至，其鸣也哀其言也善，忽感唐王当年勤王的忠肝义胆，在二月十三日降旨赦免聿键。六天后帝京沦陷，聿键来不及沐浴先帝隆恩，弘光帝登基，才被解除了禁锢，封地也由河南迁到广西。

鲁王朱以海是太祖第十子朱檀第九世孙。崇祯十五年（1642），满洲掠山东，破兖州，鲁王朱以派殉国，弟以海死里逃生，于十七年（1644）袭封鲁王。同年大顺军攻陷北京，收取山东，以海南逃。弘光帝将其封地改到台州。

这一对苦大仇深的藩王，与同时代养尊处优的贵胄大不相同，亲历国破家亡、颠沛流离惨境，十分痛恨清军和闯军。正当满腔复仇烈焰无处喷发的时候，同时、分别邂逅了同道贵人——那些不愿降清，仍然把持节操，看淡儿女情、胸怀风云气的明朝旧臣。

先说唐王。

唐王眼见潞王心无斗志，一味将献城降清当成救民于水火的妙策，不胜愤懑无奈，只得逃出临安，意欲返回广西封地。行至码头，遇见水师都督、靖虏伯郑鸿逵。当时潞监国已降，黄道周等一干孤臣陆续逃窜出城，也避于靖虏伯战船中。群臣正在六神无主的当口，唐王驾临，大家如获至宝。虽然聿键谱系与先皇崇祯疏远，按祖制轮不到他继统，但道周等与鸿逵商议：一则潞王等降清后，崇祯近系只有广西的桂王硕果仅存，却天遥地远。二来唐藩封地为河南南阳，此地是东汉开国皇帝刘秀故里，"起南阳者必复汉家之业，以古鉴今，易世同符。中兴自古旧南阳"，此大吉之象。三是聿键虽生于王府，自幼险阻备尝，如晋公子之播迁，间阎亲历；史皇孙之艰难，逆境重生。逢国家危难之秋，正当得大任。于是联袂劝进。

唐王壮志凌云，胸怀天下不能伸展，群议正中其下怀，便欣然接受疏请，危境中黄袍加身，就在船上草草办了登基典礼。附近江畔、江中多有官兵无头苍蝇般四下逃遁，忽闻岸边鼓乐喧喧，疑惑中或移舟或车骑就近，遥见帝王仪仗，以为是潞监国行在，纷纷然赶到码头，才知是唐殿下慷慨以复国自任，天下又出共主。口口相传，一两天内文臣武将聚齐百人、士卒过万。聿键与诸臣交拜，依礼三推三让以后，约成大业，即皇帝位。

聿键一年前尚是高墙内罪宗，欠名分而缺体己，只得匆忙草就班底，就在船上急行封赏，以拥戴功劳加封郑鸿逵为定虏侯、郑彩为永胜伯，黄道周等为大学士。诸臣受官后依序列班，簇拥新上阅兵。聿键戎装跨马，慷慨誓言："朕将亲提六师，恭行天讨，以延续我太祖之业。今后战端一开，我大明子民，人不分老幼、地不分南北，皆有守土抗敌之责。皇天保佑、神灵共助，光复故土在望，驱逐鞑虏有期！"众将感奋，群情激越，高呼"吾皇万岁万岁万万岁"，四野震颤、山川雷动。

盟誓结束，大队开拔，沿江水陆并进，南下福建。闰六月初六日，原南安伯、现平虏侯郑芝龙率闽省文武迎圣驾入福州。闰六月二十七日聿键正式即皇帝位，纪年从本年七月初一日起改隆武元年，以福州为陪都，更名天兴府，以原福建布政使司为行宫。

隆武新朝初创，迅即颁诏各地，两广、赣南、湖南、贵州、四川、云南等残明诸省都上表拥戴。不料想长江上突然冒个泡，战乱之地浙江出了个鲁监国，

十三、二龙争位

竟拒绝承认隆武。天无二日，一个残破之国却一夜间同时生出二主。

何至于此呢？

原来浙东民气素称强悍，潞王降清，杭州献城，周边州县大多随之递上降表，绍兴、宁波却竖起反清旗帜。宁波府同知朱之葵已纳款于贝勒博洛，随即被博洛任命为知府。生员董志宁等"六狂生"不服，聚集诸生于学宫商议反清。诸生认为原太仆寺卿谢三宾家财万贯，又曾监军山左，经历过战事，适宜推举为头领。六狂生便一道前往拜求。谁知谢三宾坚决不同意，道："势如压卵，你们不怕死，我怎么能拿百姓送死！"无论如何劝说，三宾人老奸马老滑，拒绝如故。诸生失望之余，又想起原刑部员外郎钱肃乐。肃乐与诸生理念一致，一拍即合。

肃乐出面，邀请众乡绅到城隍庙聚会。知府朱之葵闻讯，担心生事，亲来查看。众乡绅不知情况，见肃乐、之葵莅临，争相招呼。肃乐简短陈词后，董志宁当机立断，撕毁之葵名刺，宣布拥护肃乐起兵反清。消息迅速传遍城内外，海防道两营兵和守城兵都投到肃乐旗下。之葵见局面翻转，趁乱避去。

当时驻扎定海浙江防倭总兵王之仁业已降清，宁波复为明守后，谢三宾秘密派人出城，携他亲笔信见王。其信函写道："宁波出了这六个愚蠢狂生，而一幼稚缙绅竟敢附和。请将军率所部来，斩杀此七人，事件也就平息了。事成之后，我当以千金酬劳。"肃乐也派使者倪懋熹前往定海策反王之仁，二使者同日抵达定海。懋熹到定海时，已先听说头天有位秀才上书之仁，斥责其无耻降清，被王处斩，仍毅然入见。

一见面，之仁仗剑瞪眼道："你此来，胆子不小啊！"懋熹正色道："将军世受国恩，贤兄王之心壮烈殉国，天下人都看到了，有志之士知道将军不过是养晦待时罢了。方今人心思汉，东海锁钥在将军手里，次之则有石浦张名振，二将左提右挈，须有盟主，正是将军的责任所在。"之仁闻言，连忙打断他，附耳叮嘱道："你好自为之，千万不要泄密。"让儿子王鸣谦陪懋熹去东阁吃饭。然后又见三宾使者，假意应允，给他一封复函，约定十五日动手。使者见之仁信誓旦旦，以为不辱使命，兴高采烈回去报喜去了。三宾使者一走，之仁便来到东阁，敬懋熹一杯酒，说道："回去告诉钱公，备好犒师之礼。"

十五日，之仁统兵来到宁波，召集诸乡老聚会于演武场。三宾自以为得计，欣然赴会，等着钱肃乐、董志宁等血溅马前。不料，坐定之后，之仁从靴筒取出三宾密信，当众朗读。三宾大惊，不顾一切地扑上去想夺回信件。之仁喝令军士把三宾拿下，对肃乐道："是不是应该杀他祭旗？"三宾哀号着跪于阶下，请求贡献万金充饷以赎命，之仁大笑释之。

此时方国安率部众一万保着鲁王朱以海和大学士马士英驻于钱塘江东岸，闻讯与王之仁联络，邀约互为掎角。崇祯朝原任管理戎政兵部尚书张国维和在籍官僚陈函辉等把二将请到一处会议。当时，众人不知唐王已在福州继统，认为江南明朝的亲、郡王只有鲁王没有降清，是复明志士可以拥立的唯一选择。

闰六月十八日，国维等奉笺迎以海出任监国。以海正中下怀，也是欣然受推。七月十八日抵达绍兴，正式就任。以分守台绍道公署为行在，改明年为监国元年。任命张国维、朱大典为东阁大学士，以护驾不力、玩忽职守罪贬黜马士英为庶民，钱肃乐起义有功，加右佥都御使衔督所部义师；进封大将方国安为镇东侯，王之仁为武宁侯，大学士张国维为督师，总统各部兵马。士英虽贬为布衣，也不气馁，仍在国安军中任事。

不久，福州的皇帝、绍兴的监国都知道了彼此，一国二主了。按理唐王称帝稍先，又已获各省拥戴，退位归藩的当属鲁王。但黄袍加身易，好马伏枥难。鲁王匡扶天下的雄心方炽，忽然又要回封地做寓公，心有不甘；况且拥立的群臣多有不愿丢弃定策功勋的，一时两个小朝廷并立。

迁延到九月，隆武帝派兵科给事中刘中藻为使，前往绍兴颁诏，拟宣布两家不分彼此，鲁监国委任之臣可到福州朝廷任同等官职。

鲁监国召集群臣集议。大学士朱大典、督师钱肃乐、大将方国安等赞成开读诏书。大典出班奏道："大敌当前，而同姓先争，岂能成中兴之业？就权宜称皇侄以报命，未为不可；若我军渡江，收复金陵，大功不是闽人能够抢夺。圣子神孙，总为祖宗疆土。今隆武既然已正大统，确实难以改变；若我监国，仍可降心相从。否则鹬蚌相争，渔翁得利。我浙东如与隆武争立，恐怕区区数州，孤立无援，倒中了鞑虏下怀。"

大学士张国维、大将王之仁、国舅张国俊等则坚决反对开读诏书。国维奏道："国当大变，凡为高皇帝子孙，都应该同心勠力，共图复兴。成功后，先入关者为王，此时凭什么区分高下！况且监国逢人心涣散之时，义无反顾、纠集任劳，一旦南拜正朔，鞭长莫及，恐怕军民离心离德，不要到时追悔莫及！"之仁附议道："主上原无统御天下之意，唐藩也无必登大宝之理。有功者为王，若我兵能收复杭州，便算中兴一半根基，此时主上早正大号，已是有名。千秋万代，公道犹存。如果不能光复神州，而使闽人横扫武林，直驱建业，功勋所在，谁能与争？那时再议迎诏，也不为晚。"那无知的张国舅趁势呼道："凭我数万精兵，挥戈杀到福州有何不可！"鲁监国闻言断喝道："国舅不可造次，说这般亲痛仇快的话不祥！"

争吵了三个时辰，鲁监国心烦意乱，命众臣选边站，竟各占一半。以海愤愤不平，心灰意冷，即刻降阶，宣旨退归藩位，当日就打道回台州去了。

大典、肃乐、国安等趁机请隆武使者进殿开读诏书，国维、之仁等悍然退场。大典等忧心局势崩塌，只得作罢，又与方、王二将追至半路迎回以海。

转眼春节到了，那边隆武帝心有不甘，怪刘中藻不能任事，又命都御使陆清源押了白银十万两再往浙东犒师，却被王之仁派兵抢去银两，杀了清源。鲁监国便以其人之道还治其人之身，也派左军都督裘北锦去福京，以公爵封芝龙兄弟。隆武帝龙颜大怒，将来使囚禁。不等使者复命，鲁监国又遣总兵陈谦出使福建。隆武帝干脆下令斩杀前后二使。

于是二朝彼此敌对，不惜以高官厚爵互封对方文武官职，流风所及，职级泛滥。遍地武臣自称将军、都督，文臣自称都御使、侍郎，三品以下不计其数。江湖上游手好闲之徒，假造符玺，贩卖官爵，高卧田园的吹嘘联师齐楚，老守妻子的炫耀聚兵万千。隆武朝礼部尚书吴钟峦上疏严加查核，但此朝刚查，彼朝又封，军、政大乱。

十四、唐鲁俱湮

隆武帝和鲁监国互相攻讦，争立于闽浙之际，豫亲王多铎与英亲王阿济格先后率军凯旋回北京休整，江宁重地只留下十六岁少年、贝勒勒克德浑以平南大将军衔统领巴山部满兵二千人镇守，大汉奸、内院大学士洪承畴如中流砥柱，节制着数十万降师，热火朝天地派员四出，招抚江南各省。

弘光朝首辅马士英如今成了过街老鼠，带着大将方国安上万铁骑千辛万苦辗转投奔鲁王殿下，却被贬为庶民，仍忍辱负重谋划恢复大计。鲁王府旧臣张岱看不顺眼，密疏监国，恳请立斩卖国第一罪臣马士英。鲁监国正值需要杀鸡儆猴以立威的关节，阅疏后连夜召张岱到御榻前，诏令先斩后奏。张岱立即带兵数百去诛杀士英。士英警觉，闻前庭有声疾越后墙而出，逃到江上，登舟避险观望。大将方国安闻讯派兵护马，上朝大闹，逼着鲁监国驱逐张岱。鲁监国只得允许士英随国安统兵汛地，协守钱塘。

士英在浙东日子难过，便想到隆武朝廷碰碰运气，或许能有个施展机会。其先派心腹将领代表自己过仙霞关朝见。隆武帝内心是欢迎他的，郑芝龙同士英关系好，也主张收用。可是，朝廷上多数文臣担心马入朝威胁自身地位，强烈反对，纷纷上疏力谏。隆武只好明里下诏定士英为"罪辅""逆辅"，让他在江浙图功自赎，暗中派遣士英旧部、隆武朝左都督杨鼎卿以密诏转达他对士英的关切，说道："阁部臣马士英，朕必不负其捧主之心，士英也应当痛悔在辅臣任上误陷弘光帝的大错。诸臣万疏千章，岂能夺走朕心中对马公的敬重？"士英开读诏书后感动流泪，却也断了去闽省报效朝廷的念想。

士英虽为东林所不容，却得诸将信赖，到营后说服国安、之仁等部，乘虚渡江收复富阳、于潜。

鲁监国一看时机可乘，晋封国安为越国公、之仁为兴国公，筑坛拜国安为大将，节制诸军。十二月十九日，亲临钱塘江边西兴犒军，每卒赏银二钱，责限过江，攻取杭州。于是国安、之仁、士英领兵二万在五鼓时从六和塔过江，直指八盘岭，迫近杭州府。清总督张存仁与梅勒章京朱马喇带旗兵一千，总兵田雄、张杰领汉军五万迎击。明军大败亏输，被俘副将、参将、游击、都司、守备六十人。

此役败绩，士英等收拾残兵，划江扼险而守，不敢再渡江北伐。却招引得北廷侧目，立发大兵征讨。征南大将军多罗贝勒博洛统率旗兵八千南下，与平南大将军勒克德浑合兵一处，声威大振。那洪承畴兴高采烈，发提督曹存性、总兵李成栋等部五万人马随征。

这年夏天，浙江久旱不雨，钱塘江水涸流细。清军前锋到江畔，遥见江心有人洗澡，水深不过齐腰。博洛亲至观察后，立命马步兵涉水过江，另派水师从鳖子门沿海而进。明军迎战，大败瓦解，纷纷逃窜。

鲁监国在水师张名振护卫下离绍兴入海，行前命总兵张国柱保护世子、宫眷前往台州。不料，这张国柱以奇货可居，竟直接押了世子、宫眷去杭州邀功受降去了。

这时弘光朝兵部尚书阮大铖、鲁监国兵部尚书邵辅忠等都在越国公方国安营中，国安部卒尚存马军一千、步兵七千。国安与这数十个大臣、总兵商议退路，大家众口一词，识时务者为俊杰，都同意投降。

于是，国安下令竖起白旗，不战而降。

兴国公王之仁见大势已去，流泪道："坏天下事的，是方国安哪。我孤军何以御敌，只有一死而已！"急忙率麾下将士乘船由蛟门航海，意欲联络隆武朝所封肃虏伯黄斌卿会师共举。斌卿却先与张国柱合谋，遣人复信于之仁，蒙骗道："张国柱犯鲁王宫眷，不仁不义，我两军会合，可先声讨其罪。"之仁不知有诈，也是病急乱投医，带着数百艘船与斌卿和营。午夜炮响，之仁兵连日困乏都在酣睡中，一齐被斌卿缴械夺船，亲兵保着他落荒而走。

经此一劫，之仁悔恨无极，一边痛骂斌卿背信弃义；一边令人将载着家属的船只凿沉，眷属九十三人全部溺死，又亲自把敕印投入大海。然后其乘大船出发，高张旗帜，击鼓鸣箫，直驶吴淞江口。吴淞总兵李成栋知是前来投诚高官，不敢怠慢，立即转送江宁。

招抚江南大学士洪承畴闻报欣喜，步出府衙大门亲自迎接。之仁昂然入室，环顾四周，众目睽睽之下，突然慷慨陈词道："我专程来到此地，并非为了降虏。既为明朝大将，国破当死，唯恐葬于鲸腹，生死不明，后世青史无法证实，所以来投诸位奸贼，就想死在明处！"承畴见多识广，乍一听，以为又是一个矫情自饰的伪君子来了，给他面子，以礼相待，婉言劝他回心转意，剃发归附。

之仁怒视承畴良久，斥骂道："他人降虏甘为猪狗，你却猪狗不如！先帝赠你显官，立庙祭祀你，封荫你的子孙，你却背义忘恩，操戈入室，平夷我陵寝，焚毁我宗庙，你滔天之罪，超过李陵、卫律万里之远！活而为人，你说你还是人吗！"承畴羞愧难当，上天无路入地无门，闭着眼睛朝军士挥手示意斩首，然后头也不回跟跄进了后堂。之仁被架离时刻，厅上众人皆失魂落魄，掩面唏嘘。

绍兴开门纳降后，督师大学士朱大典据金华孤城，誓死不降。博洛亲统满汉大军围城，久攻不克，从杭州调来红衣大炮狂轰二十天，金华城陷。大典带家眷及亲信将校齐至火药局，用绳索捆在火药桶上，点燃引线，轰然一声，壮烈成仁。大典在官场素以贪婪著称，为东林志士所不齿，然而国危之际，却毁家纾难，威武不屈。大典死后，金华被屠。

方国安等计议投降时，士英见势不妙，逃出方营，潜遁新昌山内，又聚拢过去属下总兵叶承恩及长兴伯吴胜、兵部主事倪曼青，收敛残兵，得数千人，泊于太湖，寻机出击。浙闽总督张存仁不敢懈怠，驱大军乘胜会剿。吴胜、倪曼青被擒，叶承恩投降。承恩降后为了立功，报称士英败逃入四明山削发为僧。奉命引着蒙古都统汉岱追至寺庙，果然拘获士英。承畴设宴款待士英，安排精室看护，苦劝数日。士英绝食噤言，坚拒降清，延宕多日，从容就义。

当初奉命斩杀误国奸臣的张岱及痛斥士英最厉害的黄宗羲都剃发易服了。当了顺民之后，宗羲继续著文詈骂道："今为君者，昏聩至弘光而为极限；为相者，奸佞至士英而为极致。无须分聪明糊涂，路人皆知，有何冤可申？"张岱倒颇有自知之明，作《自题小像》道："功名呀落空，富贵呀如梦，忠臣呀怕痛，锄头呀怕重，著书二十年呀仅堪覆瓿，这人呀有用没用？"

清军进占浙东，鲁监国主力尽失，遁往舟山海岛。博洛即挥军乘胜入闽。大将郑芝龙早就预知隆武帝的覆亡指日可待。博洛横扫浙东之际，已命人赍敕书送芝龙，芝龙审时度势，与清方暗通款曲，已经死心投敌了。

贝勒博洛、闽浙总督张存仁、巡抚佟国鼎带领着满汉大军从衢州出发，志在收取福建。入闽必经仙霞岭。仙霞岭地势险峻，两崖绝壁，中通鸟道，仰高俯下，因险设关，真是一夫当关万夫莫开。芝龙事先密令仙霞关守将武毅伯施天福放弃天险，远撤海曲。接着谎报海盗进犯家乡安平，上疏道："三关粮饷取于臣，臣取于海，海上出警则无家，不得不专程救援。"隆武帝派内监持手敕回复道："先生稍等，朕与先生同行。"芝龙不理，径自拔营返回安平。

由于芝龙撤走守关兵将，北军事先得报，大摇大摆、如同郊游般越过仙霞岭。降臣阮大铖走到岭下时，忽然感觉头面肿胀，同僚劝他小憩一会慢行。大铖唯恐落后，抖擞精神，争先登山，道："你们壮年爬山，还不如我这六旬老翁啊！大家快走，看谁先到福州饮马！"一边疾步攀爬，率先登顶。等到同僚气喘吁吁到达岭上，见他坐在大石上一动不动，呼之不应，用马鞭拨弄他鼠尾小辫也无反应，仔细一看，才知已死。家人上岭下岭，费了好大周折，才在山民家找到几扇门板，勉强收殓。

清军轻松过关，随即占领浦城，明朝巡按御史郑维虹不屈被杀。时有民谣道："峻峭仙霞路，逍遥兵马过。将军爱百姓，拱手奉山河。"

隆武帝尚在延平行在，已知人心涣散，召群臣上殿。群臣朝罢，将退时，隆武呼道："众爱卿留步！"叫内臣捧出一个盘子，覆盖黄帕，置于御前。隆武道："朕本无君临天下之心，为诸位拥戴在位。朕布袍蔬食，昼夜焦劳，有什么人君之乐？只是上为祖宗，下为百姓，唯恐有负诸臣拥戴的初心。现在看来诸位心思大变，昨天关上主事搜得出关迎降书二百余封，都在此盘。朕不想知道姓名，现命锦衣卫捧到午门前焚烧。班中诸臣有事的希望从此洗心革面；无事的希望愈加矢志竭力，不改初衷！"他本意是借此宽宥之举收拢人心，不料此言一出，无人肯信皇上未阅降书，群臣出宫便逃亡大半。

知道事不可为，首辅何吾驺劝皇帝经长汀入黔，隆武只得起驾移跸江西赣州。刚出城，得报清军迫近，君臣大惊狂奔。吾驺本有脚病，又坠马受伤，遵从君命从岔道返回原籍广东。从行宫人有一骑跨三人的，为轻装前行，只得把大批书籍器物弃于当道。逃到汀州，随驾的只剩忠诚伯周之藩、给事中熊伟及五百士卒。人困马乏，派员到县衙找到知县吴德操，求派役夫千名。德操恐慌不知所措，托词出恭，随着逃难乡民溜之大吉。

隆武帝看众人实在走不动了，便叫进府堂暂歇。这一决定酿下了大祸。

当天，满洲铁骑就追到汀州，按照贪图赏银的乡民指引，围定县衙。隆武帝、曾皇后、沈嫔、陈嫔和西河王、西城王、周之藩、熊伟等来不及逃跑，全被执获。清护军统领阿济格尼堪出发前已奉了多罗贝勒博洛的严令，立斩隆武帝，血溅大堂。

锦衣卫陆昆亨侥幸逃脱，剃发易服潜伏巷中，等待数日后满兵离去，出来含泪收尸，葬于罗汉岭，竖了石碑，上刻"隆武并其母光华太妃讳英忠烈徐娘娘之墓"。昆亨尽完臣子义务，进山削发为僧。后来，听闻延平王收复台湾，他与郑成功原本少年时就同殿称臣，彼此交好，便辗转渡海，终老于最后一块汉家土地。

清军是在隆武帝离城不到一个时辰长驱进入福州的。城中百姓纷纷逃窜，留下的赶紧剃发留辫。工部尚书郑瑄摸索到原来的皇帝行在、现在的贝勒府邸，请求新朝录用。在泥沙中跪了一天，博洛不予理睬，傍晚时出府经过身边，才驻足道："你官儿在明朝那么大，我们不便用啊，快走吧！"

曾在崇祯、隆武两朝任大学士的傅冠是天启二年（1622）的榜眼，历任兵部侍郎、礼部尚书，名望很高，避居在泰宁县的门人江亨龙家中。亨龙和儿子养源偷偷商议，傅冠多次带兵与满洲较量，如今成了通缉要犯，若想不受株连，应该早点告发。于是亨龙进后院见他的恩师，假说已被邻人告发，藏身不住了。傅冠道："我的事已经做完，也该以死报国了。"当即准备投缳自尽。养源急忙冲进屋里，阻止道："先生不活着去见大兵，我江家就说不清楚了！"他身后庄客跟着起哄道："你死眨眼的事，若招来鞑子乱杀，我们族人有什么罪过，被你变成血池子！"亨龙一听在理，一时翻了脸，喝令众庄客动手，把傅冠捆绑了押往清营献功。傅冠被拖拽着跟跄道路间，江养源嫌他步缓，从后不停地掌掴拳打。

送到清营后，主将李成栋来见，看傅冠满脸流血，问众人道："大学士为何带伤？"养源跪地道："此人奸猾，故意慢走，寻机逃跑。小人教训他几下。"

"你是谁，这么有种？啊，是这家小主人，难怪！还有动过手的吗？站出来，一并打赏。"

庄客一听打人有奖赏，打过没打过的都匍匐到成栋脚下，齐声说"打了"。成栋脸色陡然一变，叱道："江氏父子卖师求荣，众奴才以下犯上，都是死罪！姑念江亨龙解送钦犯有功，死罪可赦，活罪难免，打八十大板！其余五人全部斩首！"可怜亨龙如何挨得结结实实的八十大板，爱子等五人脑袋刚刚离开颈项，皮开肉绽的他也一命呜呼了。

成栋这才向已经松绑的傅冠施礼，恭谨说道："傅公是重臣，释放或留禁，须等待令旨，不是成栋能擅自专断的。不过国法剃发令特严，不遵从就算谋逆的死罪。如果傅公能委屈一下，成栋可保平安无虞。往后成栋兴许还要先生关照。"傅冠道："多谢将军为我仗义报仇，又苦心开导，但人各有志。将军知道千古有文天祥吗？是我同乡先贤，我乡没有剃头宰相，只有断头宰相啊！"成栋默然语塞，长揖而已，然后吩咐左右好生看顾傅先生。不久，成栋奉命领兵入粤，把傅冠交给汀州镇将李发管押。傅冠终于在汀州自缢殉节。

再交代一下那位识时务的平虏侯郑芝龙。他毅然抛弃隆武帝跑到南海边的安平，便急于改换门庭，马上召集会议；但部下将领割据一方、跋扈自雄惯了，多数不愿降清。他一怒之下先行领了五百亲兵，带着福建老乡洪承畴的荐函，直驱福州，献印剃发。

多罗贝勒博洛以王礼见郑，欺骗他道："如今两粤未平，等平复之后，闽粤总督就是你的,请速派人去函召诸将来福州受抚。"实则博洛无权任命如此高官,凭空哄得芝龙招降旧部武毅伯施天福、澄济伯郑芝豹、总兵施琅等以下官兵十一万三千名。博洛每日与之畅饮庆功,到第四日,忽于半夜拔营,数十满兵挟持着芝龙一道北行。芝龙大悔,向博洛哀求道:"我子弟旧属桀骜不驯,只有我能够约束,若远离闽粤,郑成功等恐怕为患海上。"博洛笑道:"这和你无关,也不是我所考虑的事。"

到京后,芝龙被封了个同安侯的虚爵,将他和全家十九口软禁起来。可怜芝龙一世狡猾凶狠,却落得如此下场。但满人拘郑失策,导致郑氏集团大闹南粤、北伐南京、立国台湾,酿成南疆无宁日,数十年封关禁海,却是清朝始料不及的。

十五、螳螂捕蝉

当清军横扫闽浙的时候，隆武胞弟、续封唐王的朱聿粤和其他藩王乘船经海路逃到广州。这也不过为自家性命着想，没有觊觎大宝之心。

明室历经近三百年繁衍，皇族王公遍地。虽然闯军陷京弑君，吴三桂又引导清朝趁火打劫，那些先被崇祯、再被大顺伤透心的缙绅宿将只得朝秦暮楚，多慌不择路投到清朝怀抱。不过老大帝国，死而不僵，总有忠臣孽子或者投机分子前仆后继，一朝剪灭，就近又扶持一个藩王继统。

隆武帝汀州遇难噩耗传到湖广、两粤，各地官绅震动，明室继统大业重新提上日程。在多数官员心目中，桂藩原为正朝，只因唐、鲁二疏藩抢了先机，一时隐忍。隆武既然驾崩，鲁监国亡命海上，不知所终，桂王便呼之欲出了。

老桂王朱常瀛是神宗第七子，原封湖南衡州。崇祯十六年（1643）张献忠掠湘，常瀛逃往广西。由于仓促奔窜，遭大西军抢劫，只带得三子安仁王逃到梧州，四子永明王由榔在永州被献忠俘获。性命难保时，受到献忠义子、大将张定国暗中保护，趁大军北上入川，整队混乱，将其易装移送至永州。广西征蛮将军杨国威部将焦链派兵护他到梧州，由榔才得以死里逃生，同父王团聚。不久，常瀛薨，由安仁王接替府事，次年弘光朝覆亡，广西巡抚瞿式耜欲拥桂王即位，遣人四出游说。无奈当时南朝重心在东南，远藩唐王捷足先登，由郑芝龙兄弟和黄道周拥立，式耜也因此受隆武帝猜忌而被调职。不久，桂王又病故，永明王由榔被隆武册封为桂王。

时移势易，如今闽浙沦陷，明朝残余转移到西南，原任广西巡抚瞿式耜再次倡议桂王继统。式耜所以宁失官职，不泯初心，是认定桂王乃真龙天子。安仁王短命且不论，这朱由榔也真是没有辱没了血统，单表容貌，就足以慑奸佞而服忠臣，是当世公认有明以来第一龙种。生得酷似祖父万历皇帝，玉面长髯，剑眉凤眼，身高一丈，俨然天神下界、玉帝临凡。式耜首倡之后，正当两广总督丁魁楚、湖广督师何腾蛟、湖广巡抚堵胤锡、隆武朝阁臣苏观生、大学士吕大器等心怀观望、犹豫不决之际，忽然隆武朝首辅何吾驺亲笔信送到各督府，告知先帝蒙难，建议速立桂藩，于是尘埃落定，众臣纷纷上表劝进。由榔照例经三疏劝进，在肇庆登基称帝。由榔原封永明王，又是万历嫡孙，新朝便以永历为年号。

可惜由榔虽仪表超凡，质地甚好，能够迈秦汉、为尧舜，所苦自幼颠沛失学，读书少、涉世浅，对人君言谈举止一窍不通。从来天意难问，有时拜求不应，有时不请自来。合该造化钟于由榔，崇祯朝亲信太监王坤突然降临。此人深谙帝王礼仪、宫中故事。由榔又天资聪颖，一夕之间，经王坤悉心指点仪注，到了黎明，那桂王一通百通，不仅龙颜熠熠，龙姿烁烁，且金口玉牙，谈吐精确，气势凌人，不怒自威，众臣衷心敬服。又在王坤调教下，诸臣就位，排练演示，很快步调一致，秩序井然，殿上活泼庄重，盛世气向乍现。

于是，大行册封：首席大学士兼兵部尚书丁魁楚、东阁大学士兼吏部尚书瞿式耜，封疆大吏何腾蛟、堵胤锡等因定策有功，皆官升一品。议到此时坐镇广州的隆武朝大学士苏观生时，大学士吕大器谏道："观生非科举出身，前朝疏漏，误延入阁，我新朝继正朔，承旧制，应该拨乱反正，不可续聘观生。"首辅丁魁楚担忧观生在前朝位高于己，一旦入朝，难保不鸠占鹊巢，便随声附和。

消息传到广州，观生大失所望。为扭转局面，急派兵部职方司主事陈邦彦赴肇庆，请圣驾移跸广州。邦彦抵达肇庆时，值江西赣州失守。赣州距离肇庆不远，正是举朝汹汹，喜庆气氛烟消云散之际，司礼监太监王坤力主远走，魁楚附议，式耜主留。邦彦之请一出，倒激起君臣疑忌，立马整装启程。不是移跸广州，而是反方向往广西梧州而去。

邦彦扫兴，慌忙派员去广州报信。观生等闻讯绝望，广州人心顿失。观生绝望之余，与广东布政使顾元镜、侍郎王应华等集议，认为与其乞怜于桂王，不如另起炉灶。当时唐王同邓王、周王、益王、辽王已由总兵林察乘船护送到广州，天降机遇，观生等便奏请唐王全兄终弟及之义称帝，两下一拍即合。事不宜迟，紧急行动，治宫殿、器物、卤簿，举城奔忙，夜间如昼。冠服仪仗来不及赶制，就遍收戏服道具权充实物，唐王等粉墨登场。不到十天而授官数千人，苏观生为首席大学士、封建明伯。倒也算真戏真做，改明年为绍武元年。

消息传到梧州，永历帝大吃一惊，连夜召见广州使者陈邦彦。邦彦匆匆登上龙舟，灯火辉映下，见永历帝仙袂飘飘，居中端坐，太妃垂帘于后，魁楚侍立一旁。那天神般的落魄天子声如洪钟，开门见山道："听说四王在广州，很欣慰。但朕已经即位很久了，辅臣观生也已具启入朝，为什么又胡作非为，谋逆拥唐？"邦彦尚不知广州之变，诚惶诚恐道："臣不知此信，也许是民间讹传？请陛下允许臣去广州察看实情上报？"魁楚道："此事确凿无疑，刚刚有可信的人自广州来报。"永历接口道:"如今非战则和,两下怎么选择呢!"邦彦道:"臣斗胆直言,陛下轻率离开肇庆,粤人以为圣主弃封地于不顾,导致人心离散,广州有很多像何吾驺、陈子壮那样的旧臣宁肯株守家中,而不愿随扈。唐王原为避难而来,未必有继统奢望,为虚情假势所蒙蔽,以至跟从这悖理之举。陛下易速返肇庆,以归人心。切不可急于同室操戈。广州正挡鞑虏兵锋,可放任唐王代我抵御,我只需静观其变。论天命,殿下为神宗皇帝慈孙,聪明仁寿,恭俭静深,人心悦服已非一日,今臣民爱戴,尊贤亲亲,皆仰承天意。贪人昧于天理,因私僭越,日暮途穷,覆灭不过在一瞬间。"

永历听着,暗暗领首,自知铸下大错,不等邦彦说完,便和气说道:"朕便依先生诤言,明日东返肇庆。"

永历朝迁回肇庆后,就派邦彦引着兵科给事中彭耀、兵部职方司郎中陈嘉谟前往广州,劝唐王取消帝号,退位归藩。绍武拒绝接见,要首辅观生代见。彭耀苦口婆心,说不动观生,只得声泪俱下跪地求道:"今上神宗嫡胤,熠然灵光,大统已定,何必再争?况且闽浙已经陷落,强敌逼近,公等不齐心勠力,为江山社稷着想,而同室操戈。苏公受国家厚恩,贪一时小利,不顾大计,天下万世,将把苏公看作何许人也?"观生大怒道:"是非功过,自有后世评说,你算是谁家的判官!"喝令把彭耀、嘉谟拖出去处斩。

观生随即进殿与绍武帝商议攻守之事,派陈际泰为督师,调兵万人往攻肇庆。

永历方面以广东学道林佳鼎为兵部右侍郎总督军务,夏四敷任监军,会同韶关武靖伯李明忠率士卒一万迎击。两军在三水县城西对阵,战至翌日,广州军大败,陈际泰逃脱。林佳鼎以初战告捷,踌躇满志,令士卒星夜行军,直指广州,欲一鼓作气扫灭绍武。

绍武朝护驾首功、广州守将总兵林察与佳鼎同族且曾共事,决定采取诈降诱敌的策略。传书于佳鼎,表示愿献广州归附,先使四姓海盗武装乞降于佳鼎。佳鼎轻信其计,依约率部乘船前往三山,行驶间,突然遭到四姓兵攻击。佳鼎所乘内河小船不能与四姓海上大船接战,被迫登陆迎敌,因地理不熟而陷入三尺泥沼。佳鼎和四敷溺死泥水中,明忠单骑逃出,肇庆军全军覆没。败讯传到肇庆,永历大惊,大学士瞿式耜自荐督领新募义兵前往迎敌。

真是螳螂捕蝉黄雀在后,绍武与永历厮杀正酣时,清军汉八旗佟养甲、降将李成栋率精骑五千由闽入粤,经潮州向广州疾进。成栋军每到一地,立即扫除传递军情的塘兵,封锁消息,用缴获的明朝官印发无事塘报。前锋以布包头,伪装明军，出其不意闯入广州。

那绍武帝尚在梦中，原预定来日阅兵，百官咸集。忽有人入报鞑子来袭，观生以妄言惑众将报信人处斩。转眼间北军已登上城墙，去掉伪装，露出鼠尾辫子。乱箭四射，城中顿时鼎沸。观生急令调兵迎击。但精兵都派赴肇庆，老弱乌合之众怎能抵挡虎狼之师？都城糊里糊涂就换了旗帜。

绍武见大势已去，拖条破被裹了混到乞丐当中，倒被众乞丐绑了邀赏。

成栋将绍武帝关在都察院，亲自送饮食衣服，叩见。绍武道："朕只求一死，若饮你一勺水，何以见先帝于地下！"成栋只得任其自缢而死。可怜绍武只当了一个月皇帝，便晏驾归西。观生倒也豪迈，在壁上大书"大明忠臣，义固当死"八字，悬梁自尽，追故主而去。各地逃到广州的亲王、郡王十六人，大抵遭到斩杀。

佟养甲、李成栋依例放赏，纵兵掳掠、奸杀三日，广州大劫，百姓死伤过半。

肇庆这边两军将要接战，同时听闻广州凶讯，登时没了争斗的意气，息鼓言和了。此时攻陷广州的清军奇兵只有佟养甲汉八旗五百、成栋本部三千六百、随征郑芝龙旧部施琅千人，可是永历君臣不知虚实，但见广州顷刻瓦解，清军声威势大，只得合并一处，护了永历帝登舟，经广西逃往湖南。

陈邦彦原本陪同永历二臣回广州规劝绍武，眼看二臣被斩，林察又击败佳鼎，满朝君臣趾高气扬，自知难达使命，藏到高明山中。广州城陷时，邦彦率部卒百人自山中出，临西江之口，望敌旌旗招展，叹道："没救了，若能趁其未定，得奇兵径直回师广州，此孙膑所以解赵之策。"于是往甘竹滩联络余龙等部义军，得众数千人。最初在江中打败清军水师，击毙降将总兵陈虎，焚毁敌船百艘，然后顺江而下攻袭广州。两广总督佟养甲闭门死守，火速遣数骑出城檄调成栋回援。邦彦攻城不下，移兵高明，再以舟师攻顺德。

邦彦孤旅与成栋久战，起初相持于顺德，再战三水，三战清远。成栋率副将马宝、杜永和等集全军力战，邦彦渐渐不支，后身中三刀被俘。养甲令将邦彦等寸磔于市。

忠臣陈邦彦以临时拼凑的一支孤军，血战到底，迫使清朝统帅匆忙调回广西主力回救广东，使永历朝得以立足广西。叛将李成栋为在新朝立新功，奋勇追击明朝朝廷，却接连目睹傅冠、绍武、邦彦等君臣壮怀激烈的死节之状，日常又遭到满人家奴佟养甲如狼牧羊般的驱使，梦中又不时被主公高杰责骂，一夜数惊，心意难平，逐渐就萌发了反清归明的念头，一时隐忍未发。

十六、大顺助明

　　大顺永昌皇帝意外驾崩于九宫山，事出偶然，哪里来得及留下只言片语的遗嘱。首席大将刘宗敏在皇帝晏驾前就遭俘杀，主要文官如丞相牛金星、军师宋献策都已降清或脱逃。更要命的是，虽然尚存二十一万大军，多数兵力已不在核心大将掌握之中。像与刘宗敏地位相近的泽侯田见秀，素以为人宽厚得众官兵拥戴，这时仅存残卒七千，浑然普通一将，失去旧时威望。绵侯、右营制将军袁宗第只剩部卒三千，他的老部下、右营果毅将军刘体纯却拥众三万，其弟刘体统也有兵二万。原先的神将郝摇旗拥兵四万，王进才更多达七万六千。曾独当一面的磁侯、左营制将军刘芳亮所部也不过一万。皇后高氏虽在军中，其人秉性软弱，不是一个能继承先帝遗志，在关键时刻重整残局的人。二十余万大军突然失去统一的指挥系统，名义上主将们还保留着爵位，却已调动不了原属各部。可惜这样一支转战千里的大军，沦为各自为政的松散同盟。

　　他们在统帅战死后，趁清朝阿济格军返京休整之机，先后进入湖南平江、浏阳一带。由于皇帝新丧，地盘全失，诸将在皇后主持下，就未来何去何从，争论多日。有主张继承先帝遗志血战到底的，有建议降清的，有力主归明的。毕竟明朝是汉人正统，当下军中又无领袖群雄、堪当大任的人物，高氏倾向于助明抗清，多数将领便应和了此议。

　　当时大顺军主力，除了这支皇帝亲自统率的军队，另一路是皇侄李过、国舅高一功带领的陕北榆林、延安驻军。他们得知皇帝大军先败于山海关，再败于潼关，取道商洛、河南进入湖北后，立即拔营追赶。沿途会合宁夏、甘肃、青海驻防各军，也有十余万人，浩浩荡荡，经汉中南下四川，顺江而下进至荆州一带，寻求与皇帝会师。所以两路军虽互相不知详细行踪，却渐行渐近了。

　　在大顺军进入湖南一个月前，明朝湖广总督何腾蛟正从武昌左良玉军中逃出，取道平江到达长沙。此时湖北已沦入清军之手，腾蛟便在长沙设立行辕，安官置吏，准备以湖南为根据地，进取湖北，恢复湖广全省。这时进入平江、浏阳的大顺军既然决定归明，便盼望就近同腾蛟联合抗清。诸将会商后，以皇后高氏名义，派了大将刘芳亮和神将郝摇旗率轻骑一万奔赴长沙，寻求与何总督联络。

不承想，因为大顺军文官星散，芳亮先期遣往长沙接洽的军官表述不当，腾蛟情况不明，以为进入湘东的军队只是些打着大顺旗号、不成气候的土贼、山寇，下令斩了来使，派长沙知府周二南率副将黄朝宣领兵五千前往扫荡。芳亮意在降附，在两军交锋前立即引兵徐退。二南误以为闯军胆怯，不堪一击，竟身先士卒，挥军冲进敌营，手刃数人。顺军拒止后再退，明军懵懵懂懂"乘胜"狂追。芳亮、摇旗忍无可忍，在浏阳官渡一举反击，明军瞬间披靡，二南坠马而死，朝宣引着溃卒狼狈逃窜，向长沙一路飞奔。摇旗率部在后追赶，一边大呼道："来将不要跑，交战是误会，我大顺军特来归降！"朝宣已经丢魂丧胆，哪里敢应，飞也似的逃回长沙。

腾蛟始知是强敌到来，自己手下只有黄朝宣、张先璧等几支杂牌官军，根本无力迎敌。惊慌失措之下，也只得硬着头皮婴城死守。芳亮、摇旗兵临城下后，马上寻找口齿伶俐的当地人进城传话。这些人当时应诺，出营就逃。折腾好几天，腾蛟才了解到顺军意图，大喜，立即派人持白牌赍手书出城相见。芳亮、摇旗随即亲自随使者单骑入城，拜见总督何腾蛟、巡抚章旷。双方来来去去谈了十余日，达成合营协议，大顺军愿意从此遵从督、抚节制。

但好景不长，腾蛟、章旷出险以后，渐渐就后悔了。作为士大夫，腾蛟和他一手提拔的章旷对闯军的敌意和猜忌是深入骨髓的。合营后，湘南突然增加生力军二十万，这令二人寝食不安。当时英亲王大军已回北京避暑，凯旋前委任梅勒章京佟养为总督八省军门，带着少量旗兵和降军驻守武昌，军力极弱。腾蛟不是看不出来此刻正是大举恢复的良机。但他更担心的是，一旦拨给给养纵容顺军出击，清军虽退，倒养痈遗患，使顺军重成气候。那时还听不听他这个总督的节制，抑或反客为主，都在未定之天。与章旷等思来想去，反复谋划，终于定出良计。

与顺军各将接触多了，腾蛟对其内部情形大有掌握。顺军中郝摇旗、王进才原来地位较低，趁兵败混乱时各自收罗了一支数量可观的军队。腾蛟就着力笼络此二人，委任郝、王为总兵官，加封伯爵，给予粮饷驻地。至于见秀、宗第、芳亮等大顺原封侯、伯，则刻意冷落，既不安置驻地，也不供应粮饷。见秀等被迫就地打粮，又立即被加以掠夺罪名。众将怒不可遏，却因主力掌握在郝、王手中，一时隐忍。不久清湖广等地总督佟养和闻讯，派人前来招抚。见秀等征得皇后首肯，派使者随清使赴武昌谈判，条件是：清方安置地方供应粮饷，顺军就在明清间保持中立。清方坚持剃发、改编，大顺方便不再接洽；但内部已成功被腾蛟分化。

万难之际，皇后忽然得报李过、高一功军到达荆州。各将奉诏至皇后帐中聚议，商讨会合大计。除摇旗、进才反对北上，其余皆踊跃表态，愿赴荆州会师。于是该军两部分道扬镳，摇旗、进才留在湖南，其余转入湖北。十万军夺船而行，长沙附近沿江船只被征用殆尽，在驻扎于岳州的大顺降明将领马进忠接应下，转移到荆州地区。大顺军从此一分为二，算是遂了腾蛟排挤分化的心愿。

李过、高一功是在顺治二年（1645）亦即弘光二年由陕西汉中南下的，沿途占领四川达州、夔州等处，经过短暂休整后，再东下占领荆门、当阳二城。把老营安置于松滋县草坪，兵马分驻在荆州府境到湖南澧州一带，横亘三百余里。

东、西两路大顺军会师，李过、一功这才获悉了先帝殉难的详细情形，皇后自然转入侄儿、兄弟营中。然后，大家在高氏召集下商讨下步对策。先皇三弟李孜为人懦弱却不失宽厚，被立为共主；军务统筹推选皇侄李过承担，将所缴明朝玉玺交付李过掌管；大事决策，仍由皇后定夺。然后，开始屯粮练兵，希图大举。

这一日，李过等奉皇后诏回草坪议事，忽报有明朝大官自称湖广巡抚者在辕门外求见。诸将惊异，见秀、宗第、芳亮以为是章旷前来，一齐对李过道："此人奸坏，我们在湖南遭排挤、不能容身，内讧纷纷，都是这张巡抚鼓动何总督所为，此来怪异，要提防他施展诡计。"皇后也道："皇侄是须小心。"于是皇后和三王李孜端坐帐中，李过只与见秀、芳亮到营外迎接。

远远望见一清癯、高挑的明朝官员跨马伫立，神色淡定，身后簇拥着数十骑马官兵。芳亮眼尖，说道："似乎有诈，来人不是章旷！"说话间，访客中一员将官已经下马，迎面走来。李过等也下马迎候。来将施礼道："见过诸位侯爷，现在辕门外的，是巡抚堵胤锡大人，闻贵军到此，特意亲来拜访。"见秀在旁问道："堵大人是何处巡抚？我见你们都穿明朝制服，不是鞑子，但本地巡抚不是章旷吗？"军官笑道："侯爷你是田将军，我也曾在长沙军中，认得贵爵。章旷已升任监军道，堵大人从武昌兵巡道、湖广提学使转任巡抚，不在长沙而驻节常德。"李过道："我知道堵大人贤名，快请引见。"那边堵巡抚看到大顺诸将和自己部下交谈后，立即小跑出营，状甚恭谨，也连忙下马。

原来按体制规定，巡抚应受总督节制，但由于政治眼光不同，胤锡与腾蛟对待顺军的态度大有区别。胤锡从大局着眼，认为只有联合昔日同胞敌手联合抗清，才有中兴希望。当他得知大顺军各部屯集荆州、澧州一带时，担心被清方抢了先机，毫不犹豫亲自赶赴草坪，谈判会盟事宜。

李过等原有此意，听见秀等备述被腾蛟、章旷排挤、陷害情节，才在明清间迟疑徘徊。看到堵巡抚与何总督全然不同，自然欢喜。

李过将胤锡请入大帐，与皇后、三王见礼。胤锡非常客气，入帐后以王礼相拜，皇后和诸将大为感动。入座后，胤锡说明来意，道："李闯打破北京，颠覆社稷，罪在不赦；但如今事过境迁，其人已没。当下是胡虏猖獗，天下将亡。诸位原系分守西北，因倾慕真主，能悔罪投诚，誓死抗清，转战千里，杀虏数万，赤心可见，其能已显。本抚还深知贵军主母善教行端，慈训诸将忠义仁孝，故有今日幡然悔悟，竭诚奉明之举，十分钦仰！"

皇后听了巡抚一席肺腑之言，嘉叹再三，道："先生过誉了，现如今神州板荡，人民流离，我们身负骨肉相残、自毁社稷大罪，而今追悔莫及，知道万死不能除罪。若先生能够指引改过之路，就是再生父母了！"李过等诸将也各表了心迹。胤锡欣慰，就娓娓陈说天运、人心、兴衰嬗变，详解忠义之道。帐内众将一时声泪痛激，都发誓愿意听命归附，尊奉胤锡节度。

当晚大家歃血为誓。李过又苦留胤锡下榻一日，以聆听教诲。辞归时，李过又安排泽侯见秀、义侯张鼐率铁骑一千护送至常德。

回到驻地后，胤锡便留下张鼐暂住常德，以备联络之需。马上派亲信幕僚傅作霖持疏赴行宫，为大顺降将请封。

作霖到达行宫呈上奏疏，当即在朝廷掀起激烈争论。内阁大学士路振飞等大为不满，道："顺贼大逆滔天，杀尽不足以平民愤，其余孽怎么能封爵拜官？"翰林兼给事中张家玉反驳道："路大人之见，臣不敢苟同。我看胤锡《恭遇非寻常之主》一疏，忍不住慨叹：我皇上中兴在此一举了！据胤锡说贼将李过、高一功等拥虎狼之士不下十万，且纵横吴楚秦晋，为百战之师；胤锡单骑入营而能恭顺服从，是上天留予陛下的恢复之资啊。众臣大多疑忌，臣独以为胤锡胆识过人。皇上不费一饷，不杀一人，一纸诏书坐守十万精兵，为何不为？伏乞皇上念功业难成，机会不再，打破庸常之见，速下诏招抚。请令胤锡任其监军，拨给粮饷，进军金陵。"家玉一番话，说动了天子，下面群臣则一片汹汹斥责之声。反复争论了半年多，胤锡数次亲自上朝力争，天子终于采纳了胤锡的主张，派马吉翔为使者，前往湖广颁诏。

翌年三月，李过获封兴国侯，御赐名李赤心，授御营左军挂龙虎将军印；高一功赐名高必正；诸将各封侯、伯爵位。所部改称"忠贞营"。诰敕曰：

"朕念赤心以英贤托身非所，而今幡然悔悟，竭奉中兴；近据地方督抚连章报其至诚归戴，业已挂印封侯。待朕驻跸武昌，然后面赐铁券。再允督抚之奏，钦旌高氏母德之贞。慈孝既然盈门，忠义必恒久于功业。特赐封为贞义一品夫人，给予恩诏，赐珠冠一顶，表里四匹，着有司建坊，敕联用'淑赞中兴。朝廷风标万方，尔门芳留百世'。令远近闻知，以显伦恩。高氏以大义训赤心，望良德贯穿始终，待江山恢复功成，你身受恩于坤宁宫，诸子拜爵于奉天殿，史册昭然，岂不伟哉！你母子须虔承朕命。"

诰敕宣读完毕，伪皇后高氏泪流满面，无限感念明天子隆恩浩荡；全营欢声雷动。兴国侯李赤心命杀牛宰羊，盛待来使及监军巡抚，三军大宴三日不提。

顺军正式归明后，监军堵胤锡同龙虎将军李赤心等商议，决定不失时机地发动恢复湖北的战役。他引了赤心赴长沙面见湖广总督何腾蛟、监军道章旷，请求腾蛟、章旷统兵由岳州北上，自己同忠贞营先攻下荆州，然后引兵东下，同何、张部会师武昌。腾蛟知湖北清军力量薄弱，其招抚大顺军的如意算盘已经落空，现在大举出击，必奏全功，所以满口应承，相约同时进取。并邀胤锡、赤心参加长沙誓师。当时数万兵将剑戟如林，旌旗猎猎，箫鼓喧喧，蔽江而下，场面蔚为壮观。胤锡、赤心看得心潮澎湃，跃跃欲试。誓师完毕，二人不肯留宴，连夜就赶回松滋县草坪驻地，抓紧动员兴师。

胤锡、赤心一离开，腾蛟便引章旷至后堂，两人对酌。腾蛟道："此番北伐，有忠贞营襄助，军威不同往常，胜券在握了！"章旷笑道："恩师此言不差，但功成之日，又不知湖广是谁家天下了。"腾蛟道："诸贼首得享世爵显位，现已归心，应该不致反复。"章旷摇头道："响马最不可信，先帝时屡抚屡叛，终至丢了社稷。恩师身膺封疆重任，切不可为眼前一利，失千古大义，徒为后代嗤笑。"腾蛟一边点头，一边又浩叹道："你的道理我何尝不懂，不然怎么会先有逐走见秀、宗第、芳亮，后有胤锡收罗众贼乘机坐大的尴尬？但南人孱弱，北人彪悍，我们凭借南兵，尚不能抵敌流寇，何言驱除鞑虏？"章旷道："卑职也一向认定用南人不如用北人，且南将只知割地自雄，北人又首鼠两端，二者皆不可恃。与其把有用的金钱，养望敌就走的北人，不如养站得住脚跟的南兵；与其以有限的金钱，养进退自如的南将，不如养可给可夺、唯命是从的亲兵。有亲兵方能自强，自强则可以弹压响马，驾驭藩镇。这才是壮威制胜的根本之术啊。"腾蛟赞道："我倒也久有此心，但战事间不容发，练兵非一蹴而就。"章旷道："现在顺贼立功心切，他和鞑子交战，我正可坐山观虎斗，趁机自强！"腾蛟一口饮尽一大爵酒，连声说道："好计好计！"次日天亮，二人便召集诸将，吩咐如此这般。各将一听不出征可收渔人之利，都欢天喜地回去重新安顿人马。

这边胤锡、赤心率大军出动，团团围定荆州城。猛攻一天，守将郑四维竭力抵抗，已有不支之势。一日夜内，连向武昌发去十道求救文书。清总督佟养和既无兵可派，更担心何腾蛟部由岳州北攻武昌，只得同湖广巡抚何鸣銮联名向南京平南大将军贝勒勒克德浑请援。勒克德浑知道情势危殆，哪敢迟疑，立即率满兵倾巢出动，乘船西上，六日便到达武昌。在听取文武官员说明湖南湖北明军动向后，决定派遣护军统领博尔惠领一偏师南下岳州迎击何腾蛟部，自己统率主力直驱荆州同忠贞营决战。

腾蛟依据与章旷等谋划的计策行事，等清军一出武昌，立即命令岳州守军弃城疾撤。博尔惠进入岳州空城，十分迷惑，试探着出城行进数十里，并无埋伏，沿途只见迤逦丢弃的辎重。拘捕到几名掉队士兵，审问后得知明军已全部退回长沙固守。急忙向主帅报告。勒克德浑大喜，命博尔惠忽略长沙方面，引军直接奔袭荆州外围明军。

胤锡、赤心等以为岳州一带有腾蛟统领的大军，不会有东顾之忧，注意力全集中在荆州。勒克德浑全军畅通无阻，趁夜疾驰。初三日早晨抵荆州外围时，赤心对满军千里奔袭毫无察觉，正奋力指挥攻城。正门与东门被大炮连续轰击，城垣坍塌，赤心亲自组织突击部队，只等一声令下，强攻入城。忽听阵后杀声震天，平南大将军和护军统领分两路直冲过来。赤心等猝不及防，被打得大败亏输，狼狈向西撤退。另一支满军也出其不意击败南岸忠贞营守兵，夺得千余艘战船。

第三天，满军再分两路追击忠贞营。赤心军兵员、辎重损失惨重，被迫遁入三峡天险地带。败退途中，永昌帝三弟李孜引着泽侯田见秀、义侯张鼐、太平伯吴汝义率部众五千余人脱离大队，在彝陵口投降。监军堵胤锡奔跑中坠马折臂，在亲军护卫下撤往常德。清摄政王接到捷报后，下令将李孜、田见秀、张鼐、吴汝义及部下就地正法。可叹见秀等一世好汉，竟因一时糊涂而死。

勒克德浑凯旋回江宁许久，腾蛟仍心有余悸，不敢贸然恢复旧地，担心引来刀兵之祸。

直到第二年入夏，清廷派孔有德等三王兵入湖南，在几乎没有遇到任何抵抗的情况下，占领全省。大军屯驻在长沙、衡阳一带避暑，等待中秋以后，金风送爽，再图大举。

十七、少年英雄

俗语说，有意栽花花不开，无心插柳柳成荫。郑芝龙自认比狐狸机灵善变，比老虎凶狠能斗，曾玩弄倭人、明人于股掌之间，创下郑氏足以敌国的基业。谁料想一念之差，被个满洲莽汉略施手段，把他算计得家破人亡。而这份星散的基业，最终却被抗命不孝的儿子收罗起来，继承光大，成就了一番万世功名。那个多罗贝勒博洛当时是自以为得计，以为把芝龙骗到北京，就算将郑氏的龙头按住，操纵东南的郑氏集团便易如反掌，不期郑氏出了个桀骜不驯的大虫，并不唯其父的马首是瞻，迅速崛起，纵横海上，从此搅得大清沿海永无宁日。

郑芝龙祖籍河南，先世入闽居漳州，后居泉州南安县杨梅山下的石井乡，数代为南安人。其父绍祖字翔宇，母亲黄氏生芝龙、芝虎、鸿逵、芝豹。芝龙小名叫一官，少年时就胆识过人，好拳棒，擅管弦，倜傥放纵，经常惹是生非，被父亲一怒之下赶出家门。他只身赴粤，依舅父黄程，营商置船，兴贩东洋。先在日本以卖鞋为业，不多年竟积攒下好大产业，往来于中日之间，成了独营巨贾、华侨领袖。曾以侨领资格拜会幕府大将军德川家康，家康招待他于长崎宾馆，从此名显日本，经常与豪贵交游，日人称他为"老一官"。后于河内浦千里滨建新居，娶平户侯家臣田川氏女为妻，于明天启四年（1624）七月十四日生子，取名福松，就是后来的成功。

芝龙与平户华侨首领、漳州海澄人颜思齐等二十八人结义，竟谋划以华人力量推翻幕府。事机泄露，芝龙等仓皇驾船入海，漂泊半个多月，在台湾北港登陆，然后辟土伐木构筑寮寨，召家乡诸弟来台。漳泉一带游民相随麇集，到天启五年（1625），手下已有众三千余人，于是纵横海上。与明朝水师交战，他立下规矩，击败不追，俘获放还。明朝既无力剿灭其众，只得改剿为抚，委任芝龙为海防游击。

芝龙归附后，思念妻儿，遣使带了重金去日本迎接。日本正值锁国时期，不肯放人。芝龙就派庶母弟芝燕率战舰数艘停泊日本海口，用暗贿明胁手段要人。幕府也忌惮无端开战，退了一步，只许其二子中长子回国，此时福松才七岁。

福松生性聪颖，思辨异于常人。十岁时，塾师以"洒扫应对进退"为题，令其作文。福松写道："汤武之征伐，洒扫也；尧舜之揖让，应对进退也。"塾师视之为奇才，改名郑森，意为可造之才。十五岁补南安县生员，每试高中。不久被保送到南京太学，因为仰慕大儒钱谦益大名，执贽为弟子。谦益很看重他，为其起号"大木"，许为栋梁之选。弘光元年（1644）四月，清军攻陷扬州，太学解散，郑森自南京回闽。

芝龙以海上起家，富甲天下，在福建晋江安海镇自筑安平水城，置守城水军，自给薪俸不取官府，分使诸弟率领各部，其军队训练有素、戈甲坚利。弘光帝欲借其力，封芝龙为南安伯。南京沦陷时，芝龙弟鸿逵为镇海将军，在江上收兵转移途中，迎到唐王聿键。芝龙贪图拥立新朝大功，又觊觎总揽朝纲大权，便与黄道周等共立唐王为帝，即位福州南郊。芝龙获封平虏侯，有兵二十万，设守一百七十余处。为就近监视皇帝，命其子郑森为隆武侍卫。

隆武既然依赖郑氏为复国长城，初见又看郑森器宇轩昂、儒雅而英武，忍不住抚着他后背喟然长叹道："可惜朕没有女儿配你！"又鼓励道："卿可尽忠于我家，朕定视为己出，有如汉武与去病之情！"郑森感动泣下，跪地起誓，愿殚精竭虑，匡扶社稷；肝脑涂地，死而后已。隆武帝也垂泪，因改其名为成功，字明俨，赐姓朱；拜为御营中军都督，赐尚方剑，仪同驸马。军中从此尊之为"国姓爷"，年方二十一岁。

成功自七岁离开慈母和弟弟七左卫门，无日不牵肠思念，多次派使者往日本接母，无奈日本施锁国令不许一人出境。过了一段时间，日本见郑氏父子已名震中外，惧于无端结怨，又仅准成功母亲田川氏一人离境。田川氏痛舍幼子，于隆武元年（1645）十月来到安平城。成功急忙还家探母，母子整日抱头痛哭，至晚同卧一榻，才娓娓互诉十四年死生契阔。母亲见儿年少事君，蒙受隆恩显爵，再三嘱咐要竭诚尽忠。

其实成功自与隆武帝朝夕相处，见乱世天子布衣素食，苦心孤诣，终日悉心筹划，矢志恢复；而自己父亲和群臣皆貌合神离，图一己富贵荣华。每当亲眼看到、切肤感受到这鲜明反差，莫不愁肠百结；再加上慈母殷嘱，从此笃立大志，以辅佐隆武、中兴明室为己任。

成功辞母回朝后，彻夜写就《恢复大业治兵筹饷锐精兵器之要策》，疏呈天子御览。

隆武观后，召他到身边，道："刚刚看了奏章，论述凿实可行，朕深为感动。中兴恢复，总理兵饷器甲，全赖卿父子操持。"成功知道父亲并无中兴明室诚意，其拥立隆武帝，不过为居奇货，以与清朝交换八闽地盘。且正由洪承畴居间，信使往还，暗中协议。成功一再以大义谏阻，而芝龙毫不动心。成功焦急失落杂出，却无能为力，只得独自一人向隅长叹。

隆武二年（1646）正月初二日，清军自江西南攻福建邵武，永胜伯郑彩弃甲曳兵而逃。隆武帝震怒，将其革职，命成功从延平出兵西上，收拾郑彩余众，进守邵武西的分水岭，以阻挡清军。芝龙闻讯，遣心腹蔡辅通知成功撤兵。

蔡辅来到分水岭，成功不等他说明来意，劈头先厉声道："敌师迫在眼前，粮草却没运到，我怎么办！你马上回去请太师发饷送粮。转告我父，国家危难之秋，他身兼首辅、王侯，麾下二十几万雄兵，千万莫把这些弃之如敝屣，遭万世唾骂啊！"蔡辅听他一番斥责，面红耳赤，竟不敢传达芝龙撤兵命令。回报芝龙，芝龙道："傻孩儿不知天命，意气用事，如此愚钝固执。孤不发饷，他能饿着肚子打仗吗？"成功屡次催促粮饷而不得，士兵饥饿难忍，纷纷逃散。

成功不得已撤回延平，急入见隆武，跪奏道："臣父臣叔都心怀叵测，陛下须早做打算。"隆武帝惊道："卿以为朕该往何处去？"

"陛下可即刻起驾前往江西，谅臣父不敢阻拦。臣马上去厦门联络豪杰志士，招兵买马，随后赶赴江西护驾。那时陛下亲征，臣愿做先锋，收拾天下人心，恢复江山故土，臣不以为无期！"

于是君臣泣别。不料成功离京不久，清军就越过撤防的仙霞关，如入无人之境，突进延平行宫，隆武未能逃远，很快被执。

芝龙自以为有撤守不抵抗大功，必然感动清廷，给他裂土封疆的厚偿。却忽然得报，清军冲到安平附近，烧杀淫掠，无恶不作，并不在乎是谁的地盘。芝龙急令芝豹将子女玉帛收拾上船出海。财物家眷尚没运完，清军已入，成功母亲田川氏也未及逃脱，为避免受辱，自缢而死。

此时，成功正在金门招纳新兵，听闻君崩母丧，捶胸号泣，立命全军缟素，率师星夜进军安平。清军因一路无阻，四处分兵，袭击安平的不过千人，见成功战船塞海而来，匆忙退回泉州。

成功入安平为亡母营葬。芝龙得报清军破家杀妻，心里开始悔恨，知成功逼退清军，也率主力来会。父子商议，打算联络舟山岛上鲁监国，辅助他继续抗清。

贝勒博洛闻讯恐慌，连忙派遣泉州名士郭必昌持书拜见芝龙。博洛信函写道："惊闻将军府上凶耗，深感不安，经严查实为误会所致，已将肇事官兵拘禁，待审，听候将军发落。我所以看重将军，以将军能立唐王。人臣辅主，如有作为，必竭尽全力。力不胜天，就顺天而行，乘时建功，此豪杰之举。现今两粤未平，我已令铸闽粤总督印玺，面见将军之日，便是封疆之时。"

芝龙得书大喜，早忘记之前小怨，急召鸿逵、芝豹、成功共商降清大计。成功哭谏道："父亲为何朝令夕改，轻信鞑虏诳言？闽粤之地不比北方，可以任胡虏铁骑驰驱；若凭险设守，选将练兵，收人心以固根本，兴贩各港筹集军饷，恢复不难。虎不可以离山，鱼不可以脱渊。万望父亲三思！"芝龙恋恋不舍的是他遍布福建各地的五百余所庄仓，战端一开，家园当然尽失，故听了成功之言，大不高兴，拂袖而去。

成功只得又去央求鸿逵。隆武帝本来就是鸿逵接驾后引至福建建都的，他盲从兄长轻弃天险，把明朝社稷拱手送给清朝，助纣为虐之举令他寝不安席，自然觉得成功在理，就过去把成功说辞又加上自己的心意向芝龙表白一通，劝道："人生如朝露，转瞬成泡影。能建功立业，称名乱世，实在是机不可失，时不再来。兄长当国难之际，位极人臣，若时势不可为，弟也不敢像那些清流文臣般虚鼓唇舌。我郑氏尚带甲二十万，舳舻千百，粮饷充足，择君以号令诸侯，天下一定响应。何必委身于鞑虏？"

芝龙以无数明臣投清后立得富贵，洪承畴、吴三桂不用说，那孔、耿、尚以无名小卒能开国称孤；相形之下，拼死抗清者都势单力孤，身首异处。做大事要执两用中，他坚信降清为折中之选。

成功见父亲一意孤行，铁心投降，担忧猝不及防时遭到裹挟，毅然趁隙逃走南行。芝龙妻亡子散，心下难过，急派心腹家人追赶。成功委托家人，愤慨复书道："从来父教子忠，未闻唆子以奸。今大人不听儿劝，倘有不测，唯有缟素复仇而已！"于是与父亲决绝。

成功既愧于父亲叛逆，又悲于君、母惨死，从此立志抗清到底，恢复明朝。绝父之后，就带着儒巾蓝衫，潜到泉州城西孔庙，恸哭焚烧衣巾，宣读祝词道："昔为孺子，今为孤臣；向背去留，各行其是。谨谢儒服，唯先师昭鉴。"读罢长揖而去。

他遍访平时志同道合好友陈辉、张进、洪旭等九十余人，乘两艘巨舰入海到南澳，募得兵将数千，回返鼓浪屿。正苦于无资饷购置军械，恰巧有郑家商船自日本归国，上有两个忠仆押船。问有银两多少，家人告知有近十万两。成功大喜，令二家人留身边做了将佐，把银两全部充为军费。

成功邀浙江沿海各岛上坚持抗清的明臣路振飞、曾樱等到鼓浪屿聚会，设明太祖神位，与诸臣共盟，起誓效忠明室，然后以忠孝伯招讨大将军罪臣朱成功名义，传檄远近。此时成功年方二十四岁。

芝龙降清后，其水陆军全部瓦解：定国公鸿逵领亲兵逃来金门；建国公郑彩在厦门收罗数千残兵；定远侯郑联收容数万，势力最强。最初得到成功邀约，各个观望不前。等到成功竖义旗，明朝遗老、各地志士遐迩来归时，金厦两岛人心激昂，万众翘首，诸郑只好接受成功节制。成功全力经营南澳，以此作为进出两粤的基地。置官设守，训练士卒，造船筑垒，通海道，派商贾，征税赋，抚士民，仍用隆武年号，俨然已有海国规模了。

果然自古英雄出少年，朱成功以赐姓勋臣名分高张义帜，各地闻风响应。明大学士刘中藻攻取宁州，鲁监国攻取兴化，在籍御史沈佺期攻取宁波，一时民心振奋，士气逐渐恢复。成功在海上神出鬼没，避实就虚，四处登陆呼应各地义师。清军大受牵制，不得已重兵设防于沿海。顾此失彼，江西、湖南、广西各处勤王军乘势大起。

不久，桂王继统，永历朝派陈士京奉帝诏来闽南，封成功为威远伯、洪旭为忠振伯、陈辉为忠靖伯、张进为忠匡伯。成功欢喜，举手加额，吼道："我有君矣！"于是，改奉永历正朔，排香案望南而拜。又派原隆武朝中书舍人江于灿携带表文及三千两贡银，乘船由海道往广东，向永历报告闽海局势。一边继续整饬内部，扩充实力，伺机而动。

十八、彩云之南

残明,自北京沦陷之后又挣扎二十余载,从弘光、隆武、鲁监国、绍武到永历,此数朝长则一二年,短则一两月,痛失无数恢复良机,蹉跎于内耗,灭绝于儿戏;唯有永历帝饱经危难,播迁西南,居然做了十六年南明天子。归根结底,是借了两个福星的照耀:一个是少年英雄朱成功,一个是盖世豪俊李定国。以二人之力,竟险些倾覆清朝,恢复了汉制。不过,若在此二人中分出伯仲,南明第一条好汉,当属李定国,朱成功只得屈居第二了。

正当陈邦彦、黄道周等壮烈殉国,朱成功草创海国未就,永历帝踉跄于途、命悬一线之时,西南一隅的云南忽然闪现中兴曙光!

张献忠败亡,大西军并没有随之溃散,反而迎来转机。献忠为人奸猾阴损、暴戾恣睢,倒善于察人,四个义子都是旷世将才。亲信宰相更加忠心耿耿,全盘继承其衣钵,不肯稍易遗风,倒比李自成的宰相、军师可圈可点。一代阎罗意外归西,绝境之下,丞相汪兆龄带着可望、定国、文秀、能奇四员虎将急速南撤,途中一举击破重庆明军,明总兵曾英落水溺亡。大西军渡过长江天堑,暂时躲过全军覆没的劫数。

下一步何去何从?主公遇难,皇后和丞相依旧高居义子、四大将之上,都力主按既定方针行事。过江后大军屯驻遵义桃源洞,诸文武每天早晨必须先上朝,凡事奏请而动。可望、定国等只允许参与战守事宜,大计不容置喙。四将军早已焦虑于献忠的滥杀、掳掠行为,继续下去,大西无法从绝境中挣脱,改弦易辙关系生死存亡,然而碍于恩情名分,不得已勉强从之。如今时移势易,主母和丞相就不是不可逾越的极地了。军情紧急,间不容发,四将不约而同来到可望帐内,以饮酒为名,秘密商议,一致认定需要采取果断行动。

翌日早朝,那皇后端坐龙椅之上,汪兆龄傲居于侧,文武依序入列。皇后刚要说话,前排四大将突然拔刀相向,下面惊呼声尚未出口,两颗血淋淋人头已滚落到众人脚下。惊呼瞬间变调,成了欢呼。可望当庭历数皇后、丞相罪状,宣布四将军同掌帅印,并各个恢复原姓,即孙、李、刘、艾。四人可望居长,又精通文墨,所以四将爵位平行而可望事权为首。

可望等随即下令："自今以后，除非交战，不准擅杀一人。"一边搜寻溃散人员，整顿队伍。此时满洲肃亲王豪格追踪而来，接近遵义时，因地方残破，赤地千里，粮草不能接济，便凯旋班师。可望等也放弃遵义南行，所过秋毫不犯，百姓安堵，顺利占领省会贵阳。可望、定国等拟以贵州为根本，养民整兵，待时而动。

这日，忽有不速之客来访，此客一语，竟说动四将军拔营而起，直驱云南。

原来，大西军将士多是陕西人，虽长期流窜于大江南北，倒未曾涉足被时人视为僻远烟瘴之地的云南，不过却与滇军有段奇缘。早在崇祯十一年（1638），献忠力尽诈降，受抚于湖北谷城，与奉调讨逆、同驻谷城的云南石屏土司将领、总兵龙在田交为莫逆，拜在田为义父，在田赠给献忠滇儿名马、交趾精铳，至今大西军还倚为利器。在田麾下亲信土司兵阿来婆与献忠投缘，时常召到帐中饮酒漫谈。可望、定国等自然都与在田及土司兵烂熟，平时言谈笑语、觥筹交错中对云南风俗、省情多有耳闻。

那天，四将军从演武场归营，遥见辕门前簇立数十苗人，诧异间，内中一人已纵马迎上来。定国眼尖，叫道："来者可不是阿来婆！"可望等定睛一看，都惊喜下马，与阿来婆相见。入帐置酒招待阿来婆一行，阿来婆直言说是奉了滇帅龙在田之命，来邀请大西军入滇。

云南原如南洋各邦，为中国册封的独立藩属国。太祖义子沐英率兵开疆，辟云南为一省，从此归于华夏。太祖高兴之余，将此地赠予沐英，封他为黔国公，世守云南，已绵延近三百年。而今趁明朝衰亡之机，安南、阿迷两地土司沙定洲叛乱，占领省城昆明，企图取代沐氏为云南世袭公侯。末代黔国公沐天波向西逃往永昌，与驻守楚雄的明金沧副使杨畏知相呼应，和沙定洲对峙。到大西军入滇时，官兵与沙军已混战一年，未分胜负。

在田站在官军一边，与定洲对抗。焦头烂额之际，听说义子的大西军进了贵州，急忙派心腹往见，请求入滇助战。可望等一商议，决定放弃贫瘠的贵州，转赴云南试水。深知因献忠嗜血成性令大西声名狼藉，师出无名，于是听从阿来婆之计，改头换面。定洲叛乱时杀害了黔国公天波夫人焦氏，可望等诈称焦夫人胞弟举兵为姐复仇，大书于旗帜，以明军身份浩荡入滇。

阿来婆先引导小队官兵装扮成平民，沿途散布消息，说焦氏家族武装将来云南为沐氏报仇。云贵人民深信不疑，互相传播，等可望大军一到，纷纷打开城门、寨门迎纳。大军长驱直入，全无梗阻。

永历元年（1647），大军占平彝，入省境。接着攻克交水，移兵曲靖，歼灭定洲守军。为迷惑定洲，占领曲靖后，不西攻昆明，而南下直捣阿迷州，在蛇花口消灭定洲援军一千。定洲眼见兵力不敌，又误判焦氏援军熟知地理必先攻他老家，就在四月二十八日放弃昆明，撤回蒙自故里俰革龙。行前将拒绝合作、软禁在贡院的大学士王锡衮等人杀害。大西军经宜良入昆明，军纪整肃，秋毫无犯。羁留在城内的巡抚吴兆元和手下欢天喜地到城门口迎接时，才如梦方醒，知道入城的并非焦家救兵，而是大西军；然而手中没兵，只好听任绅民投降。招引大西军入滇的龙在田借此声威大振。

占据昆明后，大西军一边出榜安民，一边继续兵分三路进击：可望经营西部，兵锋直指官军；定国经营东部，志在铲灭定洲；文秀统兵北上，收取定州、和曲等地，然后西进，平定滇西北。

可望领兵来攻杨畏知，畏知不敌，兵溃城西狮子口，本人被俘获。可望事先从在田处了解到畏知是云南官兵反抗定洲叛军的领袖，威望很高，为人刚正。为争取他配合，亲自拜见，再三表白心迹，申明大西军改邪归正，匡扶明室的愿望，并折箭起誓。畏知起初表示坚决不与大西军为伍。可望也不气馁，四次登门解释改弦更张的意图，畏知终于为其诚意感动，开了金口，说道："将军如果真心弃暗投明，畏知斗胆提出三个条件，应允了，在下就是将军的部属；不允，在下也不吝于一死。"可望笑道："先生言重了，不允，就礼送出境，断不至于戕害君子性命。先生的官员、兵将我已妥善安顿，伤者给予救治，死者也预备了抚恤银两，专等先生自行发落。请说条件。"

"第一条，取消大西伪朝年号，恢复大明永历纪年；第二条，不乱杀人，尤其不以任何缘由枉杀百姓一人；第三条，不焚庐舍，不奸淫妇女。"

可望听后大笑不止，笑得畏知云里雾里，瞪眼看着他，就等着死节了。可望笑够了，勉强严肃起来，正色道："先生有所不知，大西滥杀无辜、肆行掳掠行径委实有之，但这是先帝一意孤行，我四兄弟苦谏不改，碍于父子恩情，一时隐忍；先帝驾崩，我等立斩助纣为虐者，严令全军往后非接斗不得杀人。中国因我等作乱而为鞑虏所乘，我四兄弟追悔莫及，愿痛改前非，复明灭清，现都已改回原姓，以示心迹。故先生三个条件，正是我等当下所为，自无异议，哪有不允之理？只是第一条，废弃大西年号没商量，照办；但现在尚未得到朝廷正式招抚加封，如何立改永历年号？"

畏知沉吟一会儿，道："将军所言也是，可否暂以干支纪年？"可望拍手道："好，好！请先生兑现诺言，去说服各官接受我四王节制。"畏知以王礼向可望致意，痛快答应了他的要求。可望大喜，约定当晚宴请畏知以下官员。

既与畏知谈妥，在田又引领文秀兵马进抵永昌府。黔国公沐天波亲遭沙定洲荼毒，家破人亡，对他而言，大西军如神兵天降，在明朝衰微无助的当口，为他报了国恨家仇，所以不等谈判，就先行派世子前往大西军中纳款，主动发出檄文，责成永昌府推官、署金腾道印王远开，通判、署府印刘廷栋向大西军缴印投降，又遣人说服永昌府绅民不得抵抗。鉴于沐氏家族自明初以来世镇云南，佩征南将军印，在军卫、土司中享有无上威信，大西四王也允许征南将军和黔国公永续保留。天波行文招抚各土司，于是迤西一带不战而下，各土司次第来归。到十月份，全省只剩阿迷、蒙自仍为定洲掌控。

定国、文秀南征定洲，由于道路崎岖，粮饷难运，于是招雇省城民夫，每名领二斗米，先付一斗五升家用，余五升算作口粮携带，每人另加脚价银三两。民众见待遇优厚，踊跃报名，最后限定一户准出一人。受雇者都乐于挽运，忘记辛苦。定国、文秀士马饱足，斗志高昂，迅速击败定洲军，收复阿迷、蒙自二州，将定洲围困在老寨佴革龙。佴革龙地势险要，却缺乏水源，沙军被迫每天趁夜冒险下山偷水。定国下令在水源处立起栅栏，分兵把守。沙军饥渴难耐，定洲只得率众投降。定国将定洲等为首的数十人解往昆明，其余释放。招抚附近地方，凡附逆者一概不予追究，叫各自回家耕作。严禁士卒掳掠，违者立斩。百姓从来没遇过如此威武仁义之师，衷心拥戴，青壮者争相入伍。定国、文秀出征时有二万将士，班师回省城后点兵，竟多出三万生龙活虎的战士。

历经一年征讨，云南平定。可望发兵分据四川大渡河、贵州镇远和雪山关，所有入滇之路，全部设重兵扼守。百姓自明末兵燹以来回归安宁。此后三载，与明、清均无接触。

四将军地位相当，孙可望以长兄而为盟主。孙可望称平东王，李定国称安西王，刘文秀为抚南王，艾能奇为定北王。可望更大书示命，昭告全滇道："孤率三兄弟，统百万貔貅，建国不建统，纪年不纪号，愿共扶明室，矢志恢复中华。"以杨畏知为华英殿学士兼都察院左都御史，张虎为锦衣卫；沐天波仍续明封为黔国公、征南将军，提调汉、土官兵，加云鹤服色；龙在田赐封伯爵、升为提督，兼任阿迷、蒙自二州土司。

诸官各司其职，各理其政，云南大治。官府广开言路，不论绅士兵民，凡为地方发展起见，有一得之语，便允许进言。可以马上引见长官，不许借故拦阻；哪怕是狂妄荒诞之言，也不深究。奖励节孝，恢复乡饮，疏浚河流，轻徭薄赋，但凡有利于民众的举措都尽力完备。外则土司诚服，内则物阜民安。

这年己丑元宵佳节，昆明大放花灯，四门唱戏；街上设酒席，贵贱不禁，

十八、彩云之南

连酺三日。四方百姓入城观玩，鼎沸如市。明亡以来多年不见的升平景象，竟然在洪荒之地显现，俨然世外桃花源。

然而表面富裕祥和之下，渐渐就有暗潮涌动起来。中国的人，是从来不会像日本国民那样安于几千年守着一个倭王过生活的。

这个世外桃源般的"云南国"有两院六部，自成一藩，但无国号、年号，以干支纪年。它迈前一步可称帝，退后一步可受明封。其不前不后、不伦不类至此，根源在于两方的妥协。一方领袖为孙可望，一方为李定国。孙欲向前一步，李想后退一步。可望年纪稍大，以文墨见长，地位略高于另外三王；定国能征善战、体恤下情、性格磊落，更加受官民爱戴。其他人各因所好，分别追随孙、李二王，或者保持中立，以维护团结。

普通人一旦尝到权力的滋味，就会愈爱愈深，不能自拔，为保住或追求更大的权力不惜作出任何卑鄙龌龊、凶残恶毒的事来。云南大治，农商兴旺、兵强马壮以后，可望得到百官敬仰、万民称颂，政事、军务一言九鼎，渐渐拥明的初衷就消逝了，帝王梦想日益炽热，痴痴以求能够永远割据南天，成为献忠第二。定国则满怀救世济民观念，自献忠亡故、脱出樊笼后便立誓复明灭清，对可望独尊企图万分抵牾。私下多次力劝可望道："闯、献二帝辛苦二十年，蹂躏祸害遍及天下四方，如今人也死了，大业也垮了，到最后没留下一寸土地，而叫鞑虏坐享渔人之利，可悲可叹。我辈本是大明子民，国家因我沦于外虏，痛定思痛，应该认清大局，以拯救华夏苍生为重。现在我以滇、黔、蜀地归明，诚心辅佐永历皇帝，荡清海内，恢复旧京，我们就能够洗刷半生'流贼'之耻，也可以名垂青史！"

可望已沉陷于自己的春秋大梦，是任何人、任何事都不能唤醒了，每次听到定国的絮叨，都默然不语。一来二去，兄弟之间，嫌隙渐生，怨恨日积月累，反目成仇、分道扬镳就成迟早的事了。

十九、穷猿奔林

孟子道："天将降大任于斯人也，必先苦其心志，劳其筋骨，饿其体肤，空乏其身，行拂乱其所为，所以动心忍性，曾益其所不能。"这箴言倒一半应在永历帝身上。

新老汉奸佟养甲、李成栋在广州屠城三日，然后乘势杀向肇庆，永历帝逃入广西梧州。成栋又领军直指梧州，永历帝经平乐府再逃到桂林。

梧州是闽东重镇，为明朝广西巡抚驻节地。永历帝前脚走，明将陈邦傅就在夜间弃城而逃。一时风声鹤唳，人无固志。等到成栋兵临城下，巡抚曹烨迎降道旁，哭哭啼啼道："曹烨不知天命，没有早降将军，使将军怀怒来到下邑。若因为罪深不能赦免此城军民，我愿引颈代罪就戮；若施恩德侥幸保有此头，使得改过自新，终生感念将军惠泽！"说罢跪伏不敢仰视。成栋见他恭顺，心情大好，答应不屠该城，笑而释之。

首席大学士丁魁楚见形势危急，在朝廷离开梧州时就脱离永历，笼络一支军队护卫自己，带着家眷和财物，乘船避往岑溪。为保性命，暗中派人前往成栋军中洽降。成栋将计就计，许诺给他两广总督职位。魁楚大喜过望，由岑溪出降。成栋命副将杜永和假意护送他回广州就任，在半路杀其夫妻、全家男子及亲随，数十万家财、女眷都入了成栋之手。

成栋占领梧州后，立即派遣一军跟踪永历至乐平府，进逼桂林。永历帝闻风，打算再逃往他处，大学士瞿式耜谏阻道："陛下再三移跸，每移一次，人心涣散一次；若人心彻底丧失，还能成大事吗！"永历帝不听，式耜只好请求留守桂林，会同思恩侯陈邦傅稳定广西局势，并推荐礼部尚书吴炳入阁任大学士，随行护驾。永历帝勉强同意，下旨道："准瞿式耜以兵部尚书特进太子太傅留镇桂林。"式耜为稳定人心，苦求天子出桂林后，万万不可离开广西省境；永历只得暂驻邻近湖南的全州。

皇帝出城不到十天，成栋偏师就因邦傅拔营逃往柳州而直犯桂林。其前锋数百人突然冲进城内，幸亏焦链率部及时赶到，迅速将清军歼灭。清军主力这时经阳朔袭来。式耜指挥焦链、白贵分守各门，并在城头用司礼监太监庞天寿设计制铸的西洋大炮轰击来犯之敌。清军经几轮攻击之后，损兵折将，见城中防守严密，己方未携大炮，被迫撤退。

桂林攻防战结束，清军撤回梧州，式耜连忙派人去全州迎驾回銮，但此时永历帝已落进佞臣陷阱，身不由己了。

全州是刘承胤的地盘。承胤原本是一介武夫，善使一根铁棍，江湖人称"刘铁棍"。崇祯十六年（1643）武冈暴民揭竿，杀死岷王，时任黎靖参将的刘铁棍奉命剿匪，救出岷王世子，升任副总兵。弘光初，题授总兵官，镇守武冈。隆武时又封他定蛮伯，从此拥兵自重。永历帝一到全州，明眼人都能看出挟天子以令诸侯的机会来了，承胤立即将永历帝隆重迎往武冈州，以岷王府为行宫，吴炳等只得随驾迁入武冈。永历帝改武冈州为奉天府，晋封刘铁棍为安国公。政事都被铁棍强行包揽，俨然董卓再世。那铁棍只是粗通文墨，刀箭生涯，哪管什么君臣上下，威福自操，骄横跋扈。

一天，闲来无事，铁棍带了几十个亲随径直闯进宫里索要宝物，王皇太后哀告道："国公不知老身贫困吗？一年来屡次播迁，就是有，也都丢弃在路途了。"铁棍不信，叫士兵清宫，收罗宫中簪饰给他，总共不值五百金。一人之下，他还觉不爽，图谋逼迫永历传位于其女婿岷王。永历悔恨无极，书血书，打算密召忠臣救驾。亲信太监劝谏道："内廷原为岷王府，宫人都是外堂，自然心向岷王，不可唐突行事，暂且隐忍，视时机而动。"

督师大学士何腾蛟到武冈朝见天子，见了承胤仪态，大为光火，就疏奏天子应式耜请求回銮桂林，疏道："虽然武冈有山川之险，兵甲之雄，粟米之富，大概可以偏安；但没有僻处一隅而能图四海之大的。况且堂堂天子，各镇都想独奉銮驾作威作福，汉唐以来闻所未闻。今后移跸大事，须听皇上自择自行，诸臣奉旨护驾，敢有擅迎、擅留的，天下共讨之，朝野共诛之。"

承胤原是腾蛟部将，这时已深恨腾蛟，唯恐他危及自己国公高位。于是上疏求改任腾蛟为户部尚书专理粮饷，解除其督师职权。永历不予理睬，承胤不死心，干脆亲自去见腾蛟，索取督师敕印，大言不惭道："现在督师除了我没人能干啊！"腾蛟断然道："督师敕印任凭皇帝旨意定夺交接，岂可私相授受！"又警告承胤道："我辖下各部中张先璧最弱，你可能制服他？那马建忠、郝永忠你当有耳闻，你有本事驾驭吗？"

刘铁棍惊惧而退。回到府中再三思量，觉得自己虽然实力有限，手中却握有天子王牌，谅天下诸侯投鼠忌器，不敢造次。便召集亲信数人，谋划等待腾蛟辞朝以后，于途中加害。

腾蛟老谋深算，知道承胤心狠手辣，定不会善罢甘休，离武冈前疏请把赵印选的云南兵拨给自己作为督师亲军，得永历钦准。于是，腾蛟先假称患病，借住在城外一庙宇里，拖延数日，突然带着赵印选两营兵趁夜出发。天亮时刘铁棍得信，人已走远，无可奈何了。

接着，张先璧从江西败回，带领四万兵来武冈朝见。承胤唯恐张部大军入武冈淹没他勉强拼凑的一万人，逼迫永历帝下诏阻止。先璧见诏，知铁棍捣鬼，大怒，顿兵于武冈城外，要问铁棍劫驾之罪，铁棍则反斥先璧犯阙。双方互不相让，剑拔弩张。永历帝担心混战两败俱伤，只得命吴炳前往先璧营中，宣谕和解。先璧无奈，转往沅州驻扎。

小朝廷里撕扯得正热火朝天，清朝以恭顺王孔有德为平南大将军，协同怀顺王耿仲明、智顺王尚可喜、固山额真金砺、梅勒章京屯泰领兵来征湖广、两广。明军各路将帅或开门纳降，或望风而逃，七万兵马扫地而尽。清军迅速占领长沙、衡州，直抵永州、武冈。恭顺王大军在距离武冈三十里处下营。

刘铁棍看到大势已去，决定挟天子投降。他行事果断，艺高人胆大，趁深夜出城，单骑驰入清营，自报家门。清将觉得事关重大，不敢耽搁，急忙入帐叫醒恭顺王。铁棍跪拜平南大将军，申明来意，愿献永历皇帝作进见礼。有德自南下征战以来未遇过如此奇事，怀疑其中有诈；一边许其请求，一边按兵不动。铁棍为表示诚意，下令把武冈四门紧闭，严密看管，以防天子出逃。自己剃了头再往清营接洽。

永历帝和一小批亲随被困于城中，眼见清军迫近而不发，承胤行踪诡秘，数日不见，预感情况不妙。情急之下，天子亲自到刘府拜见刘母和其弟承永，乞求移跸靖州。刘母妇人之仁，又忠信未泯，一时冲动，便出面引了皇帝一行，叫开城门。永历君臣带着宫眷仓皇逃遁，连仪仗、乘舆都来不及收拾，御用之物尽弃于行宫。

出城二十里，过岔路口，永历帝想到靖州也是承胤手下总兵驻守，吩咐道："靖州不可去，应当从小道走广西。"为保险起见，分成两队，大学士吴炳护送太子另路而行。永历一队丢盔卸甲狂奔到广西古泥时，遇到总兵侯兴接驾，将君臣小心护送到柳州。侯兴护驾有功，进封商丘伯。吴炳和太子一队取道步县入广西，不幸被清军截获，被押往衢州，吴炳不屈自缢。

刘铁棍谈妥了投诚条件，获恭顺王许予封疆，喜洋洋引领清军入城，才发觉天子已逃。有德立即派护军统领线国安带千骑追击。国安攻破靖州，擒杀守将，却没发现永历帝。搜索数日，不见踪影。待捕获到太子，才知皇帝早已走

十九、穷猿奔林

远,只好班师。承胤献城有功,又以放走明帝得罪,小功不足以抵大罪,财产抄没,全家为奴。

永历帝落荒而逃后,一时与明境内大臣失去联络。诸臣闻武冈沦陷,以为刘承胤降清必定把天子当作了献礼。国不可一日无君,制辅堵胤锡为首的文武官员便商议拥立宪宗后裔营王朱由桢继统。因朝臣熊开元劝阻,暂时延缓下来,等待确信。不久失联的天子现身,大家虚惊一场,明朝也幸免于再起分裂。

永历帝从柳州移跸桂林,入驻靖江王府。一边收拾行在,置办仪仗服饰;一边安顿百官,酝酿长远大计。

清军自西滚滚开来,逃跑将军陈邦傅又不战而遁。邦傅退兵讯息传到全州,守将唐文曜、王有臣就合谋洽降。清怀顺王耿仲明刚刚进军受挫,担心有诈,拒绝接纳他们。全州监军周震坚决反对洽降,痛斥唐、王变节行径。二人恼羞成怒,当即把周震拖出衙门斩首,然后派人带着周震头颅和敕印到永州纳降。怀顺王看出其诚意,大喜,马上派遣二千骑兵去接管全州。

全州拱手送人后,广西门户洞开。永历帝如何信得过这些逃跑将军?只得又召集群臣计议移跸南宁。瞿式耜力主镇定,谏道:"若以走为上策,桂林更加危急,柳州必失。若一撤再撤,鞑虏今日到桂林,明日就不能到南宁吗!"永历闻言气恼,道:"卿不过想要朕殉社稷罢了,你们一定要留朕,太子已死,再立新皇时,两宫太后就劳烦大家照管。"式耜见皇上声色俱厉,不敢再说,随众退出。一夜未眠,次日五鼓又面见天子,奏道:"圣驾既然欲行,宜从容不迫,若急促起驾,贼兵必趁驾发之后生事抢劫。圣驾稍缓,一可以救满城百姓,二可以救满朝百官。"天子大怒道:"你到底是何居心?非得置朕于死地吗!"式耜惶恐,只得叩头请死。天子闭目不理,良久才道:"朕知你是忠臣,你去吧。"式耜含泪而去。

式耜一走,永历帝立命随驾官员、宫眷起行。式耜拒不随驾,独自留守桂林。果然天子一去,士兵便开始抢夺公私财物,全城大乱。式耜果断借助滇军平乱,稳住阵脚,再次挫败了进犯清军。桂林岿然不动,暂时挽住危局。

永历逃到南宁时,随驾臣子已寥寥可数,只有大学士严起恒等七人而已,好生冷落凄楚。遥望浩渺神州路,天子垂泪到天明。

二十、复国曙光

自北京先后沦陷于闯军和清军后,各地志士竭蹶救亡,此起彼落,从未停息;明祚衰微,藩王继统也易,失之也忽,南方诸帝仍不肯善罢甘休,接踵而立。既然明朝王旗不倒,复国就有希望,清朝就不是奉天承运的必然选择。到了永历皇帝任上,他能力排众议,忍行韬晦之策,不执着于一城一地得失,四处播迁,始终跋涉在千难万险的征途;江山虽然日益残破,但皇帝犹在,人心不死,终于迎来了天旋日转、否极泰来的时刻。

在现实艰困、前途渺茫的境况下,耶稣会教士毕方济忽然从北京来到南宁。永历帝朱由榔原本信教,认为儒学与基督教义非但不相违背,且同条共贯、互为补充。经书所言上帝正是基督教的天主,大明衰微,在于不敬祖先,礼崩乐坏,全系佛、道等教遁世惑众、迷幻作祟之故。毕方济从天而降,永历仿佛见到圣火,立命宫眷、近臣入教。太后取教名列娜,马太后取教名玛利亚,王皇后取教名亚纳,太子慈煊追赠教名当安,太监庞天寿等五十人也都领洗。

永历与毕方济彻夜长谈,如醍醐灌顶、甘露洒心,豁然开朗。天明升殿,封毕方济为钦天监监正,并令监造枪炮。又筹旅费五千两,派教士弥格赴罗马教廷,希冀得到教皇援助。然后各地就喜讯频传,给永历帝带来无限欣慰,复国中兴的曙光乍现。

永历二年(顺治五年,1648)正月二十七日,金声桓、王得仁在江西南昌反正归明;三月十七日,李成栋在广州举义;十二月初三日,姜瓖在山西大同反正。三大兵变惊天动地,引发群雄蜂起,各地争相割辫恢复明朝旧制。蓄之即久,其发必速,大江南北一时遍地烽火,清廷举朝震动,顾此失彼;而永历朝捷报纷呈,帝使四出,络绎于各省诸府,封官赐爵。中华故土,风云突变。

金声桓是陕西榆林人,起于盗匪,绰号"一斗粟",招安投在左良玉麾下,后来跟随良子梦庚在安徽东沇县降清。英亲王阿济格令左梦庚带众将进京朝见受封,声桓奸猾,怕一去丢失了兵权,主动请缨收取江西,为大清开疆拓土。得到英王同意,授予江西总兵衔。与其同行的是大顺军降将王体中。体中原为大顺军大将白旺手下,永昌帝驾崩时大顺乱营,体中趁机刺杀主帅,率部投降,得授副总兵官职。

金、王到达九江，派人持牌去南昌，恫吓说满洲大兵二十万旦夕将至，尽快投降可以免遭屠城。明江西巡抚被唬得面如土色，马上解印潜逃。官绅随之一哄而散，南昌转瞬间没了政府。南昌士民只得推出降使，前往九江迎接金总兵。金、王兵不血刃，乘船溯赣江抵达南昌，登岸后受到全体生员列队欢迎。入城后，声桓部驻于西城，体中部驻于东城。

不久，清廷下达剃发令，声桓督促本部官兵遵令剃头，体中却坚决拒绝。声桓正对体中骁勇善战、兵力强悍深怀戒意，这下机会来了。他私下笼络了体中标下游击、绰号"王杂毛"的王得仁，假称议事，设局把体中刺杀，罪名是蓄发谋逆。王部将士闻讯哗然，蜂拥而来，冲到金营辕门，喊杀震天，要为主将报仇。双方对峙两日，都焦躁起来，直至大动干戈，血拼三日不解。这时得仁出来逐个劝诱，声桓也放低姿态派人送酒肉犒劳王部官兵，两下终于罢战，得仁引军归附声桓，从此一斗粟、王杂毛结为一体。

二部既合，便四处用兵，先后攻克明永宁王朱慈炎所据抚州，杀慈炎；击败明军五千余人，取吉安、广昌等府。短短数月工夫，江西十三府除赣州、南安外都落入金、王之手。金、王以为不费满洲一兵一卒，而夺取十一州府，又代戮叛将王体中，一定能够博得好大封赏；不料清廷毫无嘉奖之意，江西平定后仍委声桓为镇守江西总兵官，得仁小进一步，屈居副将。金、王不服，请求另颁敕书，授予节制文武、便宜行事之权。清朝兵部发来议奏，驳回其请，只将官衔由镇守江西总兵官改为提督江西军务总兵官，并规定"剿抚机宜事关重大者，该镇须与巡抚、巡按同心商略，并听内院洪督臣裁决"。钦命下达，金、王大失所望，深怨清朝刻薄。偏偏在这节骨眼上，新命江西巡抚章于天、巡按董学成又来火上浇油。

一斗粟和王杂毛在收取郡县时，凭武力勒索数十万金银财宝，一夜暴富。章、董看得眼红，想方设法要分一杯羹。一天得仁提兵到建昌，于天差官持票向他追讨饷银三十万。得仁怒不可遏，捶案大骂道："我先皇是流贼啊，大明崇祯皇帝被我逼死，你不知道吗！告诉你，没饷给你！棒子倒有！"声如狮吼，眼珠子差点瞪出去，喝令军士打差官三十杀威棒，叫道："传话给章于天，这三十棒顶三十万饷银！"声桓闻信赶来，假意安抚差官道："王家儿急了，忒过鲁莽，我代他领罪。"那于天、学成得报，恨得牙疼，一边明里应付，一边暗中急搜二人谋反言行证据上报清廷。

金、王很快察觉章、董所为，决定先发制人。准备了几日，突然在夜半起事，擒杀巡按董学成、布政使迟变龙，宣布反清复明。城内多数文武官员追随举事，弃顶戴而换冠裳，鼠尾辫子割掉了，南昌满街光头，仿佛全民剃度皈依佛门，蔚为壮观。只有江西掌印都司柳同春抛下妻儿，缒墙而出，乔扮和尚，星夜逃往南京报告江西事变。当时巡抚章于天正乘船出巡瑞州，得仁派遣干将水陆并进，追擒其于江中。押回南昌，见到金、王，于天怕死，指天发誓，愿为二人效命。他巧舌如簧，说动声桓、得仁，被任命为大司马，负责打造炮车。金、王广布告示，直白冤屈道："劳苦功高，不仅无寸功见录，反而受有司欺凌，血气难平，不得已效命原主。"语气像是对清朝表白，而非向明朝输诚。

弘光朝大学士姜曰广是江西新建人，罢官后隐居在本县浠湖里。声桓知道他是先朝重臣，与得仁三顾茅庐，迎曰广到南昌，请他以太子太保、礼部尚书兼兵部尚书、中极殿大学士名义号召远近。又派幕宾雷德复为使，假扮僧人，携带佛经一部，内藏奏疏，前往广西朝拜永历帝。

永历帝见到雷德复，明确知悉天上掉馅饼，江西反正，即下诏封金声桓为豫国公，王得仁为建武侯。封诰颁布，威风八面，江西府县闻风而动，纷纷割辫复明。

反清之后，远近来归，声势、实力急剧壮大，要维持锋芒，当务之急是确定进军方向。最初的决策是北上九江，然后顺流而下。议定后建武侯统兵进抵九江，清九江总兵冷允登率官兵五千开城响应，随即占湖口、彭泽，清九江知府等都主动前来归附。大学士姜曰广献奇袭南京之计："乘此破竹之势，以清兵旗号服色顺流而下，扬言是章巡抚来请救兵，南京必开门接纳，其文武将吏没有防备，可以立擒。然后变旗帜，播年号，祭告陵寝，传檄山东。中原必闻风响应，大河南北，西及山、陕，哪个省还能是鞑子的！"建武侯为这番图景所激动，仿佛不世之功就在眼前，一面挥军顺江而下，一面派使者回南昌请示豫国公。沿岸湖北、安徽复明势力果然应声而动，一时风起云涌，山河变色。

南昌方面，建武侯使者到后汇报了出师以来的大好形势，豫国公为此召集文武、幕僚会商大军接应南京方案。与会者大多赞成，以攻南京为上策；以西取武汉，与湖南何腾蛟结为掎角为中策；万一不利，攻城破邑，所过不留，重为反逆，为下策。无论如何，审时度势，不至于失了中策。如果坐守江西，等待天子统率六师堂堂正正北伐，那时清军有备，婴城自守，就等于无策了。不料兵部侍郎黄人龙独持异见，断言道："三策皆失策，没听说过宁王之事吗！"豫国公一介武夫，不知历史，愕然询问详情。人龙道："当年明有宁王宸濠，反于江西，率兵六万自九江攻南京，由于不重点防备赣州，被赣州巡抚王守仁乘虚围住南昌，宁王回兵救南昌，两军在鄱阳湖决战，宁王战败被擒。而今我虽有江西各府，唯独赣州未附，高进库在那里虎视眈眈。"人龙的危言耸听令豫国公大生疑虑，立命调回建武侯，亲率主力二十万，水陆并进，南下往攻赣州。

人龙之议，貌似独到，实则贻害深远，他阉割了勃勃复国之势，戕害了声桓、得仁的性命，毁灭了一个从恶奴到功勋之臣的励志故事和再造明朝的惊天伟业。何以这么肯定？盖当年宁王是逞困兽之勇，以南昌一隅之地挑战江山一统的大明天朝；金声桓是在天怒人怨之时立帜反清，从者如云。况且赣州守将高进库等原为明朝小官，能降清就能归明，本领更不能与一代宗师、集思想家军事家于一身的王阳明类比。假以时日，赣州孤城必自动倒戈，岂敢涉险袭扰南昌？可惜豫国公一念之差，计不出此，舍弃了大势，顿兵于孤城，掀起无谓的持久攻伐，使清朝江南腹地虚惊一场，转危为安。

江西反正不到两月光景，广州又炸响春雷，震撼了清廷，欢腾了南朝。清两广提督李成栋以广东全省举兵反清，广东重归明朝。

这李成栋是陕西宁夏人，和金声桓出身一样，起于盗匪，绰号"李诃子"，主公是大名鼎鼎的翻山鹞、弘光朝定策四镇功臣之首的高杰。高杰深受马士英、史可法影响，壮怀激烈，以驱除鞑虏恢复故国为己任，引军北伐，却出师未捷身先死，在睢州被潜伏汉奸许定国谋害。成栋为主公报仇后奉主母邢氏降清，随满洲八旗进军江南。洪承畴倚为主力，替清朝收取江浙、两广，剪灭隆武、绍武二帝；三屠嘉定、广州，仅在嘉定一城，就纵五千兵抢夺三百船财物。手上沾满百万同胞血，弑了前朝两代君，可谓军功赫赫。除了吴三桂，南北降将无人能及；但满洲朝廷在任用汉人官职上总是优渥辽人。同成栋一道从福建入粤的汉军总兵佟养甲系辽阳世家，清太祖攻抚顺时族兄佟养正叛降，养甲为避祸改名换姓投入左良玉麾下。清军南下，养甲从众投诚，一报身世，立即得到满洲信赖重用。尽管他有兵不及三千，积功不过百十人头，却被任为两广总督兼广东巡抚，成栋只授得两广提督，无权过问政务，军事上也受养甲节制，由此积怨日深。

提督府衙在广州，因降清后初任松江总兵，成栋就把家眷百口安顿在那，未及搬迁，随住在广州的只有爱妾赵氏。赵氏出身青楼，貌美如花，诗雅琴娴，歌舞独步天下。成栋在应酬时邂逅她，一见倾心，费了很大周折，厚币在先，抢夺于后，好歹弄到手上，就爱不释手了。

这日忙完公务，天近黄昏，成栋哼着小曲奔入后堂，却见赵夫人歪坐榻上，慵慵恹恹，梨花带雨。成栋心疼，三步并作两步凑到近前，柔声问道："夫人何故如此？有话只管讲来，别憋在心里，伤了玉体。"赵夫人垂泪道："妾身就是替古人担忧，与爷无关。"成栋闻言出口长气，笑道："你们哪，是错把戏文当天理。改朝换代，大势所趋，他朱家的天命，也是刀口上博来的。鞑子的江山，当年也从宋朝所夺，若论天命，倒在明朝以前。我们生逢乱世，不过择木而栖，图个建功立业、封妻荫子，管他皇帝是猪（朱）是骡（觉罗）！"

赵氏辩驳道："不是爷这般道理，天下不是一人的天下，但须有德者居之。那鞑子蹂躏中原，荼毒江南，有什么仁德？我汉人方圆九州有二万万人民，奈何被区区几万个胡虏任意践踏？只因借助爷这些率兽食人的人来做帮凶。"成栋又羞愧又恼怒，恨恨说道："你这妇人家才过门几天，就把些个戏文来评断是非，辱骂丈夫！我少年饥寒交迫，不得已投到绿林，出生入死，不是逼上梁山？他前明于我，有啥恩德？鞑子虽非我族类，倒会论功行赏，那洪承畴、钱谦益之流，哪个没有大学问、大道德，哪个不做贰臣？再说了，以大顺席卷中原之威，轻易平了京师，却被三桂勾引鞑子吹灰似的扫灭了，前明折腾到亡国也奈何不得呀，难道你让我李成栋独自做个不识时务的傻瓜？啊，现在倒真出了个不怕死的傻瓜！江西反了，适才老友一斗粟金声桓派使者来游说我，我把他下到密牢，犹豫着是杀是放呢。"赵氏闻言一惊，尖叫道："不可杀！"

"为何不可杀？万一走漏风声，你我小命休矣。"

"依妾愚见，那一斗粟也是个见机行事、聪明绝顶的人，不然不至于降了鞑子，和爷你一样，敢对原主下狠手。如今又颠倒回来反正，正是看清了大势。同族打天下，尚且兔死狗烹，何况爷等这般人？"

赵氏这番话，才霍然叫醒了李诃子！往后不论，就眼前他李成栋与佟养甲之间的赏罚错位，已是结局的预兆。想到此处，不觉冷汗湿衣。于是坐下揽了爱妾入怀，沉吟道："若举事，你不惜命，我也不吝生，可松江那百口子怎么办？"赵氏见他回心转意、天良发现，心头一颤，脱开丈夫手臂，惨白着一张俏脸，定定直视他道："丈夫不能割爱，能成大事吗？爷等我一会儿，妾给你取个东西来。"起身袅袅地步出闺房。

成栋不知其意，便仰面躺下等她。等听到珠帘响动，抬头看时，只见赵夫人面如桃花红、眉如宝剑竖，素手执着利刃横于颈上。成栋大惊，一边乱摆着手，一边跳下床榻，飞身扑去阻止，已来不及了。赵夫人微含笑靥，徐徐道："妾请先死君前，以成君志。"血溅当庭，香消玉殒。成栋抚尸恸哭。

"我堂堂丈夫，不及一个妇人！"

世上没有不透风的墙，烈女赵氏的死讯隐约传出，几位蛰伏广州、心不忘明的前臣何吾驺、袁彭年等相约赶到提督府。成栋心照不宣，立即邀诸人进密室。为免除试探猜疑、徒耗时间，他率先亮出反正意向，态度明朗。吾驺等立即相率下拜，赞道："李公义举，是我太祖高皇帝有灵，宗庙社稷之福啊！"袁彭年降清后补授广东布政使，掌握一省吏、财大权，却初心未泯，一直暗中保护抗清人士及家属，前朝大臣在广东的，多得他关照隐于市井、山野，成栋则睁一只眼闭一只眼，所以彭年敢于领众前臣来访。既然话已说明，彭年道："我辈因国难先投顺再降清，但时刻念及，自少康至今三千多年了，正统之朝虽有衰败，必然有继起而中兴的。本朝深仁厚泽，远过唐宋。先帝之变，事出人祸，绝非天意。如今金声桓所向无敌，焦琏以二千人归复广东七郡，陈邦傅虽有降书而不解甲，天时人事，可以预知了。听说新天子在粤西后，我已遣人瞻仰：龙表酷似神宗，将相交和，神人共戴。若引兵辅之，事成则封王封侯，事败也不失为忠义千古！"吾驺又道："赵夫人真忠媛烈女！盖王化始于闺门，其迹不可埋没。我愿亲自为夫人作传，传诸后世。"

成栋闻言大为感动，又潸然泪下，向吾驺三拜致谢。又询问道："我们举事，诸公认为择机何时为宜？"彭年道："如今奸贼遍布，切勿因犹豫拖延走漏消息，宜以突发不可缓议。将军部下官兵，随将军出生入死，同享荣辱，有如家臣，料不至生意外于肘腋。依在下愚见，只在寻一契机：我管府库，就放言不发军饷，马上能激发兵变！"大家都称好计，于是各自出去准备。

永历二年（1648）四月十五日，李成栋突然兵变，剪辫改装，传檄天下。总督佟养甲仓皇失措，无力反抗，来不及逃走，被迫剪辫，违心附和了反正。各州县官员望风归附。何吾驺、袁彭年携成栋养子李元胤赍贺表、奏疏并贡物赴南粤朝见天子。艰难窘迫之中的永历君臣一片欢腾，立即收拾好逃难行装，准备重整河山。

永历帝下诏封李成栋为广昌侯，佟养甲为襄平伯，很快又改升成栋惠国公。成栋大喜，再派使者迎天子移跸广州。大学士瞿式耜为避免朝廷被反正官员操控，全力阻止，折中以肇庆为行在。惠国公派元胤到梧州迎驾，自己郊迎朝见，在行宫中预先准备白银万两，供皇帝赏赐之用；并恪守臣节，另选精锐士卒千名由元胤率领入卫行宫。龙颜大悦，封元胤为锦衣卫都督同知提督禁旅。

养甲被裹挟反正后获封伯爵，与昔日的下属成栋相差两等，相当于从封疆大吏突然变成役夫走卒，自然怀念清廷宠信。身在曹营心在汉，暗中派人递表清廷，详述两广事变情形，请求派兵南下，愿意充当内应。不料所托非人，使者出了广州便直奔肇庆，把密疏交给锦衣卫都督李元胤。元胤密奏天子，以祭祀老桂王常瀛兴陵为名，宣各官前往梧州。预先在养甲座船必经处设伏兵，把他擒杀，随即将他在广东各地亲信处斩，以绝后患。

北京清廷惊闻江西、广东陡生巨变，急忙调兵遣将，大兴挞伐。这时真正的祸事却突然降临，山西大乱！此乱之于清朝，犹如当头一棒，如果不能扑灭，弥漫到中原，京畿动摇，清朝就岌岌可危了。清廷在危急时刻，做出英明决断，诸王倾巢出动，征讨山西。

在山西重镇大同举义的，是姜瓖。

姜瓖是世代将门出身，陕西延川人。长兄姜让任榆林总兵，弟姜瑄为山西阳和副总兵。姜瓖任镇朔将军、大同总兵官。

崇祯十七年（1644）李自成亲率主力破汾州、陷太原，北攻大同。姜瓖眼见大同门户宁武激战，总兵周遇吉死守两日即告破，知抵抗无望，派密使送上降表。自成大喜，马上打点军队，越雁门关，直驱大同。姜瓖献城归顺。彼此相会，自成见其宿将派头，阔步昂首，满面傲气，顿生厌恨。回来交代手下，相机除掉此人。大将张天琳认为杀降不祥，苦劝其放弃了杀姜命令。自成心怀戒意，离开大同时，留下张天琳为帅，掌握大同；姜瓖虽仍承原位，已无全权。

后来永昌帝逃离京师，兵败如山倒，姜瓖见有机可乘，率亲信士卒冲进帅府，将张天琳等杀死。此时英亲王阿济格、恭顺侯吴惟华已兵临城下，姜瓖以扑杀贼帅之功出降，仍被委任原职；但军权在恭顺侯手中，英亲王更亲自坐镇，姜瓖追悔莫及，一时隐忍。

阿济格性情残暴，常借口汉人剃头不合规矩滥杀无辜。大同多美女，英亲王闲暇时便上街猎艳，任意奸淫，把个大同当作自家庄园。一天姜瓖首席幕宾娶亲，新娘竟被英王从轿里拖走。幕宾被打得遍体鳞伤，找到他主公面前哭告。姜瓖大怒，亲自前去要人。英亲王正在后堂消受新欢，家奴不敢惊动，见其不依不饶要闯进去，干脆把他揎打出去。

姜瓖回到府中义愤难平，身边将校趁机把金声桓、李成栋事迹喋喋不休说起；新仇旧怨一朝爆发，起誓要用胡虏的血来湔雪前耻。点起马步兵千人一下子围定王府，见人就杀，阿济格只身翻墙逃走。姜瓖乘势杀了宣大总督，关闭城门，下令换冠服，自称大将军，用永历年号。飞檄各州府，大同周边十一城官绅纷纷响应归附。姜瓖兄弟闻讯，各率本部兵马来援。

转瞬间山西全省除省会太原外，都被义师占领，以割辫易冠相标志，并迅速波及陕西。山陕紧靠畿辅，帝京震动。

皇父摄政王多尔衮亲自派使者前往大同规劝姜瓖回心转意，许诺他如能悔罪归诚,仍将照旧恩养。姜瓖曾先后附叛三朝,岂能不知覆水难收的道理?为了表明心志,立斩来使。摄政王见不能转圜,决定亲征。自山海关大战以来,摄政王百务缠身,且亲王内争暗潮汹涌,不敢须臾离京。此番亲征实属迫不得已,山西全省若失,必然连带西北、中原各省群雄蜂起。覆巢之下,安有完卵。大同之变,才是满洲入关以来最惊险的关头!

摄政王多尔衮率英亲王阿济格、敬谨郡王尼堪部旗兵二万并汉军二十万,滚滚开来,铁桶也似围定大同。攻城前,摄政王黄盖仪仗亲临城下,以满洲最高权威劝谕姜瓖投降,晓谕道:"如果他人至此,你或者顾畏不听;本王躬临,可以欢然来归。若识时务,全城获救。孤正想要天下感戴恩德,你姜瓖所有罪过都能够赦免。现在出降,自然恩养如故。千万不要别怀疑虑,以至贻害全城官民。本王亲来你不归顺,则今后再无生路了。孤言一出,如有反复,天下人谁再相信?"

姜瓖复信道:"英亲王肆行凌虐,动辄杀戮,绅士军民苦不堪当。臣与大同一方百姓委实无辜,谁肯坐守待毙?现在全城军民誓死抵抗,王就算开诚赦罪,谁敢相信?臣唯有率众以待,没有其他奢望了!"

摄政王见劝诱无效,只得下令攻城。大同城坚,不比别处。满洲势大,虽切断了各地援军,又带来全部红衣大炮,阿济格、尼堪连日催战,尸横如山,仍陈兵城下,一筹莫展。山西遍地烽火,省城太原重地遭各路义师围攻,危在旦夕。

摄政王知道形势险恶,不敢撤走围城一兵一卒,以免纵虎出笼,使山西盟主姜瓖与他部汇成一片。只得从京师、各地抽调一切可用满、蒙、汉军助剿山西,计有:端重亲王博洛、承泽亲王硕塞、多罗亲王满达海、多罗郡王瓦克达、平西王吴三桂、固山额真李国翰,凡能带兵的亲王、郡王,全部的八旗子弟云集山西。阿济格、博洛、尼堪等都是独当一面的统帅,在此只勉强算得个前锋。

遥望南天,永历朝廷闭目塞听,情报不明,不解南方满洲官兵为何突然北归,更不晓清朝举国劲旅全部胶着于山西一线。南兵虽弱,如果此时大举过江,九州沸腾,一鼓作气恢复河山也不无可能。惜乎曙光乍现,却未催醒梦中人。

二十一、吴楚异梦

有明一代，恢复了宋朝吏治，科举取士，不比蒙元。士人饱读经史，个个胸藏万汇。官风濡染世风，武官，甚至市井工匠商贩也以通文墨自诩；筵席上文武相向，觥筹交错，子曰诗云，尽显儒雅风流。外行看不出谁是谦谦宿儒，谁是赳赳武夫。对于古今往事、家国兴衰，二万万缙绅黎庶尤其江南人士，不分男女老幼，都能引经据典，或精辟透彻或似是而非地笑谈千古烟云。因为有了享受生命的细腻感知，那日常人间烟火的旖旎风情、婀娜多彩，就逾迈唐宋，因多见于小说、诗文、丹青，就不必赘述了。等到白山黑水那些以渔猎、杀戮为生计，连自己前世今生还弄不大明白的野人来袭，恰如草逢严霜、霜遇烈日，顷刻成为人家嘴中的羔羊。

然而严霜有化时，春草可再生。不过三五年光景，那叱咤风云、所向无敌的满洲八旗，便突然左支右绌起来。探囊取物般得来的州郡，又纷纷脱缰而去。来得速，去得快。永历帝的小朝廷，仓促间也是手忙脚乱，朝臣一边忙于接收四方来归的故吏，大行封疆，重整河山；一边开始用心筹划未来。

未来如何筹划？千事万事，人事第一。而这人事，在明朝也是第一难事。凡事开局之前，未雨绸缪，必先将人分出泾渭。明朝党争剧烈，弘光前有东林、魏党之争，即所谓君子和小人分野，你死我活；弘光朝时加上附逆与节气之辩，一直争到弘光覆亡。到永历时，前述争端尚在，又分化出东西两个阵营，搞得皇帝好生难做。既要统一意志，力图恢复；又要平衡两端。此消则彼长，彼消则此长，正误难断。新局出现以来，为廓清中兴途径，肇庆行宫便上演起龙虎斗。朝臣先有东西之分，自广东来的，以反正大功气凌旧臣；而广西随驾到的，又倨傲于未曾屈膝剃发。久而久之，逐渐演化为吴、楚两党。主持楚党的，是袁彭年、刘湘客、金堡等，桂林留守瞿式耜与其一体，后盾是惠国公李成栋、锦衣卫李元胤父子。主持吴党的，是阁臣朱天麟、制辅堵胤锡等，引庆国公陈邦傅为奥援。

最初，明末最出名敢谏的能臣金堡草拟了参疏八款，投赴肇庆行在。他随身携带了一坛好酒，路过桂林时拜望恩师瞿式耜。式耜审阅参疏，耳提面命一番后，叫他到肇庆先见刘湘客，与湘客品尝佳酿时商议继续修改之事。本来参疏中包括李成栋、陈邦傅、庞天寿、马吉翔，湘客削去李、庞，独留陈、马。天子此刻正感动于惠国公倒转乾坤之功，见疏心悦，且其文丰采赫然，虽未依疏中所论褫夺邦傅爵位官职，却立即补授金堡为兵科给事中，留朝办事。

那庆国公在永历危迫时曾经向养甲、成栋暗通款曲，接洽投降，养甲、成栋未予理睬，这时却以护驾功劳邀封公爵。成栋知其底细，忘记自己降清在先，曾经穷追、屠戮过明室、军民，看不起邦傅，羞与为伍。读到金堡参疏，大合心意，叹服不已，命元胤与其深交，引为知己。因行在迁到广州左近的肇庆，外有封疆大吏成栋、式耜，凡事关照；内有元胤、彭年、湘客、金堡等合谋厉行，楚党一时风光无限，大有扫清吴党，收拾人心，削乱治平，独建丰功伟绩之势。

前面说过，武将当中，南明数一数二的好汉是李定国、朱成功。而文臣之内，堪称杰出的，第一位是堵胤锡。史上常有"何代无才，治世不能借才于异代"的说法，这堵胤锡就是当代大才。他能够依据时势变化高瞻远瞩，眼界魄力远在史可法、瞿式耜之上，所以被当朝者嫉恨，处处受刁难排挤，不得伸展。

这日湖北巡抚堵胤锡从汛地来朝，上疏请求改编封赏大顺军和大西军余部，以此尽弃前嫌，化汉人干戈，合兵抗虏。一时满朝哗然。金堡第一个上疏弹劾，又在廷议时向天子慷慨陈词道："堵胤锡丧师失地，而勾结闯贼李过等为援助，又大张筵席款待献贼孙可望使者。李闯与献忠都是国仇，罪恶滔天！"又转头逼视胤锡道："堵公奈何对反贼情有独钟？是趣味相投？"胤锡气得脸色铁青，半天缓过气来，道："我出生入死，辛苦边事，如君所言，一点功劳没有吗？"金堡冷笑道："苦劳倒有，功劳何在？"

永历帝深知胤锡见解，全然无私，本要详细询问云南情势和贼军反正事宜，无奈阶下群言鼎沸，都恨不能用唾沫淹死胤锡，只得在上排解道："诸位爱卿且住。堵先生一片赤诚为国，今日旅途劳累，可先下榻安歇，明日早朝再议。复国韬略之辩，不可以用正反、忠逆、黑白区分。当下时危世乱之秋，历尽千难万险愿意效忠朝廷的，便是一家！"彭年不满天子袒护胤锡，语带嘲讽道："在此殿中的，便是一家？身在一处，心恐怕有不在一处的！"永历帝失声道："朕刚说一家，卿就抢白，难道生逢乱世便失却君臣之义！"彭年居然不假思索脱口道："如果去年此日惠国公不以五千铁骑迎接圣驾，鼓行而西去，今天君臣之义何在！"

此言一出，天子龙颜变色，群臣咋舌，殿内鸦雀无声。彭年自知语失，俯首长跪于地。亏了此刻元胤出列，跪奏道："皇上息怒。臣父子反正归宗，一为春秋大义，宁做救国死士，不甘苟且偷生；二为当今圣上乃真龙天子，辅佐明君，立绝世功勋，是大丈夫所必为。袁公口不择言，有欺上之罪，罪不可赦！"彭年应声叩头如捣蒜，血染青石。永历帝知道彭年凭恃成栋父子，日渐骄狂，考虑行宫受制于成栋，只得缓颊道："袁先生以风波仅存之身，逢鼎玺屡迁之际，能以丹心密谋，助惠国公起事，功绩无双。适才语失，功过相抵；此事带过，朕已忘怀。今日散朝，明天请早。"

翌日早朝，楚党仍然激情四射，笃定要排除异端，为开国奠定干净之基，殿上继续争相攻讦，一片嘈杂。彭年因昨日犯上，不敢造次，换了金堡等纠缠不休，逼得胤锡辞庙而归。

回到湖北，得知清朝孔、耿、尚三王为防堵江西金声桓反正大军攻打赣州，已全数撤回汉阳，湖南空虚。为趁机收复长沙，胤锡立即亲自前往夔东邀大顺军主力忠贞营进军湖南。李过应邀东下，领兵数万，一举占领湖北彝陵，开到湖南常德，再从常德出发，分兵攻取湘潭、湘乡、衡山。胤锡又以巡抚之尊，到靖州策反陈友龙。

友龙反正后，迅速占领靖州、黎平、武冈、宝庆，与胤锡部将马进忠及忠贞营相呼应。长沙府属十二州县被胤锡收复九座，长沙顿成孤城，指日可下。

不料那湖广总督何腾蛟身为楚党，如何见得堵胤锡成就大功，且原与陈友龙有杀妻之仇，思来想去，祭出二策。第一策，遣使到屯驻柳州的郝永忠部。永忠原为永昌帝悍将，旧名摇旗，顺军败后为腾蛟招降。信使代腾蛟传话道："诸将出楚，皆立大功，将军躲在柳州，被众人耻笑。为将军计划，陈友龙收二十余城，富甲诸将，金银粟米可以坐食十年，攻打友龙比苦战鞑虏容易得多。况且这奸人刚得到天子封贵，仗着皇帝宠信，不会想到别人偷袭，可以乘其大意，一鼓灭之。我妻妾都死在友龙手上，将军与我师生情谊最厚，能不能借机为我报仇呢？尽情谊，取大功，据乐土，都在此一举。不要顾虑！友龙新受褒赏，等我规复长沙，你打下宝庆，虽杀友龙，本朝绝不会为这小事责罚将军。"

郝摇旗正苦于军中缺粮，得腾蛟传信，大喜过望，即刻披甲出城。为迷惑对方，他致信友龙，说明想借道自黎平西出黔境，前往辰州。友龙答应请求，毫无防备，在武冈遭摇旗奇袭。队伍来不及布阵，瞬间溃败。友龙持长矛奋战，死拼杀出重围，狂奔三昼夜，才甩掉摇旗追兵；麾下官兵尽失，仅以身免。

胤锡全然不知火并之役，此时正率李过、高一功等部兵马围困长沙，五天六夜连番进攻，志在必克。城下已挖出两孔地道。清总兵徐勇据城顽抗，三千兵丁损失大半,长沙岌岌可危,破城就在朝夕。

这时腾蛟的第二策来了。胤锡突然接到督师阁部何腾蛟严令,以南昌被围,命忠贞营火速撤长沙之围,往救江西金声桓。胤锡不敢抗命,怅然撤围东进。长沙残兵逃脱覆灭之灾,趁解围间隙打开城门,四出抢粮,一边加固城防。等到腾蛟指派直接节制的马进忠部兵临城下,来摘桃子时,满洲定远大将军、郑亲王济尔哈朗已率满汉大军浩荡开来。

进忠见清军势大,急忙南撤,腾蛟顿成无兵之帅,束手就擒于湘潭。

郑亲王亲往劝降,腾蛟誓死不屈,被杀害在湘潭流水桥旁小坡下。腾蛟就义前举手拍地,大呼:"可惜!可惜!"两掌皆碎。死到临头,他这才追悔于自己私心作祟,导致胤锡的功败垂成。郑亲王因腾蛟迁怒于百姓,下令屠城,可怜数万湘潭人民,意外做了何督师壮烈殉节的陪葬,跟着英雄轰轰烈烈了一场。

永历朝得知腾蛟就义消息,追赠其为中湘王、谥文节。那飞奔三天不得食的陈友龙恰于此时跑到行在申冤,朝廷果然因腾蛟牺牲的原因,置之不理。友龙四下诉苦,怀恨而去,诸将由此便更加离心离德。

再到后来,广州被清朝三汉王围困,永历朝廷逃到梧州,落入陈邦傅地界,朝中风向立时改变。户部尚书吴贞毓等十四人联名上疏揭发袁彭年、刘湘客、金堡等"五虎"把持朝政、罔上行私大罪。永历当然深恨袁等狂悖行径,马上钦命逮捕湘客、金堡,下锦衣卫牢狱,拷打审讯;彭年正值母逝丁忧,念其反正有功免予处分,实则他同元胤尤为密切,投鼠忌器。拷问之时,金堡倔强,不肯服罪,大呼二祖列宗;湘客则认赌服输,满口老爷饶命,万代公侯。

留守桂林大学士瞿式耜从邸报得知朝局翻转,吴党上位,急忙上疏伸救,辩解道:"就算诸臣果真罪状昭彰,处分岂无机会,何必汲汲于朝不保夕的时节?臣以为此举不过是借皇上以报私仇。诸臣驱除异己,故意引祸水到臣,臣与湘客、金堡,素称莫逆,每次朝政都曾相商,杀刘、金等就是杀臣。臣既为党魁,不杀臣似乎不能罢休,臣今日都不知死生,还敢以危疑之身,为皇上恢疆复土吗!若以成栋误国为由,试问:今以庆国公邦傅之力,能破强虏吗?"式耜以定策勋臣、留守大学士之尊,伸救同党,也只是救得这几人的性命,袁彭年以丁忧为名解任,余者革职充军、追赃助饷。

于是当朝者不满意,获罪者不服气,人心忐忑,满朝文武愈加门户歧分,玄黄角立,各路神仙未得破虏之功,先开内争之衅。但凡天子不能自操决断、功罪赏罚无状的朝廷,必然导致人心浮动,社稷早晚陷于风雨飘摇。

二十二、成功事业

朱成功自竖起反清复明大旗之后，处实效功，两年生聚，凭借在隆武朝国姓爷的显赫地位和父亲旧属关系，广招天下豪杰。

在他三顾之下，原浙江巡抚卢若腾、进士叶翼云、名士举人陈鼎等相继来归。成功礼敬有加，待如上宾，每当遇到大事都征询这些见多识广的饱学之士意见，逐渐形成一个决策、联络、理政的有效幕府。

其部将来源有四个方面：最初随他起兵的洪旭等人；闽粤沿海应募而来的义士、侠盗，海澄人甘辉、漳浦人蓝登之辈；曾随芝龙降清，划归李成栋调遣，成栋反正后乘机返回福建的将领施琅、黄廷之流；最后是清廷派驻东南、仍怀故国之思的北方官兵自荐来归。成功对投效将领不论出身，一视同仁，唯才是举。为防军官拥兵自雄、飞扬跋扈，汲取弘光、隆武以来姑息养奸教训，对建制做了精心改编，严定军纪，他成为真正统帅，而非徒有其名的盟主。

成功不仅选将驭将著称于世，而且极善练兵。其深知己方所长是海战，但与鞑虏海上周旋易，登陆收复失地难，必须训练步骑兵；所以以镇为单位，一镇五百人，组建了许多专事陆战的部队，由北方将领教习，朝夕操练阵法和格斗之术。

维持一支最多时达三十万人的舟师和步骑兵，养活数十万官兵家眷，靡费巨大。以小片滨海州郡、外岛抗衡据有全国大部的满洲，经费从哪来？这倒多亏了芝龙创立的基业。芝龙遭软禁在北京，郑氏垄断海外走私的网络还在，成功为当然继承人，所得巨款是军费的主要来源。其次是攻城略地，搜括粮食，这个办法虽解燃眉之急，却容易丧失民心。再后是携带白银，赴明朝控制的省份或半清半明之地大规模高价采购。说到白银，这牵扯到个有趣的话题。其实宋元时的大额货币是纸钞，靠国家信用支撑其流通。《说唐》《水浒》里人们出行，须往包裹里塞十几两银子做盘缠；秦叔宝背着几十两银子跌倒被当贼下狱，鲁智深偷二龙山酒桌上的银具跑路后顶钱花，那是明人按照自己生活方式的画像。之前朝代则经历了黄金时代、布帛时代、纸钞时代。明朝不知为啥，却弄个白银时代，如此一来，国家财政赤字不能靠随心所欲印钞票弥补，没法暗分百姓财产；只好明抢，就是滥加税赋，结果民怨沸腾，把大好江山丢掉了。平时流通、交易时称量银与铸币、纸钞相比又实在麻烦，家家户户都要备个秤，成色又极难判断，但动乱时好处就大了，个中原因，就不必啰唆了。反正日本、美洲的白银大量流到中国，也就是流到朱成功手里，极大地促进了抗清事业。

成功在新军初具规模后，决定小试锋芒。

永历二年（1648）四月，成功率甘辉等攻袭福建同安。清军副将廉彪老眼光瞧不起南人，十分轻敌，引兵出城迎战，被击败退回城中。郑军直抵城下，炮铳齐发。廉彪见对方铺天盖地围城，知道抵抗无益，趁夜带残兵保着知县弃城而逃。天亮后百姓发现军队已去，城门洞开，就公推了绅士出城迎接郑军。成功入城安民，委任叶翼云为同安知县，招纳诸生起义勤王，劝谕百姓缴纳粮饷。这时原奉隆武御弟绍武入广州的总兵林察从广东来投，成功惺惺相惜，委以重用。

成功率师转攻浙江，清靖南将军陈泰、浙闽总督陈锦乘机派大军围攻同安，知县叶翼云领军坚守。苦战月余，城破，翼云被俘，不屈就义。清军以绅民拥郑为由屠城，鸡犬不留，血满沟渠。成功接到告急文书，亲率舟师来援，因北风正厉，船行受阻，五日后才抵金门，同安已经失守。成功在海上遥祭痛悼翼云等死难者，怅然回师。

又转攻与广东接壤的诏安县。此役双方损兵折将，不分胜负，但郑军设计俘获王起俸、姚国泰两员擅长骑射、遐迩闻名的猛将。成功亲自宴请二人，晓以大义、私情，终于说动二人入伙。成功任命起俸为铁骑镇统领，教授骑射之技，郑军从此才有真正意义上的骑兵。南兵与北兵交战，屡屡失利，就因为难以抵挡马军。可见得一人才，胜得一城。郑军有了铁骑，如虎添翼。

在成功羽翼渐丰，不断袭扰闽粤沿海的时候，忽然有随芝龙降清的旧部施琅等来投，始知李成栋以广东全省反正。成栋及部卒多为山、陕籍贯，素来蔑视南方人，虽同为汉人，倒与满洲性格更为相近。反正前，芝龙旧部受成栋节制，由闽入粤征战，冲锋在前，封赏在后，成栋常常在给清廷的奏疏里把南兵贬低得一文不值。反正后，新朝惠国公意气抒发，将广东视为禁脔，奏请永历帝将福建兵将遣送回籍。于是永历帝改封武毅伯施福为延平伯，敕令仍回福建抗清。施琅等回闽途中又屡遭北兵狙击劫掠，出生入死，千辛万苦，勉强脱身，经粤闽交界地黄冈镇，寻找到铜山成功大营。数千破衣烂衫的福建兵见了亲人，听到乡音，哭声动天。成功听大家泣诉了两年来苦难屈辱，怒不可遏，心中暗下决断，虽然仍尊永历，但绝不与成栋联兵北伐，今后不再援助西北反清将士。

恰好又在这时，鸿逵由潮州败回求援。原来鸿逵率舟师三千开至潮州府属揭阳县，遣使致信，征粮筹饷，遭到潮州总兵郝尚久断然拒绝。鸿逵强行登陆，被尚久击退。施琅等正对北人耿耿于怀，纷纷怂恿成功借机夺取潮州，既可得粮仓，又能报私仇。成功犹豫间，延平伯施福来见，也力劝他收取饶沃鱼米之乡潮州为养兵练兵之地。成功道："我也这样想过，那李诃子仰仗鞑子滥杀南人，又歧视闽将，本应挞伐；但他反正，潮邑如今属明，倘若抢夺，出师无名啊。"参军陈鼎在旁道："宜先奏告朝廷，然后召其出师从王，恭顺可安抚，忤逆就讨伐。"成功采纳其计，一边遣使赴肇庆上疏，一边调动三军。

没等朝廷回复，成功经不起施琅等撺掇，又急不可耐起来，点起二十四镇一万二千精兵，大举入潮。以"郝房助逆，加兵擒而灭之"为出师之名，陆续攻占潮州府属海阳、揭阳、潮阳等县，合围府城。

尚久急忙报告朝廷，惠国公震怒，要亲自前往讨伐。天子阻止道："尚久眼下未尝有事，朱成功围城而不攻，是同室操戈，难以兵戎相见。"派中书舍人陆漾波以监军给事中衔捧敕谕赴潮州，调解朱、郝之争。郑军仍不退却。尚久恼怒，自己主公和朝廷不肯助己，干脆同潮惠巡道沈时商议，决定复叛降清。派亲信副将驰奔漳州，向清平南、靖南二王递降表乞援。二王转檄漳州总兵出兵援潮。漳州兵与尚久夹攻郑军，郑军竟不能敌，败退回铜山。富饶之地潮州唾手而未得，反而献给了满洲。成功从此株守铜山、南澳，不得与两广、舟山气脉相通，南北汉人隔阂，内部积怨终至逆转大局。

成功偷鸡不成蚀把米，没达成以潮州为基业的愿望，从广东败回。兵多将广局促于一隅，要得伸展，只有另谋出路。经与卢若腾等反复筹划，决定收取厦门。厦门当时为郑彩盘踞。成功趁郑彩引兵外出，带舟师到厦门，用施琅诡计，以亲戚通好名义，先赠送郑彩弟定远侯郑联稻米一千石，请求登岸。郑联正为其兄打粮未归，岛上缺粮发愁，误领了自家人成功好意，不加思索，爽快答应。成功大军入城后，欢宴之时，突然将郑联部卒缴械，随即扑杀郑联。郑联部将眼看郑家内斗，事已至此，只好应了成功招徕，接受收编。郑彩部下将卒见老巢被端，家眷在那都安好，便纷纷回归。郑彩失去部属，也没法深究兄弟死因，郁郁然归老还乡。成功再遣人把他财产运去，事情便不了了之了。

成功兼并郑彩、郑联兄弟兵将、船只，又取厦门一带金门等岛屿要地，实力大增，算是真正恢复了父业，成为郑氏盟主。

永历五年（1651）正月，成功再起大军往征潮、惠。清福建巡抚张学圣、福建右路总兵马得功获悉郑军主力南下，厦门守兵单薄；张、马知道郑氏独霸海外贸易，积下巨额财富，早已垂涎三尺。二人密议后，先遣人去安平买通郑芝豹，搜集得七十条小船,调集军队渡海偷袭厦门。守将前冲镇阮引、后冲镇何德战败,登舟撤至金门。成功堂叔、主将郑芝莞惊慌失措,也匆忙上船。仓促间,成功发妻董氏怀抱祖宗牌位带着政经,乘小舟追到芝莞大船边,舵工李札涉水背她登舰。芝莞厌恶道:"这是战舰,妇人坐不得!"再三催她下船上陆,董氏怒道:"此舰不是出征,是要逃亡,妇人为什么不能一起逃命?"抱定神主牌位不肯下船。芝莞忌惮神主牌位,又因敌船渐进,杀声随风震耳,不得已带她出海。

得功占领厦门中左所后,把郑氏金银财宝劫掠一空,计有:黄金九十余万,珠宝数百箱,米粟数十万斗;另有将士财帛、钱谷价值十万。得功督率士卒昼夜搬运,正忙碌间,鸿逵带领从广东返回的兵将千人返抵厦门,重新将城围住。得功急忙向学圣求救。学圣派一参将领兵一千前往增援,遭到郑军阻击,不能进城。得功无法脱身,又料到成功主力回师后必遭灭顶之灾,于是派人冲出中左所城,面见学圣,请他再打安平方面的主意。学圣从郑氏财物里挑选价值十万金的珍宝,亲自去安平向芝龙母亲黄氏求情。黄氏惦记北京芝龙一家安危,不敢开罪清朝堂堂巡抚,写信令鸿逵网开一面。鸿逵碍于母命,派三十只兵船把得功部众送回大陆。

当信使送来厦门失守消息时,成功大惊,部下将士担心眷属安危,哭声一片,乞请主帅回师。成功为稳住军心,只得班师。抵达厦门时,马得功已经逃走多日,岛上四处狼藉,虽然家属安然无恙,但公私财产被劫掠殆尽。成功很快从多个渠道获悉事变原委,怒不可遏,拔刀自断其发,发誓必报此仇。鸿逵传信请成功回中左所城,他回复道:"叔叔与鞑虏通好,请我似无好意。既不杀虏,就永不相见了!"鸿逵自知铸下大错,回话道:"放走马虏,是因我兄你父在清,又加母命难违,不然,我何意何心如此?侄儿怀疑我,令我痛心不已。"随即交出全部部卒,不再参与军事,只留少许船舶用于贸易,自己搬往白沙居住。成功这才进城,集诸将追查失守责任。

芝莞应召而来,成功厉声道:"渡鞑虏来的,是芝豹叔;渡鞑虏去的,是鸿逵叔;弃城给鞑虏的,是芝莞叔。祸起家门,与鞑虏何干?我南下时,原没敢以地方城池托付给你,是你自请水陆各镇交你提调,有失必依军令。你今天有什么说辞?"芝莞归罪于阮引等未能阻挡得功登陆。成功驳斥道:"水师未败,而你自己已身在船上了!"下令推出去处斩。诸将齐齐跪地,请求宽处。成功不听,将芝莞斩首传示军中。阮引同时被处斩;何德革职,捆打一百军棍。

唯一立功受赏的,是施琅。他原本以左先锋之职随成功西征,因不厌其烦提醒主帅后方兵力过于单薄,反被成功收了左先锋印,打发他跟随鸿逵回防厦门。在清军袭战厦门，守军四散逃走、形势极为严峻的时候，他率几十个亲兵浴血奋战，激发起鸿逵部官兵斗志，以数百人击退清军援军千人，所以得到赏银二百两。表面上是赏罚分明，却未让他官复原职，反倒落职闲住。

施琅智勇双全，最是恃才傲物的人，偏偏命窘。起初随黄道周援赣，所提建议不被听用，导致全军覆没；降清后随李成栋入粤，又备受歧视压制。反正后千难万险转投成功，本想大展身手，却愈发受到排挤，搞得满腔怨怼。为了促使主公转变态度，他参见成功，倾诉自己的凌云之志、回天之能，成功自负更高，不为所动；再登门表白自己已心灰意懒，想出家当和尚，成功还是不屑一顾。见难以挽回，一气之下真剃度进庙，不再参见成功。弟施显任援剿左镇，为兄不平，也暗恨成功，积怨日深。

施琅有一部将曾德，原为郑彩麾下将领。芝龙降清后，他辗转于明清之间，颇不得志，投成功后受施琅节制。施琅既被削去兵权，他为求出头之日，利用旧日关系，投到成功亲军营充当亲随。施琅闻讯嫉恨，径自带人把曾德抓回，想要杀掉。成功得报后驰令勿杀，施琅悍然不顾，挥刀斩之。

成功少年得志，颐指气使惯了，只因施琅傲慢跋扈，有心冷落他一阵便重新启用，茫然不知无意间已经种下深仇。现在他见施琅违令擅杀郑氏旧将，断定施是反形毕露，就先下手为强，密令援剿右镇黄山以商量出军机宜为名逮捕施显，同时命右先锋黄廷带兵包围施宅，将施琅和其父施大宣拘捕。

施琅先因冲动酿出祸端，清醒后思忖，料定成功不会善罢甘休；但没想到来得够快，正与父亲商议对策时，猝不及防，士兵已经进院，父子束手就擒。紧急中他手疾眼快，将两块金砖藏入裆下。在押解路上，谎称解手，军官命二士兵带刀监视。官兵原都相识，也不觉得有多大的事，总不至死罪。

到了茅厕，施琅对二卒道："我想赴京找大帅申冤，等我发迹的一天，一定用千金回报二位小弟。现在有两块金砖，算个定金，也够你们十年好过，胜于以性命换口饭吃。二位能行个方便吗？"二卒见了亮灿灿金子，气就喘不匀了，说道："小的当兵，也为养家糊口，将军是顶天立地的英雄，万万不至于食言，我们这就随你去吧！"上前便解了施琅绳索。

施琅在两个士兵掩护下，竟然奇迹般逃到大陆。成功探知其已逃入清方辖区，怒火中烧，立即命令将施大宣、施显父子处斩。施琅得到噩耗，对成功更加恨入骨髓，不共戴天。他不再首鼠两端、忽明忽清，从此死心塌地效忠满洲，不知有明。清朝正愁于不擅海战，天上掉下个水军专家，如获至宝，委以他水军提督高位。施琅感恩戴德，苦心孤诣为新主打造水师，一意与郑氏为敌了。

二十三、楚弓楚得

前头说过，金声桓反正，荣封豫国公，一时意气风发。原拟溯江攻取南京，竖起复国帅旗，号召大江南北；突然被假冒高人黄人龙点昏，又弃此宏图，改为亲统十万大军，掉头进抵赣州。

南赣巡抚刘武元，原为明朝参将，早年在辽东降清，辖下只有南赣总兵胡有升六千兵。赣州虽成孤城，但该城三面临水，地势险要，城墙坚固，是易守难攻的重镇。攻城前豫国公多次招降，封官许愿，遭到刘武元断然拒绝。当时李成栋尚未公开易帜，他没有后顾之忧，多次派急使请求佟养甲、李成栋出兵相救；一面督促将士奋力抵抗。双方一时竟相持不下。这时建武侯又领九江回师大军五万前来助战。武元做困兽斗，半夜突然出城劫营，建武侯中箭负伤。

这以后，金、王暂缓攻城，开挖深壕，重筑营城，层层围困，意在不克不休，等待城内绝粮，不攻自溃。武元见士卒饥饿不堪，将马匹，包括自备战马活宰犒军。赣州危在旦夕。

但顿兵孤城之下，旷日持久，变数就来了。明朝援军未至，倒把满洲兵等来了。清征南大将军谭泰统满、蒙、汉八旗并汉军二十万迫近江西，兵分两路，谭泰攻九江，何洛会攻饶州。奉命镇守九江的明将弃城而逃，何洛会也攻克饶州，兵锋直指南昌府。接到报告，豫国公、建武侯大惊失色。为救老巢，不得不拔营而走，回保南昌。武元乘机开城出击，金、王无心恋战，损兵折将，狼狈撤退，返回南昌。入城第十日，建武侯引精兵出城迎战南下满军，在七里街对阵，不敌，退回城防。谭泰乘胜挥军前进。

围定南昌之后，谭泰分兵四出，扫清外围，切断省会与州县声气，一边纵兵抢掠，驱迫六十万乡民挖掘壕沟，深宽各二丈；在赣江上构造浮桥三座。民夫每天只给稀粥一餐，督兵刀刺鞭打，溽暑不准停歇；日曝加上饥劳，尚未完工，死者已过半。女子被各旗分取，狼多肉少，三四卒分得一人，蹂躏不分昼夜。军营内外男女哀号惨叫声此起彼伏。挖壕两月完工，所掠男丁死绝，妇女一并变卖，南昌府城周边百里以内，田禾、庐舍、墓地已一望殆尽。

城里豫国公、建武侯已获悉惠国公率大军往征赣州，呼应南昌。除固守城池，等待援兵外，多次出城向据守壕沟的清军冲击。建武侯冲锋四次，豫国公闯阵三次，二人共同大举反攻一次。满洲一等梅勒章京觉罗顾纳岱被建武侯射杀。满洲劲旅携红衣大炮千门狂轰数月，南昌城岿然不动。

围困日久，粮食、薪柴均告匮乏。城中米价先涨到一石六十两，后达六百两，直到断粮。杀人而食，拆屋而炊。兵民为活命，纷纷向外逃生。谭泰早已打定主意，无论降兵或难民，一律不赦。一日从四门投出男女三百余人，征南大将军亲审，得知城内绝粮已半月有余，糠卖银二钱一升，老鼠一个卖银二钱，人吃人，眼看不能支撑了。谭泰审完大笑，命拖出去活埋。一副将趁城内失火，带亲兵和家眷五百余名，剃发解甲投出，谭泰令只留少女少妇，其余皆杀。又有一将领兵一百二十名携带鸟枪、火铳几十杆、火药三桶，投在镶红旗下，火器、火药留用，官兵都杀。每天但凡城内逃出百姓，男子全杀，女子分留。

迁延到来年正月，满洲兵再发炮矢猛攻，最后蒙古兵竖云梯登上城墙，守军已羸弱不堪，无力搏斗。南昌陷落。

豫国公身中二箭，为免落入敌手，挣扎着投入帅府荷花池自尽；大学士姜曰广也投水而死。建武侯突围至德胜门，双方将士混战，尸积如山，三出三进，凭一杆长枪刺杀数百人，重伤被俘。谭泰亲自审问，喝道："你为什么叛清！"建武侯答道："当初降清是不得已，一念之差而已；复归正朔，青史流芳，死而无憾。"逃往南京报信立功的江西都司柳同春在旁，质问道："你为什么杀我妻儿？"建武侯坦然道："听说你去请鞑子，所以杀了！"谭泰大怒，命令拖出去凌迟。汉卒见其大义凛然，都不肯动手用刑，只得由满兵执行。

永历帝得报江西危急，与惠国公商量，敦促他出兵北上，期待与豫国公内外夹攻，击破鞑虏。惠国公领旨，在广州校场点兵拨将，亲统大军十万，直驱南雄。旌旗猎猎、器杖焜耀，所携弓刀、铳炮、火药、粮秣不计其数；以气吞万里之势，扑向赣州。

惠国公出兵前后，数度遣使、致信招安赣州守将。刘武元采取缓兵之计，不断派使者回信表示愿意反正，借以麻痹对方。实则趁豫国公撤围，广东明军未到之际抓紧搜括粮草，加固城防。

翰林院庶吉士钱秉镫随军行动，向惠国公谏道："赣州若降，豫国公围困时已降，何必等到今日！其谎称投降是为延缓我王师出岭，而候南昌大战结果。用南昌之役观测局势，我胜则降我，敌胜则抗我，这也在情理之中。况且解南昌之围，何必先下赣州？赣州不降，其力仅足自守。我大军不可阻滞于此，兵贵神速，南昌受困数月，饥惫不堪，现在如果望见我军旗帜，知道救兵云集，勇气必然倍增，必然奋死决战；鞑虏围城旷日持久，也已懈怠，我生力军参战，内外合击，必破强虏。敌主力即溃败，南昌之围、赣州之患，迎刃而解。那时二公乘势并力直下江南，江南、江北可传檄而定！"秉镫说完，惠国公沉默不语，心下是觉得书生不知军机，无意采纳。

明军浩浩荡荡、大张旗鼓地进发。为养精蓄锐，每日只行军半日，就埋锅造饭，有意把雄兵雷动的信息次第传递到赣州，起到震慑刘武元等开门纳降的目的。历经二十余日，到达赣州城下，连营百余座，气势恢宏。武元见明军势大，知道如做困兽斗，利在速战；万一失利，固守几日再看形势定夺，或战或降不晚。就趁明军营垒未固、壕沟未成之时，选精锐士卒突击。天将放亮，明军还在酣睡，清军同时从四门出城，狂呼杀向明营。

惠国公军官兵一路被赣州必降的荒信误导，全军大意，猝不及防，瞬间被冲破营垒。将士惊慌败退，丢盔弃甲，自相践踏，阵势大乱。惠国公约束不住，被迫撤至南安。计点人数，损兵过万，弃红衣大炮百尊，衣甲、军帐、粮草全丢。以十万败于五千，元气大伤。

武元险胜之后，飞报征南大将军谭泰，急请发兵救援。谭泰却能掂量出南昌与赣州孰轻孰重，接到救急报告，不发一兵一卒，却立刻动员全军，向南昌发起总攻。

等到惠国公亲赴肇庆行在朝见天子，请示了下步方略，再返回营中整顿兵马时，南昌已陷。谭泰派梅勒章京胶商等统正红旗、正白旗满洲兵进驻赣州。惠国公大军再征，面对的就不是孤城里一群困兽了。才至赣州四十里外的信丰，就遭遇满汉主力出动对阵，惠国公挥军迎战，抵挡不住满洲铁骑暴冲，败退到城中据守。此时信丰东门外桃江水泛涨，不能涉渡。清军就在西、北、南门外旱路上挖壕栽桩，防备明军突围。

惠国公看军心不稳，不敢久留，只得于当天夜里下令出东门渡河突围。清军见状蜂拥入城追杀，明军大乱，将领自顾逃窜。乱军一路狂奔到大庾岭，才收住阵脚，监军命各总兵清点人马时，发觉主帅失踪！

原来惠国公不习水性，在渡河时一个不小心，竟坠马溺死。天明，武元部下兵丁在河滩捉获一匹骏马，纯金鞍辔俱全，送营报验，又经审问降卒，供称这是惠国公坐骑。武元报知于胶商，胶商忙令转解南昌报捷献功。

初春时节，群莺乱飞，万物复苏，永历朝却经历了一场幻灭：何腾蛟在湘潭被俘杀；金声桓、王得仁在南昌就义；李成栋在赣州兵败溺亡。噩耗接踵而来，朝廷上下如丧考妣。

惠国公部将江宁伯杜永和原为中军统领，成栋死讯核实后，他贿赂诸将推自己为留后，代行统帅之权，以阎可义率众扼守梅岭，自己率主力返回广州。元胤在肇庆行在，闻讯面圣痛哭。

永历封元胤为南阳伯挂车骑将军印，元胤以无功辞免，仍从锦衣卫都督同知提督禁旅。朝廷追赠惠国公为宁夏王，谥忠武，赐祭九坛，用彩缎做甲马数十对，一时化为灰烬。令爱妾九人着盛装赴火，用夷礼殉葬。李成栋虽然为清朝做先锋，颠覆明朝时勇猛异常、杀人如麻，反清后出师却不堪一击，演义成一系列闹剧，可悲可叹；但死后得以尊享明朝的王爵，葬礼轰轰烈烈，也不枉活一世了。

永历朝沉浸在金、王、李、何覆亡的痛楚之中，一边庆幸、诧异着清军为何不乘胜直捣两广，忽然还接连收到吴三桂反正疏和南京反正疏，四方好音频至，扑朔又迷离，乱花渐欲迷人眼；后来才恍然大悟，此时此际，各路满洲大军北撤，全在山西！

满洲皇父摄政王多尔衮孤注一掷，将全部八旗及汉军精锐调入山西战场，复明势力终于招架不住了。大同城里粮食消耗已尽，兵民饥饿，死亡枕藉，余兵无几。眼看外援无望，姜瓖部下总兵杨振威变节，暗中派人出城接洽投降。获准后，振威带领所部仅存的六百多官兵突然哗变，杀姜瓖以及其兄姜琳、弟有光，持首级开门出降。

次日，清兵小队进城探路，又过两天，才敢大举入城。摄政王得报后，谕令只赦免杨振威和家小十人，大同官吏、兵民一个不留，尽行诛灭。因猛攻八个多月之久，若无人叛变仍无法下此坚城，更传谕将城墙拆除五尺以泄愤。

大同陷落后，满洲各路军分别进攻朔州、运城、汾州、沁州、泽州、潞安、曲沃诸城，城陷后皆遭屠戮，各州府人民死亡殆尽，千不存一，连监狱罪犯也不能幸免。承平三十年之后，除省会太原，山西全境了无人迹，田园荒芜，复垦耕地不到十分之二。

上一章说过，李过、高一功统率忠贞营猛攻长沙，即将奏捷的时候，被督师何腾蛟借口救援江西调走。制辅堵胤锡见大势已去，带老弱兵千余人拟从龙虎关退入广西。守关将保昌侯曹志建认定胤锡进关是为忠贞营做内应，图谋夺取自己的地盘，于是趁夜袭营，将胤锡随从军士包围歼灭。胤锡父子逃出，躲藏到附近监军何图复的山寨。保昌侯一不做二不休，必欲置胤锡于死地，干脆统兵包围山寨。图复出寨劝解，竟被他一箭射死。胤锡带着图复亲兵拼命冲杀，突出重围，逃到肇庆行在。

永历帝也对保昌侯无可奈何，就命其入阁辅政。这时传来忠贞营在梧州遭到粤桂两省军队围攻消息，胤锡急忙向天子面奏，请求将忠贞营暂时安置于广东适当地方休整。元胤在侧，听后大为不满，气哼哼道："我们做鞑子的时候，他们不来收复广东；如今我们反正，他倒来争广东了？况且皇上在此，让一帮逼死先帝的流贼闯进来，要干什么？"永历帝深信胤锡，派兵部侍郎程峋前往宣谕两广诸将，允许忠贞营过梧州，暂驻浔州、横州，忠贞营乘势剿灭徐彪的团练，占据南宁府城。

胤锡入阁后，遭到楚党猜忌，动辄得咎，心情忧郁而志不稍减，每次上朝则力排众议，舌战群儒，力主联合云南大西军抗清，并资助忠贞营恢复元气、重返前线；自然一边倒地被群臣围攻。永历帝见状，知道把他留在身边辅政于事无补，徒耗时间精力，于是加升他为少傅兼太子太师、文渊阁大学士、礼部尚书兼兵部尚书、总督直省军务，节制忠贞、忠武诸营兵马。

元胤等唯恐他重掌兵权，别开生面，打破僵局，便暗中在军需、饷银上百般刁难。胤锡五次上疏请发军饷，才批给三千两。银子刚领到手，又被元胤派人抢去。胤锡百般无奈，只得陛辞。永历帝关心问道："卿要去哪？"胤锡道："陆行没马，水行无舟，臣有督师之名，没有犒军之费。但臣绝不敢逍遥陌上，被奸人嗤笑、为佞臣指摘，只有廓清四海，以申忠义。万不得已，当捐此身，以报皇上！"天子动容，亲自撤掉御前龙旗两面，交给胤锡以壮行色。胤锡叩谢，含泪而出。

离开行宫后，胤锡来到浔州，檄调忠贞营随他出征，却正碰上主将兴国公李过病逝，军中新丧大帅，不便出师。三个月后，淮侯刘国昌率忠贞营主力由南宁到浔州来归，胤锡却因心力交瘁，一病不起。临终前上遗疏道："臣受命以来，罪大孽重。不自量力，拟再合余烬，重收桑榆。昨天西上横州，感疠深沉，病倒帐中。臣但恨以万死不死之身，不能为皇上毙命疆场，而死于枕席。臣为皇上复国大业未竟，胸臆难平，死不瞑目！"

永历帝捧疏恸哭，三日不朝，追赠胤锡为浔国公，谥文忠。

二十四、三王南下

经过旷日持久的山西血战,皇父摄政王多尔衮深感满洲兵力有限,而入关后降附的汉将又多不靠谱,思前想后,决定重新起用已回辽东恩养的孔有德、耿仲明、尚可喜,特派军机大臣赴辽东召三王进京。

到北京后,摄政王陪同皇太后博尔济吉特氏接见、赐宴。三王感激流涕,争相表了忠心。席间摄政王透露其意,希望有德征福建、仲明取广东、可喜攻广西。可喜谏道:"启禀王爷,两广是伪朝的老巢,有兵几十万,虽然是乌合之众,但我军单薄,比如奴才,手下原兵不过两千,难以承担规复一省重任。万一受挫,长南蛮士气,灭自家威风,局势就不好收拾。汝才以为战线不可过长,依多年见识,伪朝将帅从来胜不相让,败不相救,易于各个击破。"有德闻言,嗤笑道:"我兵两千,可抵伪军两万,何必如此胆怯!我愿独攻广西!"摄政王笑道:"你二人所见,都有道理,容我再想一想,待皇太后恩准后就是实招了。"

宴罢打发三王回府休息,摄政王随太后入后宫继续商议运筹。

翌日,朝廷下诏,改封恭顺王孔有德为定南王、怀顺王耿仲明为靖南王、智顺王尚可喜为平南王。令定南王率旧兵三千一百及新增兵一万六千九百,共两万,往剿广西,带家驻防,广西全省巡抚、道、府、州、县各官并印信都令携往。靖南王率旧兵两千五百,平南王率旧兵两千三百及新增兵七千六百,往剿广东,带家驻防,其全省巡抚、道、府、州、县各官并印信都令携往。

部属既定,三王率领故甲八千启程,迅如霹雳,直下岭南。颇有"莫嫌旧日云中守,犹堪一战立功勋"的慷慨意气。定南王先入湖南,靖南、平南二王取道江西,会合江浙、湖广选调精兵后,再谋进击粤、桂。

孰料南进途中,有满洲贵族向朝廷控告耿仲明、尚可喜沿途收留逃人千余名,这使摄政王震怒,立刻派人追赶严查。什么叫"逃人"?严惩收留逃人者比大军出征还重要?

原来,明末时候,后金崛起,满洲八旗子弟只擅长杀人,不从事生产,必须靠掠夺和蓄养奴隶维持政权和生计;所以在辽东和深入畿辅、山东的多次战役中,俘获大批汉民,分赏给旗人充当奴仆。后来的大作家曹雪芹就是这样出身，其祖从皇族亲信家奴升至江宁织造。入关前，满洲先后俘掠汉人一百余万。入关以后，在征战中又掠得人口百万，加之通过圈地和投充或强逼为奴的就更多达数百万人。满人、蒙古人家中和获赐庄园都以汉奴役使、耕作，汉奴如牛马，子孙称作"家生子"，世代为奴。因难以度日，不堪虐待，情急势破，八旗家丁每年以自尽向部里报备的不下万人；更多的人则走向逃亡之路，每年也有好几万人。汉奴是满人私产，既与牲畜无异，所以捉拿逃人一款，成为清朝第一急务，真比打仗还重要，因为征战的目的恰恰便是增加奴隶。朝廷专设兵部督捕侍郎，负责追捕审理，地方官以缉拿逃人为首要考绩。缉捕逃人条例以薄惩逃人、重治窝主为要义。奴仆一两次逃亡处以鞭笞后发回原主；三次逃亡处以绞刑；胆敢收留逃人者斩，其邻居涉及十家长、百家长知情不报，地方官不能察觉的，都要连坐。汉人朝臣有良知者连篇累牍上疏谏阻，认为执法过严。摄政王斥责汉官："于逃人一事各执偏见，但知汉人之累，不知满洲之苦。向来血战所得人口，以供种地、牧马诸役。若说法严则汉人苦，但法不严，则窝藏无忌，逃人更多，满人驱使何人？靠什么养生？满洲人就不苦了？"于是谕告群臣道："再有为剃发、衣冠、圈地、投充、逃人五事斗胆上疏者，一概治罪，永不许封晋。"广西巡抚郭肇基等就因擅收逃人五十三名，被一律处死，家产抄没，家眷为奴。耿仲明、尚可喜虽贵为王爷，隐匿逃人，并无王侯免责之款。

靖南王听说兵部追查要员将到，知道事情败露，自己触犯了朝廷大忌。法网恢恢，疏而不漏，为表忠心、保世爵，仲明留下表明丹心赤诚的血书后，在吉安自缢。朝廷原拟将二王削去王爵，各罚银五千两，免死；后来摄政王反复斟酌，考虑多难之秋，用人之际，以当年皮岛航海投诚有功，功大于过为名，改定免削爵位，罚银减为四千两。靖南王畏罪、尽忠自尽的消息报到京师，朝廷感念其功，法外再开恩，靖南已死，免予追罚；平南王罚银再减两千两。平南、靖南二藩兵力由平南王总统，靖南王世子耿继茂以阿里哈哈番职位统领父王旧部。于是二藩兵将士气重振。

定南王大军行至湖南，驻扎衡州。清朝为使其专心进攻广西，调山东济南续顺公沈永忠部移驻湖南，另拨固山额真图赖标下二总兵归永忠节制。

定南王在衡州度过炎暑，入秋即大张王师。首先进攻湘、桂交界处要隘龙虎关。永国公追杀堵胤锡一千残兵游刃有余，遇到辽东铁骑就不是对手了。他率部四万与二万清军对阵，大败，士卒战死万余。引败兵逃入其弟驻扎的灌阳，永国公印也在混乱中丢失，另用木头刻制了一枚。定南王再攻灌阳，永国公兄弟弃城逃到恭城青塘窝。次日清军分三路攻至，明军迎战，将士被杀过万，全军溃散，永国公兄弟遁入深山瑶峒。木刻永国公印、大炮、枪铳、火药、盔甲、马匹全部丢弃。

龙虎关、恭城失守，令桂林南面洞开；另一支清军由全州进攻严关，呈南北合击之势。留守桂林大学士瞿式耜急忙召集诸将会议。

当时桂林地方明军尚多，多过定南王军四倍有余。式耜以为凭借官兵八万，即便不能打败鞑子，守桂林绰绰有余。命诸将筹措粮饷，加紧备战。谁料诸将已成惊弓之鸟，兵无斗志。不久严关被扫去，清军迫近桂林。塘报传至，式耜吃惊，忙催促开国公赵印选扼险防守。印选见清军势猛，下午就与卫国公胡一清等保着家眷离开桂林西窜，城中大乱。式耜见状，捶胸顿足道："朝廷以高官厚爵赐此辈，百姓以膏血养尔等，养兵千日用兵一时，今天就这么散场吗！"

式耜派中军徐高携敕印捧还天子行在，自留府中。傍晚，督师张同敞见兵将星散，只式耜仍留城内，就从漓江东岸泅水入城，来见式耜。式耜苦笑道："城存与存，城亡与亡。我自丁亥年三月已拼一死，今日死得其所了！先生不是留守，何必求死？"同敞毅然道："死就都死了吧！古人耻于独为君子，先生难道不能容我一起殉国吗！"于是二人在灯下正襟危坐，夜雨淙淙，遥望城外火光冲天，城内寂无声响。天亮前，亲兵来报鞑子已占领各城门，式耜挥手叫亲兵快换装逃命，众兵丁三步一回头，哭着离去。说话间，大队清兵就拥进府衙。式耜对军官道："我们已等你们一宿了，怎么才来？不劳动手，我们随你去。"

俩人被押到靖江王府，靖江王父子也拒绝逃亡，同时被捕。定南王亲自来见二人，劝他们顺应天命，归降真主。二人不跪不拜，席地而坐。式耜道："我二人所以没在兵来前自杀，是因为死于僻处不如死于明面，免得后人猜疑。请你动手吧。"同敞却不像式耜这般客气，一心激怒有德，以求速死，傲然冲有德道："我是宰相张居正曾孙，你莫非是我家姻亲毛文龙大帅的家仆吗？你主人已死，奴才倒活得滋润。"有德大怒，厉声道："我是万世师表孔圣人之后！"同敞叱骂道："你辱没先师，其罪当诛！"有德气得快要噎死，一步跨过去，狠掴他一掌。同敞一口血水吐到有德脸上，骂道："狗奴才，当了鞑子就敢打主人了！"定南王还要动手，一转念倒笑起来，道："腐儒作弄本王以求速死，孤偏不成全你。这就叫人出去放言，说奸贼张同敞已降顺新朝，因为无功，降五级做个典吏！"然后，孩子似的撒欢去了。

殿内有人对式耜道："国家兴亡历代都有，二公何必拘泥儒节，和自己过不去？"式耜摇头微笑，意思是不值得回答。定南王无计可施，令将二人及靖江王父子软禁在王府，对外散布四人留城乞降，等待朝廷恩诏。

在押期间，二人以气节相许，式耜作《临难遗表》《浩气吟》，有句道："莫笑老夫轻一死，汗青留取姓名香。"同敞诗曰："衣冠不改生前志，名姓空留死后诗。"转眼过来一月，式耜见不是了局，唯恐讹言流传，坏了名声，就草就一封密信，托付一老兵送往亲信将领焦琏。信中写道："城中没有真鞑子，都是假房，不堪一击，若奇兵突袭，可以归复桂林。"为消除焦琏对他本人安危的顾虑，信中一再交代要以中兴大业为重，不须虑及他的生死。老兵出城时被搜获密信。有德知道劝降无望，为坏他名节长期管押又有后患，只得下令将四人处斩。行前式耜面不改色，写下绝命诗连同书稿放在几上，昂然而去。

四人就义于仙鹤岩。行刑时众兵挥泪，天降大雪，江山变色。

广东方面，平南王尚可喜、阿里哈哈番耿继茂率部从江西临江府出发，经赣州时，南赣巡抚刘武元又派副将栗养志为其先锋，进抵南安府。平南王采用武元之计，一边派探马侦察广东明军守备情况，一边广布消息谎称大军将在南安府过年，休养士马；然后趁明军松懈，深夜翻越梅岭，潜入广东省境。抵达重镇南雄前，先派数百官兵换便衣入城，埋伏起来。除夕晚上，满城军民欢宴，便衣突然放火焚烧鼓楼。明军不知是计，匆忙赶来救火，他们便乘乱打开城门。城外等候多时的清军主力一拥而上，冲进城内。明军仓促应战，大败，马步兵七千余人、将官数十员战死。城内居民屠戮殆尽。

攻克南雄后，平南王兵锋直指韶州府，守将望风南逃。

南雄、韶州两镇失守，肇庆震动。马吉翔以清军势大难敌，力主天子西狩。镇守广东的两广总督、原惠国公李成栋部将杜永和请求皇帝不要轻言移跸，以免招致人心瓦解。永历犹豫不决，派戎政尚书刘远生赴广州与杜永和商议。永和对远生涕泣说道："皇上西去，就等于丢弃广东，把广东仍送还鞑虏，所有随惠国公反正的忠义将士，也都重入虎口，任人宰割。向皇上出此下策的人，结果也好不了吧！"远生闻言，愀然不能应对。沉吟半晌，才道："将军所言有理，我意为两全计，可请皇太后暂移梧州，而皇上车驾暂留，号召援兵，视局势变化而动，如何？"话说到这分上，永和不便再阻挠，道："永和岂敢阻留圣驾行止？如此很好！"远生回禀天子，永历帝也认为可以，钦定且留肇庆。

大太监夏国祥在旁闻言，慌忙入告慈圣太后。太后竟乘步辇赶到行宫门外，以太后懿旨严命天子上船同赴梧州。永历只得登舟，百官仓皇随扈。朝内广东人见状，都奔回广州。永历到梧州后，也不上岸，驻跸水殿。

平南王统军直抵广州郊外，派使者进去招降，遭到永和坚决拒绝。愤而攻城，竟大败而归。可喜见广州城防坚固、守军顽强，知道一味强攻，必然损兵折将。于是改变战术，先四出扫清外围，同时抓伕在东、西、北三面挖壕围困，一面用重金、高位招降沿海积年大顺军红旗水师，控制南面海口。红旗水师剃发归附后，出动焚劫永和部水师船只，泊于城外东、西二洲，与陆上清军形成掎角之势。另派明降将加紧铸造大炮，制成七十三尊，备足火药、炮子。

筹备十个月，其间荡平广东全境，收降明军十余万，各路兵马云集广州。平南王这才一声号令，全力攻城。首先集中炮火轰击西北角城垣，两昼夜不间断，城墙被轰塌三十丈。平南王冒着如蝗石矢，亲临前线督战，指挥大军从阙口潮水般涌进城市。双方巷战，明军被歼数万。总督杜永和率残部由水路逃出，击溃红旗水师，大小船千余只奔窜出海。

城陷后，平南王召集众将，马上高呼道："给我杀！杀光这些反叛的蛮子！"众将大喜，各带士卒飞奔去大街小巷。广州城再遭涂炭。十日之内，满城人哭鬼嚎，刀枪铿锵，野火灼天。老幼无遗类，妇女尽为奴。尸堆如山，积血成潭，饿鸟叨肉啄肠，纷飞城头。

十日后封刀。和尚奉命穿着统一发放的紫色袈裟，号为紫衣僧人，将乱尸运到东门外焚烧，一时浊臭熏天、浓烟蔽日，三日夜烟火不息。幸存者在几里外眺望，余烬像连绵雪山。后来筑起巨坟，人称共冢。

一年多时间里，定南王占桂林，平南王克广州，两省省会相继陷落。消息传到梧州，永历帝只得再移水殿，向南宁逃难。经过浔州时，获忠臣急报，庆国公陈邦傅打算降清，将劫驾献于清廷。

合该天佑永历，御船冲雨而过，沿途不停，脱此一劫。庆国公没劫到天子，恼羞成怒，就把战败撤到浔州的宣国公焦琏刺杀，献首级于定南王请赏。

永历朝逃往南宁后，戎政尚书刘远生与其弟刘湘客避入深山，王夫之、钱秉镫等潜回故乡，袁彭年再降。南阳伯李元胤不忍其父反正来归的广东再次沦陷，只身前往高州、雷州，意欲收拾余烬，与满洲再决雌雄。不料行至钦州防城时，被清军小卒叫王胜堂的识破擒获，押送到广州。平南王敬其高义，亲自解缚劝他投降，又劝他写信招降撤往琼州的杜永和部。元胤凛然正告道："我事不成，已属辱国，还能去败坏别人的大事吗！"几天后，却听说永和主动洽降，痛哭流涕，撞墙寻死。平南王无奈，下令处斩。

二十五、封秦纠葛

　　金声桓、李成栋、姜瓖三大反正势力各自为战，相继覆灭，明朝原本残破的江山更加风雨飘摇。军心涣散、民气不葆，天子亡命天涯、随处播迁。就在恢复大业似乎已成泡影的时候，造化弄人，上天再次垂顾永历，在严冬里送来了炭火！当初反复无常、厥罪滔天、颠覆社稷的大西军，忽然洗心革面、改邪归正，一段真正史诗般的复国故事由此展开，绝世英雄李定国登上历史舞台。

　　与气息奄奄的永历朝廷形成鲜明对照，大西军以骗术入滇，却以诚信治理，与民生息，积聚力量，重整兵马，一时生产发展，人心初定，士气大振。可望等三王（艾能奇已病逝）与明朝勋臣大吏杨畏知、沐天波等经过一年多磨合相处，结为同心，互相砥砺，以复明为志向，立誓驱除鞑虏，重整河山。

　　这日，大西三府王爷与黔国公等聚议在盟主可望府上。畏知道："年来鞑子疲于奔命，顾此失彼，我大明若上下同心，举国并举，原本恢复有望；不料诸将帅互相倾轧，终于导致局势糜烂不可收拾。我等如不趁满洲鲸吞囊括、席卷华夏而立足未稳之际出滇，等到它扫灭朝廷，民心无依，诸镇全叛，我孤军就有心杀贼无力回天了！现在出师，猝然一击，尚有挽狂澜于既倒，重拾士气民心的希望。"可望道："我以云南一隅之地，积聚一载，兵精粮足；图谋大举，以恢复中原，正是大丈夫之责，我岂有苟且偏安之念？是有一事若不能成就，则出师无名，无名则不能奏功。"黔国公沐天波疑惑道："当今云南，贵王军、世袭勋臣、流官、土司衷心结为一体，同仇敌忾，史上少有，正是匡复社稷良机，盟主还有什么顾虑？"可望笑道："黔国公自洪武年间世守云南，皇封国赐，最知道名正则言顺的道理。我等本流寇出身，不得朝廷加封，出滇之后，如何结盟征讨，号令天下？"定国闻言不悦，道："我自为王，何必求封？"

　　可望看着他道："我弟是真糊涂、假明白，我们大西是僭号，所以流窜九州，天下共诛，初入滇时不还是假冒黔国公夫人的名义！封爵以出自朝廷者为真，现在我们都是假王啊。"定国沉吟良久，一边点头，一边直视可望道："若获封，我们便终身是朝廷的官员，不再负贼寇之名了。切勿像当年谷城般反复！"可望脸红道："谷城诈降，是先帝诡计，我兄弟既已重做明臣，誓不反复!"文秀在旁道:"盟主和西王言之有理,我兄弟既已改邪归正,终究不能学明朝那些败类,忽明忽清,朝秦暮楚,甘做鞑子奴才,去祸国殃民。"畏知闻言,喜极而泣,哽咽道:"三王有此高德远志,我大明有救了!畏知钦佩盟主愿望,也深感可行。如三王驱使,我可领命前往行在,朝见天子请封。"众人都很高兴,就摆酒设宴,继续交心畅谈。

于是可望派杨畏知和户部主事龚彝充当使者,前往广东,同朝廷联络。可望亲笔草拟书信如下:

先秦王荡平中土,扫除贪官污吏。十年以来,未尝忘忠君爱国之心。不料李自成犯阙,玉步旋移。孤守滇南,恪遵前志。再叩知照,能绳父爵,国继先秦。乞请敕谕重臣会观诏书谨封。

己丑年正月十五日孙可望拜书

可望并随信进献南金二十两、琥珀四块、骏马四匹,以表诚意。这是永历三年(1649)、清顺治六年的事。

其实这可望非常机智有心机。他原本与定国、文秀、能奇地位相仿,入滇后因年长被推为盟主;但毕竟和创业巨头张献忠不能相比,定国、文秀各执重兵,诸事自有见解,每每意见相抵触,不唯可望之命是从。可望从据有全滇后,愈来愈享受众星捧月、唯我独尊的感觉,二兄弟以平等礼遇对待他,他倍感不爽,有如芒刺在背。为名正言顺驾驭李、刘,只有通过朝廷加封,使自己爵位高于二人。定国质朴无伪,既然决定效忠明朝,自然听命。

畏知带着大西诸王的希冀,信心满满上路,以为穷途末路的小朝廷用一二王爵换取十万雄师,就像天上掉馅饼,永历君臣必然爽快答应;自己不辱使命,成全一段济世救亡千古佳话。万万没有想到,此议一出,竟掀起轩然大波。廷臣会议时,赞成可望封王的固不乏人,力持异议者更多。

"可望为贼首,不可以封。畏知为贼游说,其罪当斩!"

"况且祖制无异姓封王先例,不能为一人而破例!"

"可望名义上向正,但江山易改本性难移,其心叵测。朝廷不要被他愚弄!"

畏知只得以本朝旧臣、可望使者双重身份痛陈利害,说道:"贼首伪帝张献忠死后,孙、李、刘等大将便洗心革面,改弦更张;那李定国尤为刚勇正派、骁悍善战。入滇后该军秋毫无犯,代明伐罪,扶持明臣,使百姓休养生息,畅

二十五、封秦纠葛

通贸易。现今军容整肃、兵强马壮，这些都是畏知亲身经历的。况且难得可望立志抗虏扶明，可倚为复国柱石，何必吝惜一个封号不以收拾人心，反而无端树敌？"有大臣应声驳斥道："献贼与闯贼同为国仇，罪恶甚于鞑虏！杨公身为大臣，偏要同此辈交结，到底是什么居心？而且可望阳奉阴违，不奉正朔，胆敢请封不以奏疏竟用启本，其罪当诛！"畏知辩道："张献忠在世时已僭称皇帝，孙等拜为王爵，与大明本是敌对；可望主动用启本上书已是俯心相就，在没有得到我朝册封前名而不臣，书甲子不书正朔年号无可指责。"畏知还没说完，廷上已一片嘈杂，淹没了他的声音。

永历帝听群臣议论时，渐渐看出端倪，知道反对的人并非为社稷着想，其再三阻挠，所执迷者仍在于把持权柄，顾虑大力量介入，天平倾斜，丢却地位。于是伸手一扫，平息混乱。独对畏知说道："先生在云南，艰辛苦恨，百折不挠；恪尽职守，一心为国，朕甚嘉许。适才闻卿所论，世乱时危关头，可望能诚心归附，可以封赏。依卿之见，云南诸将应宜给以什么封赏？"畏知已经领教朝臣的疯狂，知道按原请阻碍重重，实难实现，折中奏道："既然群臣都说我朝无封异姓亲王先例，可否求其次？封可望为二字郡王，封定国、文秀为公爵？敕书许以出滇有功之日再陆续赐给一字王号？如果这样办理，诸将必踊跃奉命，北上征虏。"

此言一出，不待天子开口，殿内又是骂声汹涌。

这场争议迁延数月，畏知度日如年，心灰意冷。眼见封王阻力太大，不得已上疏请封可望为公爵，定国、文秀为侯爵，以便回滇复命。朝廷这才勉强同意，决定封可望为景国公，赐名朝宗。永历帝为此辗转反侧，深觉不妥，在畏知临行前，又收回成命，改封可望为平辽王。畏知欣喜，急忙捧了封印返程。

谁知一波未平，一波又起。畏知尚在途中，当时还没叛变的浔州守将、庆国公陈邦傅因为和忠贞营对立，担心自身难保，采用中军胡执恭建议，想结好大西。听说了朝廷的争议，便利用永历帝颁给的空白敕书，私自填写，又暗中铸造"秦王之宝"金印，由胡执恭冒充朝廷使臣，径自前往云南宣诏。

可望哪知朝廷纷争到这步田地，见敕书上白纸红字写道："朕率天下臣民以父师事王，请王监国，赐以九锡，总理朝纲，节制天下文武兵马。"大出所料，大喜过望，喜极而泣。紧急安排隆重仪式，亲自郊迎使者，肃然就臣礼，三跪九叩，舞蹈称臣。接受秦王封号后，率其兄弟并三军将士山呼万岁，又升座受兄弟和将领庆贺。然后将敕书誊录黄纸昭告云南各地，全省欢庆三日，辖境军民正式遵奉永历正朔。

这日"秦王"端坐堂上，一面为本人独尊地位得到朝廷正式认定而心潮澎湃，一面仔细盘算着出师抗清的策略。忽报华英殿大学士兼都察院左督御史杨畏知求见。可望大喜，亲自到府门外迎接，执其手入室。坐定后，畏知取出诰、印。可望不看则已，一看惊得五雷轰顶，叫道："我已封秦王了！先生这又是什么故事！"畏知闻言，也吃惊不小。自己千难万阻，争得个二字王已如登天，哪来的秦王封号？一问之下，才明白就里，只得如实道："秦王印、敕是假的。"可望大怒，令人将胡执恭锁了牵来。执恭自知秦王为假，但只知其一不知其二，看了平辽王敕、印，争辩道："畏知说秦王是假，实则这平辽王也是假的！朝廷所封，不过是景国公。"畏知啼笑皆非，费劲再三解释原委。可望哪里肯信，命把二人下狱，只额外吩咐好生看待畏知，不使在食宿上委屈。

可望既误信了秦王假敕，已隆重受封，弄得军民皆知；这时又降为二字王，且可能降为公爵，处境着实尴尬。一边莫名愤慨，一边又无可奈何。只得再派专使赴朝，送去奏疏道："于某日接到敕书封臣秦王，于某日接到敕书封臣平辽王，无所适从。且接秦王敕、印后已郑重宣告，如何改变，请朝廷定夺。"不久收获御批，写道："畏知奏朕，已封平辽。朝廷虽小，不可朝令夕改，仍待出师建功后再封亲王。"可望不服，再上疏申辩，得谕旨道："滇封之议，首创为平辽，已非典章可依；失去名义，矫诏为秦，变而无威，不可再行更改。仍从畏知原奏，封孙朝宗平辽王，敕令出楚。"

可望实在是下不来台，重又上疏，请求折中办法。这个折中办法，就是维持秦王封号，以便向军民交代过去，另颁一道敕书，不用伪敕中的"父师事王""监国""总理朝纲"等不妥措辞，朝廷也能体面了结此事；但朝廷固执不许。

争执到秋季，一筹莫展，可望内心已深恨明廷。这时畏知也因朝廷证实无辜而复职，终日与定国、天波等劝说可望审时度势，先受平辽，早日出滇。可望当然知道机遇难再，迁延误事，终于决定暂时放下包袱，克日出师。出师前派员前往行在，上疏道："国姓岂敢冒，王封何敢乘？臣等唯有一意办虏，功成之日，自听公议。"然后气哼哼又雄赳赳地讨伐胡虏去了。

出滇抗清，必经贵州、四川。此时黔、蜀被大小军阀趁乱瓜分割据，需要突破干扰阻挠才能抵达前线。而且为了消除内讧，稳定后方，统一军令也应该剿灭或改变这些各自为政的小王国。定国领兵从滇入黔；文秀自建南出黎雅，沿途击溃、收降诸部，迅速统一了四川大部。

平辽王接管黔、蜀后，一边收编散兵游勇，一边对朝廷滥发的文武官员札

二十五、封秦纠葛

付全部收缴；裁革冗员，安抚人民，大兴屯田，招徕商贾，远近百姓纷纷来归。凡街衢桥道，务令修葺规整，村落宅院多植果树，冬夏郁郁葱葱。同时，施行路条制度，防止满洲间谍混入云贵。一时间，滇、黔、蜀三省大治，成为稳固的抗清基地。

西南统一、形势大好之际，明廷直属的两广城池却陆续被清军攻陷，皇帝将无寸土一民。永历五年（1651）二月，满洲三汉王齐下，南宁岌岌可危。可望急忙派杨畏知、贺九仪、张明志领精兵五千赴南宁护卫天子，也想借机逼迫朝廷承认伪敕封秦。

九仪、明志到南宁后，登上阻挠封秦的首席大学士严起桓座船，斥问起桓道："秦王到底是真的还是假的！"起桓正色道："你们迎驾来此功劳很大，朝廷自有重酬，所以不会吝惜大国封号。今天你们说这样的话，是强迫封赏，岂有天朝封爵可以胁逼的！"明志出言不逊道："我们不来，天朝已下地府了，还能封赏谁去！"起桓闻言羞惭加上愤恨，出舟怒骂道："我就算下地府，也不屑畜生搭救，更看不得如此丑类受封！"竟跃水而死。一时官兵大哗。事已至此，永历帝只能下诏承认矫封可望的敕书和金印。可望闻讯上疏谢恩道："秦王臣朝宗望阙奏谢。臣自入滇以来，纪年而不纪号，称帅而不称王，正欲留此大宝以待陛下之中兴。此耿耿孤忠，天日可鉴。"封秦之争总算平息，但可望深知永历是在山穷水尽之时违心所为，乃对朝廷采取敬鬼神而远之的策略。名义上尊奉永历年号，正式自称秦国国主，在贵阳建立行营六部，实际抢夺了朝廷的权力。

畏知虽与可望、定国等同乡，又早在一起共事，然而心向明室。九仪、明志逼死大臣，当时畏知没有在场，闻讯立即劾奏二将。起桓已死，永历为加强朝廷同可望等大西将领纽带，破格授畏知礼部侍郎兼东阁大学士衔入朝辅政。因为缺乏互信，事与愿违，反而引起可望不满。他命令九仪将畏知押回贵阳，责问他为什么擅自接受东阁大学士职位。畏知内心正极度厌恶可望不尽臣道，在天子蒙难时逼封的行径，所以不加解释，没好气答道："既然你要强受秦王封爵，我为什么不可接受此职？"可望一听，就认为坐实了他背叛自己，投靠永历的行为，大叫："来人！"畏知也怒火中烧，骂道："逆贼！如此短视偏狭，终究不能有所作为，必定遗臭万年！"一边取头上帻巾掷到可望脸上。

可望大怒，命拖出去斩首。等到定国、文秀闻讯赶来阻止，畏知早已身首异处。二人鄙视、怀恨可望行径，从此愈加离心离德；而当时覆水难收，可望为王，不便发作，只得掩面离去。

畏知惨死，加深了永历君臣的恐惧。十二月初十日，清朝线国安部兵锋指向南宁。永历帝召集廷臣会商何去何从,有人建议逃往广东海滨依靠李元胤残兵,有人主张迁入藩属越南避难,也有人提议航海去福建投奔朱成功,掌锦衣卫事文安侯马吉翔和太监庞天寿则力主往云南依赖李定国。永历帝彷徨失措,最不想的是屈就秦王可望。护卫将贺九仪见议论纷纷,都不愿依靠近在咫尺的秦王军,愤愤不平地入朝对群臣道:"当初秦王为了请皇上移跸滇黔,特命我护驾。如今诸臣既然都疑忌我,我何必再担此重任!"说罢出宫,拔营而去。

永历君臣只得自顾逃出南宁,往云南去投奔定国。乘船溯左江经停崇左,由于上游水浅,干脆焚毁龙舟、辎器,派禁军抬辇由陆路奔窜。清军占领南宁后摸到线索,派数股骑兵搜寻尾追,君臣跑得人困马乏。到达贵滇交界处时,邂逅秦王部将、后营总兵狄三品,这才转危为安。

秦王得到塘报后,经再三斟酌,决定将永历帝及随臣迎往贵州安隆千户所城安置。永历帝走投无路,勉强接受,把安隆千户所更名为安龙府。

安龙府地方偏僻,人口稀少,居民不过百家,天子驻跸的千户所公署虽称行在,比之秦王府的壮丽辉煌,判若霄壤。宸居既是如此简陋,供应也极其菲薄。秦王任命亲信为安龙府知府,每年给银八千两、米六百石。定国、文秀见状不忍,相约前往陛见,自称可望之弟,恭候万安,进献白银万两、食物杂品百车。

当年永历帝尚为桂藩永明王时,落难遭大西军羁押,曾得定国施救,死里逃生;忽然重逢,恍如隔世。昔日郡王,今为天子;却都是落难的时节,岂不令人唏嘘?天子降阶亲扶二将平身,先对文秀好言问候,然后竟向定国连鞠三躬,流泪致谢救命之恩。定国长跪不起,愧疚无地。安龙知府飞报秦王,秦王一时隐忍,心里愈加憎恶二人。

二十六、两蹶名王

秦王大举出师前，三兄弟会议，决定秦王坐镇贵阳，调度一切；文秀继续进军四川，归复全境后北伐山、陕；定国率主力马、步兵五万东攻湖广。

定国一向治军有方，用兵如神，有小诸葛之称、飞将军之誉，智勇双全。当年献忠祸乱中原、屠蜀劫湘，唯独定国一军退避三舍，不肯助虐。所到之处秋毫不犯，人们争相归投。其军中勇壮者善战，家属、老弱也各编一营，分担职事，凡士卒破衣蔽絮都送入后营，缝纫为衬甲、快鞋，没有遗弃的东西；粮草用度，精心管理，往往军饷相当，友军断炊，定国营尚有余额。因为纪律严明，如果大军应当夜里抵达，到拂晓必定已经过尽。这在明清之际，没有汉军能及。

永历五年（1651）四月，定国大举入湘。迅速攻克沅州，歼灭守城清军三千。再克辰州，歼敌五千。清朝挂剿抚湖南将军印、续顺公沈永忠领兵三万，竭力抵抗。双方主力初战于靖州，永忠大败，满汉军被歼六千，损失战马五千匹。定国乘胜收复武冈。永忠在定国及麾下悍将冯双礼的凌厉攻势下难以招架，急忙派使者前往广西桂林向定南王孔有德求援。

定南王原同他结下嫌隙，接到告急文书，心里窃喜，不但不救，还复信奚落一番解气，说道："我去年从衡州、永州借支点钱粮，沈公上疏参我。今日地方有事，向我告援，我三镇分驻各府，如果借你，一旦贼逼我境，如何处置？"作壁上观，拒绝相救。

续顺公求援无望，只得带着麾下败军自宝庆北遁。先退到省会长沙，立脚不住，逃到湘潭，正在犹豫死战抑或投降，这时接到朝廷"不可浪战，保存实力"密旨。好了，他就放心跑路，一口气逃到岳州。清朝在湘所设道、府、州、县官员数百名丢弃辖治，随军狼狈北窜。

定国军出滇后初试锋芒，旗开得胜。一月之内，收复湖南大部失地。

续顺公兵败如山倒，领着湖南百官狼奔豕突的时候，自视甚高、从未把南方小朝廷当回事的定南王，正坐在桂林王府大宴宾客。在文武官员、缙绅众星捧月的一片奉迎声中，他顾盼自豪，满口滔滔如决堤之水，宣讲辽东的峥嵘岁月及粤西用兵曲折。中间遇事叱咤起来,属下一片诺诺,骄横不可一世。他只道续顺公沈永忠和手下一干庸将、弱兵活该送死,才能衬托定南王的神勇无敌。他派部将分镇南宁、柳州、梧州,遣亲信将领孙龙、李养性守重镇全州,然后安心做广西王。等待续顺公彻底覆灭后,他再横扫湖南,收拾残局,兼做个湖南王。

定南王志得意满,终日置酒高会的时节,定国已率精锐兵马由武冈直击全州。经过三昼夜激战,全歼孙龙、李养性八千守军,二将毙命。有德闻报吃惊,心想你流贼余孽李定国算何方神圣,竟侥幸胜了一阵,于是亲率主力开到严关,扼险据守。次日两军摆阵交战,清军大败,浮尸蔽江,血水滚滚。定南王当夜如丧家犬般奔回桂林,下令紧闭城门,整顿残兵,登城严守。

开头交代过,定国治军,军令如山,为不予清军喘息机会,明军不顾厮杀疲惫,天刚亮,就进抵城郊。定南王登上城楼,遥见定国军威雄壮,知道仅凭桂林兵力难守孤城。飞檄镇守各地提督、总兵放弃地方,回援省会。当日,定国大军便将桂林围得水泄不通。明降将王允成这时隶属定南藩下,过去同定国部将马进忠结义,人称"马王"。

进忠向定国说明原委,定国吩咐他如此这般。于是进忠单骑驰至城下,直呼允成大名,劝他反正。允成不敢应声,慌忙入报定南王。有德自知城危如卵,命悬一线,犹疑半响,对允成嘱咐道:"你姑且出去应答,把敌人所说意思报我,咱们视情形定夺。"

允成便登上城头,代表定南王同进忠接洽归顺事宜。进忠把定国许诺如果献城从王到兵都保原位之信用箭射入。允成拿着箭书回报,定南王观书,有了降意。不料将麾下将校召至一说,归附将不作声,辽东籍亲信将都喧哗起来,号叫道:"我们自南下以来,杀蛮子无数,如果投降,眼下得过且过,日久定遭清算,命也难保,倒不如死个干净,能保得家乡父老妻子平安无恙。"

有德听了觉得有理,也就转念,只求一死了。

允成失落,他新降不久,与旧主无仇,可不想为那些家人在万里外享受着江南膏血的辽东子弟殉葬。他佯装平静,带兵登城戍守。入夜偷偷寻机射箭给进忠,相约登城之际引路。

六月初四日,明军开始大举攻城,千炮齐轰。中午破武胜门,一拥而进。允成率本部兵突然倒戈相向,反扑清军。清军措手不及,被前后夹击,抵敌不住,或死或降。定南王凭高眺望,叹道:"完蛋了!"下城楼奔回王府,手刃宫眷二十多人,亲自将所居后殿点燃,自刎后与掠得财宝一起付之一炬。其妃白氏自缢前把世子孔庭训托付给亲随白云龙，嘱托道："万一逃脱，度为沙弥，千万别效法乃父做贼一生，得今日下场。"

可怜庭训没能逃匿，被定国下令处斩。其妹孔四贞趁乱换装，随难民逃出。允成引路有功，部卒、家属得以反正归明。桂林城内明朝降臣、阴谋绑架天子并杀害忠臣焦琏的原庆国公陈邦傅父子被活捉，定国令解往贵阳发落。

攻克桂林后，定国坐镇省城，迅速派兵四出，收复广西各府，委任巡抚、布政使、按察使、有司各官。原定南藩辖下诸将及官员望风披靡，先后窜往同广东接境的梧州。定国军尾随而至，诸将不敢迎战，弃城逃入广东。

镇守广东的清朝平南、靖南二藩闻定南王城陷自焚，大为惊恐，急忙传令同广西接壤各州县文武官员，如贼迫近城池，就相机退往肇庆，以固根本。肇庆以西各地官兵得令，如获免死牌，纷纷弃城逃到肇庆。

定国一战攻取湖南，二战收复广西，灭南下三王之首的孔有德，这与江西、广东反正来归迥然不同，是力歼劲敌大获全功的辉煌战果，在明末堪称空前，使汉军重现威仪，天下为之一振。各地遁入山区僻壤的明朝残兵败将和隐避乡间的节义大臣闻风云集，共襄盛举。

消息传到北京，已经亲政的少年天子顺治大惊。朝臣集议后，选派敬谨亲王尼堪为定远大将军，统率满洲八旗精兵南下，钦命广东二藩听从定远大将军调遣。八月二十日大军离京，十月十九日到达湘潭县。

定国军以雷霆万钧之势收复广西后，原拟趁两广清军闻风丧胆之际收取广东。秦王得知敬谨亲王八旗兵入湖南，急令定国由桂入湘迎战。十月三十日，定国统兵进抵衡阳。

此时敬谨亲王刚刚从湘潭起程，铁流滚滚，开到距衡阳三十里处。定国派马进忠领兵两千佯攻一阵，随即后撤。尼堪骄心自用，以为真正清军一到，南蛮不堪一击；一见明军示弱，立即昼夜兼程推进。次日天色未明，全军到达衡州府，与严阵以待的定国大军相遇，双方在城北香水巷、草场接战。足智多谋、勇武果断的定国见尼堪冒失轻进，决定以计取胜。事先埋伏重兵，令前锋对阵时稍一接触即佯装不敌，主动后退。

八旗铁骑"乘胜"追击二十余里，陷入重围。定国一声号令，全军出击，势如潮涌，杀声震天。满洲兵仓皇失措，很快被击败。主帅敬谨亲王在激战中被交枪刺死，同时被毙的还有一等伯程尼和尼堪亲兵数百。军士割取亲王首级献功，全军欢声雷动。满洲残军拼死突围，随多罗贝勒吞齐逃走。

自后金崛起，明朝文官武将一提八旗无不变色，清朝汉将每遇紧急军情莫不以"真正满洲"参战为决胜指望。明军畏惧满兵，而不怯同族，更蔑视纯南方官兵；汉兵如云，不如满洲一旅。满洲将士也自视为天之骄子，所向无敌。定国挥军转战千里，连杀二王，汉王之首的定南藩犹可，当时满洲最强悍、身经百战的亲王尼堪挂帅，领满洲劲旅出征，一战毙命，出乎清廷意料。

顺治帝悲叹道："我朝用兵，从无此失！"震怒之下，将跟随敬谨亲王出征的贝勒、贝子、固山额真都处以革爵、褫职的严惩。八旗兵不可战胜的神话自此破灭。黄宗羲、顾炎武等遗老听到桂林、衡阳大捷喜讯，欣喜若狂，奔走相告。顾炎武赋诗道："廿载吴桥贼，于今伏斧砧。国威方一震，兵势已遥临。张楚三军令，尊周四海心。书生筹往略，不觉泪痕深。"

大将李定国两蹶名王，扬威海内，湘桂诸郡中守节志士，避腥膻于深林穷谷间，困顿流离，潜伏待时，现在犹如再生，纷纷出山，谒见定国，共商机务，各尽襄赞之力。定国广纳缙绅，在新复二省安官置吏，明朝中兴气象再现。

二十七、李广数奇

明军出滇，忽然雄起，震惊了南北。定国军横扫黔、桂、湘，文秀军前锋直指川南。清朝所派敬谨亲王率领的八旗主力覆灭于湖广之际，平西王吴三桂，定西将军、固山额真李国翰率所部兵马正由陕西汉中进入四川。

吴三桂本来眼看三大反正将领气势如虹，大有一鼓兴汉的趋势，心想自己降清后主要和流贼作战，与李成栋等大肆残杀明朝帝王、军民的叛将相比，并没有过分打击旧主，明朝能不计他们的前嫌，更不至追究自己的罪过，因此也萌生归明之意，曾秘密送上降表给永历帝。还没来得及采取实际动作，那些反正将领就次第覆灭了，他暗暗庆幸自己的谨慎。因此此番出征，抱定了出重手攻明，以向清朝展示忠心的信念。

吴、李二将先抵保宁，再推进到成都。奉秦王之命守城的总兵林时泰不战而降。由于时泰曾降满洲，后来在潼川反清归明，三桂厌恶他反复无常，又是奉有明旨缉拿的钦犯，下令斩首示众。占领成都后，平西王坐镇该城，由定西将军统兵收取眉州、乐山，活捉明朝总兵、原云南临安府石屏州宣慰司土官龙名扬。吴、李二将再合兵占领合州，然后水陆并进攻打重庆。明朝守城军兵力单薄，弃城而去。

仅仅两月光景，清军除了原来占据的保宁，已夺取四川大部分府县。平西王向清廷报捷，以为全蜀已经平定，只需讲求善后之策了。

正在此时，大将刘文秀统率五万大军三路入川，展开全面反攻。文秀善抚恤士卒，又秋毫不犯，蜀人见大军至，纷纷响应。首克叙州府，守城清兵全军覆没，总兵、牛录战死者数十人。与此同时，大将白文选率部反攻重庆。

平西王、定西将军见明军势大，急忙赶赴夹江县同四川巡抚李国英会商，决定全军北撤，以保存实力。同日，明军收复重庆，随即尾追清军，在距重庆一百二十里的停溪将清军包围，用火器四面攻击。清军大败，梅勒章京一名被活捉。残兵败将奔窜回保宁时，计点人数，仅剩百人。

平西王败走绵州，再败退到广元，每战辄败。当时清朝四川临时省会保宁只有巡按御史郝浴带着百余名残卒守卫，飞檄邀平西王来援，激以大义道："王威名震天下，如今退走，则名誉扫地于一旦。今日之计，有进无退。川北为汉中门户，有川北后得有汉中；无川北就无汉中了。保宁囤聚朝廷粮饷，又单设文武，原依仗为收全川、云贵的大镇，王受西南重寄，岂能弃而不顾？容我直言，王若舍弃保宁，陕西必失，则王不死于贼，必死于法。"该文书连发七次，务要吴、李败军归驻保宁。

平西王、定西将军和随军南下的巡抚李国英眼看兵败如山倒，主力三损其二，原想放弃四川，退回汉中；行至离保宁三十里处的圆山子时，国英忽然迟疑，对三桂道："王是客兵，可以返回汉中；巡抚是守土之臣，应当与保宁共存亡。殿下自行回汉中吧，我须连夜去保宁料理守城器具。"三桂道："先生和郝御史忒迂腐，保宁只有百余人，硬撑无异于以卵击石，何必送死？我手下也仅剩万余屡败之兵，如何抵敌？"再三劝阻国英，国英不听，辞别三桂、国翰拔营而去。

巡抚带着麾下二千绿营兵走后，国翰对三桂道："我们统领大军恢复四川不成，如果再丢弃保宁，舍了巡抚，我朝法度王所素知，我二人能用什么说辞应对朝廷？"国翰这一提醒，加上郝浴之前的威逼利诱，三桂冷汗浃背，醒悟过来，慌忙派人飞驰追回国英，对国英道："我思之再三，还是想去守保宁，巡抚可有粮草？"国英欣喜道："保宁粮草虽然不多，足够兵马五个月支用。"平西王惊魂甫定，权衡利弊，只得率主力同国英回防保宁。

文秀一路所向披靡，收复四川大部，将清军堵扼于保宁一隅之地，军威大振。心怀退意的吴三桂能守住保宁即已暗自庆幸，再没勇气、力量发动反攻。进抵保宁城郊后，文秀召集诸将会议，研究下一步行动。

讨虏将军王复臣道："穷寇莫追，保宁城三面环水，一面背山，易守难攻，若倾全力攻城，损失必重。如今敌已丧胆，我只需留偏师围困，断其与汉中声息，假以时日，城中粮绝，不攻自克。蜀地屡经杀伐，人民十不存一，而土地肥沃，都江堰灌口一开，襟带三十州县，开垦一年足抵外运三年。我大军兵数五万，十倍于民，不如就地垦殖，兼以招纳云贵失业百姓。成都城外，竹林遍地，结茅盖房，千万间可以立时搭建。锦江的鱼，叙州的盐、茶，丰饶无比。我们设官安民，招集流亡，经营屯田，只需一年，足可以奠定数倍于滇黔的复兴基业。东南饱食，而保宁一隅只是山多田瘠，出产寡薄，到时收复易如反掌；然后北上陕西，东下湖北，必定能有天大作为！"

文秀听完不悦道："复臣所论经略之道，本王赞同；但鞑子精锐未失，盘踞川北，虎视眈眈，终究是肘腋之患，我们怎么能够安心于生聚？若不趁大胜的气势，把四川境内鞑虏杀得片甲不留，等到他援军大至，里应外合，我们现在的主动岂不变成被动？秦汉时楚霸王纵容汉王，最终被刘邦所灭。"复臣道："王言也有理。如果决定攻城，我军长技在鸟铳，铳的胜势在居高临下，我军应该用重兵扼守东南西三面，攻城时留出北面，任其出逃；在山岗处猛轰几日，然后三面围攻。破城后虽不能全歼，残敌必定奔窜陕西，我军一路堵截，即可获全功。"文秀道："复臣为什么如此胆怯？我军与吴贼、李虏交仗多次，没有不胜的，正当一鼓作气全歼此逆，竟出此预留后患的末计！"复臣担忧，只得又谏道："我军虽强，辽东兵毕竟是百战雄师。王不记得当年我先皇举义师的时候，常常十万众不敌辽东精骑数千？今日制胜，胜在时势、计谋，若断其生机，刺激敌人背水一战不是善策。"

当时文秀身为主将，眼见定国斩杀二王，一夕归复两省，自己在不毛之地的四川，率领同等大军，力战之后，不能杀一汉王，还养痈遗患；颜面不说，如果一劳永逸建立不世之功，等到恢复江山之日，在开国元勋行列，自己也得与定国比肩。况且衡量眼下军势强弱，关门打狗、瓮中捉鳖，全歼逆虏，也绝非豪赌。所以灭虏将军的计策，符合兵法围城必缺原则，但虽称万全，难济全功。文秀打定主意计不出此，断然下令，四面围城，八路强攻。

十月初二日，抚南王亲率大将王复臣、王自奇、祁三升、张先璧等五万兵马包围保宁，一边搭造浮桥，一边将主力展开于城北。攻城之前，文秀又抽调兵力北据葭萌关，东扼梁山关，改变三面凭险，俯攻清军态势，置敌于绝境。平西王登城巡视，见此态势，自知没了退路，只能做困兽之斗，背水决战，才有可能绝处逢生。于是保宁城内一派肃杀悲壮之气，众将士磨刀霍霍，立等着拼死一搏。

十月初八日，明军主力齐集保宁城北，文秀登上东北山头指挥攻城。清军事先侦知明军中张先璧部战斗力最弱，决定集中兵力攻击张军，而清军最弱为李国英部下绿营兵，为迷惑明军，改打八旗正兵旗帜。

黎明，文秀开始挥军攻城，一时兵马铺天盖地而下，炮声震天，南自江岸，北至沙沟子，横列十五里，前列战象，次用火铳、鸟铳、盾牌、扁刀、弓箭、长枪，层层叠叠，排布一里，蜂拥攻城。战到辰时，突然东城门大开，平西王一马当先，率部杀出，直攻张先璧军。张军抵敌不住，潮水般溃窜，败兵把王复臣等军冲得七零八落。清军乘势英勇奋击，明军阵脚大乱，混战到午时，全线崩溃。退时由于浮桥被破坏，大批士卒无法过河，被清军砍杀或落水溺死。灭虏将军王复臣等力战而死。明军死伤大半，损失战象十只、马骡三千，文秀的抚南王玉印也被清军缴获。

三桂杀得浑身血污，险胜之余，与国翰相拥而泣，叹息道："平生百战，未尝遇见如此劲敌，皇天保佑，你我捡了一条性命！"

捷报飞传北京，满洲朝廷下诏颁赏，平西王及定西将军、御史、巡抚以下官兵各得赏银一万两、八千两、五千至最低十两，全军欢腾，士气大振。

四川初定，朝廷命平西王留守巴蜀，令将定西将军改为定南将军，同固山额真马剌西统率满汉八旗往征湖广。

丧师失地、损兵折将、赔进定虏将军、丢了抚南王印信的刘文秀领着残兵返回贵州。秦王怒不可遏，下令解除其兵权，发回昆明闲住；张先璧被乱棍打死。

大将刘文秀向来战功卓著，与李定国并位齐名。此次各率五万大军出征，犹如汉时卫青、李广，皆为一代骁将，都有绝世帅才；但前者天幸，后者数奇；定国一战扬威，铸就千古名；文秀功败垂成，泪洒英雄襟！

二十八、舟山之殇

前面写到，鲁监国与永历帝平时互不相让，战时互不相救，结果两败俱伤。后来郑芝龙出卖福建，鲁监国趁乱摆脱郑彩控制，逃到舟山。当时张名振、阮进、王朝先等部驻扎舟山，闽安伯周瑞、平房伯周鹤芝屯于温州三盘，宁波府四明山寨的王翊等义师同舟山呼应，这样在鲁监国旗号下集聚起来的兵力日渐强盛。舟山群岛位处东南要冲，对满洲在江浙的占领构成巨大威胁。

经过从江西、广东、山西、陕西爆发到云、贵、湘、蜀再起的复明运动，满洲八旗兵被拖得疲惫已极，无余力顾及江浙，只得对鲁监国政权采取招安瓦解、兼用降清汉军进攻的对策。鲁监国也真是命运不济，面对一群汉奸和一堆清廷敕印，就左支右绌，拼命折腾两年，竟趋于崩溃。

顺治六年（1649）即鲁监国四年的正月，丧失信心的金都御使严我公与舟山知府许玉光偷渡上岸，向江南江西总督马国柱投诚，并献进剿机宜，愿意充当向导。情况报告到北京，清廷如获至宝，立即让马国柱把严我公送到北京。摄政王两次召见，授予都察院右副都御史，沙埕、舟山等处招抚使，携带敕书前往浙江专门负责招降残明文武官员。严我公信心满满，以清朝钦差大臣身份派遣大批使者进入四明山寨和舟山群岛到处游说。

在他精心策划下，从三月到次年四月，近一年工夫，陆续招降舟山明朝侯、伯、总兵和形形色色将军六十多人。其间应严我公请求，摄政王还专门给据守大兰山的明朝总兵吴登科发来《与吴大将军谕旨》，写道："将军如果投诚归顺，我必使将军富贵无极，子子孙孙世世不绝，山河带砺，与国同休。"那吴登科虽然还算立场坚定，暂时没有答复片语，但誓死战斗的决心却不能不有所动摇。兵力不足的清廷高悬爵禄，把鲁监国滥发敕印授予的官爵照单全收。我公仅仅发出一纸空头敕信，就招来舟山一批变节分子，由此详细掌握了浙东抗清力量的虚实，搞得岛内外人心浮动。

然而这一手解决不了根本问题，鲁监国的主要将领张名振、阮进等坚贞不渝，四明山寨主帅王翊更将我公使者投于汤火。同时，招来的降官降将多数是只身而至，无兵无粮，倒徒增原降地方官的麻烦，难以安插，引得怨声四起。

浙闽总督陈锦上疏道："我公等现行招降办法，有利于了解伪朝虚实，动摇伪官兵妄想，但专靠此策不能达到颠覆伪朝目的。一年以来，冗员日多，弊窦丛生，劳民伤财，委实不宜继续推行。"钦差大臣严我公只得承认"天恩过厚"，"招抚镇将太多而实兵太少"。这场闹剧突然又草草收场了。

然而，策反固然不能直接颠覆鲁监国政权，也着实伤害了抗清事业。

三盘守将周瑞和周鹤芝闹矛盾，把争执端到舟山行在，鲁监国派巡按吴明中去调解。不料，吴明中原为降清官员，迫于形势反正，又被我公暗中策反，是个潜伏的奸细。他到达三盘后，趁机火上浇油，大肆挑拨，二将愈加水火不容。周瑞一气之下引兵南下福建，投奔朱成功去了。周鹤芝则带所部兵马乘船北走，加入阮进麾下，把个三盘重地弃之不顾，交给吴明中打理。明中四两拨千斤，轻易得此投名状，将三盘献给清方，换来高官厚禄。

不久，又爆发了定西侯张名振同平西伯王朝先的冲突。朝先原为四川土司，崇祯时调征辽东，官拜平西将军。京师陷落后南奔，辗转到舟山据守，获封平西伯。后来才有张名振、阮进等移师登岛。鲁监国对名振绝对信服，委以节制诸军大权。朝先自鸣不平，时常公开表示不满。由于舟山朝先旧部尚多，名振担忧日久生变，就和阮进密商，决定先发制人。

一日清晨，阮进派健将突然冲入朝先房中。朝先还睡在被窝里，猛见刺客满屋，奋起夺刀，手刃数人，越窗逃脱，奔入相邻东阁大学士张肯堂家。肯堂请他速进内室躲避，肯堂妻妾都在床帐里，朝先因赤身裸体踟蹰不前。犹豫间，阮进兵蜂拥而进，将他乱枪刺倒在血泊中。但是杀死朝先，事情并不能了结，其亲信部将愤恨不平，带领部卒于当天夜里翻墙逾城，夺得船只驶往宁波，向清朝定海总兵张杰投降，报告舟山虚实，愿意充当攻打舟山先锋。

本来鲁监国盘踞舟山，不断联络内地复明志士起事，既对清朝江浙统治构成威胁，又牵制主力不能进入福建。坐看朱成功大肆扩充，清廷甚感头疼，见舟山内讧，便下决心大举进攻。浙闽总督陈锦、平南将军固山额真金砺、提督田雄等会商机宜，经清廷核准后，由田雄从杭州领兵马前往定关，同定海总兵张杰会合，一面搜剿四明山义师，一面料理船只。

不久，陈锦率军由衢州出发，经台州、宁波开到定海，再檄调金华总兵、吴淞水师总兵南下。预定八月二十日三路会攻舟山。

在这山雨欲来之际，面对清方勉强拼凑起来的队伍，鲁监国倒胸有成竹，并不惊惶，从容召集文武会议，商讨堵御对策。名振道："鞑虏水师能力很弱，荡胡侯最擅海战，可在水上击败来犯之敌，确保舟山无虞，所以舟山城不必留守太多；我趁江浙鞑虏主力全集定海的机会，突袭江口，将置敌于进退两难的境地。此乃围魏救赵之计。若荡胡侯取胜，江浙空虚，我在吴淞登陆的大军可立即横扫苏杭，恢复大业在此一役！"鲁监国点头赞许，道："此计宏大，也属万全。阮爱卿以为如何？"荡胡侯阮进应道："定西侯之计可行。"鲁监国欣慰道："那请各将用命，事成之日，再论功行赏！"

于是，决定留阮进率水师扼守定关海域，安洋将军刘世勋、都督张名扬、中镇总兵马泰等领兵三营防守舟山城；鲁监国和兵部侍郎张煌言、定西侯张名振分别率军乘船南北出击，意图使清军顾此失彼。具体部署是：名振扼制南方，煌言阻断北洋。

鲁监国朱以海势在必得，怀着满腔倒转乾坤的雄心壮志，御驾亲征吴淞。起航之际，日月朗曜，星辰灿烂，风雨薄靡，水波不兴；黄龙蜿蜒，紫气氤氲。明军凯歌嘹亮，万船竞发，颇有气吞万里、收复河山之势。

大陆一边，陈锦、田雄、张杰和投诚到张杰麾下的张朝先部卒几乎与鲁监国军同时登上战船。自然也是月朗风和，数里外能听见棹楫之声。次日忽然大雾弥漫，清军顺潮蜂拥渡海。舟山明军立即在各山头传烽告警，集合战船，由荡胡侯统领迎敌。双方相遇于舟山岛与岑港间海峡横水洋，一时炮火交加，战况激烈。

阮进身先士卒，指挥所乘战船直攻清军统帅座舰。接近该舰时，他把火球猛抛向敌船，不幸火球恰巧撞在敌船桅杆上，竟反弹回来，落入自己的战船，顿时大火熊熊。阮进措手不及，被火舌吞身，急忙跳入海中自救。双方士兵见状，纷纷跳到海里争抢。可叹阮进出师未捷身先死，等到亲兵拼命背负他登船，英雄已没了气息。主帅初战殒命，明军勇气顿失，海战以明军失利告终。

清军就在当天下午登岸。分一半兵员攻城，一半留在船上备战，准备拦截回援明军及机动之用。两军强弱瞬间改变。舟山城中明将张名扬等奋不顾身，率营兵五百、义勇数千背城力战。

厮杀十余日，巡城主事邱元吉看火药将尽，带着中军缒城出降。守军在生死关头志不稍减，将邱元吉的儿子斩首传示四门，激励众心。

鲁监国和张名振、张煌言统率的主力分别与南北敌军交战，大获全胜，方欲整兵登陆，分攻台州和吴淞城，却突然接到阮进阵亡兵败，舟山告急的报告。鲁监国宫眷、定西侯亲属和大学士张肯堂以下官员都留驻在舟山，只得功败垂成，放弃进军，火速回援。接近舟山时便遭到清军战船顽强阻击，旬日之内，昼夜不懈。

海战方酣，难分胜负之际，围城清军挖城竖梯，从城西突破防御，攻入城中。守城将士浴血巷战，全部阵亡，舟山城遂告失守。鲁监国正妃陈氏投井而死，世子留哥被清军俘获；大学士张肯堂、各部尚书皆自杀殉国。巡城主事、礼部尚书邱元吉和朝先部将引导着总兵张杰入城，正指指点点的时候，蓦然看到儿子首级高悬在黑烟缭绕的门楼之上，两眼一黑，血气上涌，竟也一命呜呼。

鲁监国君臣一边痛惜舟山意外失守，哀悼宫眷、家属、官兵殉难；一边愤然发起猛攻，但哀兵也难克胜军，激战数日，不能上岸。无可奈何，被迫移舟南下温州海域，在三盘登陆。清军虽然气焰高涨，却疲惫至极，不敢穷追，任其离去。

三盘原是周鹤芝驻地，因早前被奸人吴明中离间出走，三盘被吴献给清朝；但清军无兵可派，只安排附近乡勇照管。明军一到，营内百余名乌合之众就望风逃走了。营垒虽已破败，毕竟有房子能居，有险隘可恃。然而没有粮饷，鲁监国只得命定西侯率兵到温州府属各县搜括。陈锦乘虚来攻三盘，三盘兵单，煌言保了监国上船躲避。陈锦军把三盘岛上房屋、棚厂、关隘焚毁殆尽。鲁监国君臣再度亡命海上。

自舟山失守后，明军士气沮丧，亲属全部遭俘杀，在心理上造成难以平复的隐痛。基地丧失又带来粮草无着、漂泊无依的困境。虽兵力仍然可观，部分将领已对前途绝望，开始陆续有人领兵脱队。鲁监国见状，与名振、煌言等近臣反复思忖，觉得这样下去没有出路，只能先就近投到朱成功军据守的海坛岛。

成功原属隆武帝，隆武帝驾崩后遥奉永历帝，从未承认鲁监国正统地位，不过毕竟大体尊明，是一个阵营的伙伴。经协商，成功允许监国和部众客居厦门，并接济粮饷；但见面礼节成了问题。成功同幕僚商议，有幕僚以成功已受封延平王，主张用王者相迎的宾主之礼接见。

成功道："不合适，外藩与宗室王不能相当，况且鲁王有监国之尊。如果用宾主礼，则国家纲纪混乱。我若以宗人府宗正之礼相见，于礼可谓两全。"因隆武帝曾授予他宗人府宗正身份，大家都认同可行。于是率众迎接于岸，赍千金及绸缎百匹作供奉，为诸宗室、从官搭建宫殿、官邸；但也将鲁王当作普通宗藩，只保护其安全和生活优待，不让他继续作为明朝象征。鲁监国究竟还算识时务的俊杰，客居两月后，知转机无望，又徒增定西侯等忠臣进退失据的负担，决定放弃监国名义，派使者上表于永历朝廷。在共戴永历的大旗下，唐、鲁之争总算化解了。

而鲁监国旧属的文官武将张名振、张煌言等在内心里比赐姓藩王朱成功更加效忠于永历帝，可惜关山阻隔，自身力量相对单薄，只得与成功结成依附色彩的同盟，共赴国难。其又须防备被成功吞并，又要防止成功撒开明廷同清朝媾和，处境的艰辛险恶，可想而知。

和安西王李定国相比，壮志凌云的鲁监国朱以海和精忠报国的定西侯张名振、荡虏伯阮进，算是抚南王刘文秀的难兄难弟、飞将军李广第二。

一场改变家国命运的浩大海战，因为一个桅杆而倒转了乾坤，功亏一篑，都成了悲剧英雄。

二十九、金厦出击

成功与鲁王合兵之后,队伍壮大,拥有精锐士卒七万,大小船只两千余艘。为求振奋士气,争取主动,与名振商量,须适时出兵夺取清军要地,于是有攻打海澄之战。

海澄位于厦门西面,是连通厦门和漳州之间的要冲。这个地方东南两面临海,西面傍湖,只有北面连接大陆。东距鼓浪屿不过四十里,西北以水道通达长泰。清朝为钳制金厦两岛,特别在长泰、泉州、海澄三地驻扎重兵,其中长泰为步兵基地,海澄为水师母港,泉州则以骑兵、舟船支援两地。延平王一日不克复三地,便一日不能安眠,这是迫在眉睫的威胁。因与海澄水道相近,可趁海潮暴涨时,切断敌人水陆援军路径,一举袭占此城。

永历六年(1652)正月初二日,潮水暴涨,延平王先以大军遮断敌人退路和援道,然后命水师击败敌水师后进围海澄城垣。大军登岸即擂鼓呐喊,攀附登城。清军守将见其水师已被冲散,援军和退路断绝,不得已举城请降。成功率军入城,收降其水、陆部众,择选海澄名绅、举人黄维璟为知县。

维璟帮助成功广召周遭士绅来会,有同安闻人周全斌应招来见。成功虚心向诸绅请益光复事宜。全斌进言道:"若以大势论之,国姓藩主志在勤王,必先通广西永历帝,更要会合孙可望、李定国之师,连舟粤东,兵出江西,从洞庭湖直取江南,是为上策。今李成栋已殒,浪战福建,纯属徒劳。为今后计,且固守各岛,兴贩洋道以足粮饷;然后举兵取漳泉为基地,伺机而动,此为中策。"

成功闻言大悦道:"此诚为至论,与我暗合。下策可不必说了,先生还有何见教?"全斌道:"方今日本承平已久,最为富庶,前太夫人归国,听说国王礼遇殷勤,若以外甥之礼遣使拜见,借其物产以足我用,然后下贩吕宋、暹罗、交趾诸国,源源不绝,则粮饷足供进取之资了。"成功听从建议,立即遣使率战士万人乘百余巨舰赴日,与日本通好。

日本见其军威壮盛,果然以礼相待,愿意借给铝、铜。成功用此铝、铜大铸永历钱币、盔甲、器械,喜不自胜对左右道:"海澄一战,得城,得复明大计；又得筹钱足饷办法。一箭三雕啊！"其实他所青睐的复明大计，并非全斌所论上策，他忌讳做定国大军的偏师去收拾河山，更愿取中策成为残明的南天一柱，这也是人之常情。延平王论功行赏、量才适用，授周全斌为房宿镇统领，专管衣食住行。

延平王既取海澄，不给敌人喘息机会，马上派遣中提督甘辉进攻长泰。双方大战于长泰城南的北溪，良久不分胜负。成功亲率援军大至，清军不支，退入城中据守。甘辉日夜攻城，不能一时击破。成功命令火器营凿地道埋火药爆破，当地道未成时，清朝闽浙总督陈锦率大军从泉州出发，驰援来了。成功设伏于长泰城北的牛蹄山，与敌决战，大破陈军，陈锦狼狈逃回泉州。此时地道也已挖通，一声巨响，黑烟蔽日，城墙被轰出数丈长的缺口，明军一拥而进。清军步卒八千，或死或降，主将单骑逃奔漳州。

明军乘胜进击，围攻漳州。船舰二千来号直航漳州府港口，成功命各将分兵切断由泉州通往漳州的要道。清总兵王邦俊据守府城。漳州乡民纷纷竖旗响应，漳州孤城四面楚歌。明军奋勇攻城，清军负隅顽抗，强攻未能得手。仍令火器营挖掘地道，准备凿至城墙地下时填塞火药放崩。一月挖成，点燃引线，火药爆炸，才发现因测量误差，地道尚未挖到墙下，计划失败。

成功志在必克，改采围困战术，聚十万之众，砌筑八十七座营寨，环竖二层栅栏，外挖两重壕沟，鳞次栉比，浑如铁桶。

清朝总督陈锦见漳州危急，火速抽调两省兵力来援。进至牛蹄山时，再次与明军会战。清军大败，兵员、器械损失惨重，退到同安城外扎营。陈锦因屡败愧恨，情绪无常，号令严峻刻薄，身边近侍库成栋出点小错，几乎被他用马鞭抽死。库成栋怀恨在心，趁他熟睡时袖利刃进帐，将他刺死，包了首级来降。

延平王以奴仆戕害主人为大不顺，命令斩杀。库成栋大叫道："陈锦治军不仁，众叛亲离，免我一死，必定有闻讯归附的，八闽可以不劳师而得！"成功道："得八闽是一时之利，诛叛逆是万世之义，我不能以一时之利废万世之义，而使奴仆都害其主，天下就没有道德是非了！"决然下令枭库成栋首级示众，而厚赏于成栋家属。

清廷得报漳州危在旦夕，总督又遇刺身亡，急派固山额真金砺为平南将军，统兵火速入闽。

当时漳州被围困已久，金华总兵马进宝奉命驰援。成功知城内缺粮，下令对援军不加阻击，任其长驱直入城中，随即发兵切断后路，继续围困。城中粮食因此更加匮乏，守军逐户收抢民间食物，百姓间一碗稀粥索价白银四两，接着完全断炊。居民以老鼠、麻雀、树根、树叶、水萍、纸张和皮革为食,直至人自相食。百姓十死其八,兵马尽皆空腹。

就在漳州陷于绝境,成功引镇门水灌城未果,顿兵坚城之下,粮饷亦告缺乏时,平南将军率师赶到漳州场外。双方鏖战,明军用铳炮攻击。当时正逢西北风,炮火硝烟反过来弥漫于自家阵地,满洲骑兵趁势冲入,明军大乱,四镇将领阵亡。成功见败局已定,忙收兵退守海澄县。

定西侯向延平王建议,趁金砺所统大军集中福建,江浙兵力单薄之机,由他带领原鲁监国舟师北上直入长江,捣其心腹,使鞑虏陷首尾难顾困境。成功同意,助其粮饷、军械,名振、煌言带水师北上。

清军既解漳州之围,旋即移师来攻海澄。金砺亲率步骑十余万在城外结营,安放大小炮位数百座,日夜对明军堡寨轰击,明军营垒多数被破坏。

成功在海澄北天妃宫筑台督战,挥动红旗指挥若定。大将甘辉看他张盖而立,目标过于明显,登台劝他下来,不听。甘辉道:"王身关系明室复兴,前线督战不是你的职守!"强行架着他下台,刚刚离开,高台就被炮火击倒。成功呼道:"苍天保佑孤臣!各将不要担忧本王安危,专心打仗!"

清军炮火猛烈,明军营垒全部毁塌,士卒只得掘壕避炮。清兵趁机越过障碍竖梯登城。有延平王家仆叫郑仁的,挥舞大斧狂劈。众人见状,群起而效之,各抢刀斧,奋勇砍杀。清军后队不继,暂时退去。

延平王冒着铳炮飞矢登上高耸的敌台,仔细观察清军阵势,判断敌人经过两天攻击后即将发起总攻。当天夜里,命令火器营把大量火药埋在两军相持的河沟边,布好引线,待机而发。清军整夜不停地用铳炮轰击。五鼓时,金砺下令以空炮欺敌,派绿营兵打头阵,随后是汉八旗正兵,最后是满洲大兵,填河攀栅蜂拥而上,直抵城下。飞矢如雨射向城垛,掩护几百架云梯同时竖到墙头。城上明军仍持大斧凶猛砍杀,后面清兵踩着如山的尸体继续攀城。

天亮以后,成功望见满兵大部分过河,当即下令点燃引线。沿河埋设的火药同时爆发,烟焰蔽天,清兵鬼哭狼嚎,一簇簇火人向水里飞奔,很快仆倒在地,数万官兵瞬间葬身火海。甘辉立即挥军扫荡,残存清兵狼狈逃窜。对岸指挥作战的平南将军眼见败局已定,急忙督令士兵强迫民夫抬运火炮,逃回漳州。

这次战役双方都以铳炮火药为主战武器,在战争史上留下醒目的一笔。

海澄战役打了三天,满洲军精锐伤亡殆尽,固山额真金砺被召回京师。余下汉军只得株守城池,无力出击,明清双方再次处于相持局面。

延平王论功行赏,封甘辉为忠孝伯。辉不敢受,跪拜退还印信;但请拜郑氏厮养家奴郑仁为官。成功就授郑仁为都督，官兵喜悦。

经此一战，海澄城墙已残破不堪，无法防守，而该城地位紧要，是将来登陆作战的跳板；而且可以牵制敌人大军。

因此，延平王委任中提督甘辉镇守，派工官冯澄世督率军民重筑城垣，合并旧有五处土城为一大城。垣高二丈有余，用石头砌成，规模宏大；并筑女墙，建在城垣之上，安置大小炮位三千余号。城外挖浚深阔的河港，宽度可以通过舟楫。海澄扼据漳州府出海咽喉，与金门、厦门互为表里。成功在此屯驻重兵，广积粮械，用作进可攻、退可守、固若金汤的要塞。

延平王大胜清军后，遣使以蜡表上疏永历帝，详细陈述闽浙战况及经过，奏请叙勋。永历帝御览蜡表，并召使询问多时，下诏封甘辉为崇明伯、张煌言为兵部左侍郎、冯澄世为太仆卿兼金都御使，其余各将都按功劳权衡封爵。

三十、兄弟阋墙

当定国进军衡阳，击毙满洲统帅尼堪的时候，可望亲自出贵州至湖南沅州，派大将白文选统马、步、水军五万攻辰州。文选以大象为前驱，云贵彝兵做先锋。战马遇见象阵则惊骇奔逸，彝兵擅使标枪，北兵初见也不得要领，瞬间被明军突破东门，大队兵马冲入城内，清朝知府、总兵等文武官员、士卒都被砍杀。于是秦王改沅州为黔兴府，以州治兴沅县为府城，领一州九县，并把该府改隶贵州省。

定国得知沅州告捷，急忙派专使呈书于秦王，建议两军尽快合兵，趁清军连遭重挫、主帅阵亡、士气沮丧之际，一鼓作气全歼入湘八旗军；然后北取湖北，东攻江西，最后以破竹之势规复中原。

定国一意以复国为己任，哪晓得今天的秦王已非昔日大西四王的长兄。可望虽有帅才，然而器量窄小，水满则溢，正式封王之后，其自称国主，开国称孤，把军国大权集于一身，志在效法三国故事，以曹操自命，直欲成就霸业，永历帝不过是他挟之以令诸侯的摆设。可惜和曹阿瞒一言九鼎的魏王丞相之尊相比，他的不利之处在于，原在大西军中地位相仿的安西王、抚南王手握重兵，并同享崇高威望，这二人心怀异趣，与天子保持密切的感情和事业联系。

定国攻克桂林以后，献俘于秦王，另外呈报捷奏疏给朝廷，可望已经大为不满；更为严重的是，定国连蹶清朝二王，复地千里，军威大振，令可望猜忌之心日增。定国收复桂林后送到贵阳的战利品只有定南王金印、金册和人参数捆，少有金银宝物；其实有德南征，家私多存在辽东旧府，怎能把财富带到战阵？后来掠取的财宝又被他死前付之一炬。可望却听信小人谗言，认定定国不是私自藏匿就是分赏将士施恩于下。到衡州大战捷报传来，愈加功高盖主，秦王便决然不能容他了。况且衡阳奏捷仅凭定国一旅，起初定国部署战役时，议定由马建忠、冯双礼移军白杲市，定国主力驻于衡州，等待尼堪大军过衡山县，马、冯二部抄至敌后，南北夹击，一举全歼满洲军。可望得知后，唯恐定国大功告成，密令马、冯退师宝庆。

由于可望拆台，定国虽击杀满洲主帅，却因兵力不敷，未获全功。保宁败后，秦王趁机解除了文秀兵权。文秀从此心灰意懒，不问军事，麾下将士则愤愤不平。文秀遭软禁闲养后，秦王为示奖胜罚败之明，又试探定国心意，差官到定国军中，封他为西宁王。定国不为所动，坚拒道："封爵出自天子，现在以王封王，成何体统？"于是秦王更铁了心要向定国下手了。

定国使者从可望处归来，随身带着可望亲笔信函，召他速到武冈商讨大计。定国接书，一边整顿兵马，一边准备出发。三日内竟然连接七书催促，只得马上起程。

行至武冈数里外紫阳渡时，遇见在此等候多时的文秀儿子刘彪，密报定国叔父：秦王已先两日到达武冈，埋伏数百亲信刀斧手，专等定国一到就收杀之。定国闻言，既惊又怒，叹道："本欲共图恢复，毕其功于一役，今嫉恨如此，可惜可惜！"转而对左右部下将领道："我少年不幸，与群盗为伍，久陷为寇，备尝艰险；又肇祸九州，令国家残破不堪，人民流离失所。如今反正，洗心革面，昼夜思想立尺寸之功，救民于水火，匡扶皇室，垂名不朽。刚刚斩杀尼酋、奏大捷，就猜忌四起。我与抚南文秀弟同生共患，他一朝有误，便被废弃；秦王忌我，自然尤甚。我们妻子都在云南，大敌当前，又不可同室操戈，这叫我如何是好！"

刘彪谏道："王叔切不可自投罗网。我父亲现在没有性命之虞，在于王叔帐下有兵，投鼠忌器，若虎落平阳，就都不能生存了。王叔不进武冈，也不必与秦王相争，可率军远走。"定国道："也只有如此了。贤侄冒死报讯，恐怕已为秦王所知，就留我帐下随军而动吧。"刘彪泣道："侄儿并不怕死，却终须死得其所，宁愿马革裹尸，不想死于非命。侄儿就遵命留在军中，任王叔驱使！"

于是，定国点起所部五万兵马，连夜拔营东走。弃永州，经永明，越龙虎关，缚筏为桥，渡湘水，全军渡完即焚毁浮桥，撤入广西。秦王闻讯亲自领兵狂追至江边，见定国已远去，只得返回。

从此，定国避免与可望相见，二十年兄弟手足情谊被秦王一笔勾销，而残明抗清以来前所未有的复兴良机，亦如美梦般破碎。

古语道："师克不和。"秦王逼走定国立马自食其果。当时秦王大军由靖州经武冈进至宝庆，部下大将有白文选、冯双礼、马进忠等，拥有精兵十万。清朝定远大将军吞齐也率满汉主力十五万从永州北上宝庆，两军相距三十里扎营。

次日清军进至明军阵前。明军率先向清军全线出击，清军分路迎战。忽然天降大雨，两军在泥泞中展开激战。厮杀到黄昏，秦王军战败，伤亡惨重，死二万，马失千匹、象失三头，清军乘胜占领宝庆府。吞齐军虽胜，亦阵亡蒙古正黄旗梅勒章京韦征、武京以下万人。

  此时明清双方尚实力相当，满洲八旗和汉、绿营等附庸军不占优势，每次战斗胜负取决于战术和内部协调。前期明军大胜，在于定国勇智；小败败于文秀失误，但无伤大局，平西王吴三桂胜后也无力南下。后期败绩，则在秦王举动乖张，野心膨胀，先误于强令定国回师入湘，再误于逼迫定国出走广西。

  吞齐在宝庆获胜后也是无力再战，同明军长期相持于靖州、武冈一线。大局因秦王之过，导致湖南之役功败垂成，最终断送复明良机。

三十一、巨奸制汉

前面多次提起，满洲是一人口极少的民族，全族男女老幼合计不过十五万众。入关初期八旗兵十万，其中包括蒙、汉旗兵，真正可披甲出征的纯满洲军士不过三四万人。入主中原后屡经战阵，战亡病殒者近半，远超繁殖人数。居住汉区后，享受极高的主子优待，逐渐滋生娇惰安逸习气，远不及入关前淳朴凶悍，敢于用命。而且入关初期叱咤风云的领兵大将或染天花——满人畏痘，有染辄死，豫亲王多铎和顺治帝均系染上天花而死；或恋女色——如多铎由江南凯旋京师，不仅掠得白银二百万两、珍奇宝贝无数，还抢得美女一百零三人，送给顺治帝十名、摄政王三名、辅政亲王济尔哈朗三名、肃亲王豪格二名、英亲王阿济格等各一名，剩余的都留下自己享用；或内部倾轧——豪格死于大狱，阿济格赐死；或阵亡——敬谨亲王尼堪陷于衡阳；凋零殆尽，仅存的郑亲王济尔哈朗到顺治十二年（1655）五十七岁时也病死。

清朝赖以开国、久经沙场、功勋卓著的大将皆亡。其子弟虽承袭爵位，多数少不更事，没有能力替代父辈驰骋疆场。有时人方文之诗为证："自昔貂裘与酪浆，而今啜茗又焚香。雄心尽向蛾眉老，争肯捐躯入战场。"反倒是那一众汉人降臣越杀越勇，愈活愈健。满洲皇族内部心知肚明，也只得讳莫如深，装神弄鬼，摊子越铺越大，越发仰赖拥清汉人维系社稷。

战场上不到万不得已，绝不动用稀缺如熊猫的满洲兵。即使在关键战役中也大抵让投降汉军改编的绿营兵打前镇，满洲兵跟进，既为减少伤亡，又可起到监视汉军而在最后关头夺得首功之用。

为绑定首奸吴三桂，朝廷打破旧制，主持皇室与异姓汉王联姻，把公主格格嫁给平西王世子吴应熊；又将原定南王麾下残余部队悉数划归靖南王耿继茂。在费尽心机驾驭汉臣方面，最要紧的一着，是重新起用两位福建泉州府人：洪承畴和郑芝龙。郑芝龙撞上桀骜不驯、雄才大略的忠臣孽子朱成功，不能遂愿，反送了卿卿性命；重用洪承畴，却使区区数万兵的满洲鲸吞了有泱泱两亿民众的华夏山河，坐实了清朝近三百年的霸业！

明清换代之际，头号大才当属洪承畴，说"得洪承畴者得天下"，亦不为过。

洪承畴号亨九，泉州南安英都人。十一岁时，因家贫辍学，以帮助寡母做豆干谋生，每天清晨走街串巷叫卖豆干。当时有西轩才子洪启胤在水沟馆办村学，亨九卖完豆干常到学馆旁听，偶尔帮助学生作对联。启胤观察这少年绝非凡品，就免费收为徒弟，曾在亨九一篇时事文章中批下"家驹千里，国石万钧"的评语。亨九二十三岁中举，二十四岁赴京会试登科，为丙辰科殿试二甲第十四名，赐进士出身。初授刑部江西清吏司主事，历任员外郎、郎中职务。天启二年（1622）擢升浙江提学佥事，慧眼识英，所选士子皆为俊杰，为朝廷器重，陆续升迁西浙承宣布政左参议、陕西督粮参政。

崇祯二年（1629），暴兵围攻韩城，陕西总督杨鹤手中无将，情急之下，竟令督粮参政去迎战。不料文人洪承畴阵前立斩暴兵三百人，解了韩城之围，顿时名声大噪。老洪由此投笔从戎，上了战场。多难之秋，用人之际，不久就被任命为延绥巡抚。杨鹤对大顺奉行剿抚兼施、以抚为主的策略；身为杨鹤麾下干将，他反而全力剿杀，被其屠戮的大顺兵有数万之数。当时张献忠、李自成曾多次诈降，屡降而再反，可见承畴颇有先见之明。后来杨鹤罢官入狱，承畴继任三边总督，血战八年，次第扑灭三十二路烟尘，最后杀得李自成仅剩十八骑遁入商洛山中。

崇祯十四年（1641），为力挽辽东危局，明廷委任承畴为辽东经略，率宣府、大同、密云、蓟州、玉田、山海关、前屯卫及宁远吴三桂等八总兵，合计十三万兵马，集结宁远，与清军会战。鉴于八旗兵凶悍快捷，承畴主张徐徐逼近，步步为营，且战且守，不可轻进浪战。但崇祯帝执意速决，一日三旨催迫。大军冒进，陷入重围。皇太极切断明军粮道，阻绝其归路。面对强敌，承畴决定决一死战，而各部总兵都要求南撤，最后集议背山突围。十余万人分路出击，被敌各个击破，竟土崩瓦解。

承畴领一军困守松山半年之久，清营招降的书信每天总有三五封缚在箭上射进城去。他吩咐不必开视，拾到就投火烧掉，以免动摇军心。城中粮尽，松山副将夏承德恳求承畴设法，或降或走，早做决断；承畴怒他莽撞，喝骂一顿。承德愤恨，暗想："现在粮尽援绝，株守孤城，眼见没命了，全凭忠义二字陪你几天。既然摆臭架子，我可就不奉陪了！"当夜命儿子缒城去清营作了人质，相约担任内应。清军应约夜攻，酣战时刻，承德忽然打开南门，反戈一击。松山城破，总兵曹变蛟战死，承畴被俘。松山陷落后，锦州守将祖大寿是乖人，急忙出了内城，率众投降。宁锦防线，从此不再。

三十一、巨奸制汉

承畴被俘后，清太宗皇太极慕他名望，多次派人劝降，都被骂退；始终绝食，但求一死。皇太极不死心，特命最宠信的汉臣、吏部尚书范文程前去，看他是否果有宁死不屈的决心。文程入室，未待张口，承畴便大肆咆哮，而文程则百般忍耐，绝口不提招降之事。等他发泄够了，便谈古论今，暗暗察言观色。谈论间，梁上灰尘落到承畴肩上，他一边说话，一边拂拭其肩。文程不动声色，告辞出去，进宫回奏清帝道："亨九不会死了，他对破袍尚且爱惜若此，何况身体！"清帝于是对待承畴更加礼遇恩厚。隔日，皇太极亲临，承畴从炕上起身，立而不跪。皇上不以为意，嘘寒问暖，见他衣服单薄，当即脱下貂裘，披在他身上。承畴也不谢恩，面无表情，实则内心已经臣服。

清帝不知其胸臆变化，回到寝宫，烦闷异常。忽然接到红旗捷报，豫亲王攻破锦州，又报杏山、塔山皆克。清帝无动于衷，道："洪承畴不肯投降，就得一百座城池也没意思；得此一人，方可得亿万人之心。"范文程道："皇上这么看重他，他还这么固执，想来是此老没福。不妨先安置他在上书房，派内监伺候，假以时日，看他变是不变。"清帝道："他不肯降，咱终究不能陪他一辈子。朕另有一计，若还无效，就只好成全他个名节了！"

洪经略饱受糖衣炮弹攻击，这时丹心一片已经褪色，一死之外又出生念。这日在上书房正襟危坐，宛如古庙孤僧，荒村嫠妇，正默诵《正气歌》，忽闻一股奇香扑鼻袭来，接着一阵轻盈脚步声响，仿佛有人走到身边。

承畴这双老眼，自城破被擒后睁开时少，此刻被这幽香触动好奇之心，不禁张目一瞧。此情此景，刹那间把这洪经略吓得魂飞九霄。他原本饿得头晕目眩，定睛看时便以为自己已经成仁落到了仙界：一个沉鱼落雁、闭月羞花的绝色仙女飘然而至；她虽番女打扮，却极其娇娆，披着绿缎灰鼠里子金绣龙凤大氅，下面露出深蓝镶边长裤，一双小巧天足穿着红缎旗鞋；一手执着黄色手帕，一手提着光亮耀目金茶壶，款款走近。

承畴恍惚间心在狂跳，暗道："这莫非是妖精？天女也不至于如此艳丽。"急忙瞪起昏花老眼，厉声问道："你是谁？是仙是鬼，到这里是要索我性命吗！"那女子嫣然一笑，答道："你问我吗，我虽然是人，和索命鬼倒差不多。"承畴听了这千娇百媚的声音，全身精神顿时蒸腾起来，疑惑道："你到底是谁，若真是人，来此何干？"女子低眉一笑，露出皓齿，道："我是何人，先生不必多问。先生想死，就当我是催命无常；想活，就当我是救难观音。"承畴道："你这美人越说越怪了，难道我是在梦中？"女子道："实不相瞒，我此来特地要结果你性命。"承畴惊道："我与你无仇无怨，为何要取我性命！"女子笑道：

"先生不是要绝食殉节吗？"承畴点头道："不错，我是要决计求死！"女子道："你老人家浩气千秋，不愿偷生，十分可敬。只是绝食多日，又饿又渴，没个了局。我是个菩萨心肠，看你如此活受罪，怎不替你难过？因此煎了一壶毒药来奉敬你。这药猛烈，喝下肚立马见效。"说着捧起金壶，凑到承畴嘴上就倒。承畴惊惧，却无可奈何，只得一边道"多谢多谢"，一边闭眼张口就喝，为求个痛快，一口气喝了个干净。

那女子斜溜秋波向承畴一笑，道："想不到先生真是个视死如归的君子，可敬可敬！"那承畴喝了汤药，两眼登时发黑，倒在地上等死，却清晰听见女子继续说话："先生在中国是一个数一数二的人物，如果只仗着个人一死酬报天子，真不知于国于民有什么益处。但先生已经喝了毒药，反正要死，我再啰唆几句不要见怪：一个死字，这里有轻如鸿毛、重如泰山之别。先生之率尔一死，轻如鸿毛。如果先生死后，中国英雄豪杰都被激发起来，继承你的救国遗愿，这一死便重如泰山；但是你们中国，要紧的是党争不休、匪祸频仍，皇帝昏聩寡恩，谁有闲心对外？满洲大军所过之处势如破竹，明朝灭亡旦夕间事。日后宗邦沦丧，只落得故国衰草，寒鸦荒冢。今天将军这一死，于家于国无毫厘用处，不是轻如鸿毛？"

承畴听罢，又轻松又懊恼，气若游丝应道："不料上界仙女有这般见识，但我兵败被执，也顾不得许多了；况且现在死期已在眼前，说什么也晚了。只觉得仙女下凡指教，一番高论镂心刻骨，还请你报个仙名，也叫我死得明白。"女子听了，眉黛生春，浅笑道："刚才不是向你说过，若想寻死就当我是催命无常，想活就当我是救难观音吗？"承畴道："我虽想死，却当你做观音菩萨。"女子道："此话怎讲？"承畴叹息道："若人都得如此死法，怕世间再无活物！"女子咯咯笑道："先生说了这许多言语，为什么还不就死？"承畴闻言惊觉，道："是了，难道我已在化外？"女子忽然正色道："话已说到此时，本宫也不和先生打哑谜了！实不相瞒，我非什么上界仙人，乃大清国吉特皇后，慕先生高义，专来规劝。适才先生喝的，原非毒药，是上等参汤。先生若仍绝食，此汤又能延续几日；若已想开，现在就随我去见我朝皇上。"

承畴闻言，有如再生，老泪纵横，哭瘫在皇后脚下，好久不能自持。四个宫女近前搀扶，拽不起来。

闲话带过。过来数日，承畴调养康健，奉命携祖大寿等降将正式举行投降仪式，在清帝脚下山呼万岁，俯首称臣。经世之才洪承畴经此变故，再无反复，死心塌地忠于清室。明朝的贰臣巨奸，终成清朝的忠义栋梁。

承畴已降，可怜崇祯皇帝只道他同着曹变蛟等一起尽忠报国了。天子辍朝

三十一、巨奸制汉

149

三日，赐祭九坛，并亲临洪府吊奠，临风洒泪，不胜唏嘘。赠荫赐谥，又敕饬地方有司建立专祠，春秋致祀，荣哀之盛，冠绝古今。地方官奉了圣旨，不敢怠慢，急忙勘定地段，办齐木石，动工兴造。忽然得报承畴叛明降清，官员谁敢隐瞒，了解确实后奉达九重。崇祯一听，羞恨交织，龙颜大怒，钦命锦衣卫立刻动手，将洪氏满门抄斩，株连九族。承畴原有一妻四妾，一夕殒命。吉特后闻讯，亲自从历次入关抢得美女储于宫中的，择上等年少佳丽五名赐予承畴。

洪亨九自从降了清朝，被任命为翰林国史院大学士，位尊而职贤。蹉跎岁月，倏尔九易春秋。忽一日接到圣旨，宣入宫中陛见。顺治帝与母后吉特氏设御宴款待，皇太后亲自把盏，感动得亨九泣不成声，数番伏地叩首，一再被内侍扶回座席。洪大学士饮了御酒，谢了皇恩，免不了陈述一通颠覆汉家天下、鼎定清朝大业的宏图远景。吉特太后面容沉静，实则句句入心，宴罢偕皇帝亲自将亨九送到御膳房外。

翌日承畴宿酒才醒，早有太监来宣入朝。赶到大殿，在济济一堂的文官武将艳羡目光之下，跪接圣旨。圣旨道："钦命洪承畴经略湖广、广东、广西、云南、贵州等处地方，总督军务兼理粮饷，任太保兼太子太师、内翰林国史院大学士、兵部尚书兼都察院右副都御史。"谢恩毕，顺治帝道："朕赐予先生经略五省全权，并允许任意选堪战将兵，以期剿抚奏效。"承畴奏道："兵不在多而在精，臣只请抽调各地精锐兵将二万，其中不可混入山东、江浙弱兵，只在京师、直隶、宣大、陕西、河南、江西各处驻军内挑选；将领可调正黄旗下李本深、刘忠，各营总兵刘芳名、高第、胡茂祯、张大元、王辅臣，镶黄旗下替职闲官白广恩老病，不能领兵，可随臣军前做招抚榜样。"清帝准奏。

月余光景，各路兵马聚齐，承畴誓师南下。行前太后、皇帝又赐宴相送，恩宠无比。大军行进到山东武城县郑家口时，又接到钦颁敕谕一道、银方印一颗。敕谕道："兹以湖南江户地方底定已久，滇黔阻远，声教罕通，不逞之徒未喻朕心，煽惑蠢动，渐及湖南，以至大兵屡出，百姓未获宁息。朕承天爱民，不忍再用兵斗狠，困苦赤子，将以文德绥怀，归我乐宇。遍察廷臣，唯你堪当此任。前招抚江南，颇有成效，必能领会朕命，绥靖南方。兹特命卿经略湖广、江西、广西、云南、贵州等处地方。各地巡抚、提督、总兵悉听节制，兵马粮饷悉听调发，文官五品以下、武官副将以下有违命者听任以军法处置。一应抚剿事宜，可事后报闻。功成之后，优加爵赏，候地方底定善后有人，即命还朝，慰朕眷想。"

明清两代重臣洪亨九，受命于大清危难时刻，在满洲和辽东诸将严重受挫之际，横空出世，以识途老马的姿态上路了！

三十二、宝山空回

洪经略南下之前，牵挂东南乱局，密奏揭帖一道，向清帝提出招抚朱成功建议。其帖称："成功等做贼既久，狼子野心，臣不敢保其不叛，也难断其一定就抚，但今湖南、四川、两广处处用兵，力不暇及；且湖南之贼，或由江西，或由广东，皆可通闽，万一狼狈勾连，为祸愈大。所以姑且用招抚一策，先将此贼笼络，息兵养民，察其动静，如有反侧，仍予剪除。若责令赴京归旗，料他不能从命，不必引起疑惧。至于颁发敕谕，不可轻率，应先赐督臣密疏一道，内开招抚要件，遣干练官员同郑芝龙家人到成功处宣布圣意。他如果真心投顺，想得到朝廷敕书，就以督臣密疏宣示。如若执迷不悟，也不至损害朝廷威信。"

顺治帝正愁无兵可用，自然欣赏承畴的建议。为了招抚顺利，首先给软禁中的郑芝龙恢复名誉，把芝龙被骗到北京后遭监管的过失推到已死去的摄政王多尔衮身上，召芝龙进宫，亲口承认朝廷处置失当，抚慰道："朕闻你子弟在福建作乱，你则投诚有功，朕极为嘉许。你子在京有成年的可送一人入侍；另外有什么索求，尽管奏闻。"

芝龙鸟入樊笼，战战兢兢，哪敢提什么索求，只有伏地叩头谢恩。顺治帝便钦命授郑氏在京次子郑世忠为二等侍卫；并命兵部给勘合证明，将芝龙开列的部分亲眷从福建护送来京团聚。

为体现招抚诚意，清廷又下令追查福建巡抚张学圣、总兵马得功等偷袭厦门中左所掠夺郑氏家产一事。据传厦门储藏着郑氏大批金银财宝，全部被张、马隐匿私分，成功就以此为借口多次弄兵索偿。浙闽总督刘清泰奉命将张、马等押解回京，交刑部、都察院、大理寺三法司会审。

在这之前，学圣、得功听到风声后已把大部分赃物贿赂京官，所以审讯时学圣等一口咬定城内没有财物，三法司在定罪意见上闪烁其词，三四其说，最后不了了之。但肇事巡抚、总兵被逮捕一举，已对成功表达了和解态度。

该铺垫的都铺垫了，清廷才选派了使臣，成功的弟弟、二等侍卫郑世忠作为两个使臣之一，前往福建；芝龙又遣家人李德带着亲笔书信随行。

这样，满洲朝廷让芝龙出面写信，动之以父子情；又向总督刘清泰发了敕谕，对如何招抚做了明确指示。密谕十分殷切诚恳，说道："朕思郑芝龙久已归顺，其子弟即我赤子，何必征剿？若成功等来归，即可用之海上，何必赴京？如果成功、鸿逵等果发良心悔过，你就一面奏报，一面遣干员到其驻地审查归顺翔实，许以赦罪授官，仍听驻原地，往来洋船，继续管理，输纳税课。若能擒杀海中伪朝藩王等贼首，不吝惜爵位重赏。此朕厚待归诚大臣至意，你要开诚推心，令他悦服；不过仍须细观详察，切勿中其奸计。"

那国姓爷朱成功冰雪聪明的人，当初父亲降清他只身创业，尚不为诱降所动；如今兵强垒固，父亲在京又遭软禁，倒轻易上套不成？他明知满洲兵力不敷使命，是企图先稳住东南，集中力量摧毁西南永历朝廷后再徐图各地。于是决定将计就计，一为一时保住芝龙性命，二为与之周旋，权借粮饷，以裕兵食；暂避锋芒，扩大地盘。所谓聪明总被聪明误，此计固然对郑氏大好，却毁了抗清全局，断送复明大业，令他追悔莫及，这是后话了。

清廷使臣到闽后，总督刘清泰依据密谕，写了一封书信，先派人送到成功祖母黄氏处，托她代转成功。文书不外乎申明两点：一是宣扬皇上覆载深恩，二是陈述父子不应绝情，以忠孝可以两全劝成功背明归清。成功尚未答复，清廷正式敕书颁至：封郑成功为海澄公，镇守泉州等处地方充总兵官；郑芝龙为同安侯，郑鸿逵为奉化伯，郑芝豹为左都督，给泉州一府地方供郑氏养兵。敕谕首先肯定郑芝龙当大军南下未达福建时，就遣人来投，移檄撤兵，父子兄弟归心清朝，功劳巨大。接着诿过于摄政王多尔衮，说明是睿亲王不体帝心，仅给芝龙薄赏，防范过严，在闽眷属又没有安插恩养，以至合族惶惧，不能自安；加以地方抚、镇不能宣扬圣意，反而贪利冒功，妄行挑衅，厦门之事，错在马得功。现在已将有罪官将提解严办。成功等保众自全，不算悖逆。故意回避成功打出反清复明旗帜招兵买马的事实，留出下台之阶。敕谕更宣布：满洲大军即行撤回，闽海地方保障事宜，全部委托给郑氏。

清朝内院侍读大学士郑库纳、扎齐讷等捧敕印抵达福州后，刘清泰不敢等待成功给他的回信，急忙派郑氏家人李德先往郑军通报敕书信息。成功得报，也不怠慢，立即差中军常寿宁同李德到福州迎接诏使。又命水陆军数万设伏于半路，以备不虞。清廷使者也严整卫队来到安海公馆。成功设香案，三跪九叩，拜受敕印；请清使开读诏书，然后再谈别事。郑库纳道："我朝成例，归诚前须全军剃发，岂可轻出诏书？本使可以等待将军剃发后再见。"成功道："剃发之事，本王具疏自行奏请，贵学士可先开读诏书。"郑库纳、扎齐讷同时摇头。双方相持不下，无法开读诏书。

二使臣耐心等候五天，等不来郑军一根头发，倒等来成功一纸文书："一、先割漳、泉、兴、福四府；二、军队永不奉调遣；三、不受部、府节制；四、如朝鲜之不剃发变服。"二人一看傻眼了，只得离开安海，打道回府。

　　和谈陷入僵局，福建地方官既无权决裂，面对郑军趁机打着清海澄公旗号、宣称奉旨索饷，四出征粮征饷，又不敢妄自开战，穷于应付，苦不堪言。半年之内，成功派出官兵前往福建漳州、泉州诸府索饷，大县十万、小县五万，共计追索达四百余万；又派员前往广东沿海招兵买马。

　　成功同时给父亲回信，实则是对清廷的答复，话语都模棱两可，虚与委蛇。反复表示因有父亲前车之鉴，难以相信清廷诚意；又不愿把和谈大门关死，暗示清朝若能将当年勾引芝龙时许下的三省交郑氏管辖，还是肯降。

　　自知如此狮子大开口，朝廷及三省地方都无法接受，所以私下对负有联络使命的郑氏亲信家人李德道出底牌，即："兵多地少，难于安插，如再给三府屯兵并管辖三省沿海地方，或者可谈。况且海澄公为五等爵，充任总兵官尚在提督之下；另外朝廷一面招抚，一面派固山额真金砺统兵入闽，不知何意？用人莫疑，疑人莫用。只要真将海上之事全权托付，我父亲致力于京，我尽力于外，付托得人，地方自然安静。"

　　顺治帝研究了李德带回的信息，判断成功确有归降之意，决定作出让步，引其入彀。于是再颁敕谕道："朕念你兵卒众多，一府难以安插，钱粮委实难以支给，仍宜以漳州、潮州、惠州、泉州四府驻扎。管民文官由吏部选派，你原辖武官听你遴选委用，将姓名职衔造册送部备案。你提到爵位、职务不相应，特命挂靖海将军印。另金砺统兵入闽在前，招抚在后，并非骗局；为示诚信，满洲大兵即刻撤入浙江境内。"

　　成功一面隆重接待来使，领承敕印；一面回奏感恩、再诉苦衷，要求扩土增饷；然后借口已受封爵，愈发堂而皇之地派人到闽粤各地强征粮饷。

　　朝廷一时蒙在鼓里，封疆大吏们再也忍不住了，于是纷纷上疏，希望圣主不要被奸佞愚弄。连原来主张招抚并充当保人的浙闽总督刘清泰也幡然悔悟，上密奏："抚局之变，不可不防；剿局之备，不可不早。请派固山额真一人统领满洲大兵移镇闽浙之间。"都察院左都御史王永吉在奏疏中更直截了当："郑成功如果实心就抚，自当解甲投戈，上报圣恩。其气傲志高，心雄胆大，处处要挟。名为归顺，实怀二心。以愚臣短见，将来为东南大患者，必然是郑成功。从前漂泊海岛，脚跟不定。今天得以盘踞漳、泉、惠、潮之间，用我土地，养他党羽；用我钱粮，练他精锐；养成气候，越显神通。我朝必须秣马厉兵应对

三十二、宝山空回

变故。"

在一片讨伐声中，身居虎穴的郑芝龙慌了神。他深知郑氏存废取决于成功能否归降，却又纠结于成功若就抚定然重蹈自己覆辙。经过彻夜苦思，终于想出一条妙策，建议清廷准许他亲自赴闽，"揪郑成功之头剃发"。那满洲朝廷岂是白痴？经王、大臣会议后，准许派他次子郑世忠同钦使一道赴闽，做最后一次努力。

清帝再颁敕谕给成功，除重申封海澄公、挂靖海将军印，给漳、泉、惠、潮四府驻军外，其他要求断然拒绝。明白无误地警告道："今据你奏疏，虽受敕印，尚未剃发，冀望委居全闽，效法朝鲜，又谬称用兵屯扎舟山，词语多乖，要求无厌。你若怀疑犹豫，原无归顺之心，应当明白陈说。顺逆两端，一言可决。今如遵照所颁敕印剃头归顺则已；如不归顺，你熟思审度，毋贻后悔。"清帝现在不再容忍迁就，断然下此通牒，实际因为一年来成功为示信清朝，在东南按兵不动，清朝得以全力攻击残明，西南局势已大改观，终于有余力腾出手图郑了。

成功二弟世忠惶惶然辞却老父，带着郑氏亲旧黄征明、李德等，随内院大学士叶成格、刑部郎中阿山，经福州到达泉州。叶成格先派世忠等前往厦门见成功，晓以利害。成功留世忠饮了一夜酒，兄弟隔别数载，执手而泣，大发死生契阔、人生无常的感慨，于剃发一节，只是敷衍塞责。两日后，命世忠回泉州约叶成格、阿山到安平镇见面。

叶、阿等在大队步骑护卫下来到安平，远远就见郑军水陆各镇列营数十里，旗帜飞扬，盔甲鲜明，一个安平镇好似铁桶一般。清使见此气氛大惊，不肯入城，更不敢入住迎宾馆舍报恩寺，远远地屯住卫队，临时搭起帐篷，双方各自高度戒备。成功只得率甘辉、万礼等大将，载了厚礼，亲自到清营拜见来使。态度诚恳尊敬，正事却不稍加含糊，明言道："一则前诏给四府地方，却只有水路游寨，未提及陆路，必须水陆并归；二则不奉调遣，不受部、抚节制；三则不剃发，剃发之事，张名振等力阻，担心像姜瓖、金声桓那样因剃发引起激变，请予比照高丽。"那清使只奉了监视剃发后开读诏书的严旨，并无重新洽谈之权。阿山不耐烦道："公既然不肯剃发，拒绝接诏，我们使命已完，马上返程复命。"

世忠在旁见了，声泪俱下，扑倒在成功脚下哀求道："二使此番失意而回，我郑家必无生理，老父也就大难临头了！为啥执迷于留发？若剃发归顺，可保住老父全家性命！"成功闻言，冷笑一声，道："我不剃发即可保全父命，剃发则父命休矣！"世忠抱住成功大腿，哭劝他回心转意。成功左手抚在李德肩膀，右手按住剑柄，高声喝道："剃发是身份大事，本藩自有定夺，谁人敢再劝，哪个敢多言！"甘辉随之厉声道："藩主剃发为令尊大人，我们剃发又为谁人！况且同在海上数年了，就算终老又有何妨！"世忠等忧愁惊惧，再不敢开口。

叶成格、阿山见状，也不管礼数，立即转身上马，要带着护卫离去。成功便又缓颜慰留。叶成格道："弟不过宣传皇上浩荡德意，与公剃发后上谢皇恩，说别的没用。弟以一介微躯负膺朝命，钦限在十月内回京，哪敢延迟，以身试法？恳请公早决一言，便星驰复命。弟看公意已决，所赠厚礼也不敢受，这就告辞！"成功道："在清朝总以剃发为是，在我总以不剃发为是。大丈夫做事，磊磊落落，毫无暧昧。清朝若能信我，则为清人，屈于我父为孝；若不能信我，则永为明臣，尽于吾君为忠！"

不待叶成格应声，世忠急忙拉了成功手到旁边，哀告道："兄长为啥绝情若此，不顾全家性命！"成功道："弟你已多方劝谏，可谓无所不至了，而兄固执自持，就算斧刃加颈也不能稍改我志。为什么？决之已早而筹之已熟了！为兄的心意，都在给父亲的回信中，你读一下就可以了然！虎豹生于深山，百物惧怕；入槛阱之中，唯有摇尾乞怜。凤凰翱翔于千仞之上，悠悠乎宇宙之间，任其纵横的原因，是有超然于世俗之外的雄心。为兄闻名华夷已久，用兵烂熟，岂有舍凤凰而就牢笼的道理？当下只盼我弟善事父母，厥尽孝道，不要以兄为念。兄弟之间，各行其志，听天由命吧！"叶成格等顿足而去。

成功随即又派员携书信、重礼前往泉州请清使来安平再议。叶成格与阿山商量，都觉得没什么好谈的。把使者赶回，退还礼物、书信，连夜返京复命去了。

情况终于明朗了，在京师，立即便有朝臣疏请："先废郑芝龙以除内奸。灭郑成功易，除郑芝龙难。郑芝龙一日不除，郑成功一日难灭，伏乞皇上速灭郑氏满门。"郑芝龙一案事关重大，清帝着议政王、贝勒、大臣等核实密议具奏。结果是将郑芝龙本人及妻孥一同迁居，另行禁锢。将其家人及财物一并监管原处，视郑成功最终纳降或拒降，再行酌处。可怜芝龙一门老幼被正式囚禁起来，命在旦夕之间。

这次真真假假的和谈破裂，貌似延平王——海澄公得计，骗得巨额银两、粮秣；满洲朝廷如入宝山而空手回；实则清、郑、明三方各有真正所得所失，清朝有大得，郑氏有小获，明朝为大损。南明将星李定国与朱成功才智、境界的高下，由此彰显。

三十二、宝山空回

三十三、废诸半途

在广西桂林、湖南衡阳大捷之后,大将李定国为躲避秦王孙可望谋害,被迫改变由湖南东进的战略方向,率部进入广西。这样既可避免同驻守湘、黔的秦王摩擦,又能指望与福建延平王朱成功和广东义师配合,夺取广东,然后据粤北伐。

定国安顿好兵马,令诸将各负其责,全军枕戈待旦;自己便带着数百亲兵,驮了一万两白银,前往安龙朝见永历皇帝。

天子闻讯,早早便出了行在,于安龙寨十里外路口迎候。定国远远望见永历帝以龙章凤姿的仪表,却着粗布龙袍,面露风尘之色,不觉泪下;急忙翻身下马,小跑到近前,长跪不起。帝移步过去,亲自扶起定国,君臣执手相望泪眼,唏嘘问候。

进殿后,安西王行三跪九叩礼毕,天子赐座,屏退左右,君臣促膝长谈。永历帝先道:"闻爱卿与秦王争执,被迫入桂,恢复大业,功亏一篑。朕昼夜悬念,茶饭无心。不知下步作何打算?"

定国奏道:"臣志在报国,纵有千难万阻,以保驾复土为己任,出生入死,在所不辞。臣早先已向皇上陈述,我朝实力不弱于鞑虏,只因无尽的内讧抵消了意志,文臣变节、将帅倒戈,甘为鞑子驱使屠戮同胞。即便有矢志抗清的,又多各自为战,为敌各个击破。我军入滇反正以来一度改变颓势,捷报频传,可惜好景不长,秦王不顾大局,跋扈自雄。倘若秦王能与臣并力进取,我二十万大军原可乘胜恢复湖广,大举东进,以破竹之势克金陵、过长江、跨黄河、扫荡中原。吞灭鞑虏,也不过数月间的事。如今绝佳机遇已失,臣力避与秦王冲突,转移广西,绝对不是凭借本部威福自操,效法秦王故技当什么广西王,实为另辟蹊径,以广西为根据,师出广东,谋取福建、江西、浙江、江苏诸省,会合、整顿江南各支义师,然后分路北进。"

永历帝道:"爱卿此策虽不及沿长江进取便利,也不失为良计!"定国道:"无奈大军为秦王掌握,臣所部只有精兵四万余。若要成功,须仰赖一人呼应,他全力配合,才能奏效!"帝沉吟道:"这一人,可是说延平王朱成功?"

"皇上圣明，正是此人。臣一意委曲求全，避免和秦王决裂，正为以大局为重，稳定西南；如能与成功全力夹攻广东，获胜不难。然后出江西，从洞庭湖直取江南。延平王自称有雄师数十万，应属虚张声势，臣估算其精锐当过十万，又有大小战舰几千艘，并且器械、粮饷极充足。广东二伪王并满洲兵总数不过六七万众，乌合降兵、绿营兵可以不计。以臣一人之力不足，成功肯配合则稳操胜券。"

"朕知爱卿深谋远略，此策十分周全。朱成功虽不致降清，但他志向不全在恢复河山，一味上据舟山、下守南澳，举兵漳、泉，兴贩洋道，以称王八闽为夙愿；岂有爱卿这般精忠报国的宏图大志！然而人心如此，时势如此，也只有尽人事、听天命了。朕可以分别敕谕成功及广东各义师，晓以大义，万一感动天地，四方响应，得以横扫鞑虏，复我故土，我君臣二人哪怕刀山火海也蹈如汤浴！"

"天下滔滔，人心不古，故有此劫！皇上是天赐圣主于乱世，只可叹文臣武将各怀异趣，不成合力；若能万众一心，区区数万满洲，如何肆虐南北！臣此番出兵，如得到延平王呼应，定然奏捷；如事不成，我军实力犹在，可固守西南，再寻良机。"

君臣商议妥当之后，定国立即回营备战。同时分别派使者赍敕谕、书信命、邀成功出兵相助。定国之书尤为恳切，说道："郡王诚念君恩高厚、父恨深长，若能扬帆远征，广州立下，贵我会师，大举北伐，中兴不难告成。那时京观胜纪，国姓香字，千古传流。奈何以圣眷殊荣而痛失如此可为之时势？我军拟于二月由广西贺县东进，急请延平王大军西上，三月在广州城外会师。定国每日盼之、望之，如不衍期，大功可成。成有待也！匆言，幸照。"永历帝君臣自以为良策可用，寄望于成功践约，那时广州清军势难两顾，东西合击收复全粤颇有把握，哪里知晓成功此时正在与清廷周旋，双方各自示信，不能动兵！

永历七年（1653）即顺治十年，二月，定国按计划率部出桂，占领战略要地梧州，又经封川县攻占广东开建和德庆府，同月进抵肇庆城外。他亲自指挥大军从东、西、北三面架梯攻城，同时分兵占领四会、广宁。

定国大军入粤，两广各地义师大受鼓舞，纷纷响应。清潮州总兵郝尚久再次竖起反清旗帜。尚久原为李成栋部将，随成栋降清又反正，成栋败亡后再降；所以清廷对他反复无常和桀骜不驯心怀戒意。定国出师前夕，清廷决定派南赣副将接任潮州总兵，调尚久任广东水师副将。这不仅剥夺了他的兵权和地盘，官职也降了一级。尚久大怒，拒不遵调，一边深沟高垒，调集四面土官，勾引朱成功兵入潮阳、揭阳二县，双方已处于剑拔弩张、一触即发之势。定国入粤消息传来，他立即响应，自称明朝新泰侯，改元永历，勒令全城割辫裹网；清驻城巡道、知府及各县知县都被拘捕，并派使者与定国取得联系。但尚久兵力只有数千，东、西、北受漳州、惠州、大浦三面围困，无力仅凭本部与定国会师。他与定国一样事先多次派密使求成功出兵，成功当然不能践约。

此刻肇庆战役正激烈展开，清肇庆总兵许尔显据坚城顽抗，趁夜抽调死士用绳索缒下城外，奇袭攻城军队，焚毁云梯百余架。定国见强攻无效，改用挖掘地道透入城中的战术，令将士用布袋盛土堆积为墙，栽木为栅，辅以盾牌作掩护，利用鸟枪狙击清军，暗中组织人力开挖地道。许尔显察觉了明军意图，就在城内挖掘一道同城墙平行的深沟，准备等地道透入城内时及时发觉，展开肉搏。由于明军势大，尔显知道虽竭力防御，仍难以持久；每天派遣数骑趁夜突出城外，奔广州求援。

清平南王尚可喜坐镇广州，深知局势危险。他分析了四面之敌：尚久势弱，不足挂齿；成功没有动兵迹象；其他各路义师都是乌合之众。对靖南王耿继茂道："其他不足虑，只要击破李定国，余众必然自相解散！"于是他亲率平南、靖南两藩主力赶赴肇庆。到达肇庆后，可喜登高眺望城内外形势，对继茂道："此城如此坚固，易守难攻。我军一路布阵城外高地，一路进城协防，互为掎角，定国克城万不可能。我不担心此城，深忧广州！"继茂问道："王叔何出此言？成功不出，尚久无力，定国顿兵于此，广州何忧之有？"

"定国顿兵于此，我军主力何尝不都在此？这李逆凶悍诡诈，万一分兵会合尚久，破釜沉舟乘虚西攻广州，你我叔侄必定重蹈定南王覆辙！"

继茂闻言惊出一身冷汗，想想道："侄儿可率铁骑回兵扼守木棉头渡口，切断李、郝联络通道！"可喜点头道："如此可保万无一失！刻不容缓，王侄这就带你部骑兵五千火速去木棉头设伏，步卒留下随我守城。"

靖南王率领五千辽东铁骑旋风般杀回广州，到达预定渡口时，果然遇到定国遣往潮州联络的数千步骑。李军没有准备，刚刚渡河上岸，便遭耿兵猛烈攻击，拼死抵抗，数百人在格斗中阵亡，余部退回对岸，布阵与敌军对峙。

捷报传来，清军挫败了明军的战略意图，三军振奋，平南王没了后顾之忧，便全力对付定国军。估计此时明军地道已近完工，高悬赏格道："有能出城夺贼地道者，每人赏银五十两。"从东、西炮台各凿一侧门。重赏之下必有勇夫，清军士卒拼死卖命，蜂拥向前，数千兵出其不意冲出城外。尽管定国军炮火如雨，清军以盾牌遮挡上身，持刀奋进，夺取了明军地道口。随即放火熏燎地道内明军，死者不计其数。定国被迫引军后退五里下营。清军初战得胜，趁明军立足未稳之际，派主力出城，攻击定国设于龙顶冈的营垒。明军用长布缠头、棉被遮身，火器、箭镞不能穿透，与敌对射；然后跃出营垒，顺坡而下，与敌肉搏。清军势头被遏止，明军赢了一阵。

定国攻肇庆受阻，成功军杳无消息，与尚久孤军又不能会合，审时度势，决定主动撤退。退前以劲旅强攻，大队徐徐后撤；待清军全力组织防御时，佯攻骑兵也已后撤。此役定国虽未得手，损失并不大，每次战斗捐躯者数百，合计两千余人。而尚、耿二王唯恐落得孔有德下场，胆战心惊，连连向朝廷请派满洲援兵。等到靖南将军昂邦章京哈哈木与梅勒章京噶来道噶率援军大至，定国大军早已撤退，于是转用于镇压潮州郝尚久部。

尚久获悉定国军西撤后，自知势单力薄，却无退路，只得再派使者求成功相救。成功召诸将计议，说道："我欲兴师去潮州，一则使尚久不敢献城归清，令其固守城池；二则鸥汀寨屡次截我粮草，应当趁机扫平。但父亲手书刚到，李德正星驰赴京奏报，此刻救新泰侯，就置父亲于死地，又断了四郡钱粮。"有幕僚献策道："国姓王可派遣麾下裨将入潮观战，一可添新泰侯声势，二不致引清朝疑忌。"成功点头，认为此计可行，于是派北镇统领陈六御带了舟师到南澳外海，知会尚久。

尚久急传书敦促六御登岸进城，六御函复须请命延平王后定夺。信使往来三日，潮州府已被平南王、靖南王、靖南将军数万兵马围得水泄不通。

尚久率全城军民作最后一搏，血战四十日。城陷，尚久与子郝尧死战重伤后自刎。清军屠城，女子为奴，男子不分老幼皆杀。六御眼睁睁看着潮州城破，移舟回福建复命去了。

定国自肇庆失利后，并没有气馁。先前复兴取决于可望与定国合力全歼湖南吞齐所统八旗主力，遗憾由于可望嫉贤妒能坐失良机。他坚信这以后便仅剩李、郑东西夹攻，会师复粤，收取江南，是大明中兴的最佳战略了。此机若失，明朝再无恢复希望。用兵如弈棋，关键一着失误，满盘皆输。定国高瞻远瞩，为实现此策呕心沥血，做了极其周密的部署。他知道上次的受挫在于成功按兵犹疑，不能西顾；一边抓紧扩军练兵，一边选选忠智之士前往厦门与延平王联络、规劝。

第一拨使者到达厦门时，成功正同清方使者周旋和议，唯恐定国使者误会，只得找借口将使者稽留在厦门，拖了半月才派人随定国使者赍书信回复，告知已派张名振率兵将北上江浙；应先遣水陆兵马入广东攻潮、惠，具体日期模棱

三十三、废诸半途

159

两可,如何进军支吾其词。定国观后大为不满,复信道:"专候贵爵准确行兵计划,我军立即长驱入粤,以成合击。"望眼欲穿地等了数月,成功使者才姗姗迟来,出兵日期仍是含糊其词。

定国只得又复长信,透彻分析局势,指出攻克广东全局皆活,福建、浙江、南直隶可势如破竹,从此中兴有望。而恢复广东,关键在于攻克新会,因为"逆虏以新会为锁钥枢纽,如果拔掉此城,广州可不劳而下。然而新会水道纵横,敝部将士以北人为主,不擅水战,但得贵爵水师相助,即刻大功告成。所谓张侯爵鼓楫江浙,要知应缓于今日征粤之举。攻克羊城为最重要,其余频年抗清千里勤王,又何足道哉"!

定国急于会师,此信发出后仍不放心,又以极其恳切的言语写了一篇短笺送去,说道:"圣跸艰危,不可言喻。敕中悲怆之语,读之痛心疾首。从五月至今,所待贵爵相应耳,倘若确不能来,请与明示。不来便另议舟师,以图进取。切勿然诺反复,致贻大患。要知十月之后恐怕一切都无济于事了。"定国望成功如大旱之望云霓,甚至与成功约下秦晋之好,就差效吕布亲自负女潜去袁营求助了。虽然如此,他已估计到对方缺乏诚意,准备孤注一掷了。

而数百里外的延平王朱成功,又是别有一番滋味在心头。

明清之交,真正称得上大英雄,面对满洲大兵敢于亮剑,且有能力岿然赴国难的,唯有定国、成功二人。然而这二人心境、志趣却大不相同。定国雄才大略,志在报国;成功当然也志存高远,恰似一根插在闽海的钢条,外力大小只造成他左右摇摆,最后还是撼不动的南天一柱。安西王文书接踵而至,折磨得延平王茶饭无心,苦思应对之策。他岂不知定国制定的战略英明无比,故此没理由拒绝,却又必须拒绝。为什么?

因为成功的"始终为明"与定国不同,定国以复明为己任,舍此无他;成功的效忠则有保留,可以恪守臣节,却只能遥奉,不能受制于人。他和后来的王子郑经一贯向清廷提出"比于高丽",便根源于此。对明廷,他的内心是矛盾的,一方面希望同奉永历正朔的孙可望、李定国能支撑下去,拖住清朝大部分兵马;另一方面,预见到如果应定国之约出动主力东西合击,必胜无疑。随之而来的是闽粤兵合一体、地连一片,遥相呼应的局面就要改观,否则就难逃僭越之议。最关键的,自己的实力、爵位和声望都逊于定国,加以定国同永历帝的关系密切,这些顾虑都在一代豪杰朱成功的深谋远略之中。所以,无论定国如何苦心相劝,他道德上、战术上无法回绝,却只能虚应故事。

拖延到八月间,这日成功使者携定国复信由广西回到厦门。成功立即召见,详细询问定国麾下明军境况。听说定国旧病复发，数月不愈，仍抱病率大军进驻粤桂交界的兴邑，每天卧床调度，忍不住垂泪道："定国真乃忠信良将，我不如啊，若再委蛇，必然落得千古骂名！"看定国回书，设定会师以十月十五日前为期；因此大集诸将商议，定于十月十九日遣师南下，与安西王会师勤王。委任左军辅明侯林察为水陆总督，提调军中一切机宜；委任右军闽安侯周瑞为水师统领。率兵五万、战舰三百，克日南征。同时派要员赍勤王师表诣行在，并另持书回复安西王。书曰：

季秋幸接尊使，读教诲谆谆，修矛戟而奏不世之功，大符夙愿。兹迭承大教，宁忍濡滞以自失事机？奈尊使到敝营时，值南风盛发，利于北伐而未利于南征。即欲遣师南下，与贵部共取五羊，缘风信非时，不便发师。兹届孟冬，北风飙起，即令辅明侯林察、闽安侯周瑞等统领，扬帆东指。虽愧非顺昌旗帜，仍勉效一臂之力。水师攻其三面，陆师尽其一网，则粤酋可不战而擒矣。

十月初四日，成功在铜山大阅兵将，声势赫赫，威震东南。操演一个月，大将林察、周瑞才率舟师三百余艘进至广东海丰海滨。在这里遇着了义师李万荣、陈奇策部，二人均奉了明朝两广总督连成璧转宣圣谕："藩臣安西王定国，勠力效忠，誓复旧疆，着知会镇臣李万荣、陈奇策等各股官、义头目，面定要约，水陆毕会，以待王师。"所以踊跃整军，乘舟出海。万荣等以猪酒犒劳林军，极力劝说林察火速出发，赴新会参战。林察先请万荣于次日引一队白艚船往大亚湾征输村寨粮米，再一日启程，一天内进至新会附近的佛门堂。

这时定国沉疴仍未痊愈，不能骑马乘车亲临前线，只得先派大将南下。忽然接到成功回书，心情愈发沉重，为什么？定国是断察敏锐的人，无论复书言辞如何壮怀激烈，只一事便窥破端倪：成功自起兵以来，凡遇重大战役都亲临指挥，此次入粤之战对明清皆干系重大，西线是安西王任统帅，东线理应延平王亲任统帅。成功为什么不肯亲自西上？定国揣摩，只在两端：第一，准备将不战责任推卸于下；第二，林察是拥立绍武的主将，曾与永历朝大打出手，以此人为帅，岂会拼死用命？胜负之际，间不容发，如此摆布，其本意已见。机遇稍纵即逝，定国如今只有一边寄望郑军不再衍期，一边利用清方往往赴援动辄数月的困境，期待以绝对优势兵力速战速决，一举拿下广东全省。

永历八年（1654）春，定国带病亲率大军由柳州南下，经广东灵山攻廉州府，清总兵郭虎弃城逃走。军至高州，平南王藩下总兵张用、陈武据城顽抗，被明军击败，陈武战死，张用投降。接着，雷州总兵先启玉也开城归降，广东各处义师群起响应。平南、靖南二藩不敢迎战，株守于广州地区，向朝廷紧急呼救。

定国再派使者去厦门督促成功亲率主力来粤。他考虑到郑军擅长水战，从海道来助可避开潮州、惠州清军阻击，因此仍确定两军会师地点为广州南面重镇新会。平南王尚可喜也看出新会得失关系全省安危，先后派右翼总兵吴进忠、参将由云龙入城协防。

定国率全军四万猛攻新会。轮番采取挖掘地道、大炮轰击、伐木填壕等战术强攻。平、靖二藩见新会岌岌可危，共同统兵从广州来援，却顿兵于三水。他们不敢与定国决战，只是牵制定国分兵防堵，等待北京南下的满洲旗兵。不久，陈奇策带所部水师入西江，攻占江门，击毙广东水师总兵，不仅控制了广州出海口，也切断了广州同新会之间水道。

新会之战打了半年，围困日久，粮食告罄，捕鼠罗雀，食及浮藻皮革；最后清军只得屠杀居民为食，城中街巷残骨遍地，举人、贡生、生员以下都成砧板上肉。知县不敢阻止，搥胸大恸而已。半年之内，阖城数万百姓被杀食掉一半，妇女被掠夺一半。自古天降丧乱，少有如此惨境。

战至十二月中旬，清靖南将军朱马喇率满、汉兵十万长途跋涉到达广州时，新会已危在旦夕。朱马喇大军休整一日，即会同平、靖二藩军队向新会城外明军发起总攻。血战五昼夜，其间定国又派大将赴海上寻找郑军来援，在虎门遇到林察大军。林察闻定国危急，不敢进兵，干脆还师厦门。

厮杀到第六日，朱马喇用火箭大破明军象阵。定国军终于抵敌不住，全线溃败，清军乘胜追击。定国退到高州，立足不住，于夜间结筏渡河，奔回广西。留部将靳统武领兵五千扼守罗定州，阻滞清军。明军收复的广东州县重新沦陷。

定国呕心沥血筹划的恢复广东、进取江南战略，以二出广西的彻底失败，宣告他再也没有力量和机会进入广东了。胜利的朝露，转瞬化为泡影。

病榻上的定国不久便收到成功亲笔书信，写道："年初贵使遥来，同仇同袍之定，甚符凤心。是故秣马厉兵，大集楼船，恨不能征帆如电，直扫珠江，同复故土以迎圣驾。不料船师未到，而大军已先班师数日。但敝船逗留，既不能先期会师，又不能奋图后援，确实有罪。已知当时依违不前的，是闽安侯周瑞，已削其兵权、革职夺爵，念其有功，不然已正法矣。"

定国手执信笺，尚未读完，一时气噎喉堵，一口鲜血吐到信笺之上。

三十四、操刀不割

　　当李定国二出广西竭蹶苦战之时，湖南却出奇地平静，明清双方互不侵扰，长期处于相持阶段。这态势对五省经略洪承畴而言，是天假以年；对秦王孙可望来说，却如白日见鬼，坐失良机。所以出现如此诡异的局面，并非彼此实力相当。明朝方面，可望既然逼走定国，自己亲自指挥的宝庆战役又以败北告终，自知斩将搴旗非己所长，一时不敢轻举妄动。眼见广东战火纷飞，情知此刻平湖南、出长江是天赐良机，却在相当长一段时间里以二十万大军株守辰州、沅州、武冈一线，与寥寥数万清军对峙。清朝方面，桂林、衡阳之战使士气大挫，满汉大员为避免重蹈覆辙，都主张持重，守着常德、长沙、宝庆，满怀忐忑。承畴坐困愁城，一筹莫展。

　　那时，承畴调集于各省的精锐汉兵不足二万，驻防于武昌周围。贝勒吞齐麾下八旗兵是清朝入关以来损兵折将最多、被拖住时间最长又最无战果的一支劲旅，军无斗志，一心思归。承畴一到，便要班师回京。承畴苦劝暂留，一边紧急上奏清廷派满洲兵换防吞齐旗兵。其疏奏道："逆贼李定国窃据广西，虽然新败，仍眈眈思逞，满洲援剿官兵岂能不留？将来恢复州县，何以分守？兵至则贼退，兵去则贼复合，彼逸我劳，甚犯兵家之忌。天幸逆贼孙可望慑我兵威，一时蛰伏，若探我兵空虚，出兵截粤西险道，则我首尾难顾。种种危形，显而易见。"老洪连篇叫苦，有他不得已的隐衷。

　　清廷委派他经略五省，本意是以汉制汉，大批满洲旗兵被牵制于各地，急需返京休息。凡事对他言听计从，实为让归附汉臣、兵将担当征南主力。经他连篇申诉，也知其麾下汉人兵马难以同明军匹敌，只得任命固山额真陈泰为宁南靖寇大将军，同固山额真蓝拜、济席哈，护军统领苏克萨等带满洲八旗兵一万前往两湖镇守。敕谕诸将道："你们会同经略辅臣洪承畴悉心商榷，择湖南、湖北扼要之处驻扎，凡用兵机宜，都要和经略议行。"与当年满行汉随已大不相同。一面又命靖南王迅速移镇广西梧州，牵制定国军。

　　部署完毕，洪经略知己知彼，仍株守湖南腹地，不与近在咫尺的明军挑战。可望方面同样偃旗息鼓，毫无作为。

时间是消解旧痛的良药，渐渐地，可望对清军的余悸淡出了心臆，开始冷眼掂量洪经略的斤两，又自信满满了。他早不在定国一出广西时出拳，晚不在定国二出广西时动手，偏在这时，听闻张名振入长江袭击南京，唤起了他南下会师的壮志。可惜没有良将挂帅，冥思苦想，决定重新起用抚南王刘文秀。

文秀自从保宁战败被褫夺兵权闲住，万念俱灰。这时废居昆明，每日翻书莳花，谨训爱子，俨然避世儒者。书读多了，路行厌了，血看够了，正想入鸡足山学道。可望迭召不来，只得亲往刘府劝慰。

二人把盏叙旧，哭述患难兄弟之情，折腾几回，文秀推托不下，只得出任"大招讨"。却又磨蹭数月，可望亲往敦促，才披甲出山。

秦王沙场点兵，誓了师、犒了军，选调六万兵马，战象四十余只，随大招讨刘文秀，大将卢明臣、冯双礼踏上东征湖广的征途。

按照文秀部署，大军集结于湖南辰州，先攻常德，切断洞庭湖西面湖北、湖南的通道；然后收复长沙、衡阳、岳州。得手后北攻武昌，活捉洪承畴。

大军采取水陆并进之策进攻常德。卢明臣率一万士卒乘船从沅江前进，文秀亲率主力由陆路进发。时值涨水季节，明臣军乘百余舰船顺江而下，不日攻克桃源县。不料连天暴雨，溪水猛涨，道路都没入泽国。文秀主力在泥泞中跋涉，行进艰难，数十天只行数十里路，明臣水师成了孤军。

清五省经略洪承畴得报文秀大军入湘，与宁南靖寇大将军陈泰商议对策，决定收缩兵力回守省会长沙，一边急调驻荆州八旗兵赶赴常德。明臣一军突至常德城下，立即遭到清军围击。激战到次日，明臣中箭而死，全军覆没。

远在百里外的文秀闻讯，立命全军扎营。犹豫数日，也不向可望请示进退，自行率部返回贵州。实则明臣战殒之际，常德清军不过万余，满洲兵只有一千。固山额真陈泰所率满洲主力也因道路被洪水淹没受阻于途，比明军距离常德还远上二百里，陈泰急火攻心，不几日竟猝死在军中。文秀因失去志气而勉为招讨，不思奋进，算是遗恨失吞吴了。

秦王眼睁睁看着抚南王丢掉偏师，领着军队返回贵阳，气得捶胸顿足，又无可奈何，只得又一次解除其兵权，仍发回昆明闲住。

三十五、问鼎轻重

秦王孙可望原本还怀着恢复汉人天下、建立不朽勋业的宏愿，所以有任命刘文秀为大招讨，打算率军由湖南出长江，同张名振等会师，夺取江南之举。其时机选择虽然错过李定国进攻广东的最佳机会，毕竟当时吞齐部满洲兵北撤，陈泰部尚未抵达，正是一举击破洪承畴拼凑的汉军，囊括江南，逐鹿中原的最后选择。奈何文秀消极应付，无功而返。

满洲朝廷在陈泰病死后，新任固山额真阿尔津接替宁南靖寇大将军职务。阿尔津赴任后与洪承畴商议进取，折腾几番，也无进展。承畴在奏疏中坦承自己"将及三年，犬马之劳不辞，而尺寸之土未复"。而对可望来说，如果饮马江汉、夺取河山，永历正朔的大旗必不可少，如今复国的理想灰飞烟灭，退而求其次——称霸西南，寄居在此的永历帝就成了痼患，不去之不能爽快。

秦王把永历帝迁到安龙后，朝廷大权全在其掌握中。朝廷不过是徒有其名，只靠一小批扈从文武官员勉强撑个门面。不过日常事务不关白朝廷，军国大事虽由可望在贵阳裁决，事前事后尚需在形式上疏告皇帝认可。西南文武官员奉可望为国主，以君臣之礼相待，永历正朔亦不敢废。出湘失败，东顾无望之后，可望便开始明里暗里指使部将拥戴自己登上皇帝宝座了。身边投机官将趁机巧加迎合，不时劝进。兵部尚书任僎借天命倡言道："明运已终，事不可为了！"上殿放言由永历帝禅让皇位给秦王，登时令在场百官哗然，不乏大臣站出来怒斥其行径。某次可望准备去安龙陛见天子，任僎阻止道："国主想进行在，二龙岂能相见？"可望闻言无语，却打道回府了。

皇帝身边近臣马吉翔观望形势如此，为将来筹划，暗中对大太监庞天寿道："今日大势，已归秦王，我们需要早去结纳，以留后路。"天寿颇以为然。于是二人数次邀请秦王派驻行在的提塘官张应科饮宴，表白心迹，结拜为兄弟。推心置腹地说道："秦王功德隆盛，天下钦仰，如今天命在秦，天之所命，人不可为，我们想劝天子禅位秦王，烦公为我先达此意。"吉翔又召郎中古其品，命他画两幅《尧舜禅受图》，分送永历和秦王。

其品是忠贞之士，断然拒绝。吉翔怀恨在心，私告应科。应科立即令武士

将其扣锁解贵阳。可望听了缘由，大怒，亲自执杖，一棍打死。然后晓谕朝臣道："今后凡朝廷内外机务，必须经由庞天寿、马吉翔处置。若有不法臣工，一听戎政、勇卫两衙门参处，以平息纷扰。"当时吉翔以文安侯爵位掌戎政事，天寿提督勇卫营。秦王谕札宣读毕，满朝震惊，忠烈之士愤而詈骂二奸。提塘官张应科按剑怒视，跃跃欲起。永历帝为保护忠臣，隐忍待时，只得假意呵斥弹劾马、庞的臣子，草草散场了事。

经过两三月造势，劝进奏章雪片似呈来。唯有与可望地位相当的刘文秀和李定国坚决反对，诸大将明里噤声无语，秦王问则颂秦王，抚南王问则应和抚南王。可望急不可耐，于是专程返回昆明，选定了吉日良辰，准备举行登基大典。命令冯双礼守贵州，各营马步兵当天都顶盔掼甲，弓上弦，刀出鞘，自五华山摆到南门口。严令有不臣服的，立即擒杀。不料天不作美，从四鼓开始，狂风大作、雷电交加、暴雨倾盆，站队兵士衣甲浸透，街上水深数尺，丹墀内浊水过膝，各官侍立，如落汤之鸡。可望不能出殿，不得受拜。众人惊悚，议论纷纷，加之文秀、定国坚辞不来，只得延期改日。

即位大典未成，可望垂头丧气。回贵阳后，便自设内阁、六部、科道等官，地方文武一概重新任命。官印由明朝的九叠篆文改为八叠，定仪制、立太庙，庙供三主：明太祖高皇帝主于中，张献忠主于左，右祖则为可望祖父。拟改国号为后明。为名正言顺，他仍日夜谋划禅让，一边又虑及定国、文秀等，果真是骑虎难下，进退维谷，茶饭无心。

这边厢更受煎熬的，自然是搁浅的真龙永历皇帝。一日趁只有亲信内监张福禄、全为国在旁，含泪向二人耳语道："可望待朕不复有人臣之礼，奸臣马吉翔、庞天寿为其耳目，朕寝食不安。西藩定国亲统大军，直捣楚、粤，报国精忠，久播中外。将来救朕于险境，必赖此人。朕想密撰一敕，差官偷出行在，召定国来护驾。你们能为朕密图此事吗？"福禄道："大学士文安之、林青阳、蔡缤等曾弹劾马、庞依附秦王，忠贞可靠，首辅吴贞毓也忠心耿耿，可以请他们共议。"永历帝道："你们可觑机商议，切勿泄露。"

于是二人分别密见诸臣，大家都表示赞成。就约齐到首席大学士吴贞毓处商议办法。文安之道："定国战功、兵力、人品皆佳，以前和可望冲突，无丝毫私心，全为复明大业，其志向与可望相反。但不知时机得失如何？此事要绝密筹划，勿蹈危殆，事在必成。"贞毓道："今日朝廷式微至此，正是我们用命之秋。无奈权奸时刻窥伺，秘密行事理所当然。此事仅限于我们十八人，再不扩充一人。诸公中谁能充当密使？"林青阳站起，自告奋勇愿往。贞毓便与诸臣共拟敕稿，由兵部职方司主事朱东旦缮写，由张福禄持入宫内钤盖皇帝之宝。青阳以请假葬亲为名，身藏密敕，准备启程。为免走漏消息，永历帝又以收复南宁后须派重臣留守为借口，遣马吉翔前往。吉翔离开安龙赴任后，青阳便立即上道。

青阳到达定国营中，定国在病榻上读了词旨哀怆的诏谕，翻身滚落地上，向安龙方向叩头出血，泣道："臣定国一日没死，岂肯令陛下久蒙幽辱！臣虽以兄事可望多年，但宁愿负友必不负君！"他先复回疏给贞毓，嘱咐道："此事重大，进退艰险，凡事须多加小心，责任系于老先生。"

不料弄巧成拙的事意外发生！马吉翔到达南宁后，巧遇青阳随员刘议新。青阳为保密起见，并未与刘详述此行原委。议新以为吉翔是皇帝经年宠臣，贵为侯爵，必然参与密召定国之事，见面之后竟毫无顾忌地把情况和盘托出，并道："定国得敕，感奋流涕，忠愤一激，病也好了，不日就到安龙迎驾。"吉翔大吃一惊，立马派人飞报秦王。

可望得报，深知一旦定国迎驾，自己离死期就不远了。急忙派遣亲信将领郑国、王爱秀围困安龙，进入行宫，逼迫永历帝说清事件缘由，索要首倡之人。永历推诿道："密敕一事，朝中臣子必不敢做。数年以来，外面假诏、假印也多，你们还要冷静，岂能断定是朝里事？"郑国、爱秀便与天寿合为一伙，逮捕贞毓等相关可疑官员二十人。经严刑拷打，文安之、蔡缤等人为避免牵涉天子，承认是自己勾结内监张福禄、全为国瞒着皇帝私自矫诏密敕李定国。郑国追问道："皇上知否？"蔡缤等一口咬定道："未经奏明。"再动大刑，仍是"皇上不知"。郑国只好以"盗宝矫诏，欺君误国"罪名定案，向秦王奏报。

可望命令以朝廷名义审判。于是将张福禄、全为国定为首犯，处以剐刑；蔡缤等十五人为从犯，立即处斩；首席大学士吴贞毓为主谋，姑念为首辅，勒令自尽。这就是史上有名的十八先生案。可怜永历帝还要昭告天下曰：

"朕上承祖宗，下临臣庶，阅今八载。险阻备尝，朝夕焦劳，少有优裕，苗截于前，虏迫于后，播迁不定。赖秦王严兵迎鸾，得以出险。定跸安龙，获有宁宇。忆昔封拜者累累若若，皆身图自便，任事竟无一人，唯有秦王力任安攘，万事仰此一人。今有罪臣吴贞毓等十八人包藏祸心，内外联结，盗宝矫诏，擅行封赏，遗祸封疆。赖祖宗之灵，奸谋发觉，遂命朝廷会审。除赐辅臣贞毓死外，其蔡缤等同谋不法，蒙蔽朝廷，无分首从，宜加伏诛。此后凡大小臣工，务宜洗涤，廉洁共守，以待升平。"

永历帝强忍痛楚，醉卧寝宫。左右忽报秦王来见。只得强打精神、勉扮欢颜，登殿升座。可望叩首，帝亲扶就座。可望道："臣此来向陛下告别，但有一事不吐不快。"帝道："爱卿但有话讲，尽管直言。"可望似笑非笑道："多有闲人乱议，说臣欲挟天子以令诸侯，不知汉时天子尚有诸侯，诸侯也知尚有天子。今天子已不能自令，臣更挟天子之令，以令何人？以令何地？"帝垂目应道："果然如爱卿所论，朕无诸侯可令，万事仰仗秦王。"可望冷笑道："皇上恐怕心口不一，心中着实在想：安西王李定国、延平王朱成功、定西侯张名振尚知有天子？臣斗胆相告：那海盗郑成功，号称'东勋'，日本封他为一字王，但不会做清朝的海澄公；清朝若封他为二字王，便不会做明朝的三字郡王。他只知有郑，不知有明清。张名振有气而无力，虽称忠勇，不能成气候。至于李定国，是臣兄弟，剿虏失利，法自难宽，方才责其图功，以赎前罪；而敢盗命图奸，应赏应罚，只有臣能专断，不劳陛下费心！"

永历帝龙颜羞惭，哑口无言，只落得木然颔首，早已五内俱焚。

三十六、板荡诚臣

定国深知永历朝廷存亡关系到抗清复明的成败,他原来意图是先同成功会师收复广东,借助成功、名振等拥明势力扼制可望,共扶明室。如今新会大败,残兵二万撤至南宁休整。联合东勋延平王伐清的希望落空,正不知下步如何布局,又面临必须马上凭借本部兵马开赴安龙救驾的抉择。

正在筹划万全之计,十八忠臣被杀、永历帝朝不保夕的消息传来,定国别无选择,立即尽起三军,向安龙进发。

秦王得到情报,急派心腹将领刘镇国、关有才领兵到田州,阻截定国军北上。下令道:"凡定国必过之地烧光粮畜,以绝其归路。"定国知道兵贵神速,军中尽换黑旗,昼夜兼程,三天就进到田州。刘镇国、关有才猝不及防,乘空马逃去。定国以大局为重,叫不要追逐二将,只派前锋传呼:"西府驾来!"刘、关部下官兵一听,纷纷在道路两边跪下迎接。定国传谕安抚道:"大家不要怕,我与秦王为兄弟,由于小人离间,生此误会。大家安心回营,我有犒赏。"于是两军欢喜如父子兄弟相遇。定国分发二万两银犒军,且令杀猪羊饮酒,诸军山呼千岁。

可望闻定国突破田州向安龙挺近,焦躁起来,立即派遣大将白文选抢先赶往安龙,命其火速把永历君臣迁入贵阳,以便置于直接控制之下。文选虽然是可望部下,却长期随定国征战,内心更敬定国三分,也不赞成秦王对天子的凌辱。所以每次永历将遭秦王谋害时,总是暗地加以护持。文选到安龙陛见,仰望天子丰仪,心如刀绞,战栗汗下,又不便明言,只得声称护驾,别无他意,诺诺而退。秦王见数日过去,文选还没把永历押来贵阳,又派亲信去安龙催促。自从密敕事件发生后,可望锋芒毕露,愈加肆无忌惮。

永历帝已从文选犹豫徘徊神色中看出端倪,预料凶多吉少,向身边人预作了交代,宫中大小随即哭泣不止。文选看在眼里,更不忍行动,见到秦王亲信,只得以安龙地方偏僻狭小,招募民夫不易为由,拖延时间,等待定国到来。

永历十年(1656)正月,定国军到达安龙附近,先派传宣参将杨祥身藏密疏前往行在,在离城四十里的板屯江遇到刘镇国部驻守官兵,被解送到文选处。

文选询问他来意，杨祥答道："我是传宣参将杨祥，白将军不认识我，我却曾随将军历经沙场十余次。秦王令我来督催道府州县预备粮草，以候国主驾临。"当即从衣甲内取出龙牌一纸。文选明知杨祥是定国部下，不是可望使者，假装糊涂，叫用酒食款待，任其走动。杨祥得以入宫谒见皇帝，呈上衣甲后心所藏密疏。帝亲自展开御览，其疏道："藩臣李定国谨奏：臣今统兵迎扈，不日至行在，先遣奏万安，勿轻信奸逆蛊惑移跸。"奏本上盖有永历密敕所赐"屏翰亲臣"印为信。永历帝知定国大军将到，泪飞如雨。杨祥见状泪奔，就在宫中改换衣服，从山路飞报定国。

庞天寿听说西王大军将至安龙，引了安龙知府叶应祯带兵戎服掼甲入宫，逼迫帝、后立即骑马前赴贵阳。一时宫中哭声响彻内外。文选闻讯赶来，见叶应祯蛮横无状，把他叫到门外道："国主担心安西王劫驾投清，所以迎驾，是恐天子遭遇不测。事须缓宽，若逼迫这般程度，皇室金枝玉叶，不同你我性命，万一变生意外，你能担责吗？今日我已派多骑打探，若安西王果然通清前来，移跸不晚。若只是西府还兵，他是一家人，我们何苦过分逼迫，自取罪孽！"在文选干预下，应祯被迫退去。

翌日清晨，大雾弥漫，忽然有数骑直抵城下，绕城喊道："西府大军来了！"城中欢声雷动，应祯所领劫驾兵仓皇逃回贵阳。接着炮声由远及近，定国亲统大军入城。文选已在城门口等候，陪定国入宫朝见。

天子降阶出迎，道："爱卿忠义，朕如再生！"定国闻言大哭，道："臣蒙陛下知遇之恩，欲取两粤以迎銮舆，无奈功败垂成，且殃及陛下垂忧，万死不能自赎。"天子含泪抚慰，礼后君臣落座，难免互诉衷曲。永历帝将贞毓等十八忠臣为护主惨死之状，以及文选如何拖延等待、如何妥帖护持、如何纵还信使的行迹历历道来。文选想不到自己暗中的作为都被天子看在眼中，领会于心，也感动流泪。

定国因为在新会大战中损兵近半，急需恢复元气；贵州是秦王地盘，为避冲突，不可久留；所以朝见之际就在殿上同天子、文选商议，要尽快移跸。君臣三人一致意见以迁往云南昆明为上策。定议以后，定国先从自己帐下选五百官兵护送宫眷先行。翌日君臣离开安龙，向云南疾进。

不日到达曲靖。定国请天子暂时驻跸在此，留文选护驾，自己带精兵先往昆明料理。当时在昆明有大将抚南王刘文秀、固原侯王尚礼，另有将军王自奇、贺九义分驻于楚雄、武定，总兵力约有二万。尚礼、自奇、九义都是听命于秦王的，文秀和定国一样拥护朝廷，但他地位虽高，已无兵权。

定国保驾已至曲靖的消息传到昆明，文秀和尚礼、天波等会商应对办法，拿不定主意。因为若是开门迎驾，近于背叛国主；可是出兵相拒，又是犯上作乱，何况护驾而来的是原大西四王之一的李定国。正在左右为难之际，忽报安西王已亲统兵马来到城外。尚礼慌了手脚，在文秀劝说下勉强随众出城迎接。

定国一到，文秀有了主心骨，又看到自己长子在西府幕上完好如初别，立即精神抖擞起来，与定国议定接驾至昆明。尚礼既不便违抗二王，又不清楚定国实力，不敢轻动。于是永历帝在定国的护卫靳统武保护下进入昆明。

有明一代，云南被视为偏远之地，天高皇帝远，这时真龙天子驾到，全城沸腾。百姓激动无状，遮道相迎，望龙哭泣。永历感动，命随扈传旨道："朕到，不要分高低贵贱、男女老幼，听其仰首观瞻，巡视官兵不许乱打。"整个昆明沉浸在一派欢乐气氛中。定国、文秀决定把云南贡院暂作天子行宫，视朝听政。

永历帝大行封赏，赐封定国为晋王、文秀为蜀王、白文选为巩国公、原固原侯王尚礼加封保国公、将军王自奇为夔国公、秦王护卫张虎为淳化伯、水军都督李本高为崇信伯。黔国公是世袭镇守云南勋臣，自然得皇帝信任，除遇有紧急事件可随时入奏外，还令执掌禁卫军。所随文臣也都有封赏。原先投靠秦王的司礼监太监庞天寿见大势已去，畏罪自杀。十八先生案的祸首、锦衣卫马吉翔一度被靳统武拘禁，他随机应变，乞怜献媚于统武等，为晋王歌功颂德，竟骗得定国信任，重新入阁办事。

新局开创伊始，定国、文秀认为当今天子不仅仪表非凡，才学、胸怀、魄力亦皆堪君临天下，于是率领各公、侯、伯、将军上疏道："礼乐征伐自天子出，秦王可望所做失人臣礼，须改弦更张，恢复祖制。臣等集议：奉孙可望出楚，李定国出粤，刘文秀出蜀，各将所部兵马，从事封疆。凡驭天下之大权悉还之圣主。谨冒死以闻。"永历帝却深知可望不会轻易放弃权力，俯就臣节，将奏疏留中不发，也未应定国等请求住进秦王的豪华宫殿。为避免刺激可望，虽赐定国、文秀为一字王，对秦王不臣之心也未加指责，希望他幡然悔悟，地位仍可在晋、蜀二王之上。同时对在云南的秦王亲信一视同仁，各加官晋爵。为争取可望一致对外，永历帝又派文选和张虎携带诏书前往贵阳，劝说可望消除隔阂，与定国等重归于好。临行前，各赐二人金箪一枚，叮嘱道："卿等转达朕意，务必使两藩重敦相好，事事为祖宗社稷起见。卿等功绩定然名垂青史！"

定国引天子入昆明，对可望不啻当头一棒。因永历帝被他软禁于安龙时，军国大事由他一手握定，权倾一时；况且若天公作美，现在已经取而代之。如今，在同为献忠养子的定国、文秀护持下，天子居然封爵拜官！他的无上权力一朝丧尽，岂能善罢甘休！所以文选、张虎到达贵阳入见时，劈头便遭其怒斥，责怪二人不该擅自接受封爵。

张虎立即呈上淳化伯印，解释道："在那里不受，怕生疑忌，故假意接受。臣受国主厚恩，岂敢背弃！"又道："皇上虽然在滇，也还是空架子，文武两班，唯唯诺诺，内外大权，都归西府。定国所信不过靳统武、高文贵，终日升官加赏，其实兵马不足三万，人无固志，可唾手收取。"可望闻言大喜，夸赞张虎忠心。文选见状，知道难以调和，试探道："国主倘若以旧好为念，定国不是野心篡权的人，一时糊涂而已，不必苛求。若必欲擒之，给臣精兵两万，可立提定国至麾下。"可望怀疑定国迎驾入昆明系得文选暗助，又不能确凿断定，但对定国行径未加阻挠而自身返回，显见对自己不忠，盛怒之下，吼道："你甘受国公之爵，已为人所用了！还敢花言巧语欺我。姑念你军功，免受刀斧，自己了断吧！"

殿下诸将都是出生入死的兄弟，见状争相跪地磕头苦谏，求免其死罪。可望这才缓颊道："免你叛逆死罪，家法还是难容，给我打一百板子！"左右军士只得高挥轻落，凑个一百之数。可怜文选却也被拍得皮开肉绽，呻吟不止。毕竟军士手下留情，不伤筋骨，被抬下去了事，算捡条性命。可望照例挥泪伤感一回不提。

须臾天子又派学士杨在、侍郎邓士廉前来宣谕，仍劝可望同心释愤，共济时艰。可望深恨定国打破自己皇帝梦，国主地位也名存实亡，如何愿意捐弃前嫌？他派张虎随杨在等回昆明复命，只传一句话，道："须安西王亲来贵阳谢罪方可。"实要杀害定国，仍凭自己在滇、黔亲信和实力挟制天子。定国只得又遣王自奇同张虎再往贵阳，将自己求好书信呈上，尽力想打破僵局。

不料自奇和张虎一样冥顽不化，眼见定国兵缺将寡，反而向可望灌输定国孤军易擒，建议内外夹攻，一网打尽。可望见亲信所谈云南情况与文选所说相符，才恢复了对他的信任。可望命自奇回云南充当内应。自奇去昆明复命，谎称秦王愿和，随即辞归楚雄，整顿本部五千铁骑，待机行事。

定国为求仁至义尽，奏准将秦王妃嫔、世子送往贵阳，命秦王藩下总兵王麟护送。临行前，亲自在郊外结帐设宴饯行。等到秦王眷属携财物全部离开后很久，才奏请天子移居秦王宫殿。

前面说过，定国原意是收复广西后再考虑移跸事宜，帝驻两广，可望比较难以阻挡。失败之后，计划破灭，只得冒险突入安龙，护驾入滇。虽万幸成功，但主力经贵州转入云南，长期经营的广西就岌岌可危了。

　　清廷利用定国主力转移之机，立即命平南、靖南二王统领广东兵马会合承畴部官兵迅速推进。广西留防明军势单力薄，抵敌不住，大部分州县被清军占领。定国派保康侯贺九义率军反攻，收复南宁。不久又因可望坚决拒绝和解，俨然已成敌国，大局逆转，只得仍命九仪领兵回滇，被迫放弃广西。因为秦王不臣之心，定国陷入顾此失彼的困境。

　　永历朝廷同广东义师及福建朱成功的联络被切断，形成东南呼应不灵，更加各自为战的被动格局。

　　打破局面只有两种选择，一是东出广西、广东，二是北上四川。东进意味着定国统兵出征，此刻滇黔对峙，永历君臣思议再三，不敢贸然行事。剩下的一条路就只能是由蜀王出马经营四川了。定国将名将祁三升、狄三品、杨武等通通拨给文秀，分兵三万，自己只留一万精兵护驾，以防不测。然而文秀入川后的驻节地又不能离云南太远，以免可望反戈内向，救援不及。

　　文秀大军出滇进入四川雅州。立足之后，鉴于民生凋敝，一边留老弱官兵大兴屯田，一边稳步向成都、重庆推进。军士自产粮食足备，不用民间钱粮，所以虽然劳役频繁，报酬不菲，而村屯安生，百姓倒甘于劳累了。

　　不久，可望心怀不轨，突然犯滇，文秀只得应召回援，命高承恩留守。雅州、建昌两府仍坚如磐石，但已无力进取，出征湖北的战略大计也就搁置了。

三十七、祸起萧墙

可望深恨定国，不以你死我活做个了断不足以抚平创伤。五年来，他以国主名义总揽了永历朝政务，已习惯于君临一切，何况内心还一直存在着寻找时机正式上位定于一尊的宏愿。原本在入滇后，他就以四王之首得到献忠御营提督王尚礼和艾能奇部主将冯双礼的支持当上盟主，自命大西皇帝当然继承人。若不联明抗清，也是个西南之王。这时却要交出权力，听命于定国、文秀拥戴的永历皇帝，且自知过去的所作所为，永历、定国——如今的晋王，乃至于文秀——当下的蜀王，心中都难谅解，早晚会秋后算账。

这日与依附于他的大臣方于宣等在府中对饮，于宣为他出谋划策道："今皇上在滇，定国辅之，人心渐归于他们。定国、文秀麾下不过三四万残兵，国主却有精兵二十万，云南留守诸将又多效忠于国主；臣意请国主早正大号，封拜文武世爵，则人心自定，云南自然瓦解。"张虎在侧，附和道："定国君臣兵少将寡，也不过靠个封官许愿笼络人心，方先生所言极是。若仍不回心转意，我大军入滇，西府众将审时度势，谅必踊跃来归。"

秦王已沉入迷途，只愿听劝进之言，反对者谁还敢说？

于是，可望果然大行封赏：封马进忠为嘉定王、冯双礼为兴安王、张虎为东昌侯，其余诸将，皆有晋封。以一字王册封二字王，表明他虽未先正"大号"，实际已以至尊自诩了。

贵阳、昆明各怀心思，都在明里暗中积聚力量。龙骧营总兵祁三升率铁骑五千驻扎在四川。可望为抓住这支劲旅，令祁三升率部赴贵州遵义镇守。定国也下令其赴滇。三升思索再三，对部将道："国主、西府，都是旧主，情谊均等。今西府尊天子为共主，名正言顺，我们不可再做乱军，应当遵西府之调为正。"诸将齐声表示赞同。

三升便拒绝接受可望使者传达的命令，当即拔营向云南进发。可望大怒，派兵追击。三升且战且走，辎重丢弃殆尽。毕竟原为一家队伍，秦王兵也不忍穷追，三升军终于到达昆明。天子深表嘉许，封三升为咸宁伯。可望随后派人到昆明，要求把秦王旧标人马遣还贵州。永历帝当即同意，提供夫役，将财物、家属一并送出。

永历、晋王、蜀王君子情怀，以为尽可能做到仁至义尽，不把可望旧属及亲眷、资财羁作人质，礼送出境，起码换来彼此相安无事，以便各自西征、北伐，一致对清。不料可望利令智昏，一看没了后顾之忧，就认为可以大摇大摆挥军入滇，稳操胜券地收拾残局了。

永历十五年（1661）八月初一日，秦王在贵阳誓师，任命白文选为征逆招讨大将军，冯双礼留镇贵阳，点起十四万兵马，向云南滚滚而来。出发前还预制扭锁三百副，用专车载运，上插小旗，标明："收滇之日，以囚昏君永历并逆臣定国、文秀等三百人，余皆不问。"以此激励士气。

八月十八日，秦王兵渡盘江，滇中大震。定国同文秀商议后，决定二人亲统主力迎击可望。永历帝下诏："特加晋王得专征伐，赐尚方宝剑，便宜行事，挂招讨印；蜀王行副招讨。"为防止王尚礼在昆明内变，先行将其部下兵马分拨各营出征，留下定国中军护卫靳统武会同黔国公沐天波暗中防范。在此之前，可望另一亲信王自奇因醉后误杀定国营官，担心问罪，已率部渡澜沧江西奔永昌府。该府地处僻远，消息不灵，无法呼应可望。

双方大军相遇于曲靖交水，距离十里下营。秦王军十四万列营三十六座，晋王、蜀王军三万布列七营。士卒见秦王兵多势众，颇有惧色。

当日，可望又单召大将张胜，密令道："你率武大定、马宝选铁骑七千，连夜走小路去昆明城偷袭，城中有尚礼、自奇为内应。你一入城，则定国、文秀知皇帝、家口被扣，不战自降！"

二十一日清晨，定国亲自在约定战场布阵，为鼓舞士气，横刀跃马率健将奔驰于阵前。对面却偃旗息鼓，尘埃不起，没有一点大军到来的动静。正狐疑中，对方一名传宣参将由远及近、单骑来到阵前，见到定国，翻身下马，跪地说道："启禀西王殿下，国主遣末将知会殿下，国主思量再三，不忍兄弟相残，决定再宽缓数日，等待西、南二位殿下悔悟后缴械输诚，重归旧好。"

定国了解可望为人，断不会在实力悬殊时饶人，知道其中必然有诈，一时又摸不着头脑，只得正面回复道："你可转告秦王，兄弟自然不该相残，如今鞑虏肆虐中华，正亟待我等忠君报国、救民于水火，岂能自毁长城！现在也不计是非恩怨，但请秦王兄心平气和，共襄明室。兄弟阋于墙，外御其侮，切勿作出亲痛仇快的事来！"传宣参将诺诺而去。定国只得率部回营。

原来可望与定国、文秀原先约定二十一日会战，现在他的意图是尽量推迟交锋日期，使张胜、马宝军有充裕时间奔袭昆明，所以着力安排加固垒栅，用

三十七、祸起萧墙

不忍兄弟相残的鬼话去爽约。定国兵少，见可望不肯出战，犹豫着出奇兵制胜还是拖延待机。正与文秀等在帐中秉烛谋划，忽听帐外喧哗，须臾营官入禀，说白文选求见。定国等吃惊不小，急忙叫进。

只见文选易容变装而至，八尺高的壮汉穿着紧绷的士兵衣服，裤脚、衣袖短了半截；披散着头发，活脱一个逃兵。文选与定国身边将卒都熟，入帐后不待定国说话，便主人般屏退左右，直截了当道："事急不拜！此时宜速出兵交战！国主利令智昏，自以为篡位计划周全，万无一失。我们表面投其所好，是为一时平安；内心则不齿其所为。大家与西府、南府出生入死、同甘共苦，岂肯自相火拼？那些原明旧将改编的马进忠、马惟兴、马宝等尤其心向明朝。出发前，我暗中就和惟兴、马宝兄弟多有往来，志同道合，不愿看着复国事业灰飞烟灭，私下约定了阵前反戈。刚才我以视察前敌为名直接闯入营中，就是担心派他人前来引殿下迟疑。马宝、马惟兴及各要紧将领已都有约定，稍迟恐怕事情败露，就断不可为了！"定国、文秀面面相觑，犹豫不决。

文选见状，猛然跪地，急切道："若再迟疑，则我们死无葬身之地了！殿下知己知彼，三万人能决胜十四万众？我有一字诳皇上、负国家，当死于万箭穿身！我回营就守在阵前，殿下整兵速进！"说完出帐，飞马离去。

定国、文秀正一边紧急调度准备出战，一边忐忑不安担心中计之时，奉命领军偷袭昆明的马宝也遣心腹军官送来密信，写道："张胜等已领兵七千骑往袭昆明，昆明若破，则事不可为，必须明日决战，迟则万事不及。"定国这才下定决心，当机立断，传令各营次日出战。

翌日天还没亮，定国、文秀兵马开营出战，可望只得挥军迎敌，双方交战于交水三岔口。对阵之初，文秀麾下骁将崇信伯李本高马失前蹄被斩，前锋失利。可望立于高岗观战，见已挫定国锐气，大喜，即挥令旗命诸营全线出击。文选一看形势危急，亲率五千铁骑冲入马惟兴军中，二人合兵抄至可望阵后，大呼道："西府驾到，迎晋王！迎晋王！"连破数营，定国、文秀乘势挥军猛冲。漫山遍野"迎晋王"之声雷动，秦王十几万大军顷刻瓦解，纷纷缴械。可望在山岗，见形势陡变，大惊失色，只得带着亲兵下坡东窜。

一口气逃到安顺，守城将马进忠闭门不纳，忽又派兵冲出，可望感觉苗头不对，回马狂奔。随从多被冲散，茫茫然如丧家之犬，逃往贵阳。

交水之战瞬间结束，双方仅死伤李本高以下数百人。这时将士们一边叙旧，一边一起收拾沙场。定国同文秀、文选商量道："现在张胜往袭昆明，王自奇又据永昌，我应当回救；你们可急追可望，必擒之而后已。但兄弟一场，切不可杀，恩养他百年无妨。"文秀、文选称善。分工之后，各奔南北。

再说张胜、马宝统七千精骑取小道，经过五天急行军，已进抵昆明城下。马宝唯恐城内疏于防备，故意沿途焚烧房屋，使偷袭变成了明攻。城内王尚礼等听说可望之兵迫近，正准备登城接应，却被永历帝召入宫内，由沐天波、靳统武率亲兵看守，动弹不得。这时，交水大捷的露布已星驰送到，永历帝命人把捷报大张于金马、碧鸡坊下，安定民心。

张胜带兵到城下，正准备攻城，忽然看见定国、文秀报捷露布，才知秦王大军已败，原先约好的内应王尚礼又音讯全无，观察城上防卫严密，踌躇再三，不敢造次，被迫退军。行至浑水塘时，正碰上定国回援之师。张胜挥军死战，定国军因战后疾行，路远兵疲，几有不支之势。忽然马宝在张胜阵后连放大炮，拥兵杀来，与定国军成夹攻之势。张胜大吃一惊，道："马宝也反了！"只得突阵而逃。

第二天，张胜过沾益州，守将总兵官李承爵原系他部将，率兵来迎。张胜喘息方定，向承爵述说战败始末，突然左右冲出数十人，出其不意将其擒缚。张胜怒斥承爵道："你是我手下，待你不薄，为什么背叛我！"承爵正色道："你敢叛天子，我凭啥再属于你！"

可怜张胜被解至昆明处斩，成了可望麾下少有的愚忠之臣。

可望奔波月余，沿途险象环生，终于逃回贵阳。他命令留守大将冯双礼带兵出城把守要道，约定如文秀追兵到来，就连放三声号炮报信。双礼眼见秦王兵败如山倒，出师时十四万貔貅，返回只剩十四骑；情知人心不再，决定改弦易辙。他不仅不帮秦王稳定局势，反而在文秀追兵远在百里外时就下令连放三炮。可望刚刚吃顿安稳酒饭，进盆洗漱征尘，就听见号炮传来，以为神兵天降，连忙带着妻儿和随从出城东奔。

一路上经过五六州府，各个守将皆闭门不纳。呼之再三，仅有垂下大筐盛酒食给可望的，还有百呼不应的。可望走投无路，揿下一把英雄泪，对寥寥数员亲随道："李定国辱孤至此，孤不惜这几根头发，须当投清师以报不世之仇！"走到湖南靖州，其亲信、中书舍人吴逢圣时任靖州道，率所部来迎。可望感慨道："一路人心俱变，我们只有投靠清朝一途了！"于是就遣逢圣先往宝庆向清方接洽。

三日后，文选所统追兵迫近。可望等连夜奔入武冈界内，又遭镇将杨武截杀。可望以为死期将至，万念俱灰。正盲目奔逃之中，一支清朝大军相向杀来，击退杨武。清将问明秦王身份，立即护送可望、妻子、随员经宝庆府花桥地方进入清方辖区。

原来清湖广巡抚张长庚接到可望降书，内云："李定国、刘文秀等大逆不道，荼毒生灵。可望兴师问罪，反为所诱。乞代奏大清皇帝陛下，发铁骑一万，愿献滇、黔、蜀以归一统，更报不世之仇。"长庚如获至宝，知可望处境危急，为捞到这个王牌，急忙派湖广中路总兵李如春、左路总兵王平带军八千接应，击退拦截之兵，救了可望性命。

可望到宝庆下榻后，又托长庚派人送信给五省经略洪承畴，再表心迹道："自行投诚，愿附大清朝，献滇、黔、蜀之土地，岁纳贡赋。祈大人转奏大清皇帝陛下，请兵报仇，以复滇云，荡平叛逆，归版图于一统。"

承畴自受命经略五省军务，始终局促于湖南，一筹莫展。株守在湖南四镇和粤西，四年之间，数千里内，寸土未拓，谋不成而动必败。粮饷靠吴越漕运，岁费百万。正颓丧至极、身心俱废，已请准卸任、回京调理之际，云贵明朝自乱，天上掉下个孙可望！老洪见了可望确信，兴奋不已。当即上疏道："大逆孙可望虎踞滇黔，任意鸱张，年来费饷劳师，征讨无果。今天殄穷凶，自戕溃败，伏乞皈化，是不劳挞伐而南疆边土共戴皇上如天之福。既有此情由，即系重大机宜，片刻难以迟误，卑职不敢以奉旨解任回京调理致误军机。"再也不提年老失明，抖擞精神要为大清金瓯一统效犬马之劳了。

顺治帝见疏后谕兵部道："经略辅臣洪承畴前已奉旨准解任回京调理，近闻病已痊愈，仍着留原任，亲统所属将士，同宁南靖寇大将军固山额真宗室罗托等，由湖广前进，相机平定贵州。"老洪接圣旨后，便亲自同罗托率领满汉兵马从长沙开往湘乡，准备大举进攻贵州。

应承畴之请，可望在清将李如春护送下自宝庆起行，到达湘乡，和经略见面。承畴当然早知可望是永历朝的实际执政者，不敢怠慢，仍待以王礼。可望还自称孤，但以投奔之臣，必须歌颂一番清朝的功德，说道："云贵远在天边，声教未通，十余年来非敢抗拒王师，实欲待时归命。近益听闻皇上文德绥怀，恩诏四方，孤深切仰慕。且满洲大兵精强，威声赫赫。无奈虽孤有投诚之心，群顽无效忠之志，以至只身来投。"

承畴闻言开怀大笑，与罗托设宴款待。宴后，可望随承畴到长沙。所带官丁、妇女共四百余口，骑马四百余匹，招摇过市之时，城内官兵、庶民听说西南霸主来降，沿街观看，无不喜气相传，共庆太平有日，将成大统盛世。

清廷下血本招安朱成功，却一波三折；在倍感羞耻时节，更大的反王孙可望突然来归，令满朝君臣喜出望外，自然极为重视。特旨封可望为义王。为体现赏不逾时，立即派内翰林弘文院学士麻勒吉为正使、礼部尚书胡兆龙为副使赍册、印，专程前往湖南行册封礼。典礼过后，可望即应诏在麻勒吉等陪伴下赴京陛见。

到京后，清帝命和硕亲王济度带领公、侯、伯、梅勒章京、侍郎等大批显官出城迎接，场面隆重已极。明朝遗民方文当时正在北京，目睹场面，感慨赋诗道："南海降王款北廷，路人争拥看其形。紫貂白马苍颜者，曾搅中原是煞星。"

次日，顺治帝亲自在太和殿召见可望。四天之内，大清天子赐宴三次，赐银两次共一万二千两；另赐府邸、蟒袍、朝衣、缎匹不算。当年可望率数十万雄师，以云南全省之地自愿归附风雨飘摇中的永历朝廷，明廷在封一字王上倍极刁难；而大清对仅率百人狼狈来归的叛将天恩高厚，加封一字王爵，叫饱经风霜、享尽荣华的孙可望怎生感泣了得！唯有掏心挖肝，拼命报效了。

三十八、南天一柱

残明的秦王，摇身一变成为清朝的义王，大逆孙可望一夜之间成为北京头号红人。消息传遍九州，各地反应倒也平常，或羡慕、或嫉妒、或不齿；真正惹恼的，是海上英雄朱成功。

他堂堂明朝赐姓郡王，麾下精兵二十万、猛将数千员，清廷号称高看，反复洽商，迁延数载，打打谈谈，不过许个海澄公。孙可望乃丧家之犬，被自己人赶走，走投无路投靠清朝，竟得异族封王，且以一字王爵凌驾辽东四汉王之上。那吴三桂、尚可喜等倒不敢出什么怨言，朱成功在东南用刀枪发言了！

可望之封，实为成功之辱。成功从此真正铁心向明，尽忠报君了。可望蒙恩之际，便是成功发难之时。闽粤沿海，突然山摇地动，郑氏大军沉寂一年之后，重启战端。

首次出击选在漳州。漳州府城守门千总刘国轩、守备魏标心向明朝，曾数次派人同郑方联络，表示愿意充当内应，献城举义。那时成功正与清朝暧昧纠缠，不便接洽。此番与清朝决裂，立即遣人乔装入城，与刘、魏商谈，一拍即合。按约定日期，成功派中提督甘辉率军乘夜进抵城下，国轩在城头接应，一举袭取漳州。总兵、知府梦中惊醒时，眼见大势已去，只好跟着投降。成功翌日亲临漳州，擢升国轩为护卫后镇统领、魏标为大武营统带。接着派兵四出，攻克漳州各县；然后移师仙游县，往攻泉州。

成功用兵诡诈，出于策略考虑，事先写信给清朝福建巡抚佟国器和泉州守将、知府，以和谈时清廷许给漳、泉、潮、惠四府为由，率兵来取。气得佟国器回信大骂成功不仁，道："佟口而谈，满纸荒唐，殊堪喷饭！"成功不理，亲率大军围困泉州。途中国轩献计道："泉州城坚，守将韩尚亮与施琅同学，富有韬略，且得民心；善战者不敌善守者，我军宜先收取诸县，宽其围而姑置之以待其变，以少损我士卒为上策。"成功采纳其计，先分兵夺取泉州诸县，各县多数望风请降。守将韩尚亮株守孤城数月不见援兵，果然心怯弃城，突围而去。

成功占据土地渐广，虽兵力、地盘远不如当年可望在西南那么壮大，为树立威势，号召远近，倒也动起创立以自己为核心的王国的雄心。于是大会文武，说道："和议不成，必须东征西讨，事务繁多，拟设六官和司务，以及察言、承宣、审理等事宜，分隶庶事，令各官会举而行。"原鲁监国重臣张名振道："藩王岂可僭越设立与朝廷相仿的六部衙门？若为政务、军务管理便利，也须报朝廷恩准。"成功不喜道："天子行在遥隔，一时如何能够奏闻？皇上原曾许我便宜委用，武职许至一品，文衔许设六部主事。但主事只有七品，衔卑则难以服众，各部主事可以秩比侍郎。如今事业草创、百战艰难之秋，无相应府衙不足以号令远近。若有僭越，将来朝廷降罪，由我一人承担罪责！"名振道："我不是刁难殿下，为稳妥计，可一边承制组建，一边疏报恩准，谅朝廷不至于不许。"成功只得点头称是。名振又谏道："条例有规定，不宜僭设司务。"成功敷衍道："司务可改为都事，都事秩序可比照郎中，都吏秩序可比照员外郎。"

于是分所部为七十二镇，各设统领；设六官以分理庶政。又以厦门中左所为王兴之地，不宜因循旧名，顾名思义，改为思明州，设知府一名。奉原监国鲁王、卢溪王、宁靖王居金门，漳、泉等地各府县分派知府、知县，以理民政。立储贤馆、储才馆、察言司、宾客司，更设印局、军器局、船舰修造局等。成功凡有封拜仪式，则穿朝服北向稽首，望永历帝行在进疏，然后封存建档。郑氏王国俨然成形。

消息传到清廷，满朝哗然。吏部员外郎彭长庚疏请"先废郑芝龙以除内奸"。正白旗下云骑尉杨国永更上题本道："灭郑成功易，除郑芝龙难。郑芝龙一日不除，郑成功一日难灭。伏乞皇上速灭郑芝龙家族。"清帝虽怒，终究是位高瞩远，降旨道："将郑芝龙本人及其妻孥一同迁居，另行禁锢。将其家人及财产一并监管原处，视郑成功系降系拒，再行酌处。"

成功建立王国，其父便陷囹圄。但清帝仍留了一条退路，倒比李自成一怒而抄斩吴氏满门、断绝三桂退路更有海量了。

清朝讨伐大军随后就到。在京皇族能带兵者，仅郑亲王世子济度一人，京城留守八旗只有不足万人。济度奉命率满洲八旗五千、汉军五万南下福建。

与北军相比，郑军弱在陆战，强在水战。为扬长避短，成功决定放弃业已恢复的漳、泉两府，移兵海上。下令诸将把两府钱粮征尽后，拆毁二府及属县全部城墙和房屋，所得砖石、木料用于建造和加固金门、厦门诸岛及海澄县城垣、营房；并强移各地人民到金、厦安置。

郑军归复漳、泉不到一年，搜括两府饷银二百万两，器械、材料、粮草无数，是地地道道一场竭泽而渔的盛筵。等到济度率军进抵漳、泉，脚下只是一望无际的荒芜平川，别说人烟，野狗都罕见。转攻厦门，面对的却是巍峨坚城，固若金汤。城上旌旗猎猎、鼓角齐鸣，歌声嘹亮，清军徘徊于旷野，只落得望城兴叹。

济度进战无从下口，后顾不知所措之际，成功派中提督甘辉、右提督王秀奇率陆战兵乘船北上，在崇明沙洲会合定西侯张名振，然后直指江、浙沿海，首战舟山。清军主力全注于闽中，浙江、江苏无兵救援，舟山城守将蒙古人把成功望着数万明军排山倒海而来，审时度势，知抵抗无益，干脆带着手下蒙古兵杀尽汉将，打开城门，献了城池。清定城守将见没有退路，也率部反正，舟山群岛要地不战而下。

江、浙震动，清朝大军屯驻厦门附近，竟无回援迹象。成功担心金、厦兵力不足，又调甘辉率主力回守根本，由总制陈六御督率定西侯等镇守舟山。

甘辉离去月余，一日名振应邀去六御府上赴宴。饭后回营，忽然感觉腹痛，旋即口吐白沫，抽搐暴亡。临终前挣扎着写下数句遗言，嘱咐部下将士转依兵部右侍郎张煌言。六御将遗嘱呈送延平王，成功拒绝定西侯遗嘱，复信命令六御接管名振旧部。该部官兵本来就疑心主将死因，都愿意回归同为原鲁监国系统的重臣张煌言，划拨六御如何心服，竟寻找机会哗变散去。舟山守势益孤，不久就被江、浙两省拼凑的近万杂牌军重新攻占，六御力战而死。

为防止明军重来舟山作进取基地，清廷命令将该岛城防工事、房屋全部拆毁，居民统统赶回大陆。舟山旧城周围五里，仅存泥基，砖石抛弃海中。从这时起，一直到康熙二十二年（1683），舟山群岛成为一片废墟。

甘辉奉延平王命，带着把成功回到厦门。延平王亲自接见、款待这一班蒙古将士，席间就命把成功演示刀法、格斗摔跤之术，大为叹赏，改其名为把臣兴，授骁骑将军印、任一镇统领。把成功，即把臣兴一夜间从千总蹿升将军，蒙古人心直，感恩戴德，每日精心训练本镇官兵，以求报效于沙场。忽然又有清朝台州副将马信派使者前来接洽反正事宜，成功乃令甘辉按约定时间率战船三百余艘进至台州港附近。

当日夜，马信设宴，以"海贼临城，合议堵剿"为名，把文武官员聚齐。酒过三巡，马信摔杯为号，士兵从室外冲入，将知府、通判、知县等尽行绑缚。天一亮，开狱放囚，将城墙炸毁，烧掉未完工的战舰；带领部下兵马、家眷，载了府、县库存钱粮、兵器，弃城乘船来归。延平王大喜，授予马信挂征虏将军印、任镇统领。他对把臣兴、马信来投特别优待，连升三级，赠送美女、金银，极尽笼络，当然有其缘故。因为北方将士擅长骑射，娴熟陆战，正可弥补南军之不足。这和清廷善待、重用擅长海战的许龙、施琅等降将同理。

甘辉北进舟山途中，得兵得将，多有斩获。若不因成功心虚调他回防金、厦，趁势收取江、浙亦大有可为，那时全国形势必然应声改观，算是得小失大，也再次证明成功与定国在格局上的差距。相比之下，另一支南下大军却不那么顺利。前提督黄廷、后提督万礼统领十三镇、镇将二十员、兵丁七万南下潮州府。首战围攻潮州府属揭阳县城，同时分遣兵将到各乡寨抢征银米。广州来援清军遭到阻击，伤亡数千人，狼狈退走。揭阳被围一个多月，守将和知县眼看内无粮草，外无救兵，请求郑军网开一面，允许献城撤军。获黄廷同意后，清方官兵士绅离开揭阳。郑军入城，设糜粥以济饥民；又乘胜攻克澄海等县。广东大震。

平南王尚可喜已探得李定国正在广西横州，部下靳统武已到广东边界，唯恐定国再入肇庆，与郑军通气；若陷入两面受敌，后果不堪设想。于是与靖南王耿继茂、两广总督李率泰商议后，决定趁定国军尚在广西，首先击败最弱一方郑军。抽调两藩与总督标下兵马共三万余名，大举挺进揭阳。在城外高地构筑四大营盘，待机而动。清潮州知府逼令各乡寨供应粮草、出服劳役。此地百姓已被郑军搜括殆尽，再遭洗劫，百里之内竹木、祠堂都被伐毁无存；不分老幼，稍有抗拒就被殴打致死。潮州人民一月之间两遭涂炭。

双方相持中，黄廷召集诸将商议对策。左先锋苏茂力主决战，自告奋勇打前阵。金武营将华栋主张持重，等待清军懈怠时伺机而动。经过一番争执，黄廷采纳苏茂之议，出城决战。苏茂作先锋，黄梧等为后援，黄廷亲率两镇抄到敌后夹击。不料，大队冲出后，清军只派小股游骑佯抵一阵，等到郑军大部冲过钓蟹桥后，突然前后合击，把郑军截为两段。混战中，苏茂身中两矢一铳，带伤突围而出，郑军大乱。后撤时因为桥面过窄，兵将相互推挤，纷纷坠入急流，损失上万人。

翌日，郑军重整旗鼓，再次出城会战，又败。成功闻报，下令放弃该城，突围登舟返航。郑军死伤两万，换来在潮州抢得的白银十万两、米十万石。

延平王赏罚严明，南征舟师一回厦门，他立即召集文武议处揭阳丧师之罪，说道："揭阳之败，败在苏茂轻敌，黄梧、杜辉不及时应援反而临阵退却，按律皆当斩！"众将齐齐跪地，泣告求情。当初施琅叛逃，得于苏茂念旧掩护，成功一直隐忍，此番苏茂获罪，正可借机除恨。所以不管众将如何哀求，他怎肯轻易罢休。

等大家折腾消停了，他徐徐开口道："既然众人如此求情，本王也不便过于苛责；但沙场争斗，你死我活；死在松弛，活在谨严。有罪各将不能全免！苏茂轻敌寡谋，万人之命，殒于其策，其罪滔天，斩立决！杜辉捆打六十军棍，黄梧寄责，各戴罪图赎！"此言一出，那苏茂重伤之躯，尚缚于床板上面，竟振作力气，大笑两声，呼道："我苏茂一条好汉，满腔热血誓报国仇，不想死于奸人奸计！不劳你们动手，我自能了断！"说罢咬断舌根，满口喷血，自戕而亡，引得一片唏嘘涕泣之声。

苏茂战功难以枚举，其气可以吞敌，忠诚刚勇非他人能比，未死在战场，竟死在同侪眼前，可惜可叹。

成功见诸将露出不服之色，只得吩咐厚加殓葬，比照侯爵之礼，赡养其妻孥；并含泪宣读自作祭文，曰："马谡非无功于蜀，然而违三军之令，虽武侯不能赦其罪。"云云。

苏茂死后，黄梧、苏茂之弟苏明发回海澄县镇守。二人心寒彻骨，密谋数日，一天趁夜带领部下官八十余员、兵二千余人叛变，把海澄县献给清方。驻守海澄五都土城的副将林明火速报警。

成功大惊，急派大将甘辉统兵驾快船连夜奔赴海澄。天亮时赶到城下，只见大队清兵登城据守。黄梧、苏明等已剃发易服，混在众军之中难以分辨。懵懂间，苏明站出来冲城下叫骂，郑军才如梦方醒。

海澄县依山临海，素称天险，进可攻、退可守，同金、厦互成掎角，为延平王的陆上进取基地，内存大量军械、粮饷，失之如断股肱。该城极其坚峻，一人敌手，万夫莫开。甘辉无可奈何，只能掩护林明把土城内军械、粮食搬运下船，返回厦门。

海澄之失，令成功痛苦不堪，叹息道："我视海澄为秦国的关中、河内，所以储备都囤积在那。岂能料想黄梧、苏明如此悖负，以后将如何用人啊！"甘辉等哪敢抗言，只得胡乱劝慰。

清廷得报黄梧、苏明以海澄来归，欣喜若狂。顺治帝不经廷议，便颁下圣旨，封黄梧为海澄公——原授成功的爵位；授苏明为都督佥事，不久加衔为右都督。黄梧受封海澄公，大有平步青云之感；相反一方的成功闻讯，自然引为奇耻大辱，更加坚定了抗清志向。其以延平王身份，遥奉永历正朔，直到永历驾崩而不改初心，在闽海独竖抗清大旗，终成明朝南天一柱。

三十九、水尽鹅飞

可望受清帝似海隆恩，日思夜虑，频繁献计。献上滇、黔地图，详细开列云贵形势机宜。同承畴及各提督、总兵时常图上作业，有如聚沙成丘，清朝将帅由此对云贵军情、地貌了如指掌。他更为清军提供数十员地利官（向导），分派到罗托和承畴军前应用。又上疏请战道："大兵征滇，是臣报效之日。滇南形势，臣所熟悉。或偕诸将进讨，或随大臣招抚各州，聊尽奉国初心。"清帝命诸王、大臣商议，认为"大兵分三路驱云南，指日可以奏功。可望不必前往，留京遣人多赍手书招降诸将即可"。

于是义王可望亲笔给故旧文官武将写信百余封，选四十名精干官员作密使，到湖南后先向承畴报到。承畴分派幕僚与各信使对应联络，然后乔装进入云贵。其手书所寄名头不同，大意相似，畅言自己已受王封，视同亲王，恩宠无比；对诸将不计前嫌，只念旧情，降者都能得到高官厚禄，封爵必超过其他降将。只有定国一人不赦，有敢斩定国携其首级来投的，愿将王位相让。

可望叛逃，于明朝本无伤害，云、贵、川和湖广、广西各军均无太大损失，政权由此归一，是利好的事。不料，可望信使四窜，联络的又皆为秦王旧部文武，被定国兵擒获数人后，大家都不淡定了。

起初乱平善后，永历帝大封剿逆功臣，白文选由巩国公晋封巩昌王，马进忠由鄂国公晋封汉阳王，冯双礼由平阳伯晋封平阳侯，祁三升由威宁伯晋封咸宁侯，高文贵由广昌伯晋封广昌侯；其余有功镇将各得升赏。狄三品等以党附可望的罪名降爵。驻守楚雄、永昌一带的王自奇曾接到可望密令，准备东犯昆明，但犹豫而未动。可望败窜后，定国本可用朝廷名义赦罪招抚，但他意气风发之际，计不出此，竟亲自率军攻打。自奇逃往腾越，绝望自刎。文秀在水西俘获张虎，槛送省城，枭首示众。可望叛逃，跟随其投清的不过几百人，且无一个重要将领，说明原先尊奉"国主"的将士在关键时刻多识大体，否则定国、文秀以区区四万兵如何敌得过可望的二十万大军？可惜时移势易，定国的胸怀变得狭窄了，有意无意流露出畛域之心，把接收的原可望麾下的将士称为秦兵，云南旧兵名曰晋兵。加之可望旧属眼见着晋王周围将士升官受赏，个个

心灰意懒，渐生悔意。恰在此时，秦王获清帝大封的信息传来，不久便多有将帅见到密使，收获密信，少数将信上交，还有把信使执送到有司的；更多的人为避免误会猜疑，秘而不宣。

再说蜀王文秀，其战功虽远不及晋王定国，但在戡平可望叛乱之役，厥功至伟。他在追逐可望途中，注意收拢秦王部下溃散兵将，前后收容达五万余人，加以改编训练，视同子弟。他的豁达大度效果明显，旧秦王兵皆视蜀王为主公，愿意用命。

然而，永历帝只信定国，定国又变了心性。在当时，晋、蜀二王威望崇高，忠贞不贰，各有官兵追随，所以李、刘和则兼美，离则两伤。可惜，阴差阳错，二王终于不能推心置腹、共度时艰。

可望逃脱后，文秀就留在贵州善后，稳定军心，严防清军趁衅进犯。事情刚有头绪，便被永历帝召回。见面之后，天子本应慰劳一番，却劈头就问道："那孙可望是怎么逃脱的？"文秀回奏道："当时杀败可望之后，没料到他走小路。臣带兵从大路追去，等赶到盘江时细问，守桥兵说秦王不曾从此经过。才知走小路奔逃，只得仍从大路追下。况且可望仅有不满百骑，随处有马就换；他沿途不提大败缘由，谁敢不勉强应承？他连夜兼程狂奔，臣只一日一站地追，所以没能追上。臣到贵州，冯双礼报告，可望已去四天了。若再发兵追赶，已来不及，可望因此逃脱。"天子沉吟很久，才呼口气道："早知捉不住，倒不如不追。现在追之不获，反激他投奔鞑虏，恐怕滇南大祸不远了！"

文秀闻言胸闷气堵，半天才缓过神来，轻声道："不追可望，难不成任由他回贵阳重整兵马？如今贵州初定，尚不足以充当云南屏障。当下内患虽除，外忧方炽。皇上可容臣速返贵州整军备战？"永历帝迟疑一会儿，道："爱卿数月劳顿，可暂时在都中休养，贵州事情遥控就行吧？"文秀一听，知道天子因放走可望对自己不满，功劳则尺寸未入其眼，心里冰凉，便不多说，默默退出。

文秀只道天子迁怒于可望逃脱，却不知被召回乃另有难言之隐。原来可望信使也曾寻机见文秀，却误入文选营中，被扣留后押赴云南。从密使鞋底搜出密信，信中旦旦言及文秀缓追义释之恩；更有许与封王、唯独不赦定国一人等语。所以勾起永历帝和晋王的疑心，才有召回昆明之举，才有开口质问可望逃脱的话。怎能轻易安心放他返黔！

文秀不知详细，却能感知自己被召回，皇帝和当初国主是一个套路，意味着又被解除了兵权。既然天子在晋、蜀二王间专一倚重晋王，蜀王也就伤心欲绝，一边还焦虑于贵州局势，结果苦闷异常，茶饭无心，寝不安枕，渐渐地就卧病在床了。凡大朝日上朝一走，平常早朝都托病不出。将一切兵马事务悉数交给护卫陈建料理，终日不出府门。

永历帝和晋王闻蜀王有疾，隔日便前往探望，再三宽慰，派教士引洋医调治。但体病能愈，心病难疗，文秀不久就病卒了。临终前，文秀上遗疏道："北兵日逼，国势艰危，请派大将入蜀联络李闯十三家旧部。臣有窖银一十六万，可以充饷。臣之妻子族属都当执鞭以从王事。我军应出营陕、洛，或能转势为功。此臣区区之心，不能报效皇恩，死不瞑目也。"

文秀一死，秦王旧兵如丧考妣，各营哭声相应，此起彼伏，惊天动地。天子、晋王闻之不悦，又奈何不得，只做不见，以亲王礼隆重发丧。

当时贵州各营暗潮涌动，气氛诡异，定国如何不察？然而已痛失文秀，追悔莫及。意欲肃清可望遗毒，严缉可望密使，追抄策反密信，又担心矫枉过正，激起逆反哗变。只得以安抚为能事，仰赖巩昌王白文选、庆阳王冯双礼等秦王旧将遍巡各营，又把狄三品等复职，求稳于一时。

但危机已显露苗头：有一小队清军误入明境，为脱身，欺骗路边人道："我们是义王孙可望的部属。"附近守军遥见清兵过境，立即出营迎战，听说是可望兵到，竟望风失色，乱叫"国主来了，国主来了"，争相避退。

满洲大军还没到，云贵就已呈瓦解之势了。可见人心之重，重于泰山。可望不亲临云贵，声威倒如影随形，裹缠在承畴、三桂们的战旗上，以后在战阵上更显出神威。可望远在京师，也算是报仇雪耻了！

四十、滇南之祸

可望的叛乱和降清，给了清朝天赐良机，利用西南内讧，一举荡平黔、滇的统一大限到了。

顺治十四年（1657）即永历十一年十二月，清帝福临正式下达进军西南的诏谕：任命平西王吴三桂为平西大将军，与固山额真莫勒根侍卫李国翰率领所部由陕西汉中南下四川，进攻贵州；任命固山额真赵布泰为征南将军，统兵南下湖南，由经略洪承畴增拨部分汉兵，取道广西，会同定南王藩下提督线国安部，北攻贵州；任命固山额真宗室罗托为宁南靖寇大将军，同固山额真济席哈等统兵赴云南，会合洪承畴汉兵再往攻贵州。

清朝此役势在必得，紧接着又任命信郡王多尼为安远靖寇大将军，同平郡王罗可铎，贝勒尚善、杜兰，固山额真伊尔德、阿尔津、巴思汉、卓洛等带领八旗主力南下，专攻云南；并赋予多尼以节制会攻贵州三路军的指挥权。能节制洪承畴、吴三桂的人自然不该是等闲之辈，那么这全军统帅、安远靖寇大将军多尼是何许人呢？其实就是个二十三岁的青年，从没经历过战阵，但生在皇家，乃豫亲王多铎之子，袭封时才十四岁。他和被定国斩杀的领兵大帅尼堪相比，无论爵位品级还是经验都不可同日而语，由此可见满洲上下无人的窘相。

当年每逢大战，可望、定国、文秀都亲临前线，胜算多于败绩。此次清朝四路大军，不须论初出茅庐的统帅多尼，承畴、三桂等皆为定国手下败将，总兵力也与明军相仿，此番出征却斗志昂扬，期在必胜，为什么？可望的原因！各路军全持有数封对阵明军若干变节将领的降书，这就是启关的钥匙。同仇敌忾与各怀异志的较量，不管中间有多少变数，结局已经昭然了。

晋王不是神，此时被内讧冲昏了头脑，和秦王的争斗险胜令他亢奋，沉浸其中不能自拔，终日盘算如何压制、调教秦王旧部。先附和永历帝把坐镇贵阳的蜀王调回昆明，释去其兵权；接着担心生变，又陆续将驻蜀、湘守军撤回云南，搞得非晋军系列官兵人心惶惶，不知所从。天子和晋王连番施行自以为巩固内部、实为不明智举措的时候，满洲三路大军攻进了贵州。

驻防四川、湖南、贵州各部明军或开门投降，引敌奔袭；或避战逃脱，败退回云南。清军好似摧枯拉朽，势如破竹，仅用半年便攻克贵阳，收取全黔。

在三路军休整之际，多尼的八旗大军由湘入黔，清军如虎添翼，士气愈振。

多尼扎营于平越州东南的杨老堡，传檄各路军来会。承畴从贵阳、三桂从遵义、赵布泰由都匀赶来参加。多尼虽为统帅，离京前已受清帝嘱咐，大事多听洪阁老献计。知道洪经略是三朝老臣，封疆多年，久经沙场，见多识广，所以开场后便道："本王初到，军情不明。当下战机紧迫，稍纵即逝，诸王、贝勒、将军也不必徒然耗费口舌乱议。洪先生是五省经略，进兵方略料已了然于胸，就请洪先生部署。洪先生的方略，便是本王的将令！洪先生请！"

老洪心中感动，面上倒也平静，施了礼，告了罪，便信心满满地部署起来：留下洪本人和罗托暂驻贵阳，镇守新定地方，料理粮饷；兵分三路进攻云南，中路由统帅多尼率八旗主力从贵阳进攻安顺、关岭入滇；北路由平西王三桂率本部攻毕节、七星关入滇；南路由赵布泰率本部及线国安、张国柱军，并增派固山额真济席哈部从都匀西攻安龙、黄草坝入滇。

会后，信郡王立即拔营开赴贵阳，休整三日后出发。平西王也于同日率甲士十万起行。清军气势汹汹，开始了对云南的大举进攻。

清军攻进贵州后，败讯不断报到昆明，永历、晋王起初尚依据过往经验，打算先凭贵州守军不计成败消耗清军数月，然后出动主力，以逸待劳，击溃敌军。却没料想军心已散，望风投降者多于抵抗的。定国经过一番紧张策划，调兵遣将，才在七月间亲自秉黄钺出师。

晋王挥八万大军，烟尘滚滚，直指贵阳。不几日间，前锋祁三升、李如碧领兵马三十营已进抵平坝，能望见贵阳城郭了。这时贵阳集结了罗托部等满、汉兵三万，计划凭坚城固守。攻城之役，必为恶战。

定国正忙着部署数路将士包抄贵阳之际，多尼指挥三路十五万大军进兵云南的消息传来，明军骤然陷于被动。定国情知先机丧失，大势已去，只得急命双礼、三升回师，分别扼守关岭、鸡公背，互相呼应，凭险阻击多尼部主力；命令李成爵、张先璧阻击赵布泰；命文选阻击三桂。

多尼率满洲旗兵大举进攻双礼、三升防线。明军数万军队麇集山顶，粮草断绝，士兵饥不择食，一遇满洲兵攻击，便弃险不守，纷纷后撤。双礼、三升看军心不稳，也只好随军撤退。三桂军进抵文选扼守的毕节七星关，见关形险峻，易守难攻，就在可望所派向导指引下，从小路绕过险隘，直插天生桥，抚文选之后背。

文选大惊，被迫放弃七星关，退入云南。赵布泰军进至北盘江渡口时，明军沉船据险而守。投降过来的土知府向赵布泰献策，趁夜捞取沉船，从下游十里处偷渡过江。天亮后，守渡口明军发现清军已经过江，仓皇撤退。

定国眼看三路堵击均告失利，自己所统大军面临腹背受敌之危，只得下令放火烧毁北盘江上铁索桥，由双礼断后，全军撤回云南。多尼见铁索桥已毁，令全军砍伐竹木，编成排筏渡过盘江。在松岭击败双礼，三路军会合，浩浩荡荡开进云南，迅速向昆明推进。

明军全线崩溃。定国下令放弃贵州的时候，已经估计到清军必然乘胜进军云南。明军颓败之际，不可能保住昆明。急忙派人向天子奏报清军势大难敌，请及早移跸以避鞑虏锋芒。可怜永历朝廷自继统之始，便犹如一叶扁舟随风漂泊。千难万险移驻安龙后，又被秦王挟制，苟且偷生。直到定国救驾，移宫昆明才安定下来，各衙门开始正常运作，云贵百姓得以安居乐业。谁知好景不长，又面临生死抉择。

永历帝得奏，只得紧急廷议。在朝诸臣有的主张迁往四川，有的主张向西避难。主张移跸四川的，理由是：现在云南四面都是鞑子，车驾若幸外国，文武官兵一定无人愿意跟从。就算奔驰脱险，而羽翼失去，只有坐毙瘴疠之乡了。只有四川建昌正值全盛之时，连年丰收，粮草堆积如山。如果假道象岭，直接进入蜀中，养精蓄锐，效三国故事，万一不能下捣荆襄之虚，也可凭险待时。永历帝嘉许此议，派锦衣卫官员去征求晋王意见，定国也表示赞成。

过了几天，定国回到昆明，在召对时建议道："此时移跸蜀中建昌，近路要经过武定，但武定荒凉，须绕道走宾州一路，粮草大致还方便。"天子和晋王既已达成移蜀共识，当下便传旨命户部尚书龚彝、工部尚书王应龙备办粮草，派广昌侯高文贵护驾，克日起程。临行前，定国同文选商量，准备在朝廷和军民撤退后将仓储存粮烧毁，以免资敌。

永历帝闻讯传旨道："恐清师到后无粮，必然苦我百姓，不可烧毁。"

十二月十五日，永历帝率文武百官离开昆明，同日到达安宁。临行前，定国传谕百姓道："本藩在滇多年，与人民情同父子，今国事艰危，朝廷移跸，势难带大家随行。恐鞑虏一到，杀掠奸淫，仓促不易逃避，你们趁本藩未行时，尽快远遁，不要自己耽误。"昆明百姓知道大祸将临头，城内外哭声鼎沸，不少人扶老携幼随军向西逃难。

决定放弃昆明后，庆阳王冯双礼等按计划向四川建昌转移。永历帝经楚雄抵赵州。这时清军已近交水，晋王稍迟也领兵出城。此刻晋王亲信幕僚、云南人金维新时刻随在左右，看准机会反复进言道："我和文安侯马吉翔等认真揣摩，认为入蜀是下策。皇上被蜀人迷惑，固执要移跸蜀中。那蜀中勋镇林立，多数是李自成麾下悍将。现在殿下新败之余，能保证大顺将袁宗第、郝摇旗听从节制吗？若恢复荆襄，能保证皇上不再封郝摇旗等为亲王，以与殿下并列吗？"定国闻言如醍醐灌顶，沉吟道："入蜀也是不得已而为之，时危见臣节，总不至于变节降清啊！"维新道："殿下忠勇一世，当然不会苟且偷生；况且我军虽败，主力尚存。只要英明定策，终将有决胜之期。与其去蜀，莫如走永昌。事不可为，则占领缅甸；若可为，返滇更容易！"定国一时糊涂，真就改了主意，决策向滇西转进。一边派行营兵部侍郎龚应桢赶到赵州，请天子前往永昌。

定国突然变更计划，护卫天子西撤，而双礼等部已北入四川，两支大军由此分道扬镳。文官武将听说朝廷骤然改变已达成共识的方针，顿时感到前途渺茫，陆续脱离朝廷，各自去寻找避难藏身所在，纷纷改名换姓，多数逃进大理府深山中。

却说清朝三路大军艰难跋涉进抵昆明时，已经粮草匮乏，贵州贫困，沿途筹粮极端困难。信郡王知道，即便勉强立足，也难以乘胜直追。不料进驻昆明后，惊喜连连。省城虽已为空城，内外仓米稻谷杂粮足够十五万大军半年之用。多尼、承畴立即令固山额真宜尔德、户部章京同提督张勇等寻雇民夫，将存粮细加盘量实数，派满汉兵丁严密看守，听户部章京按月支给。明朝天子的妇人之仁，养肥了敌军，拖垮了自己。

永历帝一路风尘，到达永昌，随驾的官员已所剩无几。召对随驾官员和永昌地方乡绅耆老时，吏部给事中胡显奏道："陛下先前在昆明，独出宸断去蜀，英明睿智；不幸中途改变，远避滇南，已经失去中外寄望，现在远在天边，离此则为外夷了。外间哄传车驾又想幸缅，缅为外邦，叛服无常，就算忠顺来迎，我君臣患难之际，狼狈如此，也不能号召天下了。况且万一其犯上阻挠，则銮舆进退仰恃什么？今中兴二字，不过臣子爱君父之言，其实绝无机会。不如卧薪尝胆，闭关休养。对外固守关隘，内部劝课农桑，死守年余，以待天意转移。侥幸苟全，四方必有勤王者。趁鞑子还没追来，仍当取道走蜀，尚可保得瓦全。"说完，号啕大哭，左右侍臣也随之落泪。

天子低头无语。定国满怀愧疚，跪地引咎自责，奏请奉还黄钺，削去官职，待罪视事。天子给定国降三级处分，其他随扈官员大抵都降职署事。事已至此，这等收拾人心之举，效果如何，只有听天由命了。

该处分的处分了，天子也向为数不多的追随者下了罪己诏，大家气顺了，然后开拔。四川已被满洲大军阻断，开弓没有回头箭，不可能像胡显说的恢复入川计划，大军且向腾越州转移。

永历君臣退至永昌时，留巩昌王白文选守玉龙关。平西王派遣先锋统领白尔赫图叩关，文选战败，损失官兵千人、战象三只、马数百匹。闻文选败讯，定国命平阳侯靳统武领兵护驾，仓促西撤。这时又一批官员落荒而逃。工部尚书王应龙出身陕北制弓匠户，献忠建立大西时任工部尚书，投明抗清后仍任原职。时下已经年迈，行动不便，对儿子道："我本草莽微贱，蒙恩授职，官至司空。先前不能匡扶社稷，现在无力患难从君，何必腆颜求活于人世！"说完，自缢殉国。其子哭道："父殉国难，子承父忠！"也跟着上吊自杀。

庆阳王冯双礼率部进入四川建昌，本意是会同原大顺军另创局面，由于晋王听信金维新、马吉翔的献策，领兵西去，两支大军被清军隔断，相距愈来愈远。双礼虽然顺利入川，却势单力孤，难有作为。平西王再三招徕，双礼严词拒绝，发誓为明朝尽忠。德安侯狄三品却早已被可望策反，暗通三桂，见状用计将双礼骗到本寨，捆绑了献给清军。

三桂大喜，急忙奏请朝廷道："双礼或解送来去京。或军前正法，伏候圣裁。"不久清帝旨下，道："览平西王奏，设计擒获伪王冯双礼，足见平西王筹划周详，指授得宜，朕心嘉悦。狄三品等遵谕效力，擒逆来献，诚心可嘉，可从优委任职爵。冯双礼执迷不悟，大军所至，不立即投诚，流窜入蜀，本当正法，但今既就擒，杀之无益，姑且免死，向其昭示朕好生之心，念及其当初义释可望之功，着押解来京安置。"

那好汉冯双礼终究还是"执迷不悟"，岂肯去北京再遭旧国主可望的羞辱，在押解途中寻机逃脱不成，进入京畿时毅然撞墙而死。

南明春秋

四十一、末路血战

离开永昌后,晋王派精兵护驾先行,自率主力徐徐撤退,于永历十三年（1659）二月二十日渡过怒江。江面不太宽,但水势汹涌。过江二十里,便是腾越州高黎贡山的南段磨盘山。定国登山四望,但见层峦起伏、径隘林深,弯曲处仅能容下单骑,不由得计上心来。

自云贵溃败,数月间被清军穷追,已无立足之地。然而疾风知劲草,板荡识诚臣,经此患难征程,仍然追随左右的两万将士,已是精锐中的精华,都是以一当十的死士;所以他有信心凭此打一场硬仗,借以恢复士气,挽回人心。他也估计清军屡胜,已不存戒备之心,正可利用眼前地形用计。磨盘山距腾越很近,为防万一,他奏请天子及大本营不要停留,继续后撤到中缅边境线上。

谁知这一万全安排,倒酿成君臣永诀的苦果。这一节容后再表。

可望叛清后,定国为整顿西南而头脑发昏,自乱阵脚,导致内部离心离德,痛失一盘好棋。回到战场上,仅凭真刀实枪,却仍然是无敌的存在。他设伏巧妙,又严如铁桶,充分利用地形特点,设栅数重,埋伏三道伏兵。命令泰安伯窦名望为初伏,广昌侯高文贵为二伏,武靖侯王国玺为三伏。每一道埋伏,设伏兵二千,冷热兵器密布。他亲率万人屯于山后四十里的橄榄坡,预备机动。约定清军过了山顶,进入三伏后,发号炮为令,三伏并发,首尾横击,必然全歼清军,不会逃脱一骑。每名官兵预发干粮,以绝烟火,避免暴露。

第三天,平西王率关宁铁骑和满洲八旗联军三万渡过怒江,进至磨盘山下。他环顾四周,只见群峰巍峨,草木繁密,除了一条羊肠小路,别无路径可寻。四下查看,没有找到明军一兵一卒,偶尔一群鸟雀被惊起,打破一派寂静。地形如此险要,兵家遇到这种情况,总是要格外留心,慎防伏兵。但一路追剿,逢山开道,遇水编筏,类似险地、关卡无数,挺进八百里,从无像样的抵抗。所以,判断定国保着永历帝已经逃远,眼前不会有明军。后面信郡王多尼大军将到,他又担心被其抢了头功。因此下令继续大胆进兵,尽快越过磨盘山追击。

大队人马排成一字长蛇,鱼贯而行。通过山坳,开始登山。

不到一个时辰,攀至山腰已有万余人,果然毫无伏兵迹象。三桂愈加不以为意，督促后队加速。自己也扬鞭催马起行。正行间，忽听前队喧哗，刚要动问，已有副将领兵押着一明朝装束的官员奔到马前。三桂骑在马上，正吃惊着，来人却认识三桂，远远便大呼："吴将军！"踉跄着扑过来。后面士兵眼疾手快，忙冲向前架住。三桂看他衣冠不整，满脸紫胀，喘息着要喊话，却急得吐不出声音，立感苗头不对，翻身下马，走到其面前，喝道："你是何人？为什么在这？叫本王何干！"那人一边大口捯气，一边拼命比画手势，半响蹦出几个字来："埋伏！快撤！"

三桂一听，大惊失色，急忙传令前锋停止前进。他是久经沙场的宿将，知道既已落入陷阱，不能仓皇后撤，唯有死战能脱。当即下令炮兵对准沟莽树林发炮，骑兵下马，用箭矢猛射。一时间，两旁丛莽中矢炮如雨。伏兵不得号令不敢应战，听凭枪炮与箭镞袭来，纷纷倒毙在林沟里。

隐蔽在第一道埋伏线的名望知道埋伏已被识破，不得已，果断命令发号炮出战。第二伏文贵见状，只得也发炮，冲出救援。山谷中霎时杀声震天，双方在半山腰接仗，刀枪作响，血肉横飞。

号炮响时，定国正坐在山顶。一听号炮失序，知道设伏暴露，伏击变成了阻击。敌众我寡，自己若退，那六千伏兵就成了敌人刀俎下的鱼肉。片刻迟疑不得，他立即挥起令旗，率全军呐喊着冲下山来。

激战从卯时持续到中午。双方伤亡惨重，山上山下，尸积如山。定国身先士卒，率健儿往来奔袭，专攻敌人甲士厚集的阵脚，接连斩杀清将固山额真沙里布、辅国公干图、扎克纳、祖大寿长子祖泽润。明军越战越勇，三桂军渐渐不支。关键时刻，多尼、赵布泰大军赶到，数万满洲铁骑加入战阵。

战至黄昏，清军竟不能推进一步。多尼、三桂只得下令收兵，后退五里下营。

晋王清点部属，泰安伯窦名望、武靖侯王国玺以下四千人战死，其中一千人为严守纪律，被炮矢射死于号炮未响之前。虽然以不足二万勇士打败强敌八万，杀敌万余，却也无力再战。定国伏击歼敌未果，悲愤满腔，只得率军趁夜疾撤。令定朔将军吴三省断后并收集溃卒，亲率主力前往孟定追寻永历帝。

信郡王、平西王等惊魂甫定，以为白日见鬼，万没料到李定国尚有此余勇。面对眼前这座大山，担心伏兵未退，竟三日不敢跨越。

若非天助，有人告密，否则三桂及其全军早已命归黄泉。平西王的恩人，那个千钧一发之时冲出灌木丛告密的人，竟是明朝光禄寺少卿卢桂生。卢年轻时曾在京任职，受过吴襄小惠，所以识得三桂。此役时正任定国中书，自告奋勇随名望去设一伏，就是为觑准时机在关键时为清朝立功。因为这项大功，三桂奏明清廷，赏给他云南临元兵备道、大理府知府官职。桂生在大理任上再立新功，抄杀逃进深山的明朝遗臣四十多人。

磨盘山败讯传到北京，清帝震怒。一般汉军死伤多少无妨，是役真正满洲大兵战殒四千，相当于满洲八旗员额的八分之一。这种恶仗从后金开国不曾有过，若打上八次，满洲军就化为乌有了！其余死伤的也是辽东汉八旗的精卒。类似惨烈场面重演几次，别说满洲，清朝的蒙、汉精锐都将殆尽了。

清廷经诸王、大臣会议，下诏严惩统兵诸将：多罗信郡王多尼罚银五千两，多罗平郡王罗可铎罚银四千两，都统济席哈以下皆受处分；征南将军赵布泰以下多人被革职为民。

此战之后，三路清军慑于"穷寇狗急跳墙"，与其死拼，不如任其自灭，不再继续追讨，全军撤回昆明。

后有明朝遗民经过磨盘山时赋诗道："凛凛孤忠志独坚，手持一木欲撑天；磨盘战地人犹识，磷火常同日色鲜。"

四十二、羊山之痒

清朝倾国而出,四路大军围攻西南,晋王兵败如山倒,永历朝廷土崩瓦解。东南坐山观虎斗的延平王沉不住气了。当定国如日中天的时候,成功的妙策是明里配合,暗拖后腿,以避免两军、两地合二为一;等到定国日薄西山之际,唇亡齿寒,他就必须出手声援了。

当定国与清朝主力作困兽之斗时,成功在厦门誓师,依永历诏命北伐。大集十七万将士,以五万人习水战;五万人习骑射;五万人习步战;一万人披铁甲,绘以朱碧彪纹,号为铁人,充当前锋,金火不能入;一万人习健行,设为往来策应。

大军沿海北进数日,到达闽江口外。夺取闽江口南岸的闽安镇等地为停泊处,然后水陆并进,溯闽江以攻取福州南边的南台岛,佯攻福建。

清福建总督李率泰等,见省会被围,全闽震动,急忙调集省内外各地驻军救援。成功本意为牵制清军行动,于是将计就计,相度地势,遣将在多处筑寨镇守,更以水陆军袭击福州所属各县镇。主力还于闽安镇,以待清军之虚。

延平王召集诸将计议下步进军路线和进攻目标。张煌言主张溯长江北攻金陵,声动远近,对敌攻心。诸将多数认为南京路远,城池坚固,大费兵力资财,不如近攻闽、浙沿海,取得人力粮饷后,而徐图江南。这样取胜稳便,实力即可日增,又能使敌人疲于奔命,然后伺机进窥南京虚实。只有右提督马信赞同煌言,认为直捣南京可取。

成功最后决策道:"北去舟山,转赴崇明,溯长江而上,张名振就常探此进兵之路。我军北伐,控制长江,则江南半壁,皆入我囊中。作战以攻心为上,士气民望第一,我军应当直驱南京为是。"进攻南京的方针遂决。

趁着东南清军忙于应付防守福州,成功以前提督黄廷留守厦门,大军主力迅速北上。北伐军由中提督甘辉为首程,右提督马信为二程,后提督万礼为三程,成功自率三镇兵马为四程。以兵部尚书张煌言为监军。大军在风雨交加之夜,升帆入浙。

不久到达舟山。因信风未顺,暂时驻扎荒岛休整。成功一边操练士卒,一边与煌言等商议进军路线。会中成功问及水路远近、港门、山屿、水流等详细情况，引港都督李顺道："此去长江口必须经过羊山，从舟山到羊山，鸡鸣时开船，若西南风好，午后便到。那个岛有两座山，都不太高，一个叫羊山、一个叫猴山，无人居住；但羊山上有龙王庙，航海者约定俗成，经过时必登岛献祭生羊，久而久之，羊繁衍多了，见人不知畏避，所以人们称之为羊山。相传羊山龙王庙十分灵验，经过都是献羊，不可金鼓献纸，否则不保平安。"

成功笑道："岂有此理，光武涉滹沱之河，金人淼混同之水，天意已在，泥塑会显什么灵效！我提师盼望规复神京以为社稷，涉历波涛多少年，没见什么妖魔。传说之言，不可信。"煌言也笑道："入境随俗，敬鬼神而远之。算尽人事，与天意无关，只令军士安心罢了，爵爷何惜一羊？"成功正色道："航行平安与否，事关气候，不可靠祭占。我之所以不愿致祭于海上龙王、圣母之类，正为在军中破除迷信，而信天意民心！"煌言等无语。

永历十二年（1658）八月九日鸡鸣时分，北伐大军自舟山扬帆北上。天气晴和，风平浪静。至午刻，东抵羊山。绕岛一圈，择水深处停泊后，军士上岸，果然见山上羊群很多，见人不知畏避。于是争相登岸牵羊，各船烹羊摆酒，大快朵颐。

翌日午后，各提督、统领来见成功，拟议进攻崇明方案。大家刚坐定，突然看见大片黑云自北方涌起，信风逆转，成功当即令诸将速归船队戒备，并叫将各小船搁浅到山上，大船抛锚港湾避风。不移时，风起浪涌，迅雷闪电大作，旋即暴雨如注，天色昏黑使人对面而互不相辨。

成功在中军船上，接连听见邻船呼死喊救、折裂冲击之声。巨舰摇荡如秋千般骤烈，放眼四望又伸手不见五指。忽有管船都督跪告道："近卫各镇近在旁边，已经不见了。风涛实在异常，咱们的船三条棕缆一齐断了，刚卸一旧锚下去，不知结果怎样。藩主上应天命，请上拜祝告，乞求上苍平息风浪，以救这十万官兵如何？"成功叱道："如天意在，岂有人祈祷能免的吗！"太监张忠与在侧各官只得一起跪求哀劝。成功不得已，姑且从之，就船四拜，瞬间竟风平浪静、四方晴霁了。这时天已黄昏，急忙派人查找近卫各镇船只，多数不得踪影。船中成功第六爱妃、第二子郑浴、第五子郑温，及明朝宗室义阳王朱由棨等男女老幼艄兵数百人，都没入水中，仅有一名艄公凫水逃生。

风后清点各镇，共计损失将士八千余员，打碎巨舰四十余艘，其余大小船只都有轻重损伤。成功伤心扼腕，下令打捞死难者为之营葬、祭奠，然后移师舟山，修理舟楫，一边分遣将士进袭象山、三门、台州、温州各港湾，夺取清军船只、粮食、材料，以整备船只、器械，再图进取。只是在羊山风灾之后，大难虽过而人人心有余悸，劫后余生，多数盼着回归闽南。尤其成功违背众议出师，众将士以为上干天怒，因此怨言都发向主帅。

成功面对众怒，知之甚明，于是坦诚公布，恺切晓以复国大义，群情渐复。不久，军中又流言四起，讹传新附北方兵将密谋重投清朝。成功心疑，以为空穴来风，自有出处，为防万一，暂时解除各北将兵权，谣言始息。

一天，成功亲率一军到台州征粮时，南将、后冲镇统领刘进忠竟直入海门投降清军。成功大怒，亲自追击，破清军于海门城，斩杀进忠。由此诸军安定，士气重振。

此时，清朝举国之生力军在洪承畴策划、孙可望襄助下，正全力围攻云南，防备成功的兵力极其有限，只能坚守府、县，无力出战。郑军却意外倒在风灾的摧残上，整补训练百日，才勉强打起精神，再议出师。会上，煌言建议道："镇江在瓜洲南岸，是南京外围，与瓜洲同为江上锁钥，必须先夺取这两处据点，预留后路，而后可以从陆路围攻南京。"成功赞同其计，于是率北伐军自舟山扬帆北上，越崇明岛而不攻，溯长江西进，直取瓜洲、镇江。

四十三、金陵鏖兵

　　清朝廷见成功攻占浙江南部沿海数岛，起初以为他不过为割地自雄罢了，是皮肤癣疥之患。他既无天子可辅，又无外援能恃；其父芝龙业已投诚，禁锢在京，用父子之情威胁利诱，视其投降为早晚间的事。之所以采取东抚西攻之策，在长江口岸上设防，仅仅为了预防万一而已。清军在镇江正东两处旧炮台上重新装设巨炮，在镇江北的金山、焦山江面横布铁索，号称"滚江龙"，自上游而下船只，触之立破。更在金、焦二山接连江南、江北两岸上筑造木栅，栅栏后面架设大炮，号为"木浮营"，随时可以开炮击沉江上船只。

　　清朝瓜洲守将朱衣佐、左云龙，镇江守将高谦，都是宿将，以能战著称，以为据守这两地，南京已固若金汤，所以在南京不再留重兵设守，仅留有铁骑千人，并抽调周围四府、三州、二十四县内守兵一半入城，号称万人，实则杂散无战斗力。而苏州、常州等府更加空虚。

　　成功军由崇明南入江。清崇明总兵梁化凤敛兵据守崇明坚城，眼见明军视崇明如无物，直入长江。船队之长，两日夜才过尽，知其志在疾袭南京。化凤为求建立救援南京之功，等待明军过后，率所部出城，乘船横渡长江，在南岸登陆，经常熟、无锡，直奔南京增援。

　　清江宁提督管效忠守在福山镇，见明军船队大至，知小船拦江截击无效，下令岸上发炮轰击。但明军船队傍北岸行驶，炮力不及。又见明军只是溯江疾驶，料到其目标必在镇江，以切断南北运河交通线，便也纠集精锐，沿江南岸走，西援镇江。

　　清江南提督马进宝是明朝将门之后，大势所趋，被裹挟降清，历来在围剿明军时应付了事，暗中保护明朝遗臣。成功对此多有耳闻，当进入长江口时，即遣特使上岸密访进宝，敦促他反正响应；所以化凤、效忠等檄请进宝分道西援南京、镇江时，他却按兵不动，意存观望。

　　明军由煌言任前军先导，马信为先锋，沿长江北岸进发，途中击破少数敌船阻拦，直指瓜洲。当马信军被江岸炮台所阻时，前锋镇统领余新立即用快艇猛进，袭夺两处炮台。材官张亮选善泅水者数十人，夜间持巨斧将阻碍船队的

"滚江龙""木浮营"砍断；并以巨舰十七艘，乘风扬帆随潮水硬撞"木浮营"，结果清军的横江铁索断开，明军得以近泊到焦山下。

延平王率众将登上焦山，致祭天地、明太祖、崇祯帝、弘光帝、隆武帝，恸哭誓师，并赋诗道："黄叶古祠里，秋风寒殿开。沉沉松柏老，暝暝鸟飞回。碑碣空埋地，阶砌尽杂苔。此间到人少，尘世转堪哀。"然后令部将向北岸进攻瓜洲，自引诸军为后继。

这时，江北各地援军已抵达瓜洲。会逢大雨如注，清军多骑兵，陷在泥泞之中不能自拔。成功率甘辉等上岸，赤足跋涉，奋力冲击。斩杀清将左云龙，擒获朱衣佐，全歼清军到达战场的各路援军，顺利占领瓜洲。成功留兵守卫，命监军何平督理江防，然后自领大军还于焦山，筹备攻取镇江。

清江宁提督管效忠刚刚从福山镇赶到镇江，就听说瓜洲失守，紧接着便遭明军攻击。激战一昼夜，有南京铁骑一千来援，但杯水车薪。明军愈战愈勇，又激战两昼夜，清军全线溃败。效忠率残兵退保镇江城南的银山。镇江守将高谦、知府戴可进只得献城投降。成功命令陈魁率铁甲军再攻银山。清军见此铁人，不怕箭射，列阵直前，专事砍杀，步兵、骑兵都不能拒止，于是一哄而逃。

效忠喟叹道："我自满洲入中国以来，身经十役，没遇到如此恶战啊！"又纠集各路赶来的援军，布成叠阵，编为五路，一齐向镇江反攻。成功令发火炮，一时炮声隆隆，弹落如雨，浓烟滚滚，清军下马避弹，殊死拼杀。明军在炮轰之后，呐喊反击。清军五路皆溃，效忠仅率百余人逃回南京。

镇江父老携牛酒迎接延平王入城，各属县纷纷来镇江城纳款。成功下令休兵三日，大宴将士于岘山。席间在瓜洲俘获的清操江军门朱衣佐被押至，成功即席劝他归降。衣佐一时战栗不知应对。成功以好言晓以民族大义，衣佐回应道："忠臣不事二主，烈女不嫁二夫。"成功闻言大笑道："汉奸竟夸口忠烈，杀你徒污我剑，释之反显我大度！"叫军士松绑，将其赶出镇江。

成功与诸将再计议进军南京方略。甘辉进言道："瓜洲、镇江为南北运河之咽喉，断瓜洲则山东之敌不能进江南；据镇江则敌两浙之路不能通行；长江以南可不劳而定。所以我军据此为守，待机运动为宜。"煌言也道："现在作战多日，对南京已经没有用奇兵、妙策之处。金陵城为六朝故都，城壁高厚坚固，向称龙盘虎踞，易守难攻，所以不可轻进。应当暂守瓜洲、镇江，分兵袭击淮扬，扼敌咽喉，收拾人心，观衅谋动。北堵鞑子不得南下，南断运道使南粮不能北运。两月之间，敌人必生内变，此曹操所以取胜于官渡之策。"

成功沉吟良久，道："也不尽然，时事有所不同。昔时汉祚改移，群雄割据，曹操诡计多端，常能以胜算制人。我朝历三百年，德泽已久，不幸国变，百姓遭殃，王师一到，必然天下响应。收复旧京，号召海内豪杰，千载一时。若迁延犹疑，坐待敌人援军四集，前后受敌，我势如定国在云南之孤，万难再扭转乾坤。昔太祖得水师，夺采石，取金陵，破竹摧枯，正是贵在神速！"

说话间，有荆州运粮船十四艘自长江来降。江北来人说道："扬州城文武官员已逃避一空，城中父老正绣彩旗置羊酒，要来镇江劳军。"成功为民气所动，认为大势在握，断然决定进攻南京，以孚众望。

延平王八十三镇大军直逼南京，从仪凤、江东门登陆，屯兵狮子山。各营寨设鹿角瞭望，掘外壕，建木栅，立墙垒，以围困南京城。

清两江总督郎廷佐率各府临时调来拼凑之兵万余人，在南京城内把守。登城楼四望，见明军旌旗遍野，戈甲闪烁，金鼓齐鸣，气焰灼天；只得紧闭城门，听天由命。

这时，朱衣佐正逃在郎廷佐左右，向廷佐献计道："郑成功连战连胜，各府争相纳款，自以为南京唾手可得，我们宜迎合其心，行缓兵之计。可马上派人卑辞请求宽限献城时日，以骄其志，等待援军，徐图破敌之策。"廷佐认同其计，派亲信出城求见成功，哀求缓攻，说道："清朝有例，守城过三十日者，罪不及妻孥。现今各官亲眷都在北京，乞求宽限三十天，到期一定率众出降。"提督马信闻讯谏阻成功道："南京已为瓮中之鳖，城虽坚固而守兵极弱，应立即发动攻势，抢夺良机。攻破一口，全城即陷。"

成功为求慎重，不听马信建议，想要应允廷佐请求。煌言阻止道："卑辞者必有诈，无约而请和者必有奸。降则降，岂有以家眷为托词的？此乃缓兵之计。我应迅速攻打，促其早降。"成功道："我自舟山兴师以来，战必胜，攻必克，他敢缓我之兵吗？攻城为下，攻心为上，今敌既然乞降，突然进攻，如何慑服人心呢！"甘辉道："兵贵先声，现在就南京而言，为我众敌寡；但就全局来说，则敌众我寡。寡众态势不可轻弃，否则其缓兵得计援军大至，就难以挽回了。"

众将纷纷谏阻，鲜有附和成功意见的。成功却为使天下皆知国姓郡王为仁义之师，力排众议，而批准廷佐的乞降书，厚待来使，礼送回城。

这时节，清崇明总兵梁化凤回救南京，过溧阳，约江南提督马进宝共同进军。进宝正与成功暗中联络，拥兵观望，不听。化凤见他不动，只得率本部骑兵二千、步兵六千赶赴南京，从南门入城。成功听说了，因其兵少，也不介意。但八千生力军的到来，却大大鼓舞了清军士气，廷佐等更加安心地以拖待援了。

四十三、金陵鏖兵

清帝顺治初闻明军入长江,以为连江铁索足以阻挡,接着得报成功已破铁索,攻取瓜洲、镇江,进兵围攻南京。因为知道南京空虚,江南半壁岌岌可危,又虑及江南失则山东、河南必乱,而北京的八旗主力都已远征西南,北京也是空城,只得召集诸王、大臣会议,讨论退守关外之计,其母孝庄皇太后闻讯大怒,亲自上殿斥责顺治君臣。无计可施、焦头烂额的时候,得知南京城以乌合之众守二十余日尚未陷落,又信心倍增。清帝四顾满洲无将,只得幸南苑检阅留守的老弱六师,决心御驾亲征,以挽救江南大局。

关键时刻,管效忠已集结并收容各州府三万多士卒。廷佐又在城内征得勇壮民丁二万人,委派给未曾与明军接战的新锐军梁化凤。化凤日夜登城观察明军营垒,见敌官兵解去征衣,在水中沐浴;舟樵四出,多有倒塘捕鱼的;入夜则灯火交辉,歌声嘹亮。将士陶醉在胜利收获的亢奋高潮中,只在等待清军到期开城迎降,仿佛已忘却会有战斗。化凤又发现神策门外白土山下有明军一营,士卒年老而疲惫,警备极其疏忽,大有可击之隙。于是令人在半夜悄悄挪开神策门堵塞沙袋,亲率五百精骑潜出,向白土山明军偷袭,迅速打破营寨。

统领余新来不及披甲,仓促应战。两名副将战死,余新等数十人被擒。等邻营闻讯来援,化凤已载了粮食、器械退回城内。清军见明军如此孱弱,士气大振,争相请战建功。

成功这才知道上当,羞愤难言,急忙命令各营筹备攻城。化凤观察明军开始移动营垒,决心集中城内全力,趁敌人整夜忙乱而阵地未定时,大举袭击。连夜挖开神策门附近的城墙数处,在拂晓向明军狮子山下营盘突击。另以一部由都统哈哈木率领,直攻明军岳庙山大营。

明军先锋镇先与化凤军遭遇,右镇、前卫镇、后劲镇闻警出营助战。但明军因忙碌一夜,精神、体力耗尽,激战到午时,已呈不支之势。担任接应的三镇因道路不熟,行动困难,到达战场已迟,竟被化凤各个击破。化凤得胜后,再整军从狮子山向东,投入与哈哈木夹攻明中军大营之战。

成功在岳庙山上立麾盖,指挥各军作战。见各镇分别与敌交战,不能彼此支援,心急如焚。意欲召停泊在下关及幕府山北的水师登陆作战,对参军潘庚钟道:"你站在盖下代我指挥,我下山催水军上陆,从山后抄杀,此敌可歼。"然后带健将十余人下山北去。到江汉口时,看到潮水大退,江汉干涸,所有战舰都移向下游大江之中。想要巡快哨去调军,岸边却没有哨船。只好沿岸往下寻觅,费时很久才见到几艘哨船,已贻误了战机。

潘庚钟在岳庙山守护华盖,不知成功与甘辉等约定信号是什么,仅仅胡乱挥动令旗而已。甘辉等率精锐潜伏山谷中，始终不见出击号令，以为诸军已将敌人阻止，或正欲诱敌深入，所以不敢轻举妄动。

明军各营与敌久战，伤亡奇重。于是列铁人军拒敌。但山地崎岖，人着铁甲后难以进退，动辄摔倒。敌人初见恐惧而稍退，继而发现其笨重不灵，就分数人为一组，接近捕缚铁甲兵，夺其兵刃，抬之而去。明中军因此大败，参军潘庚钟也战死在中军华盖之下。

甘辉见中军乱战，断然率军冲出山谷增援。马上被清军包围，苦战半日，才突围北走；又被梁化凤军截击。所部全部战死后，甘辉一人杀敌数百，力尽被俘。

等到成功率水军登陆驰援，各线陆军均已大败。成功不得已，下令各军上船，向镇江撤退，并安排快船候于南京城附近江边，救载逃散的残兵败将。围攻南京之战，因成功决策、指挥失当而告惨败。撤到镇江后计点诸镇，只有左右提督及援剿后镇诸军未受损伤，其余各镇，十五镇覆没，其他损失惨重。

不久，清军大队骑兵出现在镇江近郊。成功知道军心已经动摇，不敢决战。令舟师守江口，令周全斌等为殿后，整顿各军船队，从容向长江口转移，引诸军退还金门、厦门。后哨负责收容的将领黄安带散兵回归，立即向成功请罪。成功陡然悲伤，声泪俱下道："是我轻敌，没有你们的罪过！"从此懊悔，常常废寝忘食，渐渐演至抑郁症，毕生不能痊愈。

张煌言为策应主力，率偏师入安徽，四方响应，夺取五府之地，即将收复合肥，以为国家光复在望，正满心庆幸时，突然得到南京大败噩耗，不久又收到清两江总督郎廷佐遣人送来招降之书。煌言还想顺流而下与成功合兵，而这时清军水师已在南京阻断归路。煌言只得以孤旅奋战到底，与诸将商议在江西、湖南一带开创新局。但此时清军已在云贵奏捷，湖北的清军水师已顺流而下来攻。煌言辗转苦斗，部众日渐星散。全军瓦解后，他只身易服，奔走于山中，再渡钱塘江入东阳，赴天台，打算收拢旧部在浙江沿海重整旗鼓，再图恢复。最终人心已散，大志难酬，埋骨于杭州的南屏山麓。

张煌言在明末十九年的征战中，三渡闽关，四入长江，百战浙海，是明朝少有的赤胆英雄，浩然正气，实在值得万古传颂。

甘辉被俘后，清江宁提督管效忠令其跪见，甘辉不为所屈。效忠道："你以为你的头比我的刀硬吗！"甘辉从容道："我今天声言，我乃大明甘国公，有为甘国公落头而来的，虽是汉奸，也是我恩人。此地是我死处，我正要世人知道我因何而死，死在何地！"效忠敬他勇烈，转而好言抚慰，又叫降将余新来劝降。

甘辉一见余新，不等他开口，就厉声大骂道："余新匹夫，你枉生天地间！兵败投降，有啥面目见我？你今天变节，鞑虏岂能容你久活，早晚也是一死，何苦奴颜婢膝苟且一时？我甘国公头可断志不可移！"余新闻言，羞恨难当，五内如焚，掩面奔出大堂。甘辉于是被害。余新后来也果然遭清廷借故杀死。

延平王闻甘国公死节，望北跪拜而泣道："若早听从甘将军诤言，不至于此啊！"在厦门立明忠臣庙，设死难诸将牌位，而以甘辉居首位，每年朔望必入庙祭奠。

清帝正议御驾亲征，闻报成功已在南京城外败走，总兵梁化凤、提督管效忠建立破敌大功，龙颜大喜，擢升化凤为江南提督，效忠赐侯爵。江南大定，滇、黔、蜀、粤、湘五省荡平。顺治帝昭告天下，宣示中外，令南征大军班师回朝。

南明初时弘光帝即位南京，拥有长江以南国土，与清朝平分天下而有余。及隆武登基，明朝还有天下三分之一。如今永历帝逃亡缅甸，晋王转战滇南，延平王南京溃败，张煌言无功遁走，则浩浩神州，仅余金门、厦门两小岛，还算明土而已。

清朝于是发动最后攻势，进取金、厦。

清帝以平远大将军达素、总督李率泰为帅，发水陆军六万往攻厦门。成功全军上下同仇敌忾，背水一战，竟在海上歼灭清军十之七八。清廷治达素全军覆没之罪，赐死于福州。自此以后，清朝终延平王一世，没有再敢复议取金、厦者。只是采用降将、海澄公黄梧的封锁策略，强行迁离沿海二百里以内居民，以断绝郑军接济并防止其登陆而已。

四十四、龙游浅底

永历十三年（1659）闰正月二十五日，落难天子和随扈百官由平阳侯靳统武护卫，逃到滇西盏达土司，缅甸已经近在咫尺了。马吉翔激动兴奋，与弟弟、中府都督马雄飞，女婿杨在密议道："我们处心积虑，才把车驾引到缅界。现在这么多官员相随而来，万一群臣乱谏，皇上必然后悔不早入蜀，迁怒于我们，就死无葬身之地了。今护卫孙崇雅和我十分投缘，若先把意思交代给他，趁靳统武、沐天波明天才到，让他虚传清军逼近，连夜兼程出关。借着半夜昏暗，车驾一过关，便将随行官员打劫。这些人东奔西窜，还顾得上护驾？自然如鸟兽散！"

三人议定后，吉翔急忙去崇雅处游说。孙是统武部将，本已感到前途暗淡，听了吉翔怂恿，散伙前能发笔国难财，何乐而不为？两下一拍即合。

当天晚上，吉翔等谎报追敌将到，永历帝忙令起驾。刚一上路，崇雅便纵兵大肆掳掠。夜色掩盖下，乱兵四窜，连天子也未幸免，跑丢了御靴，赤足不能登山。直到黔国公沐天波率天威营赶到，才弹压下来。崇雅领着乱兵不知踪迹。随行文武官员在流离中又遭抢劫，苦不堪言，不少将士在混乱中走散。天波护着天子逃到铜壁关，再越关行至囊本河时，天已大亮，缅关在望。

永历帝传谕天波护驾出关。天波奏道："皇上不可轻易入缅，若与晋王断了声息，便如龙游浅底遭虾戏、虎落平阳被犬欺；人为刀俎，我为鱼肉了！可暂时驻跸在此，容臣与平阳侯商量，遣人和晋王联络。晋王正与鞑子交战，若胜，则不必入缅；若败，也必来迎驾。"永历帝不悦道："若胜？我兵强时不胜，强弩之末了还敢言胜？朕意已决，爱卿速护驾出关！"

天波无奈，只得派人先去通知守关缅将，然后亲自前往接洽。

明朝世守云南的沐国公是中南各国熟知的大人物。守关缅甸官兵见到沐国公到来，纷纷下马，以礼相待，奉上饮食。当得知随天子前来避难的文武有数千人马，紧急飞马回报缅王莽达喇，很快接到缅王要求："必须放弃甲杖、武器，才允许入关。"天波对永历帝谏道："不可轻弃武装，缅人狡诈，不要堕入奸计。"永历帝道："你与缅人多有往来，岂不知他们是小国，我若明火执仗入境，谁人能够心安？以天朝和它三百年上国情谊，断不至于拘执朝廷，更不敢献给鞑子吧！"统武在旁听了，跪地禀道："为防万一，陛下与文臣、宫眷先幸缅邦，末将与沐国公引兵驻在关上，谅其投鼠忌器，就不敢有忤逆之图。"天波道："我只身随驾去，方能照料左右。天威营留给你节制，余兵还需随扈护驾。我带文武三分之一随大驾入缅，你以三分之二护太子进茶山调度各营，即使皇上在缅地也有外援可恃。不然，深入夷穴，音信内外不通，久之也会生困。"

统武闻言，面露喜色，连连称是。永历帝也觉得有理，道："此计可行。"不料，中宫王娘娘在侧尖叫道："皇上和太子岂能分离？若如此，不如我母子先死在这里！"天子心软，只得作罢，只谕统武带所部及天威营不入境，其余弃甲入关。一时卫士、中官都遵令解下弓刀盔甲，关前器械堆积如山，两千人赤手随驾而去。

统武黯然遥望车驾远去，派副将率百骑去寻找晋王报信。定国饮恨磨盘山之役未获全功，正整顿队伍，踏上转移征途，得到统武之信，了解到缅王禁止军队入境，深虑天子安危，派遣大臣高允臣带人先寻踪赶去，企图追回永历帝。不料允臣一进缅境即遭杀害。

永历帝此番慌不择路，被奸臣诳入异邦避难，有如旗帜已倒，给各地复明志士蒙上心理阴影。对晋王等人来说，既要在穷乡僻壤顽强抗击清军，又要时刻担心天子安危，从此弄得顾此失彼，心力交瘁。

永历帝入缅，到蛮莫时，当地土官思线奉命来迎，永历赐给其金牌、缎帛厚礼。又唯恐清军跟踪而来，即谕思线砍倒树木，阻塞道路。思线得谕，就在车驾起行后，对关内外山林大肆搜刮三天，碰上仓皇追驾的明朝官员，不分青红皂白，一律拘捕，抄没随身财物，将身强力壮的杀害于关前沟后，老弱者散给各土寨为奴，折磨死后就投入江中，销尸灭迹。晋王所派使者高允臣便因此而殒命。

永历帝行至伊洛瓦底江，等待三日，缅王派了四艘客船来接。船只狭小，只得挑选随从官兵六百四十六人由水道南下，其中有的官员还是自己出资雇买船只随行。剩下的九百多人由总兵潘世荣率领骑马走陆路。马吉翔等簇拥着天子登上首艘客船，连太后和东宫都没人料理。天子乘船方动，岸上太后大怒，喊道："皇帝此时颠沛，就不顾亲娘啦！"天子羞愧，忙令停船，又泊两天，草草就绪，才匆匆开船南下。一路上缅甸寨民听闻上国天子巡幸，争相供应物品，永历帝心情稍安。

船行十二日，到达缅甸都城曼德勒近郊的小镇井梗。又苦等六天，缅王请天子派两位大臣过舟说话。永历帝派中府都督马雄飞、御史邬昌琦前往宣谕南幸之意。此一时彼一时，尽管大明仍为缅邦宗主国，实则是逃难避祸而来，缅甸君臣岂有不知？为避礼节，缅王拒绝面见使臣，只派汉人通事居间传达信息。

通事拿出明神宗时颁给缅甸的敕书同马雄飞、邬昌琦带来的永历敕书相核对，发现所盖玉玺大小稍有出入，因此对来者真伪生出怀疑。幸亏沐国公携有历代相传的征南将军印，是明际与西南接壤诸国往来文书所常用，出示后缅邦才解除疑惑，允许永历帝暂住境内。

潘世荣所带陆路南行官兵就惨了，到达缅邦都城对岸后，由于人马杂沓，四野喧嚣，引起缅王不安，对臣下道："此等不像避难，是阴谋图我国家吧！"下令派出万余兵丁加以包围，强行将男女老幼分别安插到附近各村民家看管，一家一人，禁止往来。搞得追随天子的忠良之士顷刻间妻离子散，家产荡尽，失去了人身自由。通政使朱蕴金、中军姜成德等不堪受辱，又顾及天子安危，不敢造次，只得自缢而去。

又过了两个多月，缅王才把永历帝从井梗移到原陆路人员到达的地方，用竹竿围造一个寨子，里面搭出草房十间，作为天子行宫，允许其他随驾人等自行在寨内构房居住。

缅王虽允许明帝入境避难，却碍于宗藩礼仪，始终不肯低头以官礼接待。缅王宫殿就在曼德勒城中，永历君臣驻于城外，隔河相望，近在咫尺，二人却从来没有谋面。

最初，缅王顾虑大明万一重振后问罪，还定期进贡。永历帝寄人篱下，有意回赠一份厚礼，居高临下"赏赐"一下。缅官答复道："没有得到王命，不敢行礼。"宁肯不要礼物，也不愿对明帝行藩臣之礼。永历帝只好听其自然。

小朝廷暂时得到安置，便有文武官员过起苟且偷安、苦中作乐的生活。当地百姓纷纷携带土特产来到驻地贸易，许多官员竟不顾体面，短衣跣足，混入妇女群中，席地调笑。有缅官鄙夷道："天朝大臣如此嬉戏无度，天下哪有不亡之理？"汉人通事附和道："我看这些老爷真不像兴王图霸的人。"

诽意传到天子耳中，为维护朝廷体统，下令选派官员轮流巡夜，便常有奉派官员趁机张灯饮酒，彻夜歌号。中秋之夜，天子痛风复发，左脚剧痛，昼夜呻吟。马吉翔等在皇亲王维恭家中会饮，维恭家有广东伶女黎应祥，吉翔命她唱曲佐酒。应祥流泪道："宫禁近在咫尺，龙体欠安，这时候行乐？应祥虽是贱人，不敢从命。"维恭大怒，操起棍子就打。天子听到哄闹哭泣之声，派内监传旨道："皇亲既然眼中无朕，也应当念你母亲新丧，不宜娱乐。"维恭等才噤声收敛。

另有绥宁伯等大开赌场，日夜呼幺喝六，一片喧哗。天子大怒，命锦衣卫士前往捣毁赌场。众人赌性正浓，换个地方重开赌场，喧嚣如故。

八月十三日，缅王派人来请黔国公过江参加缅历年节。永历帝以为可以借机通好，令天波携带原拟赠送的"赏赐"前往。到了缅甸王宫，缅王又忌讳行对待上国的礼仪，竟要求天波脱掉明朝王公衣冠，强迫他换上缅服，同缅属小邦使者一道以臣礼到殿前朝见。

按大明三百年惯例，镇守云南的黔国公代表天朝管辖云南土司与周边藩属国家，体统至尊。这时却倒了过来，要赤足着缅装向缅王称臣。天波强忍悲愤，苦胆上涌。礼毕回来后，他对迎候朝廷诸臣大哭道："当初天子不用我言，以至今日进退维谷。我若不屈，则车驾已在虎穴。怎么办，怎么办？谁让我糊涂来此啊！"礼部侍郎杨在立马上疏弹劾天波失体辱国。永历帝略览奏疏，忽然潸然泪下，将书投于火中。命速召黔国公晋见，君臣乃抱头痛哭。

熬到年底，吉翔拜见天子，喋喋不休诉说廷臣和随扈积蓄用尽，有的人已经揭不开锅，乞请圣上拿出内帑救济。永历帝本来就没啥私产，此番屡经劫难，已捉襟见肘，自顾不能，一怒之下，把黄金国玺扔到地上，让其凿碎分给群臣。典玺太监李国用叩头道："臣万死不敢凿碎此宝！"吉翔竟无顾忌，当即将国玺凿碎，分给各臣数钱至一二两不等。

不久，缅王遣人送来新收稻米数十斗，天子旨令分给穷困随行官员。吉翔却视若己物，只分给同自己交情深厚的官员，引起众臣不满。护卫总兵邓凯大叫道："时势至此，尚敢蒙蔽上听，升斗之惠，不给弱者，良心何在？"吉翔命手下人把邓凯打翻在地，致使他从此伤足不能行走。

四十五、竭蹶救亡

　　永历帝逃入缅甸，晋王在磨盘山战役惨胜后引兵沿边境南撤，辗转于热带雨林，曾经在西双版纳停留一段时间，又转到景栋。受晋王派遣护驾的平阳侯靳统武，眼看着皇帝进入缅邦，并且接受解除武装的要求，既不敢阻止皇帝，又不愿流亡异邦，又不知如何救驾，只得带着部下兵马四处追寻晋王行踪，终于在景栋与主力会合。

　　由于局势恶化，内部军心不稳，晋王已指挥不了散处滇、蜀的明军，又要严防本部文官武将变节。广国公贺九义的妻儿被清军俘获，清方趁机写信要挟九义投降。九义尚在犹豫之中，与亲信商量，却没有报告晋王。定国得报后，断定九义心怀两端，立即下令将其乱棍打死。

　　九义原为秦王可望的部将，他从广西南行带来的近万兵马是一支实力强悍的队伍，定国对他怀有戒心，也在情理之中。为防止九义率部降清，不得已采取断然措施。九义被杖杀后，他的部属深为不满，鼓噪逃出大营。定国担心逃亡官兵充当清军向导，潜来袭击，虽未下令追杀，避免骨肉相残，但大军随后起程，撤营走景迈、景线，临行将当地房屋烧尽，彝人少壮者掳去随军，弱幼的杀死。

　　被定国同时杖死的，还有九义的亲信文官、礼部侍郎金维新。定国原本深悔听信维新与吉翔合谋蛊惑自己改变入蜀战略而误转滇西，陷于进退维谷境地，偶然看到维新诗《西行永昌旅次题墨牡丹》云："繁华顿谢三春景，尺幅长留冰雪间。玉宇琼楼都似梦，邮亭揽笔意凄然。"弥漫着随军西窜时的消沉意气，又知他与九义时相往来，爱之深责之切，一怒之下，成全他随了广国公西去。

　　不久，巩昌王白文选领兵由雪山平夷攀崖附木，历尽艰辛，来到陇川，再行军半月，同晋王会师于木邦。

　　两军会师后，军心为之一振。晋王和巩昌王商议，认为云南内地城池虽然被清军占领，散处在云、贵、川的兵力还有不少。天子南狩异邦，对诸将抗清决心造成极为消极的影响。因此，当务之急是把永历帝从缅甸迎回国内。议定后，由巩昌王先领骑兵五千、战象十只进入缅甸，晋王率主力驻扎边境策应。

巩昌王军进至缅境磨整、雍会时，因天气炎热，令官兵卸甲解鞍，在树荫下休息。同时派出两名使者找寻缅甸官员，知照这次明军入缅动机：只是接驾，秋毫不犯。不料使者被缅人杀害。只得又派使者，由四名骑兵护卫，前往说明情由，竟又遭缅兵击杀。当时缅甸官兵有种错觉，以为明朝皇帝都入境避难了，军队剩下的不过是些散兵游勇，不堪一击，所以敢明目张胆地斩杀上国来使。

他们远远看到文选军中马匹很多，军士赤膊不加防备，就派出数百骑闯进营中抢马。文选大为震怒，下令整顿队伍，立即反击。缅方抢马士卒被追到河边，纷纷中箭，溺水而死。缅军十万主力在江对面列阵，准备迎战。文选毫无怯意，命官兵砍伐树木编造排筏，然后挥军渡江。

缅军自恃人多势众，对数千破衣烂衫的明军根本看不上眼。主事大臣变牙简道："汉人无状，但也不多，要等他们渡完，然后聚歼在岸边！"巩昌王兵得以从容搭乘木筏，鱼贯而渡。数百骑兵刚登岸，文选在对岸下令吹起号角，骑兵一鼓而进，缅军抵敌不住，阵势大乱。明军占领滩头阵地后，主力陆续渡河，发起全面进攻。缅军大败，被杀伤过半。缅甸王廷这才知道明军强劲，急忙收拢全国兵力，入都城据守。文选意欲攻城，又担心城内天子安危，不敢莽撞行事，只好围而不攻，等待晋王到来定夺。

缅王惊慌失措，派大臣前往行在质问黔国公道："你到我家避难，为什么又调兵屠戮我地方？"天波闻讯喜极，急忙报告天子。永历帝不知明军接驾详情，反应倒还沉稳，说道："卿可如此回复缅王，既然是我家兵马，得敕书自然退去。"天波惊诧道："晋王接驾，正是皇上脱离苦海良机，为什么退兵？"永历帝道："我军若攻城，不能瞬间就下，我们困在笼中，如何脱身？城破必死，城不破更得死！"一边举手阻止天波再说，道："卿带敕令前往我军营中，与来将晤面，再做区处。"天波这才领会，按圣意回复缅王。

缅邦王、臣真是不傻，他们生怕黔国公与巩昌王见面后，彼此了解对方情形和缅王形状，回头又要人又屠城，缅甸离亡国就不远了，所以坚持不让天波出城，也禁止其他明臣出城，而自行派重臣将敕令送达巩昌王营中，并献粮饷、酒食一百车犒军。文选焚香、叩首接受敕文，观之绝望，当日便下令退兵。

不久，明将广昌侯高文贵、怀仁侯吴子圣也率上万兵马入缅迎驾。他们所取道路同巩昌王不一样，大致是永历帝入缅的路线。文贵、子圣军也遭缅军阻击。他们反复遣使者沟通，表白没有侵略阴谋，不过为接出永历君臣，得不到善意回应，只得动武，杀进蛮莫。缅军大溃，又逼永历帝发敕谕，责令文贵、子圣退兵。永历帝无奈，派吏部侍郎杨生芳前往命二将退兵。

文贵、子圣接旨后被迫从布岭撤走。文贵忧愤于心，中途将部属托付子圣，竟刎颈自杀。杨生芳退兵有功，升一级，奖米一石。缅王眼看明军强悍，忧心忡忡；又见明天子威仪仍在，万夫莫敌，一纸退兵，便又派人重新修缮行宫，草顶都换了碧瓦，送来粮食、银两若干。永历帝感激不已，在吉翔怂恿下，再发敕令给缅甸守卫关隘诸将，写道："朕已远航闽南，今后有各营官兵犯境，可奋力剿歼。"缅王欢欣，赠给明君臣美女百名、白金千两，以资鼓励，觉得从此可以高枕无忧了。

过了数月太平日子，果然没再发生明军骚扰事件，认为那些残兵伤心失望，放弃信念了，自然散伙回家种地。于是旧病复发，还视明朝君臣为累赘，干脆派人把美女、金银又追讨回来。

当时，晋王、巩昌王虽偏处滇、缅一带，同据守福建各岛的延平王、张煌言等仍然断断续续保持着联系，当然知道天子困在缅甸，并没有去福建。因此，沉寂一段后，又开始派遣使者迎驾。见无回应，文选再率兵入缅，一直推进到缅甸王都附近。派得力人员变装潜入曼德勒，终于把晋王致廷臣书送到黔国公手中，其中写道："前次三十余疏，不知得达否？现在相约缅王，能何地接驾？诸公只顾在内安乐，全不关心脱险一事，奈何？奈何？"

天波见函，涕泗横流，飞奔进宫上呈天子。吉翔在侧看见，偷偷派人密报缅王。缅王便又要求永历帝发敕书退兵。

巩昌王等候多日，不得要领，又托可靠缅人秘密送上奏疏道："臣所以不敢连破缅军，担心缅邦未亡而先害及陛下！为今之计，盼虚与委蛇，使缅王能送驾出来为稳妥。"永历此时在缅的日子已经相当难过了，终于不避危险，亲自在奏疏上写下数语，恳切期待定国、文选能迎驾成功。

缅王见敕书突然无效，明军迟迟不退，开始警觉，派数千兵出动，名曰护卫，昼夜看守、监视永历君臣。天波知道情况不妙，紧急和原属晋王的总兵王启隆密商，歃血定谋，准备组织敢死志士数十人，杀死马吉翔等，保护太子突围投奔巩昌王军。不料密谋泄露，吉翔诳奏天子，诬告沐天波、王启隆私下勾结缅邦，企图谋害皇室。永历帝竟头脑发昏，信其蛊惑，下令把敢死队为首的天波家丁李成、启隆亲兵何爱各付其主处死。

天波、启隆虽未遇害，但为挽救明室的最后一片苦心却化为泡影。

文选滞留城外一个多月，不见动静，给养将尽，又不便就地筹措粮饷，只好拔营而回。

缅王虚惊一场，好了伤疤就忘了疼，再次一厢情愿地认定，明军五次三番大动干戈，都被其皇帝赶走，死心绝望，实在没有卷土重来的道理了。接着还迁怒于永历帝阴魂不散，简直是麻烦制造者，为泄愤，竟派兵闯进行宫，把刚刚付给的粮食抢回。君臣处境，愈加窘迫。

这日，文选回到大营，正与定国详述入缅情节，帐外忽报有人求见。引入一看，居然是兵部侍郎黎维祚。

原来，永历帝执意流亡缅甸之际，维祚愤然离队归国。在势同瓦解的情况下，他遍走各营，劝以大义，残存各藩镇都为他所感动，具表迎驾。广昌侯高文贵入缅，就出自他的设计。文贵自戕后，维祚仍不气馁，把诸将迎銮表文藏在掏空的木棒之中，历尽艰险，找到晋王大营。定国观后，深表赞同，感佩维祚为人，和文选一齐向他施大礼致敬。应维祚要求，发给他晋王令谕一道，其中说道："今皇上幸缅，势已危急，若能走通声息，建立奇功，决不负君，当即为君转奏。"

维祚在晋王帐中仅充一饥，随即出发。他化装成缅人，在营中选一诚实土著为仆，长途跋涉到达曼德勒。因缅人防范甚严，不能混进行在。他想方设法买通一位缅甸军官，托他将木棒转送黔国公。

永历帝阅疏后，大恸，给敕书道："皇帝密敕沥胆将军黎维祚，据晋藩奏，你忠肝贯日，义胆浑身，穿虎豹，趋宸极，如烈风劲草，殊慰朕怀。兹授你沥胆将军督理滇、黔、楚、蜀，遍诸勋将士，山林隐逸等人，谨慎图防，枕戈待旦。等候晋、巩两藩举师，八方策应，勿迟勿忽。"另外还给空白敕书百道、印三颗。维祚把敕印藏在小船底部夹板内，船上设置佛像，敲击钲锣而行。

到达晋王驻地后，维祚汇报了一路情形，取出敕书、印信。定国大喜，留他在营中将息数天后，再出发转报各处将领。联络初定，维祚又动身入缅复命。

四十六、咒水之难

攻占云、贵、川大部分地区之后，清廷忧虑永历帝和晋王等死灰复燃，若与东南延平王呼应再起，难保各地新降诸将不因怀念旧主蠢动复叛。兵部会商的意见是：一鼓作气，进军缅甸，将永历残余一网打尽，彻底断绝了汉人复明的希望。经朝廷批准，命经略洪承畴部署具体进军事宜。

老洪接到谕旨后，深感困惑。一方面，他内心不情愿经自己之手将明室斩尽杀绝；另一方面，认为西南各省屡经战火，蹂躏至极，饿殍遍野，当务之急是休养生息。何况李定国等与各路土司、残兵歃血立盟，主力尚存，一直伺机再起；若大兵西追永历，势必避实就虚，重入内地。那时追剿大兵相隔已远，不能回顾，云贵再失，非同小可。于是召集各路统军大帅商议对策。

宁南靖寇大将军罗托、安远靖寇大将军多尼、征南将军赵布泰都以路途艰险，筹集粮草困难，清军又不适应热带气候等原因，同意洪经略意见，希望早日班师回京休息。只有平西王吴三桂力主不惜代价，乘胜剿灭穷寇。承畴便将两方主张一并上疏报告，表明经略本人态度也是本年内不出兵，等待明年秋收后进军缅甸，需要先有内安之计，才可有外剿之图。

朝廷准承畴所奏，命各路清军大兵班师，由多尼麾下固山额真宜尔德留镇省会昆明，任命平西王为统帅，以汉军、绿营兵为主，会同固山额真卓洛二千满洲兵，等候明年出兵。

承畴一边整顿地方，恢复生产；一边心存侥幸，企图不战而胜。他奉清帝特谕，以五省经略名义致书缅甸军民宣慰使司（明朝册封官职，就是缅王），要求其主动交出明朝皇帝、黔国公和晋王等。

书中写道："如今明运告终，草寇蜂起，逆贼张献忠流毒楚、蜀，屠戮既无活口，实为祸首。不久闯贼李自成同时煽乱，破坏明室。我皇上原欲与明讲和，相安无事。只因明祚沦亡，生民涂炭，不忍置之度外，只得顺天应人，歼灭群凶，报故明之仇，雪普天之恨。数年之间，统一区宇，臣服中外。只有献贼遗孽李定国自知罪恶滔天，神人共愤，鼠窜云南，假借永历伪号，蛊惑愚民。不知定国既已破坏明朝全盛之天下，怎肯复扶明朝疏远之宗支？不过挟制伪帝以自专,阴图乘机而自立。近闻永历随沐天波避入缅境,想永历为故明宗支,现为群寇裹挟,是不得已。今我皇上铲除李自成、张献忠、李定国,为明朝报不世之仇,永历若知感恩,及时归命,必荷皇恩,受福无穷。若永历与天波执迷不悟,该宣慰司历事中朝,明权达变,审度时机,早为送出,当照擒逆之功,不吝封赏。倘若不识时务,有昧良心,匿留中国罪人,不仅自找被虎狼吞噬之患,我大兵除恶务尽,势必寻踪追剿,到时玉石难分,后悔莫及。凡该宣慰司及土司有能送出伪帝并擒缚定国解献军前,则奇功伟绩,本阁部立奏上闻,必蒙皇上优加升赏,传之子孙。"可谓软硬兼施。

　　缅邦接到通牒般来书,举朝震恐。尚没来得及回复,承畴本人因老病昏花,经清帝恩准,解下经略职务,动身返京调理去了。缅王有了无回复对象的借口,一时也就暂将此事放下。

　　承畴行前,朝廷降旨,命吴三桂留镇云南,总管该省军民事务。三桂大喜,满心要继承明太祖义子沐英家族世镇云南的显赫地位。在承畴回朝复命前,三桂向他请教自固之策。老洪却旁顾而言他,喝了半宿的酒,不得要领。席间承畴出恭,三桂殷勤,亲扶其去茅厕。老洪见周遭无人,才附耳说了一句道:"不可使西南一日无事。"三桂大悟,就在茅坑边顿首受教。

　　三桂是吃过定国苦头的,既然暗暗以云南王自命,那李定国在滇西一日,他就寝不安席一天,一再上疏要求用兵。清帝听从承畴建议,已认为永历帝遁入缅甸,李定国、白文选躲在边境土司,不过是爝火余烬,无碍大局,可以任其自灭。而若连年用兵,所费巨大,再出动大军征讨边远地方,兵员、粮饷难以为继,所以并不热心。到顺治十七年(1660)二月,三桂又上奏本一道,这次终于说动了朝廷。

　　这件有名的"三患三难"疏,是平西王借清朝之箸为自己夹菜的利器,清朝接受了他"一劳永逸"干掉明帝、杜绝后患的主张。他本人由此成就永镇西南的勋业。后来,三桂等发动三藩之乱时,清廷打出的王牌正是把此奏疏公之于众,使三桂出师无名,因罪行昭彰,难以拥立一位朱明共主号令天下,结果功亏一篑,这当然是他始料不及的。因这件奏疏重要,所以大略引述一段在此:

　　"臣三桂多次请旨进军缅邦,奉旨一则曰:若势有不可行,慎勿强行。再则曰:斟酌而行。臣窃以为逆贼李定国挟永历逃命出边,是滇土虽收,而滇局未结。边患一日不息,兵马一日不宁。臣承恩深重,叨列诸藩,职守为何?实在不忍以此贻忧君父。过往洪经略请求暂停进缅,是因西南初定,人心向背难知,粮草不足,在当时是内重外轻。如今土司遍地动摇,仗我皇上威灵,一举扫平。

由此蓄谋观望之辈才知逆天之徒难逃，人心已经服帖。但伪帝永历、贼首定国在边，终为隐祸。在今日，是内缓外急了。臣再三斟酌，窃以为边疆不靖，实有三患三难，臣请详陈其理。

"一患，永历在缅，而伪王李定国、白文选，伪公侯贺九义、祁三升等分驻三宣、六慰、孟艮一带，凭借永历伪号蛊惑众心，倘若不乘天威震慑之际，大举入缅，以拔尽树根，万一此辈立定脚跟，整顿败亡之众，窥我边防，骚扰不休，其患在门户。

"二患，土司反复无定，唯利是图，假如我兵不动，逆党假永历以号召内外诸蛮，以高爵厚禄为诱饵，万一被其煽惑，遍地蜂起，此患在肘腋。

"三患，投诚官兵虽已次第安插，但革面未必洗心。永历在缅，诸将岂无系念？万一边关有警，又生异志，此患在脏腑。

"上有三患，下有三难。今滇中兵马云集，粮草取于民间，民家苦如悬磬，市上米价日涨，公私交困，此为措饷之难。凡购买粮草，须民力搬运交纳，如此年年购买，岁岁运输，民力尽用在官粮，此为劳役之难。民力既用在劳役，耕作便荒于田亩，人无生趣，势必逃亡，此为培养之难。

"臣彻底打算，只有及时进兵，早收全局，从而使外孽扫净，则边境无伺隙之患，土司无摇摆之端，降人无观望之恋。地方可得生息，民力可得宽舒。一举而数利，救时之方，计在于此。臣请今年八月间同固山额真卓洛统兵到边养马，等待霜降瘴息，大举出边，直进缅国。明年二月，百草萌芽，即班师还境。"

在疏中，三桂还具体提出进军需要：满洲大兵、汉八旗、绿营兵、投诚兵、土司兵及夫役共约十万人，饷银二百三十万两。所费虽高，但一劳永逸，胜似年年岁岁数十万两的无底洞。清廷经议政王、贝勒、大臣会议后，终于同意三桂之请，由户部拨给兵饷三百三十万两。任命内大臣、一等公爱星阿为定西大将军，率旗兵一万离京，会同平西王进军缅甸，捉拿永历帝，同时彻底剿灭李定国、白文选军。

八月，三桂已从在京有人处知悉朝廷旨意。正式接到敕书前，缅王莽达喇使者到达云南，提出以主动献出永历帝为条件，换取三桂合攻李定国、白文选军。三桂意在大动干戈，暗想缅王主意虽佳，时序已过，便玩弄手段，大军不动，只命永昌、大理守边兵到缅境，大张旗鼓，号作先锋，虚张声势，只求牵制缅王，不使其将永历帝送归定国。

缅王莽达喇控制永历帝的办法阴险毒辣，倒被三桂轻易迷惑，认为大功即

四十六、咒水之难

将告成，决定押上永历，亲征明军，以向清朝邀赏。出征之日与诸臣会饮壮行。缅将屡战屡败，都惧怕明军，就在筵席上窃窃私语，不以为然，酒酣耳热后更多有高声喧闹的。这时节，缅王与王弟莽白忽起争执，莽达喇竟被莽白刺死在当庭。诸将欢呼起来，众臣便顺水推舟，共举莽白为王。

新王以保了永历性命邀功，派使者向永历帝索取贺礼。这时永历小朝廷漂泊异邦一载有余，坐吃山空，拿不出什么像样的贺礼。缅王当然心知肚明，其意倒不在财物，而是想借眼前还有象征意义的天朝皇帝致贺来巩固自己的政治地位。不知哪位尊神给永历出了个蠢主意，以其事不正，竟拒绝致贺。使者责备道："我国已劳苦三年，老皇帝和大臣不思重谢也罢了，新王登基，还不理睬？我先王要杀你们，我新王力保不肯，才出此大事，你君臣毫不知图报？"说完怀恨而去。

使臣回去复命，添油加醋一学舌，莽白大怒，决定先铲除那些多嘴的随扈大臣，单独囚禁天子，然后见机行事。与亲信臣下商议设计，如此这般。

过了几日，忽派人知会永历廷臣过江议事。鉴于彼此关系正紧张微妙之际，文武官员心怀疑惧，都不敢去。翌日，使者又来请道："此行别无他意，我王恐上国诸臣心思不定，阴谋图我，想要共吃咒水盟誓。如果不去，就是心存恶念，从此断绝往来，一应日用我国就不管了。"何谓咒水？就是对水念咒，咒过的水称法水、神水。其起源远在道教之前。在对神宣誓之后，大家静心净意，共饮神水。若无诚意，就天人共诛了。

永历廷臣知道其中必定有诈，不然为什么早不饮咒水盟誓，晚不饮咒水盟誓，偏选在当下？永历帝便命黔国公答复道："你缅甸宣慰司原是我中国册封的地方，今我君臣到来，是天朝上国。你国该来此应答，才合你下邦之礼，为什么反而将我君臣困在这里？今又为什么行此奸计？你去告知你国王，就说我天朝皇帝，不过是天命所使，今已行到无生之地，岂甘受你土人欺辱？我君臣虽在势穷，谅你国王不敢无礼。任你国拥兵百万，战象千头，我君臣不过随天命一死而已。但我君臣死后，自有人来与你国王算账！"可叹永历帝初到缅甸唯唯诺诺苟且求生，轻弃晋王等多次奋力救驾的机遇；如今满洲大兵将至，已经没有生机时反而来了志气！

缅使回去把那一番硬气的言语报告了缅王。莽白不依不饶，仍再三催促盟誓。大学士、文安侯马吉翔便向永历帝提出由黔国公一同前往，或者可以避祸。沐氏为明清时西南各邦国、土司尊敬的勋镇，所以吉翔等幻想有天波在场，兴许不致变生意外。缅王起初不同意黔国公参与盟誓，后来看明方坚持，为实现计划，勉强答应了。

七月十九日黎明，吉翔传集大小官员，按缅方安排，渡河前往梗之的睹波焰塔，准备饮咒水盟誓；仅留跛足总兵邓凯和内官十三人看守行宫。上午，文武百官到达塔下。

喘息未定，忽然周遭喊声大起，当即被三千缅兵团团围定。缅军统领大声喊话，叫黔国公出列，见无人应，又命令士兵冲进人群把黔国公拖出包围圈。天波知道中计，岂肯独自偷生，趁架扶他的军官不备，夺取其腰刀，奋力冲击，连杀缅兵九人。总兵魏豹、王升、王启隆也抓起材棒还击，终因寡不敌众，都被乱刀砍死。其他被骗来的官员亦全部殉难，包括巨奸马吉翔、马雄飞兄弟和其女婿杨在。

缅兵屠杀明室扈从人员后，随即蜂拥突入明朝君臣驻地，搜括财物、女子。永历帝绝望之时，仓促中决定同中宫皇后自缢。邓凯苦劝道："太后年老，漂泊异域，皇上失社稷已不忠，今弃太后又不孝。况且皇上身在一日，那些浴血疆场的忠臣就能坚持一日；坚持一日，就有倒转乾坤的一线希望。不可效先帝崇祯轻易殉国，否则何以见高皇帝于天上！"永历帝只得叹息坐地。

缅兵把皇帝、太后、皇后、太子等二十五人集中于一间小屋，对其余人员及家属则滥加侮辱，稍有抗拒，立时砍杀。永历帝的刘、杨两贵人，吉王与妃妾等百余人都不堪欺凌，自缢而死。缅兵搜刮殆尽后，缅甸大臣才在通事引导下到来，喝令缅兵道："王有令在此，不可伤皇帝和黔国公！"其不知天波已在吃咒水时力战被杀。

此时，永历朝廷驻地已是一片狼藉，尸横满地，惨不忍睹。缅官请皇帝移往别处暂住。因缅王特别叮嘱，天波住处未遭抄掠，宅内尚有内官、妇女二百余人，聚作一处。母哭其子，妻哭其夫，女哭其父，惊闻数十里。经此一番洗劫，幸存者已经孑然净身。附近寺庙僧众怜悯，送来饮食，才得苟延残喘。

缅方把原行宫清理以后，又将永历帝等搬回居住，给予粮米器物。三日后，又送来铺盖、银、布等物，传国王话道："本王实无恶意，只因晋王、巩昌王反复杀害官兵、屠戮地方，军民恨入骨髓，自发报仇而已。"莽白忽然好言抚慰，恢复供给，实为在清军到来前防止皇帝自尽而敷衍塞责。定国、文选每次引兵入缅，只为接驾，缅王发兵阻挡，才有厮杀。只要把明帝送往晋王军中，自然无事。缅王阴毒，洞察中国局势，清朝业已稳固，明朝残军恢复无望，必须把永历帝握在手中，才有主动。一可遏制盘踞缅境的明军走险，二能做筹码结好清朝。

经过咒水之难，永历帝真正成为孤家寡人，流亡朝廷不存在了，只有西南、东南几个孤臣仍然遥奉这位可怜的天子。永历帝大受打击，病倒在榻。稍好一点，太后又病了。他在太后床边，对邓凯道："太后又病，天意若不可挽回，鞑子来杀朕，爱卿务使太后骸骨得归中土。当初朕为奸臣所误，改入蜀而避于缅邦，以至有今日之祸。又怜惜百姓，不准晋王坚壁清野，有如助敌自残！未将文选封亲王、马宝封郡王，以至功臣伤心！悔将何及！"邓凯哭道："皇上休再惆怅，天若亡我，顺应天命就是。谁能事事如料，但求无愧我心。晋王、巩王忠贞骁勇，如果幸得上天眷顾，绝处逢生也未可知。缅王无非虑及于此，才犹疑反复，不然我君臣早已不在了。"

四十七、滇云绝唱

顺治十七年（1660）八月末，在平西王再三奏请下，清廷决定出兵缅甸。敕书中道："现在逆贼李定国已经败窜，怙恶不悛，宜尽除根株，以安南疆。特命爱星阿为定西将军，统兵同平西王吴三桂相机征讨。凡事与都统卓洛、鄂尔泰、孙塔等会议而行。如进剿，则令卓洛守城。"次年初春，爱星阿军到达贵阳，喂马十天后向云南进发。与平西王军会合后，再分兵两路，由昆明西进。

平西王所遣总兵马宁、副都统石国柱以及降将祁三升、马宝、马惟兴等立功心切，很快从姚关推进到木邦。此前晋王已经移兵到暹罗国属地景线，巩昌王占据锡波，凭江为险。清军自木邦昼夜兼行三百里，临江造筏将渡时，文选又拔营奔往茶山。三桂、爱星阿任由马宁偏师追击，自领大军直驱缅甸王都。兵临城下后，先遣使者传谕缅王，令其立即执送永历帝，否则毁城灭国。

永历帝得到清军入缅消息后，应莽白请求给清军统帅吴三桂写了一封信，幻想动之以情，尺牍退兵，解缅邦危难，全自家性命。这是明朝皇帝传世的最后一份文件了，观之令人五味杂陈、唏嘘感伤：

"将军是本朝的勋臣，新朝的雄镇啊。世膺爵位，封藩外疆，烈皇帝对于将军恩宠深厚。谁料国遭不测，闯贼肆虐，陷我京师，逼死我先帝，掠杀我人民。将军缟素誓师，提兵问罪，当日的初心原未泯灭啊。谁知清兵入京，明举复仇虚名，暗施问鼎实策。将军得归红颜，便顿忘圣朝旧恩，而对穹庐屈膝。逆贼授首之后，江北一带土地，竟为清朝所有。南方忠臣不忍我社稷颠覆，以为江南半壁，尚可保我中华血脉。不承想銮舆还没坐暖，戎马又至。弘光即位一年，而车驾蒙尘。福建忠臣重振位号，虽不能全宗社于中土，或可偏处于一隅。但清人贪心不厌，又取隆武帝而灭之。在当时，朕远逃粤东，痛心疾首，诸臣不忍我列祖列宗从此失祀，劝进再三，始膺大统。朕自登基以来，一战失湖南，再战丢广东。朕披星戴月，流离惊窜，艰险不可胜数。幸亏李定国迎朕于贵州，奉朕于安龙，自以为与人无患，与国无争了。不料将军忘却君父的大德，图谋开创的功勋，督师入滇，犯我天朝，导致滇南寸土不剩，朕孑然流亡异域。将军功劳太大了！将军于心何忍啊，能忍吗？朕陷绝境后遗弃中国，聊寄身在缅邦，苟延残喘而已。近来将军不避艰辛，亲至荒蛮，提数十万之众，追茕茕羁旅之君，为什么把天下看得这么小呢！难道天罩地载之中，竟不能容朕一人吗！你封王锡爵以后，还必须以歼灭故国天子为荣吗！难道高皇帝栉风沐雨开创的天下，朕就不能得到寸土栖身，才可以成全将军立功的宏愿？将军既毁我宗室，今又想害我父子，一丝不觉惭愧吗？将军仍然是中华之人，依旧算世禄后裔吧？既然不怜悯朕躬，也全不怀念先帝吗？不知清帝把什么恩情给了将军，朕一孤客又有什么仇怨施予将军？对异邦竭力尽忠，对故主则斩草除根，这样做将军是自以为聪明，而不知愚蠢至极！将军对清朝自以为深厚，而不知厚其所薄，万世之下，史书记载，且评说将军是什么人呢？朕今日兵单力微，卧榻上虽暂容酣睡，父子的性命悬于将军之手已经明了。若非要朕头，血溅日月，自然推脱不得。假如能转祸为福，反危为安，以南方片席，允许朕供奉列祖，将永感将军大恩。也说明将军虽臣服清朝，又不忘故主，不负先帝的厚恩了。"

鸟之将死，其鸣也哀；人之将死，其言也善。永历帝御笔之书，哀怨如秋虫啼泣，无壮烈浩气，多乞生之念。可惜他不知向铁心叛明的吴三桂告饶，真就是缘木求鱼。三桂见信后，不肯拆读，立命文案封存。日暮途穷的末代天子一番倾诉，算是对牛弹琴了。

顺治十八年（1661）十二月初一日，平西王大军开到旧晚坡，再进一步，就打入王城了。缅王大惊，急忙派受降锡真拜见三桂。锡真持贝叶缅文纳款，汉人通事译读其文道："愿送永历出城，但求退兵扎锡坡。"三桂不理睬退兵请求，答复道："限明日将伪帝执送过河，凡随扈大臣一并送来。活得见人，死得见头，不准遗漏一人。过期不候！切莫逼我天兵一怒，毁城灭国，就不好看了！"锡真吓得冷汗湿透衣衫，诺诺而返。

初二日未时，大队缅兵突然来到永历帝行宫，为首将军口称："中国有兵来攻城，我国发大兵抵抗，请皇帝速移跸别处。"说完，命军士七手八脚把天子连同龙椅抬起就走；另外备轿供太后、皇后乘用，太子和其他随扈一并起行。

一行人在缅兵押送下陆行五里，抵达河岸。戌时渡河。遥见对岸兵马麇集，人声嘈杂，也看不出是谁家兵马。清军先锋噶喇昂邦担心皇帝得知实情投水自尽，事先安排了不久前降清、尚未及剃发易服的铁骑前营武功伯王会到河边等候。天子座船靠岸时，他就上前跪拜朝见，自称奉晋王之命特来迎驾。天子被蒙在鼓里，一时转深忧为狂喜，对王会慰劳有加。

随王会行了一程，进入一座营寨。永历帝定睛一看，周遭全是挽弓持刀、凶神恶煞般的满洲大兵。旗兵们见到落难的中华皇帝，倒也知礼，纷纷跪地俯首，避让车驾行过。永历才知上当，愤慨不已，大声怒斥王会叛主求荣。王会愧惭无地，掩面哭泣着，踉跄而退。

此时天已薄暮，缅相锡真带领二百蛮兵，抬着死于咒水之难的明臣头颅随后也到。三桂闻报永历帝驾到，率众出迎，一一验了人头后，送皇帝及太后、皇后、太子、公主、宫眷及遇害诸臣家属到公所休息。永历帝面南而坐，通宵未眠。

汉人旧官见帝室灯明达旦，便求得三桂允准，相继入见，各个磕头而返。三桂踌躇到天亮，终于按捺不住，也来晋见。起初还十分倨傲，以本人为王，比伪帝原爵稍低，长揖为敬。永历帝怪其无礼，以为是满洲亲王，问道："你是谁？"声如洪钟，三桂闻声一抖，惊战不敢应对。永历又问道："尊驾何人？"三桂又一抖，不自觉腿软，竟伏地不能起。天子又问几遍，三桂才颤音应道："吴三桂拜见陛下。"永历帝也吃一惊，随即斥责道："你不是汉人吗？你不是大明臣子吗？为什么甘做汉奸，叛国负君到这地步？你扪心自问，良心何在！"三桂三缄其口，再不应声，趴在地上如同死人。

永历帝长叹一声，语气和缓了道："现在已经这样了，我本北京人，想回见十三陵再死，你能做到吗？"三桂忙回道："我能做到。"永历帝道："多谢了，你去吧！"三桂却站不起来，左右架其起身，挟出门外。只见他面如死灰，冷汗浃背，自此以后再也不敢面见故国天子了。

初九日，平西王接收了缅王献来的一百车米、银、布匹并战象百只后，班师回国。返滇途中，每天下营时都将皇帝置于大营正中帐篷内，由满兵严密看守。原先扈从皇帝死于咒水之难的官员妻妾，又被满洲官兵瓜分。侍候皇帝的只剩下小内官五人，面貌丑陋、无人问津的小宫女四人，及跛足侍卫总兵官邓凯。

永历帝被执获的喜讯以八百里加急飞报北京。康熙元年（1662）三月十二日，清廷以擒获明帝昭告天下，写道："念永历既获，大功告成，士卒免征戍之苦，百姓省输役之劳。边疆从此平安，街巷永得宁静。在此昭告天下，以慰群情。"平西王吴三桂因擒获永历有功，晋封为亲王。

在清廷昭告天下的同一日，永历帝和宫眷被押回昆明。昆明百姓眼见天子蒙难，黯然神伤。当时皇帝坐在辇中，被满洲大兵簇拥着过街，百姓跪伏满道，哭声动天。各队清军中的汉人兵将心酸动容，无不泣下沾襟。天子面如满月，须长过脐，日角龙颜，顾盼伟岸，虽然落寞却仍不失帝王风神。

满兵将永历帝囚禁在世恩坊原崇信伯李本高宅内。这时，沥胆将军黎维祚

四十七、滇云绝唱

得知缅王把皇帝献给清军后，痛心疾首，迅速从腾越州赶回昆明。他大义凛然，径直去见平西王，意外感动三桂，允许他入见皇帝。

永历帝看到维祚，放声大哭。维祚泪流满面道："事已至此，多说无用。听说近日将送皇上赴北京，臣只有马上奔告诸营整兵于要道救驾。"永历道："爱卿，你可致意各营，若能救我出去，当下民心仍然可用，朕不信天下就这么亡了！"哽噎不能言，便手撕御衣一片，密写敕符要维祚快走。

维祚离去后，昼夜兼程赶到附近据险株守的零星各部联络，相约共赴贵州偏桥劫驾。

那三桂究竟棋高一着，想自己已立奇功，升了亲王，岂能横生意外？他看到百姓、将士仍眷念永历，恐惧紧张，担心如果赴京献俘，路途遥远，难保不中埋伏。思想了一夜，天一亮便叫来亲信将领，命他带着请求就地处斩永历的奏本，紧急赴京。半月后，得到清廷核准诏书。

行刑前，诸帅商议处置手段。三桂道："汉人不便动手，由满洲兵拖出去砍头就是。"满洲各帅却都不赞同。爱星阿道："永历曾为中国皇帝，如果斩首，未免太惨，应当赐以自尽，还算得体。"安南将军卓洛也道："一死而已，他毕竟曾为天子，可全其尸首。"于是，由满兵把永历和太子抬到门前小庙内，用弓弦勒死，盛殓了。随即命昆明知县聂联甲带领衙役，搬运柴薪，将二人棺木焚化在北门外。满兵到现场携回大骨存证。昆明百姓不忘故主，纷纷以出城上坟为借口，在灰烬中寻找小骨葬于太华山。

明朝末代皇帝至此灰飞烟灭。

维祚眼见劫驾计划落空，赶到昆明北门时，已经灰炭无存，伏地恸哭三日。三桂闻讯派员去劝降，维祚大骂一场，佯狂而遁。

四十八、将星陨落

晋王和巩昌王最初得到缅王杀害黔国公等扈从官员消息后，预感天子危险，立即分路进至洞乌，用十六条船装载兵马渡江，向守江缅兵发起进攻。因为忽起大浪，有五条船在江中倾覆，作战失利。只得暂驻洞乌，等待风平浪静时再攻。

在前途暗淡的气氛笼罩下，巩昌王部将张国用、赵得胜等私下议论道："此地烟瘴，已伤多人，若再深入，气候炎热，非死光不可。我们宁死云南，不当缅鬼。"士卒长期辗转于热带丛林，生活和战斗条件极端艰苦，一听主将这番议论，军心更加动摇，纷纷上前跪求退兵。于是张、赵吩咐军士悄悄趁夜收拾好行装，然后二将直入文选的卧帐，敦促他立即脱离晋王，退还云南。

文选见帐外人头攒动，呼声一片，知军心突变，大吃一惊，对二将无言以对。国用、得胜苦劝他道："大事已知不成，还深入瘴疠地，空死无名。殿下铁心跟随晋王，早晚要做贺九义第二。"文选无奈，问道："你们想往哪里去？"国用答道："以此劲旅出云南，谁不重视？"言外之意，就是凭借兵马实力主动降清，邀得重用。文选又问道："皇上怎么办？"国用断然道："心力已尽，顺应天意吧！"

文选还犹豫着，二将不由分说，当即把他挟持上马起行。连夜急行军七十里，以尽可能远离定国所部。

翌日凌晨，定国才发现文选部去向不明，觉得事态严重，满腹狐疑。思忖再三，命世子李嗣兴领兵搜寻，找到即在后尾随，以观察判断文选部动向。行前告诫嗣兴不得动武，自己也率部缓缓跟进。

国用、得胜唯恐文选留恋旧情，同定国重归于好，故意让主帅先行，二将领兵断后。五天之后，兵马行至黑门坎，国用、得胜见嗣兴兵仍尾追不舍，两人商议道："晋世子跟踪不去，我军行进疲惫，不如就此山势决战，逼迫他退走，才能放心前进。"随即挥军扼据山险，矢炮齐发。嗣兴见状大怒，命令麾下将士强行登山反击。

将要接战，晋王赶到，叫嗣兴立刻收兵。定国不胜唏嘘道："我往昔同事弟兄几十人，都散尽了，存者仅我和文选了，怎么忍心自相残杀？况且巩殿下背主而去，忠义已绝。我之所以让你尾随他，冀望他能生悔意，万一醒悟回归；今大义已分，任由他去，我自尽我力吧！"途中收容文选掉队士卒百余人，也配给好马放还。此后定国父子带本部兵马返回洞乌。

这时，侦知缅王已将皇帝献给吴三桂，本欲过江复仇，又觉得杀敌一千，自损八百，把本钱丢在蛮境不值，只得饮恨撤退，回师云南。

再说巩昌王军继续走了三天，途中巧遇从孟定来的吴三省部。吴军营中马匹已全部杀食，兵将仍不顾艰危困苦，徒步入缅寻找晋王。文选良心不昧，见状流泪道："我负皇上与晋殿下了！将军能率兵至此，使我有大山之助了！"三省从文选逆向行军判断其意图是去投降清朝，就故意说道："云南投降的都生悔恨，不得其所，人心思明，所以我部宁愿走来会合。"文选麾下将士听了大受感动，国用、得胜也犹豫不决起来，不再坚持开往昆明投降。

这时，恰巧又有徽州人汪公福，不远数千里带来延平王的约请会师表。文选便下令屯驻在锡薄，派一总兵返回去同晋王联络。可惜晋王军已经撤退，派人四处打探，等待月余，不得其行踪。

一地停留过久，晋王没寻到，清平西王倒得到了消息。立即派部将马宁和降将马宝、马惟兴兄弟及祁三升等领兵追至。巩昌王就山立营，严阵以待，准备鱼死网破，决一死战。文选和马宝兄弟都是回族人，交情久厚，降清将士也都不忍兵戎相见。马宝带着平西王劝降表，单骑进入巩昌王营中，苦劝他投降。文选将三省请进帐中，流泪道："我虽不惧死，痛惜麾下仅存弟兄追随本藩十数年，无谓地裹尸蛮地，实在不忍心。将军千里与我合营，若将军不服，我仍愿同你死战到底！"三省也流泪道："人各有志，巩殿下好自为之。但三省不愿轻弃报国之念，末将部卒愿降者尽随巩殿下去，不愿降的请容许随我避退。"马宝道："吴将军自便，我兄弟可为吴将军作保，掩护你退兵百里之外。我军已探知晋王军现驻于九龙江，正与当地土司合兵，仍欲恢复云南。你可循迹投奔。"文选道："我部马匹尽可分你部下每人一乘，做个脚力。"三人含泪分手。

马宝下山，与马宁商议，马宁也不愿同困兽拼命，况且军中降兵多于正兵，仗打起来后果难料，便叫马宝如约护持三省起程。马宝又暗中资助三省足够使用一月的粮饷。

大队屯驻两日后，方与文选军同往昆明开拔。跟随巩昌王降清的，有官兵四千三百余名，马三千二百余匹。随三省而去的，有官兵千余人，马千余匹；另有战象十二只，也是文选所赠，以加强晋王战力。抵达昆明后，清廷册封文选为承恩公。

文选及数千精锐将士投降，令定国孤军更加单薄。

当时晋王统率的精兵还有六千人，都是以一当十、百折不挠的勇士，三省赶到后又如虎添翼，所以，恢复之志不泯，竭力号召当地土司和其他抗清势力扩军备战，准备一搏。

忽一日，暹罗国派使者六十八人前来联络，邀请晋王移兵暹罗国休整，然后由暹罗提供象、马及战具，助其收复故土。使者除带来丰厚礼物外，还取出明神宗所给敕书、勘合，表达对明朝眷恋之情，并告知晋王道："前者天子随驾大臣八十三员流落在我国，我王厚待，每人每日给米二升、银三钱。晋王殿下到景线后，即可送其归营。"定国深为感动，盛情款待来使，派兵部主事张心和等十余人同往暹罗联络。

大军方移驻景线，永历帝驾崩的噩耗传来，定国伤心欲绝，捶胸大哭，预感到抗清旗帜即倒，再也没有回天之力了。其自知恢复无望，愤郁难消。五月十五日，撰写表文焚告上天，自陈道："定国一生素行暨反正辅明皆本于至诚，奈何皇穹不佑竟有今日。若明祚未绝，乞赐军马无灾，仍尽努力出滇救国。如果大数已尽，乞赐定国早死，勿害及军民。"

六月十一日是定国生日，他从这一天起发病，五日后病亡于景线。

临终前，晋王托孤于平阳侯靳统武，命世子嗣兴拜统武为养父，叮咛道："宁死荒丘，不可降清。切勿惜短促之命，引万世唾骂之名！"一代名将赍志而没。

晋王薨后，所部将士失去精神皈依，晋王表弟马思良又不服统武节制，竟裹挟了两名总兵离队降清。不久，统武病死，蜀王世子刘震又领麾下兵散去，归附了清朝。

世子嗣兴势单力孤，为恪守父王遗训，勉强又坚持了半年，终于支撑不住，拜表投降。十一月自普洱派人赴昆明呈缴晋王留下的册、宝和元帅印。十二月十九日，带领官兵及眷属一千二百余人到洱海接受平西王改编安插。清廷授予嗣兴都统品级，后升任陕西宁夏总兵。

四十九、台湾由来

延平王自南京惨败退还金门、厦门后，北伐大业遭受严重挫折，战略上陷于绝对被动，困守金、厦，欲图再举，已受制于地狭势逼。此一时彼一时，他无计可施，只得主动派遣多个密使，络绎于途，主动去联络晋王，幻想合兵举事。正心急如焚等待回音之时，永历帝驾崩、晋王病殒的流言相继传来，又火上浇油。此境之下，延平王觉得自己真有可能成为一支孤旅！最终会失去任何呼应、依恃的前景，反倒促使他头脑清醒起来，抛弃一切不切实际的蓝图，开始为自己量身打造生存之道了。当然，这个生存之道绝不是降清。

成功为人志大才雄，遇事独断于心，具有极其坚韧的性格。在各地抗清力量纷纷动摇、随风而降的大势下，他竟能不为所动。然而为求自立办法，必须别开天地，安顿部属，生聚教训，再造反攻机运。因此环顾浙、闽海疆，唯有汉人麇集的台湾、吕宋等大岛，可以开辟能够进攻退守的基地；但此时吕宋为西班牙占领，台湾被荷兰人侵占，都已经营多年，固若金汤。他下定决心要东征台湾、吕宋，然后席卷中南半岛，以此为光复旧土的跳板，再次显示出他坚毅果敢的禀性。

台湾在汉朝时称夷洲，三国时，吴主孙权为防止民众逃避役赋乘筏渡海上岛，遣将率水军跨海登岛，追捕逃人，这是台湾与大陆最初的联系。隋炀帝好大喜功，曾派兵入驻"流求"，这个"流求"，就是今天的台湾。

宋代中原板荡，名门大族蜂拥南迁，浙、闽土著人民被冲击，便纷纷移往台湾谋生。后有蒙元大军征倭遇"神风"，艨艟巨舰全部倾覆，幸存者乘小船漂泊到琉球、台湾及澎湖，至此海上交通开放，琉球、台湾、澎湖三地，渐渐为中国人所熟稔。元朝以澎湖等岛人口增多，设置巡检司治理。元亡明兴，明太祖目光短浅，担心海外孤岛容易被桀骜之徒所啸聚，于洪武五年（1372），命信国公汤和率兵出海，废澎湖巡检司及台湾分司，剿杀鸡笼山土著，强迁汉民内渡，将该岛毁为废墟。

明嘉靖年间都督俞大猷征讨海寇，追至台湾鹿耳门，以偏师驻澎湖，定期巡察台湾，成为明朝设防台湾之始。万历时日本开始图谋攫取台湾。明廷闻讯下诏警备，在台湾设冲锋兵及游兵。偶然有葡萄牙人自澳门循海岸北至台湾海峡，遥望宝岛山色如画，于是狂呼道："福尔摩沙！福尔摩沙！"葡语赞誉其为"美丽岛"的意思，这是西洋人知道有美丽的台湾之始。

明天启四年（1624），颜思齐与成功父亲芝龙等华人谋划颠覆日本幕府失败，二十八人从日本逃出，驾艇漂泊海上，乘风直驶到台湾，在台南安平港登陆，用财物安抚当地土著，得以建立寮寨，开辟土地，广招闽人和日人，共同垦殖，意欲准备实力，推翻日本幕府政权。后来颜思齐病死，众人推老二芝龙为领袖。芝龙的事业越做越大，率大小船只上百艘，连番出海，抢掠闽、浙沿海。明朝应付北疆已经吃力，沿海守备空虚，芝龙得以纵横海上，抢夺船只，收服海盗，聚众数万，财富敌国，号称东海霸王。接受明廷招抚后，以其兵力镇压闽、粤民乱，外歼各路海寇。明廷论功行赏，擢升芝龙为都督。于是筑城于福建南安的安平镇，坐征海上船税，每船缴纳三千银两发给通行令旗。因而所部兵饷自给，不取于官，也就撒手不管居留台湾旧人的生活了。

在芝龙离开台湾、放弃管理之后，有荷兰船遭遇台风，到安平港傍岸，与当地居民交涉，恳求租用"一牛之地"，愿慷慨付十两银子。当地闽人和土著不知其奸计，合计一牛之地能有多大，把银子一分，就答应了。荷兰人登岸后，抱着一张牛皮铺开，用刀将皮割成细绳；四下打桩，用牛皮绳圈连，一下圈得数十方丈土地。然后就地筑城居住，称之为"热兰遮"城，就是今天的安平城。立足后，又在城外开市场，设教堂，办学校，征税粮，并用罗马字母拼番语而创新台湾语文。当地人见荷兰人反客为主，来意不善，请其退出。荷兰人怎么会听？当地首领便动员居民群起而驱赶。荷兰人用洋枪洋炮作战，大肆屠杀荷锄舞棍的汉人。荷兰东印度公司巴达维亚总督闻讯遣将率战舰增援，当地人大败，荷兰人势力日增，占据的地方也因此扩大到整个台南。

当时西班牙人控制着吕宋，就是现在的菲律宾，听说荷兰人轻松夺取台南，也借口保护吕宋、日本之间贸易通道，命将率兵乘夹板船十二艘，沿台湾东海岸北上，到东北角登陆，进兵基隆后据之，再前进至淡水，筑淡水城并设置太守。开道路，筑港湾，设炮台，建教堂，对军民及过往船只，都效法荷兰人课以重税。

南面的荷兰太守折腾一年多，刚站稳脚跟，眼见卧榻之上，又挤进他人来酣睡，恼羞成怒，聚集了千人的军队，调来战舰攻击西班牙太守。打了一年，经过六次血战，把西班牙人驱逐出岛。于是荷兰人霸占了全台。

荷兰人自从占据台湾，深知土著易制、汉人难服，便施展离间之计，挑拨土著和汉人关系，想方设法阻止土著仰慕、学习中华文化，奖励土人学习荷兰语言，信奉洋教。土著欺辱汉人，不准报复。凡有仇杀荷兰人的，都指为汉人煽动，借机屠戮汉人。弘光元年（1644），得知中国破亡，趁机大肆拘捕汉族识文断字者，或监禁，或杀害，或赶出台湾。

到了永历十四年（1660），听说延平王北伐失败，预判将有攻台可能，荷兰太守未雨绸缪，与东印度公司的台湾商馆以商务繁盛，外岛已不敷应用为名，在台湾东的赤崁社，建筑赤崁城（今台南市）及普罗民遮堡。

普堡背东面水，左南右北是街市，东为东印度公司台湾商馆，旁有医院，后为官邸及职员宿舍。南边辟为汉人街，北面建土人区。堡长三百丈，高三丈多，四角各架炮位。全堡工程用砖石黏石灰浆砌筑，极为坚固。落成之后，荷兰政厅发出布告，勒令外岛的汉人，限三日内悉数迁入赤崁城中。因土著不习耕作，其渔猎生计不能自养，荷兰政厅便趁大陆战乱连年、民不聊生时，多方招徕闽、粤汉人迁台垦荒。来台汉人由政厅授予耕田、耕牛、籽种，然后按亩征税。为防止偷漏，令十家为结，选一人为结首；合数十结再选一人任大结首，分别负责管理课税的职责。来台垦耕者，七岁以上每月征人头税、耕地税、渔猎税；并划区招商，承包征收各种产物税。而荷兰官厅人员都假公济私，公开贪要，欺压愚民，攫取财物。人民怀恨，以"红毛贼"呼之。时有反抗，立即遭荷兰人屠杀。西洋人把异族当作被征服的奴隶，任意迫害，对负有名望的缙绅或拘捕处死，或发配恶地，把宝岛变成宰割汉人的屠场。血债日积月累，终于酿成深仇大恨。

永历元年（1647）时，富尔普接任台湾太守，他对待汉人尤其残暴。芝龙有两名旧部叫郭怀一、何斌，芝龙受明廷招抚，离台移驻福建沿岸，郭、何不愿轻弃垦殖的沃土，仍留台湾，各领二三十户军眷，耕作在赤崁城南的二层溪两岸。何斌耕于溪北，怀一耕于溪南，各自成乡。依据荷兰人的王田制度，郭、何都被选为大结首。

怀一因不堪忍受荷兰人欺凌，一日聚众密谋。怀一道："我们被红毛贼虐待太久了，不奋起反抗，就是等死。战而得胜，则台湾仍为我有；战败也不过一死，诸君认为怎样？"大家都有同感，听了各个激愤，发誓愿意共同起事，诛杀红毛贼以报仇雪耻。于是商议策略，计划在八月十五日以中秋宴客为名，遍请荷兰官员、富商，到怀一宅赏月，趁机一网打尽；然后借送客之由，突袭赤崁城堡。

商议已定，怀一弟弟和村人普仔害怕，央劝怀一不可轻举妄动。怀一怒斥二人没种，狠捆了几个嘴巴子。二人怀恨，更担心暴动不成，反遭灭族之祸，一时冲动，连夜奔至荷兰政厅告密。

富尔普太守将信将疑，不大相信蝼蚁般的汉人敢冒死作乱，叫把二人拘留在城堡，派一队长领着八名士兵去探虚实。怀一发觉事已泄露，决定果断行动，先发制人。立斩这九名官兵，然后大集部众，率一万八千人围攻赤崁城，一举破城。守军逃出后，檄邀各地兵马、舰船汇集，并重金雇用数万土著，合力反攻。对战半个多月，各有死伤。荷兰人数量虽少，但船坚炮利，人持火枪，战力强悍。怀一部众虽多，仅有几支火枪，多数持锄、耙、棍棒等器，不过乌合起哄。怀一在激战中中弹牺牲。众人失去统帅，慌忙弃城南渡回二层溪，凭溪再战。土人引导荷军绕溪夹攻，血战七昼夜，汉民大败。村人惨遭屠戮，男丁被杀二万多，妇孺死五千余。为首者被荷人用烧铁烙死数人，五马分尸数人。

延平王闻讯，在厦门望南切齿痛骂。当时正全力同清军争战，无暇南顾，便下令港澳及东西洋各商船禁止赴台。

自永历六年（1652）对台湾实行禁运，直到永历十一年（1657），台湾成为死岛。物产堆积不能运出，所需物资不能输入，外货奇缺，商业断绝，东印度公司亏损极大。荷兰巴达维亚东印度总督苏摩尔只得将屠杀汉人的罪魁富尔普召回查办，另派揆一接替，以求缓和同延平王关系。

揆一到任后，召集僚属，商讨恢复贸易办法。讨论结果，只有遣使向延平王求饶，此外别无良策。于是，公推二层溪北的大结首何斌为引导，领荷兰使者，赍荷兰国书及贡物，驾船到厦门请求谒见。

延平王接受国书，接纳贡物，但以其侵占台湾土地，残杀数万汉人问罪，仍不批准解除海禁的告请。何斌与成功户部主事兼财政总理郑泰是旧识，私下求见郑泰，畅谈台湾与大陆状况，认为既然目前不便对台用兵、恢复失土，应当与台湾保持密切关系，以洞察台湾内部实况，为随时收复做好准备。

郑泰将此情转启于成功，建议叫何斌密通情报，并委托他在台便宜行事，代征华人商船税项。成功醒悟，允准此议。然后召荷兰使者重谈，荷兰人承诺每年输纳郑军饷银五千两，箭镞十万支，硫黄一千担。于是海禁解除。

五十、光复宝岛

何斌回台后，因游说延平王、促成解禁有功，被推为台湾长老会长老，兼荷兰台湾商馆通事。拥有了汉人最高的权势，便可以遥控一些大事了。他以何廷斌的化名，组织得力干将，依荷兰人进口税比率，在各码头加征明朝的出口税，给予定税人凭证，当商船回航金、厦时，不必再缴纳税费。何斌将所得税款，扣留经办费用，其余都解运至厦门缴库。

行之三年，商贾都称顺便。但终于被荷兰政厅侦知，以非法课税罪撤销何斌在台湾本兼各职，又将起诉，要把他绳之以法，并勒令追回罚款二十万两。

何斌警觉，在案发之际，立即携带他三年来测绘的台湾地图及各港道图等文件，与郭平驾钓船从偏僻渔港逃出台湾，奔至厦门。户部主事郑泰马上引他面见延平王。何斌献上台湾要图，并详细报告荷兰人在台防务部署情况，建议道："殿下为什么不速取台湾？台湾沃野千里，四通外洋，横绝大海，得此地足以立国，取其财足以养兵；且台湾汉人饱受红毛贼凌辱，红毛兵不过两千，如殿下大军临岛，气势就像群狼猎羊。"又认真解析所呈各图，指画险要及设防情况。成功观览后叹道："台湾就是海外的扶余国啊！"随即召集诸侯、伯、提督、参军及各文武官员会议，商讨何斌所进夺取台湾之策。

成功道："每天夜里失眠时月下徘徊，痛感此地狭小，哪容得下大军驻扎。只有台湾、吕宋等地，离中土不远，可以夺取，连接金、厦，再进取其他诸岛，然后广通外国，训练新兵。进则可战，收复中原；退则可守，而无内顾之忧。何斌数年来在台，忍辱负重，遍察红毛底细，已经立下奇功。孤欲整军先夺台湾而据之，诸位以为如何？"黄廷道："台湾以前是荒野，故太师曾寄居此地。今为红毛霸占后，筑坚城两座，临水设炮台，又在内港沉夹板船多艘，迂回设置障碍，使入港者必须从炮台前经过，否则，船舶乱进必然触破沉没。如只能迎炮而上，就不宜轻易前往。"成功道："凡是攻城略地，哪有不冒炮火的？这是常见的阵仗，诸公还有高见吗？"何斌道："近日台湾曾发生连续二十三天不绝的地震。老年人说，地九震为天怒，必生大变故。震后有人在海边发现人鱼，热堡中荷兰兵常在夜间听有千军万马奔腾之声，又有白昼见城上炮台青烟飞腾、火焰上升,荷兰兵营暗处夜里常有呻吟喟叹悲泣声。因此红毛营中谣言四起,都说何斌逃走,已去厦门搬兵求救,延平王将率大军攻打台湾。太守揆一和文武官员都惶恐不安,于是向巴达维亚总督请派大舰队来增防。总督苏摩尔接获告急文书,就派遣巨舰十二艘,载兵一千名,先来助守。不料舰队一到,官兵都染时疫,卧病不起的占一大半。司令官惊惧,不顾太守阻止,擅自扬帆撤回。所以,在台荷兰人更加惊慌失措了。"

成功闻言笑道:"援兵退去是好事,种种异象且姑妄言之姑妄信之。"杜威伯马信进言道:"藩主深思熟虑的,是金、厦诸岛纵深短浅,恐怕难以持久抗清,所以要先稳固根本,而后发荣枝叶,这是万全之计,应当尽力达成。且台湾久为我国国土,红毛贼趁明朝衰微而侵夺盘踞,是我早晚都该收复的,同时解救人民于水火。现在攻打,正逢良机。末将是北方人,对海岛港岸攻防作战委实不得要领。但以人事而论,蜀有高山峻岭,尚可攀藤而上,卷毡而下;吴有铁索锁江,尚可用火烧断,用筏荡开。如今红毛贼虽狡黠,布防周密,他一炮台对一航道,难道就没有别的途径可以突破?不如先派劲旅前往试探,倘若可取,则攻之;如果厉害,再寻另路也不晚。此末将的管见。"

成功赞道:"这是因地制宜、见机而动之论。"参军陈永华应和道:"凡事必先尽人事,而后听天命。可以试行,以尽人力;进与不进,全凭藩主裁定。"接着,协理王军戎政杨朝栋发言,认为恢复台湾之举不仅可行,而且必行。当下各路抗清势力或败或降,若要独撑明祚,只有攻取台湾,继取吕宋,才能永绝覆灭之虞。成功闻言欣喜,称赞道:"朝栋之言,可破千古疑惑!"当即拍板,决定兴师复台。

成功在朝栋表态后断然决策,这体现了他的领袖艺术。郑军将士多是经济发达的福建沿海人,而当时台湾尚属蛮荒,所以本地人不愿迁台。马信是北方来归将领,陈永华是文官,他们支持复台,不足以扭转情绪、倾向。朝栋是郑氏宿将,他表态后,成功抓住时机结束会议,可以避免陷入冗长争论不能自拔。兴师驱逐荷兰,对台岛前途影响至为深远,多数闽籍将领留恋乡土,胸无远志,这就鲜明衬托出成功的目光深远。

确像何斌所报告的那样,荷兰太守揆一没有留住前来助守的援兵,台湾荷人更加惶惶不安。揆一只得又遣使赍书,以入贡方式,赴厦门谒呈延平王,以探虚实。其书说道:"近来听闻殿下将整师东征台湾,谣言不绝于耳,使台湾人民十分惊恐;但敝国尚不敢相信。而数月以来贵国的贸易船舶忽然减少,令东印度公司台湾政厅产生了疑虑。传言是真的,还是假的?请给予明示。"

成功复书道："远隔重洋，经常得到贡赠，衷心感谢！贵国以我国船舶不到台湾互市，便疑心忖度将有事于台湾，则未免杞人忧天。本王秉爱国忠君之诚，志在归复故国江山，共辅大明皇室，救民于水深火热之中，使礼仪之邦不沦于夷狄。所以不辞连年苦战，驱除鞑虏。声威所至，百姓皆讴歌迎附。若有企图，则台湾可朝发夕至，如探囊取物罢了。是不为也，非不能也。至于我国船舶少去台湾，实由贵国政厅对中国船入境课税过苛。商贾远渡重洋，所图为利，既然被课剥殆尽，谁愿徒劳奔波于千里波涛呢？且年来因与鞑虏交战，民船多应征运送军需，也是一个原因。今已暂时息战，倘若贵国善待商贾，少课轻敛，则不久可望恢复如过去般来往。谣言不可信，但人言也可畏，请释疑虑。"

荷兰使者回台，详细报告在厦门种种见闻，对于明军是否有征台迹象，却无从察知。揆一反复研读延平王复书，末尾说谣言不可信，又说人言也可畏，模棱两可，难解其真意何在。

成功为筹措征台，令熟悉台湾的何斌、郭平等人，各就记忆所及，在金门制造地理模型、赤崁城堡与港道沙盘，使诸将轮流观看。各港格局、水势深浅、荷人所筑城堡、炮位、兵营、仓库位置、炮火射角及射程、每处守兵多寡及守兵所凭借的实力等，都能叫将士一目了然。不仅出征准备充分，军事部署也十分周密严谨。成功的基本意图，是取台湾为复明后方基地，而不是龟缩到孤岛。所以既要夺回台湾，又不能失去金、厦、南澳一带近海跳板。故此，他决定亲自统率主力出征。这支主力又分为两个梯队，以备应对两边之急，在各岛留下足够的兵力和战将，以防清军乘虚而入。

永历十五年（1661）正月，延平王在厦门检阅东征船队，大集将士宣告："天不厌乱，鞑虏猖獗，使我南都瓦解。去年我军虽胜虏一阵，伪朝未必后悔再战，则我军南征北驰，眷属未免劳顿。前年何斌自台湾来，所进台湾一图，田园万顷，沃野千里，饷税数十万，我民云集，造船制器。近为红毛夷占据城中，其团伙不上三千，攻之唾手可得。我欲平克台湾以为根本之地，安顿将士家眷，然后东征西讨无后顾之忧。诸君都宜全力以赴！"

三月初十日，成功命令船舰集中料罗湾候风。

二十三日午时，毅然下令捩舵束甲，放洋出海。

翌日中午，士兵上桅杆东眺，报告澎湖山屿已经在望。不久，舰队开进澎湖妈宫港。成功亲自祭祀海岳，并巡视澎湖列岛，对左右道："台湾若得，则此岛为门户，足以保障台湾。"于是留四镇驻守澎湖。休息三日，夜间传令向东进发。

当时，风浪未息，又阴雾弥漫，军心惶惶，都顾虑出海。中军蔡翼请求暂候风雨稍定再行。成功传谕道："天意若保佑我平定台湾，开驾自然风恬浪静，不然官兵岂能坐困此岛挨饿！"成功在自己座船上竖起帅旗，发炮三声，金鼓震天，督率三军直航台湾。

不久，果然风平浪静，舰队迅速开到鹿耳门。成功叫何斌坐在斗头上，引导舰队绕过荷兰炮台，强行登陆。在岛上数千名中国人协助下，不到一个时辰已有数千战士踏上陆地。大批舰船也驶抵热兰遮和赤崁城之间海湾。

当时，荷人守热堡的有水陆军两千多人，守赤崁城的约六百人。太守揆一和评议会驻热兰遮城堡。海面上有四条巨舰以及战斗艇、夹板船多只。郑军顺利登陆后，骄横的荷兰人企图在海上和陆地同时发起进攻，一举击败立足未稳的郑军。他们用最大的赫克托号舰带领三艘战舰，凭借巨炮首先开火。郑军派出了各装两门大炮的六十艘舰船迎战。一时硝烟弥漫，稍远地方就无法分辨双方船只。

中国战舰的制造工艺和装备的火炮远逊于敌舰，但兵士英勇奋战，利用数量优势，四面围攻荷舰。激战中，赫克托号的弹药舱被击中，引起强烈爆炸，很快沉入海底。另一艘荷舰也被郑军火船引燃，仓皇逃离。海战以荷军惨败告终。陆上的战况也差不多。荷方派拔鬼仔上尉率领二百四十名精兵出击。

拔鬼仔对中国军队怀有偏见，认为中国人胆小如鼠，只要放一阵排枪，打中几个人，其余便会吓得四散逃跑，顷刻瓦解。据荷兰人战前估计，二十五个中国人合在一起敌不过一个荷兰兵。他们对整个汉族都是这样看法：不分农民、士兵，只要是汉人，没有一个不是胆小而难耐久战的，这已成为西洋兵在屡次冲突中验证的结论。他们认为，延平王士兵不过同可怜的鞑靼人交过锋，还没有同真正的荷兰勇士较量过。一旦交战，便会被打得落花流水，把笑脸变成哭脸。

战斗在郑军登陆的一个名为北线尾的沙洲上展开。成功派黄昭带领五百铳兵携连环枪二百门在正面列阵狙击，杨祥率藤牌手五百名绕到敌人左翼侧攻。另有二十艘大小船在海上摇旗呐喊，作进攻热堡状。拔鬼仔的队伍同黄昭接战时，以十二人为一排，连放三排枪。出乎他意料的是，郑军并没有一听枪声就失魂落魄地奔窜，而是沉着应战，像一道铁壁阻挡着荷军前进。杨祥从旁侧击，箭如骤雨。这群自命不凡的荷兰官兵倒是瞬间被恐惧笼罩，开始抱头鼠窜，落荒而逃。郑军趁势全线出击。拔鬼仔以下二百余人战死，剩下十几人涉过及颈深海水逃到船上，返回热兰遮，向他们的长官报告出击经过去了。

明军在海上、陆上初战告捷，荷兰人失去再次交战的信心，躲在城堡里等待救兵。

郑军有条不紊地对赤崁城和热兰遮实施包围，切断了两城间联络，使其各自陷于孤立。同时封锁海陆交通，派兵控制全岛乡村，禁止土著人同被包围的荷兰军民有任何接触，防止他们帮助荷兰人。由于行动得到岛上汉民中两万五千多壮丁的帮助，在两个时辰里就完成了。土著人这时也多数醒悟过来，随着汉人去封锁红毛贼。

完成包围后，成功命令先攻台湾本岛上的赤崁城。叫士卒每人持草一捆，堆置城下，派通事向荷军守将描难实丁发出最后通牒，如果不投降就火烧城堡。描难实丁自知城内无井，水源在城外，已被郑军切断，即使不攻不烧，也是坐困等死。于是令其弟在深夜化装越城请援，却立即被郑军捕获。解送到延平王处，延平王待之以礼，晓之以义；然后叫通事送他回城，劝谕描难实丁投降，允诺保证城内生灵安全。

描难实丁无计可施，只得约定后日中午献城出降。成功答应，马上安排放水入城，以使堡里军民活命。描难实丁大受感动，按时出降，开门迎郑军进入，并将指挥刀呈献给延平王。成功令其兵缴械后继续住在营房中，每人分发福建土产食物，等待战役结束后礼送出境。

描难实丁自告奋勇，表示愿意前往热兰遮城堡劝太守揆一来降。成功大喜，任由他自选随从，派兵将护送去热堡。

太守揆一眼见台海水战大败，北线尾陆军覆没，而两城被困，内外消息不通，一边遣快船回巴达维亚求援，一边尽数搜捕热堡内外服役的汉人，一共五百余口，不分男女老幼，全部屠杀以泄愤。

前脚杀完人，后脚描难实丁就来了。太守揆一知道赤崁城因断水投降，也不能苛责。听汇报说延平王善待俘虏，却不尽信，担心中计。揆一等因已残杀汉人，岂能不惧怕报复？有心投降而不敢。政厅秘书长伊伯年道："我尚有坚城可守，防守能力没有失去，当然要继续作战，何必投降。"部下意见参差不一，最后揆一断然道："我们绝不甘心轻弃台湾，尤其历年经营的城池和从西班牙手中夺得的沃野地带，不应该拱手让人。何况今天南北土著已信奉基督教，都听我约束，怎么忍心使其再改宗变教？一旦投降，我国几乎不可能再回到这个美丽岛了！所以我们可以同延平王和谈，台湾不能让，但允许增加每年输送额度。"

描难实丁回报成功。成功道："台湾一向属于中国，在中国允许时，荷兰人可以暂居。现在需要这块土地，来自远方的荷兰物归原主，是理所当然的事！"怒而再攻。热兰遮堡极为坚固，一时不能下。

这时，攻台第二梯队六镇兵马乘船二十艘到达，军威更盛。成功即着手建立行政机构，派出部卒实行屯田和征税，养精蓄锐，等待守堡荷军弹尽粮绝，不战自降。

迟到夏季时，巴达维亚才派遣考乌司令的救援舰队到达热兰遮海域。揆一等堡内荷人欢欣鼓舞，以为可以内外配合击退郑军。谁料想天公不作美，海上飓风突起，考乌被迫离港，远泊海外达三十八日之久。等到风平浪静之后，考乌的舰队也没有再回到热兰遮来，竟自行返回巴达维亚了。原来考乌所带兵力有限，不足千人，他亲眼看到了郑军阵势，断定开战也是飞蛾扑火，台湾已无法救援了。

援军溜走，使困在堡中的荷军空欢喜一场。随着时间推移，堡内荷兰人筋疲力尽，患病人数增加，绝望情绪蔓延。十二月十六日，一批荷兰兵在军曹拉迪斯带领下，出城向郑军投降。他们不仅讲述了城内的详情，还提出两条建议：一条是不停地制造恐慌，不仅要封锁，而且要用连续攻击来彻底疲惫荷人，使其彻底绝望。这样做既不费事，又不需很长时间，因为城堡损坏严重，经不起大炮猛轰两天。另一条建议是，先攻占热堡旁边小山头上的乌特利支圆堡，取得制高点。

成功欣然接受建议，立即调集军队，配备了二十八门巨炮，连续轰击堡垣一点。须臾堡墙破裂，碉堡随之坍塌，郑军乘势进攻。荷军堵截不住，被郑军冲进堡中。荷兰人不得已退到西北角，凭垒继续顽抗。郑军很快又攻占乌特利支圆堡。

荷兰人知道末日已经来临。揆一同评议会成员经过几天的会议，反复权衡利弊，觉得趁早把城堡交给敌人，争取优惠条件，是为上策。在评议会一致同意下，揆一派出使者向延平王接洽投降事宜。

这时，忽又节外生枝。清闽浙总督李率泰听说郑、荷双方争战，想与荷兰人联兵夹攻郑军。派人扮成渔夫驾舟过海，致书于揆一，写道："郑成功是我大清与贵国共同仇敌，今后须同心合力剪除此贼，否则后患无穷。今闻阁下正与之交战，对军火粮食有转运不继之虞，我方可做到源源不断地供应。只要求阁下先派大批兵舰，到福建与我联合，削平郑氏在闽粤沿海势力，使其首尾不能呼应，然后本总督当拨遣兵将，扫除郑氏在台湾的水师。一举两得，请阁下裁夺。"揆一看罢，苦笑不已，只得复信道："来信谨悉，敢不从命？无奈此地兵力有限，无法分兵。若肯先发大兵至台湾克敌，待破敌之后，同往征除沿海郑氏残部，岂不妙哉？阁下以为如何？"书去之后，再渺无音讯。

荷兰官兵自知不敌，请求签订战降协议书，停战五日，到期出降。成功允诺，要求所有公库不许擅动，其余私积珍宝金银可以随身载归。

自此，荷兰人降服而退出台湾。

五十一、海上余音

中国历史上，当故国破灭之后，能率领志士另辟新国，以维持宗社，继续尊奉国家正朔于不堕者，至少有三个人：商朝的箕子建立朝鲜国，辽朝的耶律大石建立西辽国，明朝的朱成功建立台湾基地。三人的事业大致相同，对后世均产生深远影响。

延平王收复台湾之后，下一步的雄略是：收复吕宋，混一南洋，以海国势力与清朝长期周旋。为利于反清事业，成功与陈辉、洪旭、张进、张礼、祁文、蔡绿等创立天地会，又名洪门会。指天为父，指地为母，万众一心，结为手足，立誓恢复中土，最终使"洪"字成为"汉"字。其组织后来遍及海内外，至乾隆十四年（1749）由苏洪光加入宗教色彩，供奉达摩为祖师，取天时地利人和的三合之意为三合会。后世太平天国举义、孙中山发动国民革命，都凭借洪门力量而获得成功，这是延平王无法预料的。

荷兰人被驱逐、台湾光复的消息传到南洋各地，各地汉人及土著莫不欢欣鼓舞。当时，吕宋群岛为西班牙人所占据，有汉人数十万，一直遭西班牙人虐待，汉人首领暗中派代表来台晋谒延平王，请求发兵进取吕宋。成功原有这个规划，但台湾新复，防卫、民生亟待整理，不便贸然开辟新局。为求得西班牙人能善待汉人，并且使其有所畏惧，先派遣台湾咨议、罗马神父稗库伦去马尼拉，说服西班牙太守向台湾纳贡互市。

稗库罗神父赴马尼拉游说，最初十分顺利。西班牙在台湾同荷兰争斗很久，最终被荷兰人打跑，延平王大破荷兰人重夺台湾，足以证明郑军实力大于西班牙与荷兰军实力之和。西班牙太守对延平王心存畏惧，表示愿与台湾通商，也愿意进贡方物。

稗库罗久住之后，发现汉人人数、经济实力远大于西班牙人，当地土著也敬服汉人痛恨西人；而作为后援，台湾近在眼前，西班牙王国远在天边。稗库罗认为可以举大事，无须延平王出兵，就能靠当地汉人群起驱逐西班牙人。他就开始暗中联络各岛汉人准备武力，定期起事。一面协商当地土著人中立观望，一面遣人约请台湾届时派舟师增援。

可惜汉人人数、财富固然远胜他族，内部却帮派林立、宗姓互斥，利益和西人融合、不愿同族当权的大有人在。稗库罗的计划顺利实施，形势一派大好的关键时刻，密谋泄露了！西班牙太守立即下令戒严，召集大军，从马尼拉开始，逐岛清搜汉人武器。汉人准备不全，联络未周，汇聚不及，情急之下，只得仓促和西人开战。一般小岛抵抗到一两日，就惨遭屠戮；大岛也不过支撑三四天；只有马尼拉鏖战八昼夜，终被剿杀。那些驾小艇逃奔台湾的，多数又葬身巨浪。因为吕宋当地土人心向汉人，多方掩护，西人生怕惹起群怨，又担忧延平王兴师问罪，平乱后便急忙遣使带重金向延平王乞和。

成功表面平静，只口头抗议，善待来使，要求西班牙人妥当善后，不得再行武力报复，暗中则开始整军备战，伺机出征。

天有不测风云，正当成功志在必得，倾全台及金、厦之力做战役准备的时候，三件不相干的坏事纷至沓来，直接在精神上击垮了统帅朱成功。

先是在顺治十八年（1661）十月初三日，清帝见成功毫无受抚之意，怒而将拘禁中的芝龙和其次子世恩、幼子世荫等全家十一口，照谋逆罪灭族。消息传到台湾，成功悲痛欲绝。尽管他对此早有心理准备，但一旦成真，父亲和兄弟、侄儿皆因他而遭满门抄斩，岂能不肝肠寸断？

数月之后，永历帝的兵部司务林英变僧装从云南逃到厦门，再转赴台湾，向成功报告了永历帝在缅甸被清军俘虏，为吴三桂弑杀，西南只剩下晋王残部退到暹罗的噩耗。成功闻之五内俱焚，顿足大哭不已。东、西遥相呼应的局面一去不返，从此，清朝将可集中全力对付郑军了。成功当初为保自己南天一柱之势，对定国的多番会师呼吁虚与委蛇，而今弄巧成拙，令他悔恨无极。他自然真心实意地祈望永历朝廷和晋王力量能够存在下去，这样既可以借朝廷名义吸引东南复明势力的拥护，又可仰仗晋王支撑于西南牵制清军主力。可惜如意算盘打得太精，结果事与愿违，使自己陷入进退维谷的尴尬境地……

一夕之间，君父皆亡，成功自此忧郁成疾，举止愈加乖张。

大将马信和在舟山附近沿海率舟师出没的张煌言等乞请为永历帝缟素去朔，另立鲁监国继统以为号召。成功认为林英的报告得之于听闻，不能作确信，仍坚持奉永历年号以为正朔。因清廷塘报和诏告已陆续发布证实，煌言不服，再三致书于延平王并直接向鲁王启奏，皆石沉大海——成功病后的乖张由此可见一斑。

成功心中积郁的忧闷，终因一桩极小的事情，像火山一样爆发了。

世子郑经留镇厦门。他和四弟的奶妈陈氏相好，生了一个儿子。这类事情在豪门大户中并不罕见。起初，郑经向父亲报告侍妾生子，成功因为添孙高兴，还赏给孙子银两和饰物，病也因此好了一些。不料，郑经的正室是兵部尚书唐显悦的孙女，该女虽端庄娴静，但二人性情不合，婚后极少同房，故此没有生下一男半女。显悦为孙女鸣不平，写信给延平王大加非难，信中有"三父八母，乳母亦居其一。令郎奸而生子，不闻斥责，反加赏赐。如此治家不正，安能治国"等语。成功正因追悔旧事、复国无望郁闷愁苦，显悦为泄私愤而危言耸听，登时把成功激得气噎胸腔。立时差遣都事黄毓持令箭和三只画龙头桶、一只漆红头桶，去金门先见郑经兄郑泰，命二人同往厦门，以治家不严之罪斩延平王正妃董氏，并斩郑经与其子；同斩乳母陈氏，红桶就是给她预备的。

黄廷、洪旭、陈辉等守金、厦诸将接令后大为震惊，力图化解这个小题大做的指令。一起和郑泰、黄毓商量，采取折中办法，杀陈氏与所生婴儿。诸将联名上启，代董氏及世子请罪。取得董氏和郑经同意后，即按此办理。当即缢死陈氏母子，把首级分装入画龙头桶和漆红头桶。由黄毓带桶和联名书回台复命。

原以为延平王因怒不可遏，一时冲动才痛下杀手。事过境迁，见到两个冤魂首级，即使不为孙儿悔恨，也该回心转意，不再坚持杀妻杀子。不料，他仍执意处死董氏和郑经母子，当即解下佩剑递与黄毓，严令他马上到金门将剑交给郑泰，叫郑泰持剑去执行。

郑泰接剑后，万般无奈，只好先把黄毓送到厦门，向郑经说明事处两难情由。黄毓对郑经道："在下只是向少主转达延平藩旨意，并非认可国主的荒唐处分。请把我拘禁起来，不然无法回台复命。"郑经只得安排将黄毓公开投入禁室，然后和驻金、厦的文武官员商议对策。

正在这时，大将蔡鸣雷从台湾来搬家眷，郑经等向他探问延平王近况，还是抱着其能念及亲情、回心转意的希冀。鸣雷告诉大家，藩主发誓要除掉董夫人和世子，如果金、厦诸官拒不遵命就全部处斩；而且已有密谕给前往南澳征讨的周全斌，命令他相机行事。金、厦文官、武将们一听，各个面面相觑，不知如何是好。洪旭道："世子，是儿子，不可以抗拒父王；诸将，是臣下，不可以抗拒君王。只有泰公是王兄，兄长可以抗拒弟弟。可否以泰公名义，拒绝藩主杀妻灭子的错谬君命。今后凡台湾来人取粮饷物资，自当照办；若欲加兵，势必抵御。"郑泰一边流泪，一边点头同意。

过了几天，周全斌征南澳得胜后回到厦门，郑泰立即将他拘捕，和黄毓一起交给援剿左镇黄昌监守，同时给国主送去由郑泰领衔的诸将、官公启，力陈藩主杀妻子之错,最后以决绝的语气写道:"报恩有日,候阙无期!"明确表达了金、厦文武官员联合抗命之心。

成功阅信后,愤懑已极。五月初一日,已感不适,仍每天登将台,手持望远镜,眺望澎湖方向有没有船来。旋即不起。挺到五月初八日,完全绝望,强起穿上衣冠,拜读太祖圣训,命左右敬酒,一饮而尽,叹道:"我一生逞强自用,负晋王、背天子,有何面目见先帝于地下!"以两手捂面,气噎而薨,享年三十八岁。

延平王不幸薨逝数月后,寓居金门的东南旧主鲁监国哮喘病发,中痰而薨,享年四十五岁。

鲁王朱以海当年在弘光覆灭后临危继统,出任监国,苦战八年,对东南沿海抗清大业作出极大贡献。清军攻陷舟山后,鲁监国在张名振、张煌言等扈卫下移居金门。由于延平王不承认鲁监国而拥护永历朝,鲁王只得派使者上疏退位归藩。永历帝为了维护朱明在东南影响,仍允许他保留监国名义。永历驾崩后,张煌言、马信等官绅志士又重新酝酿拥戴鲁监国继统,却遭成功拒绝。

成功去世后,郑经子承父业,虽励精图治,经营台湾,却不再有进取南洋、反攻大陆的志向,所以对鲁监国的冷待较其父有过之而无不及,连监国的宗禄也停发了。这遭到闽南缙绅联袂抗议。拥明的文武官员们怀抱着鲁监国继统而旋转乾坤的梦想,随着鲁监国的薨逝而惊醒。

从西历一六六二年四月到六月,永历帝朱由榔、晋王李定国、延平王朱成功相继辞世,标志着明朝复兴的最后一线希望彻底幻灭。

泱泱神州,就剩下南海数岛,延续着一缕朱明香火了……

图书在版编目（CIP）数据

南明春秋/刘民著. --北京：华夏出版社有限公司，2021.10
（读鉴小说轩）
ISBN 978-7-5222-0068-2

Ⅰ.①南… Ⅱ.①刘… Ⅲ.①长篇历史小说－中国－当代
Ⅳ.①I247.5

中国版本图书馆 CIP 数据核字（2020）第249121号

南明春秋

作　　者	刘　民
责任编辑	高　苏
出版发行	华夏出版社有限公司
经　　销	新华书店
印　　刷	天津海德伟业印务有限公司
装　　订	天津海德伟业印务有限公司
版　　次	2021 年 10 月北京第 1 版 2021 年 10 月北京第 1 次印刷
开　　本	710×1000　1/16
印　　张	15.5
字　　数	273 千字
定　　价	52.80 元

华夏出版社有限公司　地址：北京市东直门外香河园北里 4 号　邮编：100028
网址：www.hxph.com.cn　电话：(010) 64663331（转）
若发现本版图书有印装质量问题，请与我社营销中心联系调换。